ullstein

Das Buch

Kommissar Dühnforts dritter Fall führt ihn in die Kunstszene. In einer leerstehenden Brauerei im Süden Münchens wird die Leiche einer Frau gefunden. Man hat sie ausbluten lassen und ihr den Kopf abgetrennt. Farbspuren am Torso legen nahe, dass der Täter malt.
Vicki Senger, die Frau, die die Tote entdeckt hat, ist eine 22-Jährige mit bewegter Biographie: Vater unbekannt, Mutter früh verstorben, im Heim aufgewachsen. Ihre erste Liebe kam bei einem Unfall ums Leben. Inzwischen hat Vicki ihr Leben im Griff und betreibt als Hobby »urban exploring«: Sie fotografiert in verlassenen Gebäuden und Industrieruinen.
Bei ihren Ermittlungen stoßen Dühnfort und sein Team auf einen ähnlichen Mord, der sechs Jahre zuvor in Düsseldorf verübt wurde. Damals verdächtigte man einen Studenten der Kunsthochschule, der heute als der Maler *Carne* sein Kindheitstrauma mit brutalen Schlachthausdarstellungen zu verarbeiten sucht. Zwei weitere Männer geraten ebenfalls ins Visier der Ermittler: René Fuhrmann, ein Schönheitschirurg, und Jobst Wernegg, der eine wohltätige Stiftung leitet. Sie sind befreundet und sammeln beide altmeisterliche Vanitasgemälde.
Auch Vicki geht die Tote nicht aus dem Kopf. Auf einem der Fotos, die sie in der Brauerei gemacht hat, entdeckt sie einen Hinweis, der mit dem Mord zu tun haben könnte. Ohne die Polizei einzuschalten, beginnt sie zu recherchieren …

Die Autorin

Inge Löhnig hat Graphik-Design studiert und sich nach einer Karriere als Art-Directorin in verschiedenen Werbeagenturen selbständig gemacht. Heute lebt sie als Graphik-Designerin und Autorin mit ihrer Familie bei München. *So unselig schön* ist der dritte Kriminalroman in der Serie mit Kommissar Dühnfort.
Die Website der Autorin: www.inge-loehnig.de

Von Inge Löhnig sind in unserem Hause bereits erschienen:

Der Sünde Sold
In weißer Stille
Schuld währt ewig

Beck

Inge Löhnig

SO UNSELIG SCHÖN

Kriminalroman

Ullstein

Besuchen Sie uns im Internet:
www.ullstein-taschenbuch.de

MIX
Papier aus verantwortungsvollen Quellen
FSC® C006701

Originalausgabe im Ullstein Taschenbuch
1. Auflage Februar 2011
6. Auflage 2012

Umschlaggestaltung: HildenDesign, München
Titelabbildung: Vogel: © thesweetg/photocase
Satz: Pinkuin Satz und Datentechnik, Berlin
Gesetzt aus der Sabon
Papier: Holmen Book Cream von
Holmen Paper Central Europe, Hamburg GmbH
Druck und Bindearbeiten: CPI – Ebner & Spiegel, Ulm
Printed in Germany
ISBN 978-3-548-28208-4

Für Henrik.

Gleich Würmern wimmelnd ist ins Hirn gedrungen
Die Teufelsschar, die uns zerstören muss.
Wir atmen, und ein unsichtbarer Fluss,
Der Tod, strömt klagend hin durch unsre Lungen.

Charles Baudelaire

Prolog

Das Licht des Tages fiel durch das Atelierfenster auf eine Leinwand und beleuchtete, wie durch ein seidenes Tuch gefiltert, gleichmäßig und weich, eine zierliche, mit Erdbeeren gefüllte Porzellanschale, die am Rande des Bildes im Hintergrund verschwamm. Das Rot einiger Beeren schälte sich aus den umbrafarbenen Schatten, drängte sich ins Licht. Die Spitze eines Pinsels näherte sich und tupfte einen Hauch von Zinkweiß über mit Siena abgedunkelte Bereiche und verlieh so den Früchten Plastizität.

Der Maler trat einen Schritt zurück, kniff die Augen ein wenig zusammen und prüfte, ob die erwünschte Wirkung erzielt war, indem er sie mit der Vorlage auf der anderen Staffelei verglich.

Perfekt.

Seine Schultern waren nach zwei Stunden Arbeit verspannt, er legte Pinsel und Palette beiseite und reckte sich. Genug für heute. Sorgfältig säuberte er die Malutensilien, holte dann Glas und Flasche aus einem Schrank in der Ecke, schenkte sich einen Grappa ein, kehrte zur Staffelei zurück und betrachtete das noch unvollendete Gemälde.

Der Geruch des Getränks vermischte sich mit den Ausdünstungen von Ölfarbe und Malmittel. Mit einem Schluck leerte er das Glas, fühlte ein Brennen in Mund und Kehle und einen Augenblick später im Magen.

Die Schale voller Erdbeeren war ihm gut gelungen, und die Entscheidung, nur die Früchte zu zeigen und auf die Darstellung der Blüten zu verzichten, erwies sich als richtig. Schließlich schrieb Ovid in seinen *Metamorphosen* von den *zwanglos gewachsenen Speisen,* von denen die Menschen des *Goldenen Zeitalters* sich ernährt hatten, und nicht von den Vorstufen ihrer Entstehung, den Blüten, die außerdem für Reinheit standen. Und Reinheit war in diesem Gemälde so fehl am Platz wie eine Hure im Kloster.

Das Goldene Zeitalter. Der Garten Eden. Das Paradies. Die Erdbeeren waren ein Symbol dafür. Ein winziges Detail am Rande, ebenso wie die Tulpen, die sich gleichfalls im Bildhintergrund versteckten. Zeichen kostbarer Schönheit und Vergänglichkeit angesichts des Todes. Nichtigkeiten, nette Spielereien. Nur jene, die ihre Bedeutung kannten, wären in der Lage, in diesem Gemälde zu lesen, seine wahre Botschaft zu entschlüsseln. Aber niemand würde es je zu Gesicht bekommen.

Er schenkte sich einen weiteren Grappa ein, schaltete die Musikanlage an und setzte sich in den abgewetzten Ledersessel, der in einigem Abstand zur Staffelei stand.

Während er trank, einem Streichquartett von Henryk Górecki lauschte und das Licht allmählich silbrig wurde, sich die Dämmerung herabsenkte und sich das im Werden begriffene Bild in Schatten hüllte, bis nur noch der marmorweiße, noch nicht ausgearbeitete weibliche Torso im Zentrum der Leinwand im Zwielicht schimmerte, fragte er sich wieder einmal, warum er diese Bilder malte. Ihre ihm tiefen seelischen Frieden gebende Wirkung war ihm ein Rätsel. Und wie immer, wenn er versuchte die Ursache dafür zu ergründen, begann er zu frösteln, erschien es ihm, als irre er durch Nebel wie ein Kind, das sich verlaufen hatte.

Kälte breitete sich in ihm aus. Mit einem weiteren

Schluck aus dem Glas vertrieb er sie, lehnte den Kopf in den Nacken.

Seit die Unruhe ihn erneut ergriffen und er vor einigen Wochen diese Vase gekauft hatte, diesen Sarg aus Kristall, wusste er, dass es wieder so weit war, worauf es hinauslaufen würde.

Er schloss die Augen, verfolgte, wie die Musik sekündlich an Tempo gewann, Fahrt aufnahm, wie sie von einem leisen, traurigen Celloton zu einem unheilschwangeren Brausen anschwoll, zu einem dem Abgrund entgegeneilendem Jagen wurde, über dem dennoch ab und an ein hoher, hoffnungsvoller Ton schwebte, sich zu behaupten versuchte, obwohl es keine Rettung gab.

Montag, 7. Juni

Die Gummistiefel. Genau. Das war es. Vicki zog sie aus dem Regal, schlüpfte hinein und betrachtete ihr Spiegelbild. Gute Entscheidung. Die Stiefel eines englischen Herstellers, die sie vor zwei Wochen auf dem Flohmarkt gekauft hatte, reichten ihr bis über die Waden. Sie waren zwar von edler Herkunft, doch beinahe eine Antiquität und daher von undefinierbarer Farbe. Irgendwas zwischen Cheddar und Moorleiche. Vickis Blick wanderte die langen Beine entlang über die umgekrempelte Kante ihrer Khakishorts bis zum breiten Hüftgürtel, der dem weißen Herrenhemd Form gab. Es bauschte sich um ihren Körper, verbarg Taille und Oberweite. Sie lächelte ihrem Spiegelbild zu und bürstete die braunen Locken aus dem Gesicht.

Die Kirchturmuhr schlug acht. Mist. Schon so spät! Seit Vicki auf den Kauf der Monatsfahrkarte verzichtete und mit dem Rad zur Arbeit fuhr, hatten ihre Verspätungen wieder das Vorjahresniveau erreicht, und Clara Mohn, ihre Chefin, war zwar nett und leidensfähig, aber auch ihre Geduld war begrenzt und näherte sich langsam einem kritisch tiefen Pegelstand.

Mit der Linken griff Vicki nach dem MP3-Player und stopfte ihn in die Hosentasche, mit der Rechten legte sie sich das Kopfhörerkabel um den Hals und öffnete das Terrarium.

Epiktet schlief noch. Sie goss Wasser in die Schale, legte ein Stück Gurke auf den Futterplatz und pflückte ein Büschel vom Klee, den sie eigens in einem Blumenkasten für Adrians Schildkröte zog. Der Gedanke an Adrian ließ sie für einen Augenblick innehalten. Dann legte sie das Grünzeug ab, schloss die Abdeckung wieder, griff nach dem Rucksack und verließ ihre kleine Wohnung.

Es war warm, die Sonne stand an einem makellosen Himmel. Das Rad lehnte im Hof an der Hauswand. Vicki zog die Träger des Rucksacks über die Schultern, stöpselte die Ohren zu und schaltete Johnossi an.

Pünktlich um halb neun sollte sie an ihrem Ausbildungsplatz erscheinen. Eigentlich nicht machbar, dennoch war es einen Versuch wert. Sie schwang sich aufs Rad, fuhr verkehrt durch die Einbahnstraße und wechselte an der Brücke, die über den Hachinger Bach führte, auf die richtige Fahrspur. Während sie in die Pedale trat, nahm sie kaum die ehemaligen Bauernhäuser wahr, die inzwischen als Lager und Büros dienten oder Wirtshäuser und Restaurants beherbergten. Perlach war schon lange kein Bauerndorf mehr, es war in der Stadt München aufgegangen wie ein Eimer Wasser in einem See.

Ba ba ba bamm bamm, ba ba ba bamm bamm, grölte Johnossi und gab so den Takt für die Trittfrequenz vor. Am Pfanzeltplatz bog Vicki Richtung Neuperlach ab, durchquerte Hochhausschluchten, überfuhr eine rote Ampel, ein Autofahrer hupte. Sie radelte die Carl-Wery-Straße entlang, ließ Siemens links liegen. Die Kanten der Gummistiefel scheuerten an den Schienbeinen, ihr Atem flog. Am Bahnübergang war natürlich die Schranke geschlossen und klaute ihr wertvolle Minuten. Um zwanzig vor neun erreichte Vicki keuchend Claras Reisebüro im Münchener Vorort Ottobrunn.

Sie sperrte das Rad ab und betrat ihre Arbeitsstelle. Natürlich waren schon alle da. Clara saß im ärmellosen schwarzen Leinenkleid vor ihrem PC. Ihre blauen Augen leuchteten unter dem weißen Bubikopf hervor und mit einer Kette aus dicken Lapislazuliperlen um die Wette. Henriette, die gerade die Kaffeemaschine anwarf, trug roséfarbene Ballerinas, roséfarbene Caprihosen in geschätzter Größe achtunddreißig und damit geschätzte zwei Nummern zu klein und dazu eine wallende Blümchenbluse in zahlreichen Fliedertönen. Steffen, der Praktikant mit Akneproblem und Igelfrisur, wuchtete einen Karton mit Prospekten auf den Tisch.

»Wollt' nur sagen, ich bin da!« Vicki machte auf dem Absatz kehrt.

»Eine Fata Morgana«, hörte sie Clara noch erwidern, bevor die Tür hinter ihr zuschlug.

Vicki zog Gummistiefel und Socken aus, klemmte sie unter den Arm und ging barfuß zur Apotheke auf der anderen Seite des Platzes. Es bimmelte, als sie eintrat. Hinter der Theke stand eine Frau, die den Eindruck erweckte, ebenso frisch gestärkt und gebügelt zu sein wie der weiße Kittel, den sie trug. Ihr Blick glitt an Vicki herab und blieb an den Schienbeinen hängen. Dort hatten die Kanten der Stiefel aufgescheuerte Streifen hinterlassen. »Das sieht ja schlimm aus.« Sie klang besorgt.

»Ist nicht so wild. Haben Sie Bepanthen?«

Die Apothekerin brachte eine Packung. »Macht vier fünfzig.«

Vicki schluckte. »Gibt's vielleicht eine Tube für Singles?«

Aus einer Schublade holte die Frau eine angebrochene Tube Wundsalbe und zwei einzeln verpackte Streifen Hansaplast hervor. »Dort hinten können Sie sich setzen.« Sie zeigte auf einen Stuhl, der zwischen einem Verkaufsdisplay für Sonnencreme und einer Schütte mit

Sonderangeboten stand, und drückte Vicki die Sachen in die Hand.

»Danke. Das ist echt nett von Ihnen.« Ein solcher Satz wäre ihr noch vor zwei Jahren nicht über die Lippen gekommen.

Vier fünfzig. Das waren ungefähr null Komma sieben Prozent ihres Monatsbudgets. Sie verarztete die Wunden, bedankte sich nochmals bei der Apothekerin und ging. Aber nicht gleich zurück ins Reisebüro, sondern erst in die Bäckerei nebenan, wo sie sich eine Breze fürs Frühstück kaufte. Fünfzig Cent. Sie kramte in den Tiefen ihres Rucksacks nach der Geldbörse und fand sie unter Adrians Kamera.

Als sie das Reisebüro wieder betrat, saßen alle an ihren Plätzen. Der erste Kunde war da und wurde von Clara bedient. Gut so. Konnte sie sich erst mal abregen. Henriette hing am Telefon und erklärte jemandem, dass die Kataloge für die Wintersaison erst Ende August kämen. Steffen machte Ablage. Depperlarbeit für Praktikanten.

Vicki stellte Stiefel und Rucksack unter ihren Schreibtisch und bemerkte bei dieser Gelegenheit, dass ihr Deo versagt hatte. Barfuß ging sie nach hinten zur Personaltoilette. Auf dem Weg dorthin registrierte sie, wie Claras Blick an ihren nackten Füßen hängenblieb, wie der von Steffen ihre Waden bis zum Saum der Shorts hochwanderte und Henriette den pink geschminkten Mund verzog.

In Henriettes Kosmetikdepot fand Vicki zwischen Lippenstiften, Erfrischungstüchern, Parfumproben und diversen Handcremes einen Deostift. Sie schraubte ihn auf und roch daran. Ging so.

Einen Augenblick später war ihr Problem behoben.

Aus der kleinen Küche hinter dem Verkaufsraum holte sie sich einen Becher Kaffee und kehrte an ihren Platz zurück.

Claras Kunde war im Begriff, den Laden mit einem Stapel Prospekten unterm Arm zu verlassen, entdeckte dabei die Spendenbüchse und las den Aufkleber, den Vicki selbst gestaltet hatte. Seine Stirn runzelte sich. »Therapeutisches Reiten«, murmelte er. »So ein Schmarrn.« Kopfschüttelnd ging er zur Tür.

Vicki griff sich die Dose und eilte ihm nach. »Das ist kein Schmarrn. Es hilft den Kindern, Sicherheit und Vertrauen zu gewinnen.«

Der Mann blieb stehen und musterte sie. Mit seinen über die Halbglatze gequälten grauen Strähnen erinnerte er sie an ihren Geschichtslehrer, den hatte sie echt nicht ausstehen können. »Wenn es so sinnvoll ist, weshalb müssen Sie dann dafür sammeln? Weshalb wird das nicht vom Träger des Kinderheims oder von der Krankenkasse finanziert?« Seine buschigen Brauen stiegen in die Höhe.

»Weil kein Schwein …« Okay, dachte Vicki im selben Moment beschämt, so geht es nicht. »Die Mittel sind knapp, und im laufenden Haushalt des St.-Michael-Hauses war nichts mehr übrig fürs Reiten«, korrigierte sie sich. Das klang doch schon besser. Sie reckte die Schultern.

Der Mann runzelte die Stirn. »Und was haben Sie damit zu tun?« Sein Blick wanderte von der Büchse zu Clara Mohn, die von ihrem Schreibtisch aus das Gespräch verfolgte, und wieder zurück zu Vicki.

»Ich arbeite ehrenamtlich für das Kinderheim. In meiner Freizeit betreue ich eine Gruppe von Kindern im Alter von vier bis acht Jahren, die traumatische Erlebnisse zu verarbeiten haben. Eine Reittherapie würde ihnen helfen, die besser zu bewältigen.« Vicki war stolz auf sich. Das war druckreif gewesen.

»Ehrenamtlich. In Ihrer Freizeit. Respekt.« Der Mann zog seine Geldbörse aus der Hosentasche, entnahm ihr einen Fünfeuroschein, faltete ihn zusammen und stopfte ihn durch den Schlitz der Sammelbüchse.

Fünf Minuten reiten, dachte Vicki. Mühsam ernährt sich das Eichhörnchen. »Danke.« Sie schenkte ihm ihr strahlendes Schnorrerlächeln, das sie sich aus ihrer Zeit auf der Straße bewahrt hatte, und hielt ihm die Tür auf.

Der Flohmarkt, den sie gemeinsam mit dem Pfarrgemeinderat zugunsten des St.-Michael-Hauses plante, würde hoffentlich mehr bringen. Aber das eigentliche Ziel war in utopischer Ferne. Wie sollte sie jemals die fünfeinhalbtausend Euro zusammenkriegen, die nötig waren, um für vier Kinder ein Jahr lang Reittherapie bezahlen zu können?

Clara räusperte sich.

Vicki drehte sich um. Es war Zeit für das Donnerwetter.

»Sorry, tut mir wirklich leid. Ich hab ja versucht pünktlich zu sein.«

»So geht das nicht, Vicki. Pünktlichkeit ist eine Form von Höflichkeit ...«

»Mit dem Rad brauche ich einfach ...«

»Dann musst du dir angewöhnen, früher aufzustehen. Und andere ausreden zu lassen gehört ebenfalls zum guten Benimm.«

Ach nee, dachte Vicki und fing Steffens kumpelhaftes Grinsen auf. Der sollte sich da mal raushalten. Das ging ihn gar nichts an. Clara war schon okay. Vicki schnitt Steffen eine Grimasse und ließ die Predigt über sich ergehen. Ihre Chefin war wirklich in Ordnung. Sie hatte ihr als Einzige eine Chance gegeben.

Ein Jahr war es nun her, seit Vicki begonnen hatte, ihr Leben umzukrempeln. Diesen Tag würde sie nie vergessen, besser gesagt jene Nacht. Eine laue Frühsommernacht im Juni.

Der Tag war gut gelaufen und die Stadt voll spendierfreudiger Touristen gewesen. Vom geschnorrten Geld hatte sie Hamburger und Dosenbier gekauft und sich abends im Park am Marienhof mit Paul und Adele getroffen. Bis Paul loszog, um noch irgendwas zu besorgen, und Adele zum Abendessen zu ihrer Oma ging.

Vicki blieb alleine zurück. Die Sterne standen am Himmel. Sie dachte an Adrian, an Paris, an die wenigen Wochen. Plötzlich klingelte ein Handy. Es lag unter der Bank. Vicki hob es auf und meldete sich. Irgend so ein Arsch war dran, der ihr erklärte, das sei sein Handy und ein superteures Teil und wenn sie es nicht augenblicklich zurückbringe, dann bekomme sie Stress mit der Polizei. Als hätte sie das Ding geklaut. Sie handelte einen Finderlohn aus und machte sich auf den Weg. Restaurant Dukatz in den Fünf Höfen. Nur ein paar Minuten zu Fuß. Als sie fast da war, bog ein Streifenwagen in die Theatinerstraße ein. Der Typ wollte sie linken! Augenblicklich wandte Vicki sich Richtung Rathaus. Am Fischbrunnen setzte sie sich auf die Stufen, wählte die Nummer der Telefonauskunft und fragte nach der Zeitansage in Tokio. Eine freundliche Frauenstimme nannte sie ihr und wollte anschließend wissen, ob sie gleich verbinden sollte.

»Das wäre sehr nett«, säuselte Vicki.

Es klingelte mehrmals, dann meldete sich eine Männerstimme. »Telefonseelsorge München. Wie kann ich helfen?«

Vielleicht waren drei Dosen Bier zu viel gewesen, vielleicht hatte sie diese Last aber auch schon zu lange mit sich herumgetragen, vielleicht waren auch die Sterne schuld, diese Wegweiser in die Unendlichkeit, und bis heute wusste Vicki nicht, ob die Frau von der Telefonauskunft sich verwählt oder einen Spaß mit ihr getrieben hatte. Jedenfalls hatte sie sich in dieser Nacht auf Kosten eines reichen Arschs alles von der Seele geredet, bis der Akku leer gewesen war und sie das superteure Teil im Fischbrunnen versenkt hatte. Die letzten Worte des Mannes, der ihr ewig zugehört hatte, waren zu ihrem Lebensmotto geworden: »Wer sein Leben ändern will, sucht Wege, und wer nicht, der sucht Gründe. Also, Pfadfinderin, mach dich auf die Suche!«

»Hörst du mir überhaupt zu?« Clara fixierte sie mit strengem Blick.

Vicki fuhr aus ihren Überlegungen hoch. »Doch. Ja. Es tut mir leid. Echt. Aber es war ja nur eine Viertelstunde.«

Auf Claras Gesicht erschien ein widerwilliges Lächeln. »Wenn man bedenkt, dass du anfangs gleich stundenweise zu spät gekommen bist … vielleicht schaffst du es bis zum Ende deines ersten Lehrjahres ja wenigstens ein Mal, um halb neun hier in Erscheinung zu treten. Und jetzt mach dich an die Arbeit. Es gibt Flüge und Hotels für *Hofmann Logistics* zu buchen. Der halbe Laden fliegt zu einem Kongress nach Boston. Ich habe dir die Daten hingelegt. Über dein Outfit reden wir heute Mittag.«

Uuups, dachte Vicki, zog eine Schnute, stellte die Sammelbüchse zurück an ihren Platz und startete den PC.

Bis zur Mittagspause hatte sie Flüge und Hotels für den Firmenkunden gebucht, außerdem ein älteres Ehepaar beraten, das eine Kreuzfahrt machen wollte, einem jungen Paar eine Pauschalreise nach Antalya verkauft und eine weitere Spende von drei Euro erhalten.

Um zwölf schloss Clara das Büro für eine Stunde. Sie wohnte in der Nähe und ging wie immer nach Hause, um Clyde, ihren Golden Retriever, Gassi zu führen.

»Dann bis später.« Die Türe schloss sich hinter Clara. Henriette war schon weg. Sie traf sich mit einer Freundin beim Griechen in der Nähe des Bahnhofs.

»Soll ich dir was vom Metzger mitbringen?« Steffen trat hinter sie und sah ihr über die Schulter.

Vicki blickte auf. »Gerne. Eine Leberkässemmel.« Die war billiger als die Schinkensemmel neulich. Ganz zu schweigen von dem Camembertbaguette, das sie sich vor einigen Tagen in einem Anfall von Luxus gegönnt hatte.

»Sonst nichts?«

»Dessert habe ich dabei.« Vicki deutete auf den Apfel, der neben der Tastatur lag, und holte dann das Geld für ihr Mittagessen aus dem Portemonnaie.

Als auch Steffen gegangen war, loggte sie sich auf der explore-muc-Website ein. Seit einigen Wochen war sie dort Mitglied. Anfangs hatte sie nur die Fotos angesehen, im Forum mitgelesen, sich dann aber getraut, ihre ersten eigenen Urban-Exploring-Bilder online zu stellen. Aufnahmen, die sie in einer verlassenen Schraubenfabrik im Münchner Norden gemacht hatte. Sie waren echt gut geworden. Hartes Licht und starke Kontraste, wie beim Foto der Fensterfront mit den zerbrochenen Scheiben. Es wurde durch die senkrechten Streben strukturiert und lebte durch ein Spiel von Schärfe und Unschärfe. Ihr Lieblingsbild war jedoch *Die Kathedrale*. So nannte sie eine Aufnahme der leeren Maschinenhalle. Vicki hatte dabei aus dem Schatten heraus in den durch die zerborstenen Oberlichter beleuchteten Saal fotografiert. Waagerechte und senkrechte Stahlträger. Weiches Licht. Einige Sonnenstrahlen, die sich in der staubigen Luft fingen. Eine Birke spross aus einer Ritze des längst im Wechselspiel von Hitze und Frost geborstenen Betonbodens, wie ein anbetungswürdiges Symbol für die Kraft der Natur.

Geiles Bild, hatte Kai es kommentiert. Kai war der Betreiber der Site und des Forums. Sie hatte ihn im April kennengelernt, als er ihr auf dem Flohmarkt eine Bratpfanne vor der Nase weggeschnappt hatte, indem er fünfzig Cent mehr geboten hatte. Krösus, hatte sie ihn beschimpft, obwohl er wirklich nicht wie der Sohn reicher Eltern aussah, eher wie ein armer Student, was er auch tatsächlich war. Das hatte sich bei einem Becher Kaffee herausgestellt, zu dem er sie eingeladen hatte, nachdem sie ihm auf der Heimfahrt in der U-Bahn erneut über den Weg gelaufen war. Kai studierte Informatik im vierten Semester; sein Hobby war das Fotografieren verlassener Industriebrachen. Er war ein Urban Explorer. Genau wie sie. Eigentlich gefiel Vicki die Bezeichnung *Stadtromantiker* besser, denn nichts anderes waren sie. Romantiker, die die Schönheit und Vergänglichkeit verlassener Fabriken, vom Abriss bedrohter Häuser, Hallen und Industriekomplexe dokumentierten und so in eine Zukunft retteten, in der sie nicht mehr existieren würden. Ganz legal war das nicht. Meistens begingen sie zumindest Hausfriedensbruch, um sich Zugang zu verschaffen, manchmal auch Sachbeschädigung. Aber sie klauten nichts, zerstörten nichts, sprühten keine Graffiti an die Wände und nahmen sogar ihren Müll wieder mit, egal wie viel davon schon herumlag.

Vicki klickte sich durch die Seiten, las im Forum von einer preiswerten Taschenlampe, die es bei einem Kafferöster gab, und sah sich Kais neue Bilder an. Er war tatsächlich in die Schwimmhalle eines seit Jahren verlassenen Hotels in der Nähe des Wörthsees eingestiegen. Ihr gefielen die Geometrie in seinen Bildern und das Spiel mit Licht und Schatten, das er perfekt beherrschte. Eine Aufnahme hatte er am Boden des Beckens stehend gemacht. Eine Senkrechte, wo Wand an Wand stieß. Ein dunkler Schatten im Fünfundvierziggradwinkel, aus dem sich die Fugen der Fliesen in die hellerleuchtete Fläche vorarbeiteten; darauf ein winziges Moospolster, das grün aus dieser monochromen Aufnahme herausleuchtete. Ein Bild wie aus der Zeit gefallen, dachte Vicki und schrieb diesen Satz als Kommentar darunter.

Dann kramte sie den USB-Stick aus dem Rucksack, stöpselte ihn an den Rechner und lud einige der Bilder hoch, die Adrian in der Kanalisation von Paris gemacht hatte. Lange war sie unsicher gewesen, ob ihm das gefallen würde. Letzte Nacht hatte sie jedoch alle Zweifel beiseitegeschoben. Die Bilder waren gut, und sie wollte Adrian damit ein kleines Denkmal setzen. Der Upload war dank der DSL-Leitung im Büro schneller beendet als von ihrem PC daheim, der noch mit ISDN im Netz unterwegs war. Vicki ordnete die Aufnahmen zu einer Galerie und schrieb einen knappen Text dazu. Gerade als sie damit fertig war, kehrte Steffen zurück und wenige Minuten später Clara.

Kauend ließ Vicki Claras Erklärungen über angemessenes Outfit am Arbeitsplatz über sich ergehen. Und wie immer endeten sie in Claras Frage, wie ein derart hübsches Mädchen es nur schaffte, sich derart unmöglich anzuziehen. »Gummistiefel zu Shorts. Wie bist du nur auf die Idee gekommen? Und jetzt läufst du hier barfuß durchs Büro. Was sollen die Kunden denken? Ich habe dir etwas mitgebracht.« Clara zog eine Schuhschachtel aus einer Tüte. »Klassischer Fehlkauf. Ich habe sie nur einmal getragen. Dir müssten sie passen.« Sie reichte Vicki die Schachtel.

Niemals würde sie Pumps anziehen. Nur über meine Leiche, dachte Vicki und musterte den Karton. Das auf der Stirnseite angebrachte Etikett zeigte allerdings Sneakers. In der Tat ein Fehlkauf für Clara. Die Größe stimmte, doch das Preisschild ließ Vicki zusammenzucken. Noch nie hatte sie so teure Schuhe in der Hand gehabt, geschweige denn an den Füßen.

»Ich schenk sie dir, wenn sie dir passen.« Clara hatte Vickis Blick bemerkt. »Zurückgeben kann ich sie nicht, und bevor sie bei mir im Schrank verstauben, sehe ich sie lieber an dir.«

Vicki öffnete den Karton und holte die Schuhe aus sandfarbenem Wildleder mit türkisfarbenem Futter hervor. Sie öffnete den Klettverschluss und schlüpfte hinein. Der Schuh schmiegte sich an ihren Fuß wie maßgeschneidert.

»Na. Das sieht doch gleich ganz anders aus«, meinte Clara, nachdem Vicki beide Schuhe angezogen hatte.

»Danke.« Vicki wusste nicht, was sie sonst noch sagen sollte.

Clara lächelte. »Das mit der Kleidung kriegen wir auch noch hin. Wir haben ja noch zwei Jahre.«

Henriette kam zurück. Die Mittagspause war vorüber, und alle machten sich wieder an die Arbeit. Während Vicki Flugverbindungen für eine alte Dame heraussuchte, die zu ihrer Tochter nach Vancouver reisen wollte, dachte sie über Claras Bemerkung nach. Okay, pünktlicher war sie schon geworden, und vor allem hatte sie es geschafft, das Unkraut aus ihrer Sprache zu jäten, wie Clara das nannte. Sie hatte sogar jede Menge Bücher gelesen, um ihren Wortschatz zu reanimieren, der damals nach dem Wechsel vom Gymnasium auf die Hauptschule verschüttet worden war, wie durch einen Erdrutsch. Ihr Outfit wollte sie jedoch nicht ändern. Sie wollte nicht schön sein, kein Klischee erfüllen. Sie wollte irritieren. Die Leute guckten zwar, ließen sie aber in Ruhe.

Um halb sechs war Vickis Arbeitstag beendet. Sie räumte ihren Schreibtisch auf, fuhr den Rechner runter und stellte den Kaffeebecher in die Spülmaschine. Dann verabschiedete sie sich von Clara, die wie meistens länger blieb. »Danke noch mal für die Schuhe. Ich geh dann.«

Clara blickte auf, nahm Vickis Berichtsheft, das sie am Wochenende durchgesehen hatte, von einem Stapel und reichte es ihr. »Du machst gute Fortschritte. Nicht nur in deiner Ausdrucksweise. Aber das Heft ist nicht ganz vollständig. Über die Einführung in unser neues Buchungssystem steht noch nichts drin. Kannst du das bis Freitag nachholen?«

Vicki nickte.

»Und lerne zu Hause. Die Zwischenprüfung ist kein Honigschlecken. Wenn du erst kurz vorher damit anfängst, wird das nichts.«

Wieder nickte Vicki. Clara hatte ja recht. Trotzdem, heute Abend würde sie weder lernen noch Berichte schreiben. Das Wetter war schön, das Licht gut, und damit war klar, dass sie zur alten Brauerei radeln und dort weiter fotografieren würde. Am Samstag hatte sie abgebrochen, nachdem der Himmel sich mit Wolken bezogen hatte und das schöne Streiflicht futsch gewesen war. »Dann bis morgen.« Sie griff sich ihren Rucksack und ging.

Zwanzig Minuten später näherte Vicki sich ihrem Ziel, dem Gelände einer seit ewigen Zeiten verlassenen Brauerei in Solalinden. Dieser kleine Ort lag zwischen Putzbrunn und Waldperlach, eingebettet zwischen Feldern und einem Waldgebiet, das sich wie ein Keil zwischen die Trabantenstadt Neuperlach und jene Ansammlung von etwa zwanzig Häusern schob.

Vickis Rad holperte über den schmalen Weg, der von Südwesten kommend durch den Wald führte, der Rucksack wippte auf ihrem Rücken, die Sohlen der Sneakers gaben ihren Füßen Halt auf den Pedalen. Die nackten Beine hatten einige Kratzer abgekriegt, als Vicki eine Kurve zu eng genommen hatte und dabei beinahe in den Brombeeren gelandet war. Natürlich hätte sie über die Straße fahren können. Aber es musste ja nicht sein, dass irgend so ein Wichtigtuer aus dem Kaff mitbekam, wie sie da unbefugt rumturnte, und sich dann berufen fühlte, einzuschreiten oder gar die Bullen zu holen.

Der Wald wurde lichter, ein hoher, mit Stacheldraht bekränzter Bretterzaun kam in Sicht und dahinter das teilweise eingestürzte Dach der Brauerei. Vicki stieg ab und schob das Rad entlang des Zauns weiter in den Wald hinein, bis sie den Weg nicht mehr sehen konnte. Dort lehnte sie es an einen Baum und kettete es sicherheitshalber an. Einbrechen musste sie nicht. Bei ihrem ersten Besuch am Samstag hatte sie zwei lose Latten im Zaun entdeckt. Die schob sie nun zur Seite, bugsierte den Rucksack hindurch und zwängte sich durch die Lücke. Vor ihr lag ein asphaltierter Hof, dessen welliger Belag voller Löcher und Risse war. Unkraut und Büsche sprossen daraus hervor. Dahinter befanden sich Sudhaus und Lager. Die Gebäude waren aus roten, unverputzten Ziegeln gemauert, die Fenster hoch, die Scheiben eingeschlagen. Am löchrigen, teilweise abgedeckten Dach hing die Dachpappe in Fetzen, darunter lugten marode Balken hervor.

Vicki schulterte ihren Rucksack und stieg die Treppe zur Rampe des Sudhauses hoch. *Zutritt verboten! Vorsicht Einsturzgefahr!,* warnten zwei Schilder, die jemand an die mit Brettern vernagelte Tür geschraubt hatte. Idiotisch, die Türen zu vernageln, wenn jeder durchs Fenster reinkonnte. Vicki kletterte durch dasselbe wie beim letzten Mal.

Das Licht ergoss sich in einem breiten Streifen durch die zerborstenen Scheiben in den hohen Raum, glitt an der Wand entlang, fiel über den mit Schutt übersäten Boden und überzog die alten Sudkessel mit einem stumpfen Glanz. Bereits bei ihrem ersten Besuch war Vicki aufgefallen, dass jemand mit einer Flex aus zwei der drei Kupferkessel große Stücke herausgeschnitten hatte. Vermutlich jemand, der Buntmetall klaute. Die Kessel wollte Vicki später fotografieren. Zuerst war die Lampe dran, bei der sie am Samstag abgebrochen hatte. Jetzt war das Licht dafür perfekt. Sie nahm die Kamera aus dem Rucksack, schaltete sie an und legte sich rücklings auf den Boden. Zweieinhalb Meter über ihr baumelte das verrostete und leere Gestell für drei Neonröhren an zwei schmalen Ketten. Vicki sah durch den Sucher und zentrierte die Lampe, bis sie als Waagrechte die Bildmitte durchschnitt. Der dunkle Firstbalken bildete eine Senkrechte, das einfallende Licht beleuchtete eine der Schrägen, die andere lag im Schatten. Eine total geile geometrische Komposition. Vicki betätigte den Auslöser mehrmals, stand auf und betrachtete das Ergebnis auf dem Display. Alleine wegen dieses Motivs hatte es sich bereits gelohnt, nochmals hierherzukommen. Sie wandte sich dem verrosteten Heizkörper zu, dessen Farbe abblätterte wie Haut nach einem Sonnenbrand. Den hatte sie schon am Samstag fotografiert, aber das Licht, das nun auf ihn fiel, warf interessante Schatten, ließ ihn wie ein urzeitliches Schuppentier erscheinen. Nach einigen Aufnahmen blinkte ein Symbol im Display. Die Speicherkarte war voll. Vicki wechselte sie gegen eine freie, legte die volle in die Schutzhülle und schob diese in die Hosentasche. Anschließend fotografierte sie die gekappten Kabel, die aus dem Sicherungskasten baumelten, klopfte sich den Staub von den Shorts und wandte ihre Aufmerksamkeit den Kesseln zu.

Etwas war anders als am Samstag, das hatte sie vorher schon wahrgenommen, aber nun sah sie, was es war. Irgendwelche Schweine hatten ihren Müll hier abgeladen. In der Mitte des aufgeschnittenen Sudkessels lagen ein schwarzer und ein blauer Müllsack. Wobei das Schwarze kein Sack war, eher eine Rolle aus Folie. Etwas lugte daraus hervor. Im ersten Moment begriff sie nicht, was sie da sah.

Es war eine Hand mit rosa lackierten Nägeln.

Verwundert bemerkte Vicki, dass sie weder das Bedürfnis hatte, schreiend davonzurennen, noch, den Inhalt ihres Magens auf den Boden zu würgen. Es war auch nicht Angst, die sie fühlte, sondern Kraftlosigkeit, die sich in den Beinen ausbreitete und sie zwang, sich auf den gemauerten Vorsprung in der Nähe des Kessels zu setzen. Vicki starrte auf die Hand mit ihren schmalen Fingern und registrierte die Stille zwischen den Mauern, das Zwitschern eines Vogels draußen im Wald, das Licht, das scheinbar kühler geworden war, und die Trauer, die in ihr aufstieg, wie in einem Gefäß, bis sie ganz damit angefüllt war und am liebsten diese Hand in ihre genommen hätte.

***

Kriminalhauptkommissar Konstantin Dühnfort räumte seinen Schreibtisch auf, schaltete den Computer aus und hoffte auf einen ruhigen Abend. Die vergangenen zehn Tage hatte er mit Gina und Alois durchgearbeitet, um einen Raubmord aufzuklären. Seit heute war der Fall abgeschlossen. Protokolle und Abschlussbericht waren geschrieben, und jetzt wollte er raus aus der Büroluft, an den Starnberger See, zur *Sissi,* seinem Boot, das er im letzten Herbst gekauft hatte und dem er seither einen anderen Namen geben wollte.

Es lag bei Schorschs Segelschule am Steg und hatte seit April wieder Wasser unter dem Kiel, doch bisher war Dühnfort erst an zwei Wochenenden zum Segeln gekommen. Beim ersten Mal hatte er wider Erwarten Angst überwinden müssen. Angst, die sich einstellte, als das Ufer hinter ihm lag, er die weite Wasserfläche vor sich sah und die Tiefe des Sees spürte. Diese Tiefe. Ein Anflug von Panik wollte ihn zur Umkehr zwingen, er gab ihm nicht nach. Es war sein Fehler gewesen, damals. Ein typischer Anfängerfehler, den er, als erfahrener Segler, nicht zu wiederholen gedachte. Er drängte die Erinnerung zurück, wollte sich nicht durch unsinnige Angst das Gefühl von Freiheit nehmen lassen, das er auf der Weite des Sees so intensiv empfand, die Vorstellung, dass noch etwas vor ihm lag.

Während er das Fenster schloss, warf er einen Blick auf die Zwillingstürme der Frauenkirche. Kurz vor halb sieben. In einer Stunde würde er auf seinem Boot sitzen, die neuen Festmacherleinen auf die richtige Länge spleißen, zu Abend essen, das Klimpern der Falle an den Alumasten hören, das Geschrei der Möwen und das leise Anschlagen des Wassers am Rumpf und vielleicht zusammen mit dem Schorsch ein Glas Merlot trinken, während die Sonne unterging und das Handy hoffentlich nicht klingelte.

Er hatte diesen Gedanken noch nicht zu Ende gedacht, als es an der Tür klopfte und Gina eintrat.

»Falls du darüber nachgedacht haben solltest, heute einen lauschigen Abend am See zu verbringen: Vergiss es.« Sie schlüpfte in ihre Jeansjacke, verstaute das Handy in einer Tasche ihrer Cargohose und förderte beinahe gleichzeitig aus einer anderen eine Banane zu Tage. »Wir haben Kundschaft.«

Merde, fluchte Dühnfort lautlos, während er sein Sakko vom Haken an der Tür nahm. »Wo?«

»In Solalinden. In einer stillgelegten Brauerei. Die Kollegen von der Polizeiinspektion 28 haben das schon überprüft. In einem Sudkessel liegt eine Leiche.« Gina schälte die Banane und biss hinein.

»Ist Buchholz informiert?«

»Ist mit seinen Jungs und dem ganzen Equipment schon unterwegs«, sagte sie kauend.

Merde, dachte Dühnfort nochmals. Ihm war es lieber, wenn er ein paar Minuten Vorsprung hatte und sich einen ungestörten Eindruck verschaffen konnte. Auch wenn das nicht den Vorschriften entsprach und er sich daher seit Jahren einen stillen Kampf mit Frank Buchholz, dem Leiter der Spurensicherung, darum lieferte, wer als Erster am Tatort war. »Und Alois?«

»Geht gerade zu seinem Auto. Ich dachte, ich fahre mit dir.« Gina schob den Rest der Banane in den Mund und warf die Schale in den Papierkorb. »Das war dann wohl das Abendessen.«

Während sie die Stadt in östlicher Richtung durchquerten, telefonierte Gina mit ihrer Mutter, um ihr zu sagen, dass sie nicht zum Essen komme. Entspannt saß sie auf dem Beifahrersitz, blickte aus dem Fenster, während sie sprach, und schob gedankenverloren eine störrische Strähne ihrer dunklen Haare hinters Ohr.

Es war einer jener seltenen Tage, an denen ein schwacher Duft nach Äpfeln von ihr ausging. Dieser Geruch erinnerte Dühnfort an seine Kindheit, an seine Großeltern im Alten Land bei Hamburg, an heiße Sommer, in denen der Himmel blauer, die Wellen höher, der Sand feiner und Omas Kuchen der beste gewesen war. Erst als Gina mitten im Satz stockte und zu ihm hinübersah, merkte er, dass er geseufzt hatte. »Alles okay?«

»Natürlich.«

Zwanzig Minuten später erreichte Dühnfort die Abzweigung nach Oedenstockach. Eine schmale Straße führte durch den Ort Richtung Solalinden. Weizenfelder blühten, der Mais stand kniehoch, in den Wiesen wuchsen Klee und Hahnenfuß und an ihren Rändern Klatschmohn und Schafgarbe. Dühnfort überholte eine Gruppe Rennradfahrer, durchquerte ein Waldstück und erreichte eine Ansammlung von wenigen Häusern. Die Straße verzweigte sich. Links entdeckte er in etwa hundert Metern Entfernung ein Streifenfahrzeug, davor einen der Busse der Spurensicherung und Alois' schwarzen Mini.

Dahinter stoppte Dühnfort und stieg aus. Auf der anderen Seite des Wegs befand sich eine zwei Meter hohe und etwa siebzig Meter lange Ziegelmauer, in deren Mitte ein zweiflügliges Tor aus verrostetem Eisen den Zugang zum Innenhof freigab. Dort parkten zwei weitere Busse der Spurensicherung. Dühnfort betrat, von Gina gefolgt, den Hof. Der Asphalt war voller Löcher und Risse. Unkraut wucherte daraus hervor. Linker Hand unterhielten sich zwei Streifenpolizisten auf der Rampe eines Gebäudes, dessen Fenster eingeschlagen waren. Das

Dach war teilweise eingestürzt und derart marode, dass der nächste größere Sturm ihm den Rest geben würde. Rechter Hand befand sich ein Lattenzaun, hinter dem sich Wald erstreckte. Gegenüber begrenzte eine Mauer mit einem verrosteten Eisentor das Areal. Davor stand Alois und redete auf eine junge Frau ein, die auf einem Bretterstapel saß.

Auf der Rampe erschien Frank Buchholz, verhüllt wie eine Raupe im Kokon, zog den Mundschutz ab und wischte sich mit dem Handrücken über die Stirn. Als er Dühnfort entdeckte, kam er die Treppe herunter. Der weiße Overall spannte über dem Bauch, und Dühnfort ertappte sich bei dem Gedanken, dass dieser Hülle kein Schmetterling entschlüpfen würde, sondern ein in die Jahre gekommener Rocker, der weder von Lederkluft noch von seiner Harley lassen konnte. Sie trafen sich vor dem Bus. Buchholz schob die Tür auf und holte zwei Alukoffer hervor, die Video- und Fotoausrüstung enthielten. »Heute kommst du erst rein, wenn wir den Fundort dokumentiert haben.«

»Fundort? Nicht Tatort?«

Buchholz zuckte die Schultern. »Die Leiche ist in Teichfolie eingewickelt. Fünfzehn Minuten, dann kannst du dir das ansehen. Ist ein Rechtsmediziner auf dem Weg?«

»Die Weidenbach müsste demnächst vorfahren«, sagte Gina.

Dühnfort ging zu Alois, während sie die Rampe erklomm und sich zu den Kollegen der Schutzpolizei gesellte.

Alois Fünfanger trug trotz der Hitze Anzug, Hemd und Krawatte. Da Dühnfort sportliche Kleidung bevorzugte – heute trug er eine hellbeige Chino, ein dezent gestreiftes Hemd und ein dazu passendes Sakko –, kam es hin und wieder vor, dass man nicht ihn, sondern Alois für den Leiter der Ermittlungen hielt.

Alois begrüßte Dühnfort mit einem Kopfnicken. »Das ist Frau Senger, sie hat die Leiche gefunden.« Er wies auf die junge Frau, die auf dem Bretterstapel saß und nun aufstand. Sie war höchstens zweiundzwanzig, hübsch wie ein Model und ebenso groß wie Dühnfort. An den zerschrammten Beinen klebten auf gleicher Höhe zwei Pflaster. Etwas Trauriges und zugleich Trotziges lag in ihrem Gesicht. Sie umfasste ihre Ellenbogen mit den Händen, als wolle sie sich abriegeln, Distanz wahren. Gleichzeitig stellte sie sich schützend vor einen Rucksack, der auf dem Boden lag.

Er bot ihr die Hand. »Dühnfort. Ich werde die Ermittlungen in diesem Fall leiten.«

Sie ergriff die Hand nicht. »Sie sind also sein Chef.« Mit einer Kopfbewegung wies sie auf Alois.

Dühnfort bestätigte das.

»Dann erklären Sie ihm, dass er meine Kamera nicht kriegt. Ich habe die Frau schließlich nicht umgebracht. Nur gefunden.«

»Worum geht es?«, fragte er Alois.

»Frau Senger hat hier fotografiert. Vielleicht auch die Leiche …«

»Hab ich nicht.«

»Wir sollten verhindern, dass diese Bilder an die Medien gelangen.«

Etwas gefiel Dühnfort nicht. »Kann ich dich kurz alleine sprechen?« Er trat mit Alois zur Seite. »Was ist los? Weshalb glaubst du, sie würde die Bilder verkaufen?«

Alois senkte die Stimme. »Einer der Kollegen kennt sie«, er wies zur Rampe. »Viktoria Senger ist polizeibekannt. Kaufhausdiebstähle, Schlägereien, Pöbeleien, Sachbeschädigung. Ein ganz schönes Früchtchen. Er meint, sie habe auch eine Zeitlang auf der Straße gelebt. Sie wird die Kohle brauchen. Außerdem sollten wir checken, ob die Kamera geklaut ist. Das ist ein teures Stück. Zehn Megapixel, Spiegelreflex.«

Dühnfort warf einen verblüfften Blick auf die junge Frau. Sie hielt ihm trotzig stand. Ihre blauen Augen funkelten unter dunklen Locken hervor, gleichzeitig wirkte sie wie ein verlorengegangenes Kind. Alois' Vorurteile gefielen Dühnfort nicht. Außerdem war Viktoria Senger eine Zeugin, mit der er es sich nicht gleich verderben wollte. »Ich denke, es ist ausreichend, wenn sie uns die Speicherkarte gibt. Kümmere du dich um die Absperrung und Kollegen, die das Areal und den Wald absuchen.«

»Wie du meinst.« Alois zuckte mit den Schultern und zog sein Handy aus der Halterung am Gürtel. Dühnfort kehrte zu Viktoria Senger zurück und setzte sich neben sie auf den Bretterstapel, während Alois sich Richtung Tor entfernte. »Ihre Kamera benötigen wir nicht. Aber wenn Sie so nett wären, mir den Speicherchip zu geben. Die Aufnahmen gehören nun mal zu den Beweismitteln.«

»Aber der Typ von der Spurensicherung fotografiert doch auch.«

»Frau Senger, bitte …«

Missmutig verzog sie den Mund, bückte sich, holte die Kamera aus dem Rucksack hervor und entnahm ihr die Karte, auf der die Aufnahmen gesichert waren. »Bitte schön! Sind eh nur zwei oder drei.«

»Danke schön«, erwiderte er mit einem Lächeln und steckte sie in die Sakkotasche. »Was kann man hier eigentlich fotografieren? Das sind ja keine gängigen Motive.« Dühnfort wies auf die einsturzgefährdeten Gebäude.

»Das ist Ansichtssache. Mir gefällt es.«

»Sind Sie deswegen hierhergekommen? Um die Faszination dieser maroden Welt festzuhalten, bevor sie ganz vergangen ist?«

Sie warf ihm einen Seitenblick zu. »Sie sehen das also auch.«

»Ein ausgefallenes Hobby haben Sie sich da ausgesucht. Irgendwie traurig und romantisch zugleich«, sagte er.

»Heute eher traurig. Obwohl das Risiko, eine Leiche zu finden, für einen Urban Explorer ja höher ist als für Leute, die den ganzen Tag vor der Glotze hängen.«

»Was ist das, ein Urban Explorer?«

Sie erklärte ihm, was es mit diesem Hobby auf sich hatte, dass es einen Ehrenkodex gab und dass sie hier nicht eingebrochen war, sondern durch eine Lücke im Zaun und durch ein eingeschlagenes Fenster geklettert war. Das Einzige, was man ihr vorwerfen konnte, war Hausfriedensbruch, und das auch nur dann, wenn der Eigentümer Anzeige erstattete. Sie kannte sich aus. Die losen Bretter im Zaun ließ Dühnfort sich zeigen. »Waren Sie schon öfter hier?«

»Das erste Mal am Samstag. Da musste ich abbrechen. Das Licht wurde schlecht.«

»Da haben Sie im selben Gebäude fotografiert wie heute?«

Sie nickte. »Am Samstag lag sie aber noch nicht da.«

Buchholz erschien neben Gina auf der Rampe und gab Dühnfort ein Zeichen, dass er nun den Fundort betreten könne. Gleichzeitig kam Alois durch das Zugangstor und steckte sein Handy ein. Dühnfort bat Viktoria Senger zu warten, bis ein Kollege sie ins Präsidium bringen und ihre Aussage aufnehmen würde.

Dann stieg er, gefolgt von Alois, auf die Rampe.

»Ihr könnt hier durch«, sagte Buchholz. »Durch dieses Fenster wurde die Leiche nicht gebracht. Aber vorher …« Er reichte ihnen Schutzkleidung. Nachdem sie diese angezogen hatten, kletterten sie ins Innere.

Ein hoher Raum. Schutt auf dem Boden. Ein offener Sicherungskasten, aus dem gekappte Kabel ins Leere baumelten. Verrostete Lampengestelle hingen von der Decke. Zerbrochene Bierkästen, zusammengedrückte Getränkedosen, etliche Zigarettenkippen und mehrere Schnapsflaschen lagen zwischen Ziegelbrocken, Staub und Dreck. Vor diesen Dingen standen bereits Schildchen mit Spurennummern. Zwei Mitarbeiter der Spurensicherung arbeiteten an einer offenen Tür auf der Südseite des Raums, die auf eine Außentreppe führte.

Weiter hinten befanden sich zwei mannshohe Sudkessel. An einem fehlten große Teile der Kupferverkleidung. Die Öffnung maß etwa ein Drittel des Umfangs und reichte von oben, wo sich der Kessel zu einem Rohr verjüngte, bis zum Boden. Dort lag ein dunkelblauer Müllsack und davor eine schwarze Rolle.

Dühnfort sah die Hand im Näherkommen. Sie lugte unter der unregelmäßig beschnittenen Kante der Folie hervor. Es war die Linke, sehr weiß, die Nägel rosa lackiert, ein schmaler Silberreif am Ringfinger. Er blieb stehen, ließ das Bild auf sich wirken, bemerkte, wie Gina und Alois sich neben ihn stellten. Es herrschte Stille. Irgendwo zwitscherte ein Vogel. Aus weiter Ferne dröhnte der Lärm eines Flugzeugs und etwas näher das Brummen eines Autos. Neben der eingewickelten Leiche lag ein Schmetterling. Dühnfort ging in die Hocke und betrachtete ihn. Er war von erhabener Schönheit. Die Flügel waren dunkelbraun mit einem Schimmer Bordeaux und gingen nach außen in einen schwarzen Streifen über, der wiederum mit fliederfarbenen Tupfern verziert war wie kostbarer Damast. Daran schloss sich ein vanillegelbes Band an, das bis in die gezackten Flügelränder zu einem zarten Weiß auslief. Der Körper hatte alle Spannung verloren und lag schlaff auf einem Ziegelbrocken, wie dekoriert.

Dühnfort erhob sich aus der Hocke und wandte sich an Buchholz. »Habt ihr den Schmetterling schon?«

»Du denkst, der hat was zu bedeuten?«

Dühnfort wusste es nicht. Im Moment sammelte er Eindrücke, und etwas an diesem Falter irritierte ihn.

Buchholz platzierte ein Schildchen neben dem zerbrochenen Ziegel, klebte einen Maßstreifen daran und fotografierte das tote Insekt, bevor er es vorsichtig mit einer Pinzette in ein Plastikschächtelchen schob. Dann deutete er auf die Leiche. »Sollen wir?«

Dühnfort wappnete sich und nickte. Buchholz stieg in den Kessel und schlug die Folie zurück. Der linke Arm wurde sichtbar und ein Stück der Schulter. Etwas stimmte nicht. Dühnfort erkannte es, noch bevor Buchholz den Körper weiter enthüllte, und atmete scharf aus. Der Anblick des kopflosen Leichnams traf ihn nicht restlos unvorbereitet. Dennoch wich er unwillkürlich zurück. Gina stöhnte, Alois entfuhr ein Keuchen. Einzig Buchholz zeigte keine Reaktion. Er starrte auf den Körper, richtete sich auf und suchte Dühnforts Blick. Beide dachten das Gleiche.

Buchholz beugte sich über den Müllbeutel, während Dühnfort den Leichnam betrachtete. Es war der beinahe nackte Körper einer jungen Frau. Sehr schlank, mit hervorstechenden Hüftknochen, die Haut seltsam hell, wie Marmor. Das einzige Kleidungsstück war ein zartrosa schimmernder Strumpf, der von einem spitzenverzierten Band am linken Bein gehalten wurde.

»Eine kopflose Braut.« Gina sprach leise und schüttelte den Kopf.

»Wie meinst du das?«

Ihr Rücken straffte sich, die Stimme wurde fest. »Das war mein erster Gedanke. Obwohl der Strumpf rosa ist. Wer zieht denn so was an? Bräute und Nutten vielleicht.«

»Und Frauen, die einem Mann gefallen wollen«, ergänzte Alois.

Gina entwischte ein halbherziges Grinsen. »Du musst es ja wissen.«

Mittlerweile hatte Buchholz den Müllbeutel geöffnet und davon verschiedene Aufnahmen gemacht. Nun bückte er sich zögernd, um den Inhalt hervorzuholen, hielt jedoch mitten in der Bewegung inne und richtete sich wieder auf. »Ich komme mir vor wie ein Scharfrichter. Kann jemand anderes das machen? Wo bleibt denn die Weidenbach?«

Von der Rampe her drangen mit einem Mal laute Stimmen. Ein Mann mit einer Kamera auf der Schulter versuchte durch die Fensteröffnung zu klettern. Auf dem Basecap des Eindringlings prangte das Logo eines privaten Fernsehsenders. Sein konzentrierter Blick verriet, dass die Aufzeichnung lief. Krampfhaft bemühte er sich, die Kamera ruhig zu halten, da einer der Streifenpolizisten an seinem Arm zerrte, um ihn zurückzuhalten. Von draußen war die Stimme einer Frau zu vernehmen, die offenbar auf den anderen Kollegen der Polizeiinspektion 28 einredete.

Dühnfort eilte auf den Mann zu, die Arme ausgebreitet, als könnte er so die Tote vor diesem voyeuristischen

Übergriff schützen. »Raus!«, brüllte er. »Stoppen Sie die Aufnahme! Sofort. Sonst lasse ich Sie wegen Behinderung einer polizeilichen Ermittlung festnehmen.«

»Hier wurde eine Leiche gefunden. Können Sie das bestätigen?« Ungerührt filmte der Mann weiter. Halb drinnen, halb draußen.

»Stoppen Sie die Aufnahme, dann bekommen Sie eine Antwort.« Das half. Der Eindringling ließ die Kamera sinken und sah Dühnfort erwartungsvoll an.

»Es wird eine Presseinformation geben. Abrufbar auf unserer Webseite, vielleicht auch eine Pressekonferenz. Dazu sind Sie herzlich eingeladen. Und jetzt verlassen Sie mit Geleitschutz das Gelände, oder ich mache Ernst.« Dühnfort wandte sich an Alois, der neben ihn getreten war. »Das ist dein Job.«

Offensichtlich wusste der Mann, wann er verloren hatte, denn er zog sich zurück. »Danke, ich finde alleine raus.«

»Das bezweifle ich.« Dühnfort gab Alois ein Zeichen.

»Wieso ich?«, fragte er leise. »Das können doch …«

»Weil du die Absperrung organisieren solltest«, erwiderte Dühnfort scharf, aber ebenso leise. »Ich erwarte, dass das umgehend geschieht, und dann fährst du mit Frau Senger ins Präsidium und nimmst ihre Aussage auf.«

Alois' Kiefer mahlte. Er drehte sich abrupt um. »Kann denn nicht einer mal diese Scheißtür hier aufmachen?«, schimpfte er, bevor er durch das Fenster nach draußen stieg.

Dühnfort beobachtete, wie er das Team des Fernsehsenders vor das Tor begleitete. Im selben Moment fuhr ein silberner BMW auf den Hof. Die Rechtsmedizinerin Dr. Ursula Weidenbach war da.

Sie holte einen Alukoffer aus dem Wagen, entdeckte Dühnfort und nickte grüßend zu ihm hinüber. Sie war groß, schlank, ein sportlicher Typ. Ihr graues Haar war zu einer pflegeleichten Kurzhaarfrisur geschnitten. Eine silbergefasste Brille vergrößerte die Falten in den Augenwinkeln. Nachdem sie einen Overall angezogen hatte, betrat sie auf gleichem Weg den Fundort wie alle anderen vor ihr. Dühnfort half ihr mit dem Koffer und ging voran.

Gina hatte sich zu Buchholz auf die gemauerte Einfassung neben dem Sudkessel gesetzt und starrte auf die Mülltüte, während im hinteren Bereich des Raumes die Mitarbeiter der KTU weiter ihre Arbeit verrichteten.

Die Rechtsmedizinerin stellte den Koffer ab und betrachtete die Leiche, während sie sich Latexhandschuhe überstreifte. »Meine Güte. So etwas sieht man auch nicht alle Tage.« Dann ging sie in die Hocke, nahm die Tote in Augenschein und schaute sich suchend um, bis sie den Müllbeutel entdeckte. »Der Kopf ist da drinnen, wie ich vermute?«

Buchholz nickte.

Seufzend erhob sich Ursula Weidenbach, ließ die Schlösser des Koffers aufschnappen und holte ein Stück Folie hervor, das sie auf dem Boden ausbreitete. »Falls jemand frische Luft schnappen will, wäre jetzt ein guter Zeitpunkt dafür.« Ohne sich zu vergewissern, ob einer der Anwesenden ihren Vorschlag beherzigte, griff sie in die Tüte, zog den Kopf hervor und legte ihn auf der vorbereiteten Fläche ab.

Eine Fülle dunkler Locken breitete sich aus. Das Haar war weder strähnig noch blutverklebt, was Dühnfort irritierte. Grünbraune Augen starrten aus einem marmorweißen Gesicht ins Leere, als erblickten sie etwas, das sonst niemand in diesem Raum sehen konnte. Die Brauen hoben sich wie mit Kohle gezeichnet von diesem Weiß ab, während die Lippen als fahles Graurosa mit ihm verschmolzen. Der Halsschnitt war präzise gesetzt, die Wundränder exakt. Scharfes Werkzeug. Skalpell, Schlachtermesser oder ein Profiküchenmesser, überlegte er. Dann wandte er sich ab und stieß die Luft aus, die er unwillkürlich angehalten hatte.

Am Fenster stand Gina und versuchte erfolglos ihrem Gesicht diesen burschikosen Ausdruck abzuringen, der so typisch für sie war. »Manchmal frage ich mich, warum ich nicht Finanzbeamtin geworden bin. Trockene Zahlen, Aktenstaub, um vier den Griffel fallen lassen, und nachts kann man ruhig schlafen.«

»Du würdest sterben vor Langeweile.« Er strich ihr kurz über den Oberarm, nahm erneut den Geruch nach Äpfeln wahr und fühlte sich getröstet. »Geht es wieder?«

Sie verzog den Mund zu einer Art Lächeln. »Klar. Soll ich mich darum kümmern, dass die Jungs mit dem Zinksarg antraben? So wie ich die Weidenbach kenne, wird sie sich hier nicht mehr als sieben Worte entlocken lassen.«

»Tu das, und dann kannst du noch die Kollegen einweisen, die gleich kommen werden. Das Gelände und der angrenzende Wald müssen abgesucht und die Anwohner befragt werden.«

»Wird gemacht, Boss.« Gina zog das Handy aus einer Hosentasche und stieg durchs Fenster.

Dühnfort kehrte zu Ursula Weidenbach zurück. »Wie ist Ihr Eindruck?«

Sie nahm die Brille ab. »Fundort ist nicht Tatort. Aber da sind Sie sicher schon alleine draufgekommen. Zum

Todeszeitpunkt gebe ich eine vage Schätzung ab. Achtundvierzig bis zweiundsiebzig Stunden. Morgen habe ich das präziser. Todesursache scheint klar zu sein. Aber bevor ich sie nicht auf dem Tisch gehabt habe, lege ich mich nicht fest. Die Leichenflecke sind sehr blass. Das ist ungewöhnlich. Derjenige, der den Kopf abgetrennt hat, kennt sich aus. Metzger oder Chirurg? Das ist ein sauberer Schnitt, ohne ein Zögern, durchgezogen bis zu den Wirbelkörpern, und auch die sind fachmännisch durchtrennt. Dafür braucht man neben Fachkenntnis ein sehr scharfes Messer.«

»Das ist ja schon eine ganze Menge.«

Die Rechtsmedizinerin wandte sich wieder der Toten zu, Dühnfort ging zu Buchholz an die Hintertür und erhielt die Bestätigung seiner Vermutung. Der nur durch ein Vorhängeschloss gesicherte Zugang war aufgebrochen worden, ebenso das Eisentor auf der Westseite des Grundstücks. »Vermutlich mit einem Bolzenschneider«, meinte Buchholz. »Ein paar Fasern konnten wir sichern. Das ist alles. Hinter der Mauer führt ein Weg durch den Wald, der ist knochentrocken. Reifenspuren kannst du also vergessen. Er wird dort geparkt haben. An der Zarge des Tors haben wir ebenfalls einige Fasern gesichert.«

Dühnfort stieg die wenigen Stufen hinunter in den Hof bis zum Türchen in der Mauer und setzte sich auf den Bretterstapel. Wer immer die Leiche hier abgelegt hatte, kannte das Gelände. Warum hatte er sich die Mühe gemacht, sie so weit zu tragen, durch den Hof, die Treppe hinauf, durch den halben Brauraum bis zu den Kesseln?

Ein Zitronenfalter flatterte auf Dühnfort zu, landete kurz auf einem der Bretter und klappte die gelben Flügel auf und zu. Ein zartes Gelb, wie erstes Morgenlicht, als ob es in all diesem Elend doch Hoffnung gäbe.

***

Kurz vor Mitternacht stieg Dühnfort die Stufen zu seiner Wohnung in der dritten Etage eines alten Hauses in der Pestalozzistraße hinauf. Im Briefkasten war nur Reklame gewesen, die er nun auf die Ablage im Flur legte.

Für heute hatten sie getan, was sie tun konnten. Weder auf dem Gelände noch im Wald hatte man die Tatwaffe gefunden, geschweige denn Kleidung und Papiere des Opfers. Von den Anwohnern war niemandem etwas Außergewöhnliches aufgefallen. Die alte Brauerei war kein geheimer und vergessener Ort. In der Gegend kannte man sie, da sie an der Strecke zu einem Biergarten lag, der im Sommer Ausflugsziel für Radfahrer und Wanderer war.

Dühnfort hängte das Sakko auf und ging in die Küche. Aus dem Kühlschrank holte er Eier, Butter, ein Stück Gruyère und einen gut gekühlten Chardonnay. Er entkorkte die Flasche und schenkte sich ein Glas voll. Während er ein Käseomelett zubereitete, trank er das Glas leer und entspannte allmählich. Das Bild der kopflosen Leiche verblasste.

Als das Omelett fertig war, toastete er eine Scheibe Weißbrot, füllte das Glas erneut und trug sein Abendessen auf den kleinen Küchenbalkon.

Die Luft war lau und vom Frühsommerduft nach Blüten und Gräsern erfüllt. Drei Etagen unter ihm leuchteten einige ewige Lichter auf den Gräbern des Alten Südfriedhofs. In der Dunkelheit ahnte Dühnfort den Schattenriss des gesichtslos gewordenen Marmorengels, der dort Wacht am Grab eines im Jahr 1832 viel zu jung verstorbenen Musikers hielt.

Falls er vergangenen Oktober wirklich ertrunken wäre, wie würde wohl sein Grabstein aussehen?

Zügig leerte Dühnfort das Glas. Er wollte nicht daran denken, doch da waren sie wieder, diese Bilder. Seine Angst, seine Scham, bodenlos. Eilig stand er auf, ging in die Küche, schenkte sich nach und trank. Er sah wirbelnde Gischt, Blasen vor seinem Gesicht, spürte den Druck auf der Lunge, die Gier zu atmen, sah Ginas Schokoladenaugen, fühlte, wie ihn diese Kraft in die Tiefe zog, die Kälte, die sich in seine Glieder fraß, spürte den tobenden Schmerz im Arm. Und dennoch hatte er sich mit einer Kraft an Gina geklammert, die all sein Handeln auf einen Punkt fokussierte: Er wollte nicht sterben. Nicht so. Nicht jetzt. Er hatte sich an sie gekrallt, nicht losgelassen und sie mit in die Tiefe gezogen, bis er das Bewusstsein verloren hatte, bis auch sie ertrunken wäre – wenn nicht der Schorsch zur Stelle gewesen wäre, den irgendein Gott, an den Dühnfort noch immer nicht glauben konnte, geschickt hatte.

Er lehnte sich an den Kühlschrank und schloss die Augen. Diese Scham brannte in ihm. Gina hatte ihr Leben riskiert, und er hatte nicht gewusst, wann er loslassen musste, er hätte sie umgebracht, um sich zu retten.

Mit dem Glas in der Hand kehrte er auf den Balkon zurück, in die Dunkelheit. Er ließ den Kopf in den Nacken fallen, blickte in die klare Nacht, erkannte den Großen Wagen und Jupiter. Sie hatte nie ein Wort darüber verloren. Genau wie er. Und je länger er damit wartete, umso unmöglicher wurde dieses Gespräch.

Dienstag, 8. Juni

Kurz nach Sonnenaufgang erwachte Dühnfort vom Zwitschern der Vögel, das aus den Bäumen des Friedhofs durchs offene Schlafzimmerfenster drang. Halb sechs. Sein Kopf fühlte sich wattig an, sein Mund trocken.

Da er ohnehin nicht mehr einschlafen würde, stand er auf, schaltete in der Küche die Espressomaschine an, holte die Packung mit Grapefruitsaft aus dem Kühlschrank und nahm ein Glas davon mit auf den Balkon.

Das Morgenlicht war noch fahl, versprach jedoch einen warmen und sonnigen Tag. Dühnfort trug nur Boxershorts und genoss die frische Kühle auf der Haut, die den letzten Rest von Müdigkeit vertrieb. Während er auf efeuüberwucherte Gräber blickte, leerte er das Saftglas. Auf der Bank am Wegrand, neben dem Grab des Musikers, schlief, in einen Schlafsack gewickelt, ein Penner. Seine in Plastiktüten verstauten Habseligkeiten hatte er zwischen sich und die Banklehne geklemmt. Absturzbedroht lag er auf der Seite.

Irgendwo wartete jemand auf eine junge Frau, die nie wiederkommen würde. Irgendwann in den nächsten Stunden oder Tagen, wenn sie die Tote identifiziert hatten, musste er an einer Tür klingeln und eine Todesnachricht überbringen.

Ein Flugzeug kratzte einen weißen Streifen in den Himmel, irgendwo bellte ein Hund. Im Haus schlug eine Tür. Dühnfort ging in die Küche, machte sich einen doppelten Espresso, den er mit dunklem Zucker süßte und im Stehen trank, bevor er unter der Dusche verschwand.

Als er kurz nach acht den Besprechungsraum zum Morgenmeeting betrat, schien die Sonne bereits herein und durchflutete das Zimmer, als wollte sie ihm zustimmen in seinem Glauben an Gerechtigkeit. Doch, es lohnte sich, dafür zu kämpfen, dass die andere Waagschale sich füllte, dafür, dass ein Ausgleich in Form von Strafe und Sühne hergestellt wurde und den Opfern Gerechtigkeit widerfuhr.

Dühnfort setzte sich an den ovalen Tisch zu Alois, der in Unterlagen blätterte. Vor ihm stand die obligatorische Thermoskanne mit grünem Tee. Gina lehnte mit einem Becher Kaffee in der Hand gähnend am geöffneten Fenster. Sie schien kaum geschlafen zu haben. Tiefe Schatten lagen unter ihren Augen. »Guten Morgen, Boss.«

Ich darf dieses Gespräch nicht länger hinauszögern, dachte er. Doch wann würde je der richtige Zeitpunkt kommen? Kaum merklich legte sie den Kopf schief, ihr Blick den seinen suchend. Diese Augen. Noir, wie schwarze Schokolade. Die Augenbrauen stiegen ein wenig in die Höhe, als wollte sie fragen, ob etwas sei. Als er darauf nicht reagierte, sanken ihre Schultern herab. »Die Weidenbach hat angerufen. Unsere Schöne ist für halb zwei zur Obduktion eingeplant.«

Dühnfort fragte nicht nach dem Grund für den späten Zeitpunkt. Er kannte die Antwort. Seit kleinere Institute geschlossen und mit denen in Erlangen und München zusammengelegt worden waren, gab es in Bayern nur noch diese beiden rechtsmedizinischen Institute. Zwei für über zwölf Millionen Einwohner. Sparen auf Kosten der Opfer, sparen auf Kosten der Gerechtigkeit. Die Toten hatten keine Lobby, und die Anzahl der unentdeckt gebliebenen

Tötungsdelikte war seither mit Sicherheit gestiegen. Allerdings wollte Dühnfort sich darüber jetzt nicht ärgern. Verschwendete Energie.

Gina verließ den Platz am Fenster und setzte sich an den Tisch.

Als Letzter kam Buchholz. Ganz in Schwarz. Die ausgebeulte Lederhose wies an den Sitzfalten brüchige Stellen auf. Das verwaschene T-Shirt spannte über dem Bauch. Auf Buchholz' Schädel sprossen graumelierte Stoppeln. Irgendwann in den letzten Wochen hatte er aufgehört, ihn glattzurasieren.

»Gut, fangen wir an.« Dühnfort fasste die Fakten zusammen und fragte dann Buchholz, der mit seinem Team bis weit nach Mitternacht auf dem Gelände der Brauerei gearbeitet hatte, ob sich an der Spurenlage im Laufe der Nacht etwas geändert habe.

Der fuhr sich mit der Hand übers Haupt. »Da war ein sorgfältiger Mensch am Werk. Bis auf ein paar Fasern haben wir herzlich wenig. Weiß, Baumwolle. Können von einem T-Shirt stammen oder von einem Hemd. Interessant ist ein Fleck gelber Ölfarbe am Handgelenk der Toten.« Buchholz griff nach der Thermoskanne mit Kaffee, die auf dem Tisch stand.

»Ölfarbe. Meinst du Lack oder Künstlerölfarbe?«, fragte Dühnfort.

»Ist noch nicht klar. Wir arbeiten daran.«

»Die Kleidung …«

Buchholz schüttelte bedauernd den Kopf. »Keine Kleidung, keine Papiere, kein Tatwerkzeug, kein Blut. Die Brauerei ist definitiv nur Ablageplatz.« Schwungvoll füllte er einen Becher.

»Was ist mit der Folie?«

»Teichfolie. Kannst du in jedem Baumarkt von der

Rolle kaufen. Desgleichen die Müllbeutel, die gibt es in jedem Supermarkt.«

»Hab ich's doch geahnt«, sagte Dühnfort. »Was ist mit dem Strumpf und dem Strumpfband?«

»Die Etiketten sind herausgeschnitten. Es gibt allerdings eine Auffälligkeit, aber das muss ich erst noch prüfen. Die Farbe, dieses helle Rosa, ist nicht gleichmäßig, sieht irgendwie selbstgefärbt aus.«

»Aha.« Gina schien überrascht. »Dann war der Strumpf ursprünglich weiß?«

»Gut möglich.«

»Also doch eine Braut?« Gina zog die Unterlippe unter die Schneidezähne.

»Wer macht den Abgleich mit der Vermisstendatei?«

Alois blickte auf. »Ich habe sie schon durchforstet. Keine der Vermisstenmeldungen passt auf unsere Tote. Sobald ich aus der Rechtsmedizin mehr Infos habe, suche ich weiter.«

»Dieser rosa Strumpf ...«, Gina stützte das Kinn auf eine Hand, »das ist schon irgendwie schräg. Wer färbt denn Strümpfe? Und noch dazu rosa? Damit sieht man aus wie Miss Piggy.«

Alois ließ den Kugelschreiberknopf einrasten. »Rosa Strümpfe habe ich auch noch nie gesehen. Wahrscheinlich kann man die gar nicht kaufen. Sie müssen eine besondere Bedeutung für den Täter haben.«

»Schräg«, überlegte Dühnfort, »ich weiß nicht ... Dieser Mord ist skurril, abartig. Das ist keine Tat im Affekt oder ein Mord aus Eifersucht, ziemlich sicher auch nicht aus Habgier. Diesen Täter treibt etwas anderes an. Eine Perversion oder eine Obsession. Aber ohne die Identität des Opfers zu kennen, werden wir uns ihm nur schwer nähern können. Das hat also erste Priorität. Ob wir das

Team der OFA hinzuziehen, werde ich nach dem Termin in der Rechtsmedizin entscheiden.«

Überrascht blickte Gina auf. »Du denkst, das war erst der Anfang?«

Er wusste es nicht, er hoffte es nicht. Dennoch befürchtete er, die Tote aus der Brauerei könnte nicht das erste Opfer dieses Täters sein. »Die Tatausführung, die Fundsituation. Das sieht sehr routiniert aus. Und dann der Ablageort. Weshalb hat er die Leiche nicht im Wald versteckt oder vergraben? Weshalb macht er sich die Mühe, zwei Türschlösser zu knacken, den Leichnam über den Hof und eine Treppe hinaufzutragen und dann noch durch den halben Raum, um ihn in diesem Sudkessel …«, Dühnfort suchte nach dem passenden Wort, »zu präsentieren?«

Alois, der Dühnforts Ausführungen mit skeptischem Blick gefolgt war, hakte hier ein. »Präsentiert hat er ihn nicht. Dann hätte er Kopf und Körper zur Schau gestellt und nicht in Folie verborgen.« Damit hatte Alois recht.

»Trotzdem ist dieser Ablageort nicht zufällig gewählt. Wir sollten Frau Senger fragen, ob am Samstag, als sie schon einmal dort war, die Tür zur Treppe und die in der Mauer verschlossen waren. Gina, machst du das? Und Alois, du siehst dir mal den Eigentümer des Geländes an.«

Eine Haarsträhne war Gina ins Gesicht gefallen, sie schob sie hinters Ohr. »Ich kümmere mich auch noch um den Schmetterling. Wer weiß, ob es diese Art bei uns in der Gegend überhaupt gibt.«

Buchholz, der gedankenverloren Muster auf seinen Block gezeichnet hatte, legte den Kuli beiseite. »Auf alle Fälle suchen wir keinen Schwächling. Er muss die Leiche getragen haben. Wenn er eine Sackkarre benutzt hätte, dann hätten wir an den Treppenstufen Abrieb von Lack und Metall finden müssen. Haben wir aber nicht.«

»Gut«, sagte Dühnfort. »Fangen wir an.«

»Und was ist mit unserer Zeugin? Soll ich die nicht überprüfen?« Alois verschränkte die Arme.

»Du denkst, sie ist involviert?«

»Sie kennt das Areal. Außerdem hat sie Jugendstrafen wegen Körperverletzung und Ladendiebstahls. Wer weiß, mit welchen Leuten sie verkehrt.«

»Wie lange ist das her?«

»Seit einiger Zeit scheint Schluss damit zu sein«, räumte Alois widerwillig ein. »Seit sie eine Ausbildung macht und eine Wohnung hat.«

»Gibt es irgendwelche Ungereimtheiten in ihrer Aussage? Oder hat sie doch die Leiche fotografiert?« Dühnfort gefiel Alois' Abneigung gegen Vicki Senger nicht.

Der hob die Hände. »Auf dem Speicherchip waren nur drei Aufnahmen des Sicherungskastens.«

»Trotzdem: Wirf einen Blick in ihre Akten, und schau, wer ihre Freunde sind.« Zu Dühnforts größten Sorgen gehörte die, einmal etwas zu übersehen, einer scheinbaren Nebensächlichkeit keine Beachtung zu schenken und dadurch einen Täter ungeschoren davonkommen zu lassen.

***

Das Institut für Rechtsmedizin befand sich in der nahe gelegenen Nussbaumstraße. Kurz nach eins machte Dühnfort sich zu Fuß auf den Weg. Über den Himmel zogen in zarten Schlieren erste Föhnwolken. Die Stimmen der Vorbeieilenden verwoben sich mit Verkehrslärm und dem Geklapper und Geklirr, das aus offenen Büro- und

Restaurantfenstern drang, zu einem dichten Geräuschteppich.

Dühnfort passierte das städtische Bestattungsinstitut mit seiner Rokokofassade, ging an einer Kirche vorüber, deren Namen er nicht kannte, und ertappte sich für einen Moment bei dem Gedanken, in ihre dämmrige Kühle einzutreten, sich im flüchtigen Duft von Weihrauch und Kerzen der Illusion hinzugeben, Gerechtigkeit sei möglich, und dort Kraft für diese Ermittlung zu sammeln. Das Gefühl, keine Zeit zu haben, hinderte ihn ebenso daran wie seine Unfähigkeit zu glauben. Die letzten Reste von Religiosität waren ihm in zehn Jahren Dienst bei der Mordkommission abhandengekommen. Der Anblick zu vieler sinnlos Gestorbener, grausam Gequälter, willkürlich Getöteter hatte in ihm jeden spirituellen Impuls erstickt.

Einige Minuten später erreichte er die rot-weiße Schranke, welche die Zufahrt zu den Innenstadtkliniken regelte. Kurz darauf betrat er Dr. Ursula Weidenbachs Reich durch eine Tür, deren Milchglasscheibe die Aufschrift *Institut für Rechtsmedizin der Universität München* trug.

Der Fliesenboden war feucht, eine neongelbe Plastikpyramide warnte vor Rutschgefahr, weiter hinten schwang eine Putzfrau im Takt einer nur für sie hörbaren Melodie, einen Mopp rhythmisch hin und her. Es roch nach Putzmittel und Formalin, von irgendwoher zog der schwache Rauchgeruch einer heimlich gepafften Zigarette. Eine Gruppe Studenten überholte ihn und strebte einem der Lehrräume zu. Dühnfort öffnete eine Schwingtür und trat in den Sektionssaal, einen gekachelten Raum, in dem es immer kalt war, obwohl die Sonne durch die Fenster schien und Rechtecke aus Licht auf den gekachelten Boden warf. An einem Holzgestell, das Dühnfort an eine Hutablage erinnerte, baumelten, mit metallenen Klips befestigt, ein Dutzend gelbe Gummihandschuhe. Jedes Mal, wenn er dieses Gebilde sah, dachte er an moderne Kunst.

Drei Stahltische befanden sich im Sektionssaal. Am linken arbeiteten die Rechtsmedizinerin Claudia Michaelis und ihr Kollege Olaf Hingsen gemeinsam mit zwei Sektionsgehilfen an der inneren Schau der Leiche eines alten Mannes. Die Oszillationssäge sirrte, Befunde und Eindrücke wurden auf Band gesprochen, Gummistiefel quietschten auf dem Steinboden, OP-Leuchten erhellten die Arbeitsfläche.

Auf dem Tisch daneben lag die Leiche eines dicken Mannes in mittleren Jahren, noch unberührt und von einer Gruppe von Studenten umgeben. Professor Dr. Dr. Claudius Herzog gab einen Einführungskurs. Seine volle Stimme tönte durch den Saal.

Dühnfort erreichte den letzten Tisch, auf dem Körper und Kopf der unbekannten Schönen lagen. Ursula Weidenbach, ihr Kollege Thorsten Lieske und eine Sektionsassistentin waren bereits mit der äußeren Leichenschau beschäftigt. Weidenbach sprach die Beschreibung des Opfers in ein Diktiergerät, das sie bei dem Geräuschpegel, der im Saal herrschte, knapp vor den Mund hielt. »Etwa dreiundzwanzig bis fünfundzwanzig Jahre alt, 1,67 m groß, siebenundvierzig Kilo schwer, Mitteleuropäerin. Besondere Merkmale: Blinddarmnarbe, ein Muttermal auf der Innenseite des rechten Oberschenkels und eine sternförmige Tätowierung am linken Fußknöchel.«

Während Weidenbach sprach, entfernte Lieske die Plastikbeutel, mit denen die Hände der Toten vor dem Abtransport aus der Brauerei geschützt worden waren.

Dabei bemerkte er Dühnfort und grüßte. Fehlte noch Christoph Leyenfels, der zuständige Staatsanwalt.

Wieder fiel Dühnfort die dunkle Haarpracht der Toten auf. So dunkel, so sauber. Wartete irgendwo ein Mann vergebens oder gar ein Kind? Wie sollte er ihren Eltern das beibringen?

Ursula Weidenbach trat neben ihn und zupfte die Latexhandschuhe zurecht. »Grüß Sie.« Ein Seufzer folgte. »So wie es aussieht, hat da jemand ganze Arbeit geleistet.«

»Ganze Arbeit? Was darf ich mir darunter vorstellen?«

Mit einer Geste gab sie ihm zu verstehen, ihr zu folgen. Er schob sich an Lieske, der mittlerweile die Fingernägel säuberte, und der Sektionsassistentin vorbei, näher an den Kopf der Toten heran.

»Sehen Sie?« Ein behandschuhter Finger deutete auf einige strichförmige Flecken am Hals. Hautvertrocknungen rechts und links des Kehlkopfs.

»Sie wurde erwürgt?«

»Sieht ganz danach aus.« Weidenbach zog eines der Augenlider herunter und die beleuchtete Lupe, die sich an einem Teleskoparm befand, darüber. Dühnfort erkannte die Einblutungen in die Bindehäute sofort. Typisches Anzeichen für Tod durch Erwürgen oder Erdrosseln.

»Es gibt noch eine Besonderheit.« Mit einer Pinzette wies Ursula Weidenbach an eine Stelle auf der linken Halsseite, knapp oberhalb des Stumpfs. »Sehen Sie diesen Schnitt?«

Eine schmale, klaffende Wunde, etwa fünf Zentimeter lang, an der getrocknetes Blut haftete. Eine fadendünne Spur zog sich diagonal über den Hals Richtung Hinterkopf.

Dühnfort richtete sich auf und sah Weidenbach an. »Wann wurde ihr diese Verletzung zugefügt?«

»Post mortem. Sonst wären Gesicht und Haar blutbesudelt. Der Täter hat unsere Schöne erwürgt, dann die Halsvene geöffnet und die Leiche ausbluten lassen. Das würde auch die ungewöhnlich schwach ausgeprägten Leichenflecke erklären. Ich wette, wir werden bei der inneren Schau kaum Blut finden.«

Dühnfort atmete durch und fuhr sich mit der Hand über das Gesicht. Krank, dachte er. Wer so vorgeht, kann psychisch nicht gesund sein.

Ungerührt fuhr Weidenbach fort: »Erst danach wurde der Kopf abgetrennt. Der Täter hat durch Gewebe, Speise- und Luftröhre bis zu den Halswirbeln geschnitten, dann dort Sehnen und Muskeln durchtrennt und anschließend mit dem Messer die Wirbel auseinandergedreht. Das ist ein fachmännisches Vorgehen.« Ursula Weidenbach schob die Brille in die Haare. »Keine Ahnung, wie jemand ticken muss, der so etwas macht. Auf alle Fälle hat er gute anatomische Kenntnisse. Vielleicht ist er Arzt, möglicherweise sogar Chirurg.«

»Wie lässt man eine Leiche ausbluten? Der Kreislauf ist zusammengebrochen. Der Blutdruck bei null.«

»Nach Eintritt des Todes sind die Arterien leer, da die letzten Herzschläge das Blut in die Venen gepumpt haben, wo es relativ schnell gerinnt. Wer eine Leiche ausbluten lassen will, muss das in der ersten halben Stunde nach dem Exitus tun. Ich nehme an, der Täter hat die Leiche schräg gelagert, damit das Blut Richtung Kopf lief, und dann den Venenschnitt gesetzt. Daher auch diese Abrinnspur.« Wieder nahm sie die Pinzette zur Hand und deutete auf die feine Blutspur, die sich bis zum Hinterkopf zog.

Ging es ihm darum, um das Blut? Wofür brauchte der Täter es? Dühnfort fragte, ob es DNS-Material gebe.

Lieske meldete sich zu Wort. Er war ein untersetzter Mittdreißiger mit hoher Stirn und fahlem Teint. »Unter den Fingernägeln gibt es Hautpartikel, hoffentlich ist die Menge ausreichend für eine Analyse. Auf ein Sexualdelikt deutet bisher nichts hin. Jedenfalls habe ich kein Sperma gefunden und auch keine Verletzungen im Brust- und Genitalbereich oder am Anus. Aber wir sind ja noch nicht fertig.«

Die Tür zum Sektionssaal öffnete sich. Leyenfels trat ein. Mit beinahe zwei Meter Größe war der Staatsanwalt nicht zu übersehen. Wie die meisten großen Menschen hatte er sich einen leicht gebeugten Gang angewöhnt. Gemessenen Schritts ging er an den Tischen vorbei, begrüßte erst Ursula Weidenbach und nickte dann in die Runde. »Wie sieht es aus?«

Die Rechtsmedizinerin erklärte ihm den Stand der Untersuchung und ihre Rückschlüsse auf den Tathergang.

»Können Sie etwas zum Todeszeitpunkt sagen?«

Ursula Weidenbach zuckte die Schultern. »So schön auf die Stunde genau klappt das nur in Fernsehkrimis. Zwischen achtundvierzig und sechzig Stunden vor Auffinden der Leiche. Also irgendwann am Samstagnachmittag oder in der folgenden Nacht.«

Dühnfort fuhr aus seinen Überlegungen hoch, wandte sich an Weidenbach und bat sie, sich darum zu kümmern, dass der Kopf kosmetisch aufbereitet und fotografiert wurde.

Leyenfels ließ das leise Schnauben vernehmen, das er immer dann ausstieß, wenn ihm etwas missfiel. »Das kostet. Wurden denn Fingerabdrücke und DNS-Probe schon genommen?«

Lieske nickte. Aber die Ergebnisse würden erst morgen gegen Abend vorliegen.

»Warten Sie den Abgleich mit der Datenbank ab«, meinte Leyenfels an Dühnfort gewandt.

»Diese junge Frau ist seit beinahe drei Tagen abgängig, und niemand scheint sie zu vermissen. Je länger ihre Identität ungeklärt bleibt, umso schwieriger werden die Ermittlungen. Das brauche ich Ihnen doch nicht zu erklären. Wenn sie bis heute Abend nicht identifiziert ist, müssen wir mit einem Bild an die Öffentlichkeit. Wir können es uns nicht leisten, einen weiteren Tag zu verlieren.«

Bedächtig verschränkte Leyenfels die Arme hinter dem Rücken und ließ den Blick über die Anwesenden wandern. Dühnfort sah förmlich, wie er das Für und Wider abwog. Eine ermordete junge Frau war für die Medien interessanter als eine getötete Greisin. Sollten die Ermittlungen nicht zügig vorankommen, würde die Presse sich bereitwillig darauf stürzen. »Meinetwegen.«

Über Weidenbachs Gesicht huschte ein kaum wahrnehmbares Schmunzeln. »Ich veranlasse das. Fotos, einen vorläufigen Bericht und das Zahnschema bekommen Sie noch heute.«

***

Er hat das nicht zum ersten Mal gemacht, dachte Dühnfort, als er Richtung Eingang ging, und fragte sich, woher er plötzlich diese Sicherheit nahm. Dühnfort setzte sich auf eine Bank in einer Nische, zog das Handy hervor und rief Alexander Boos an, den Leiter der Abteilung Operative Fallanalyse, kurz OFA genannt. »Kannst du in ViCLAS etwas für mich recherchieren?«

»Sicher. Worum geht es?«

Dühnfort schilderte ihm den Fall und sagte zu, alles, was sie an Material hatten, an die OFA zu übermitteln.

»Bisher also kein Hinweis auf ein Sexualdelikt«, meinte Alexander Boos. »Der Täter hat wesentlich mehr getan, als nötig gewesen wäre, um dem Opfer das Leben zu nehmen. Diese Übertötung deutet eigentlich auf einen sexuellen Kontext hin. Gut, wir werden nach Vergleichsfällen in ViCLAS suchen.«

Diese Datenbank war eigens für Taten im Bereich der schweren Gewaltkriminalität eingerichtet worden. Dort wurden sie erfasst, strukturiert und auf Serienverdacht überprüft, wodurch mögliche Tatzusammenhänge auch überregional aufgezeigt werden konnten.

Dühnfort dankte Boos und machte sich auf den Rückweg ins Präsidium. Dabei kam er an einem Reisebüro vorbei, und für einen Augenblick dachte er an seinen Urlaub, den er ab August nehmen wollte. Zwei Monate Auszeit für einen Segeltörn durch die Nordsee und den Ärmelkanal bis zu den Îles d'Ouessant und weiter nach Brest. Er freute sich darauf und hoffte, so auch den letzten Rest seiner nicht geglückten Beziehung zu Agnes hinter sich zu lassen, sie sich auf der Weite des Meeres endgültig aus dem Kopf zu schlagen. Seit beinahe acht Monaten hatte er sie nicht gesehen und dachte immer seltener an sie, die Frau, mit der er hatte alt werden wollen.

Zehn Minuten später trat er in das Schummerlicht und die Kühle des ehemaligen Klosters in der Ettstraße, in dem das Polizeipräsidium München untergebracht war. Er stieg in die dritte Etage empor, ging über den linoleumbelegten Flur, passierte den Kaffeeautomaten, dem er seit Monaten keine Opfer mehr darbrachte – das Leben war zu kurz, um schlechten Kaffee zu trinken –, und betrat sein Büro. Mit einer Hand schaltete er die Espressomaschine an, mit der anderen schloss er die Tür.

Auf dem Schreibtisch lag der erste Bericht der KTU. Während er sich in diesen vertiefte, trank Dühnfort einen Espresso doppio. Am späten Nachmittag erreichte ihn die Mail von Ursula Weidenbach mit dem Zahnstatus des Opfers. Da Alois und Gina noch unterwegs waren, nahm Dühnfort sich die Vermisstendatei vor und suchte nach einer jungen Frau mit Blinddarmnarbe, Tattoo, Leberfleck und einem Keramikinlay im Zahn drei sechs. Keine der Angaben traf auf eine vermisste Person zu. Merde, fluchte Dühnfort lautlos.

Etwas in ihm wollte die junge Frau schützen, ihr den letzten Rest an Würde bewahren, der ihr im Tod geblieben war. Das Einzige jedoch, was er für sie tun konnte, war, ihren Mörder zu finden, und deshalb musste er ihr, wenn auch retuschiertes, Foto der Presse zum Fraß vorwerfen.

Er rief im Institut an und erfuhr, dass die Fotografien vor Redaktionsschluss der Münchner Zeitungen und Nachrichtensender fertig seien und rechtzeitig der Presseabteilung zugehen würden. Mit einem weiteren Telefonat informierte Dühnfort Heribert Schmockmöller, den Leiter der Pressestelle, und gab ihm die nötigen Informationen.

Um kurz vor sechs ging er hinüber zu Gina und Alois. Zeit, den Informationsstand abzugleichen, wie immer in seinem Büro.

Als die beiden kurz darauf hereinkamen, dampften zwei Espressi mit perfekter Crema in vorgewärmten Tassen. Eine davon reichte er Gina. Alois war passionierter Teetrinker, den weder Cappuccino noch Espresso, noch eine der unzähligen weiteren Kaffeevarianten locken konnten.

»Welch ein Service. Danke.« Gina ließ sich auf einen Stuhl am Besprechungstisch plumpsen. Das flaschengrüne T-Shirt, das sie zur hellbraunen Cargohose trug, spannte über dem runden Busen und einer kleinen Speckrolle nahe der Taille. Dühnfort ertappte sich bei der flüchtigen Überlegung, wie sich diese Rundungen wohl anfühlen mochten.

Mit einem Schluck leerte sie die Tasse und stellte sie ab, während ein zufriedenes Lächeln auf ihrem Gesicht erschien. »Alleine wegen des Espressos sollte dir jede Frau, die bei klarem Verstand ist, einen Antrag machen.«

Alois' Blick pendelte zwischen der Espressomaschine und Gina. »Vielleicht sollte ich mir auch so ein Teil zulegen«, meinte er einen Moment später.

»Du kommst doch eh schon nicht mehr nach, Kerben in deine Bettpfosten zu schnitzen«, erwiderte Gina. Alois' Erfolg bei Frauen war ebenso legendär wie seine Unfähigkeit, sich länger als ein paar Wochen an eine zu binden.

Dühnfort setzte sich zu den beiden, fasste das bisherige Ergebnis der Obduktion zusammen und erklärte, dass er Boos gebeten hatte, ViCLAS zu durchforsten. Danach war es erst einmal still. Alois stützte das Kinn auf die Hände, Gina zog die Stirn kraus. »Er hat sie ausbluten lassen. Warum? Was hat er mit dem Blut gemacht? Braucht er das für ein Ritual?«

»Diese Vampirromane und -filme boomen zurzeit ... vielleicht hat ihn das inspiriert«, überlegte Alois.

»Meines Wissens beißen Vampire und lassen ihre Opfer ansonsten unversehrt«, entgegnete Gina.

Dühnfort ließ die Hände auf den Tisch sinken. »Die Reihenfolge ist möglicherweise wichtig. Für den Täter muss das einen Sinn haben.«

Alois lockerte den Krawattenknoten. »Vielleicht hat er das Blut getrunken?«

Gina stöhnte.

»Hast du mit Vicki Senger gesprochen?« Dühnfort wandte sich an Gina.

»Hab ich. Sie ist hundertprozentig sicher: Am Samstag war die Tür, die von hinten über die Treppe ins Sudhaus führt, zugesperrt. Ein Vorhängeschloss hing daran. Ob das Tor in der Umgrenzungsmauer offen war, weiß sie nicht. So weit ist sie gar nicht gegangen, weil sie vorher die losen Bretter im Zaun entdeckt hat.«

Dühnfort wandte sich an Alois. »Wie sieht es mit den Interessenten für das Areal aus?«

»Das Gelände gehört einer Erbengemeinschaft aus Wasserburg. Die sind hier alle aufgeführt.« Alois schob Dühnfort eine Liste über den Tisch. »Nichten und Neffen des ursprünglichen Besitzers. Niemand ist vorbestraft. Lauter brave Bürger. Seit Jahren versuchen sie den Gemeinderat zu überzeugen, den Gewerbegrund so umzuwidmen, dass dort Wohnungen und Häuser gebaut werden können. Im Moment gibt es wohl Interesse von zwei Bauträgern und den Vertretern einer Investorengemeinschaft für eine Privatklinik. Heute Abend bekomme ich von der Maklerin eine genaue Aufstellung mit den Namen aller bisherigen Interessenten.«

Es klopfte. Buchholz trat ein und setzte sich in die Runde. »Wir sind in der Brauerei fertig. Dem da«, er wies mit dem Kinn auf die Mappe mit dem ersten Bericht, die auf Dühnforts Schreibtisch lag, »ist nichts hinzuzufügen.«

Na prima, dachte Dühnfort. »Könnt ihr schon etwas zur Tatwaffe sagen?«

»Mit ziemlicher Sicherheit ein sehr scharfes Küchenmesser, vielleicht auch das Profimesser eines Metzgers oder Kochs. Der Schnitt wurde von links nach rechts geführt, ihr sucht also einen Rechtshänder.« Buchholz erhob sich wieder. »Ich mache jetzt Feierabend und besauf mich. Kommt jemand mit?«

Niemand hatte Lust dazu. Alois traf sich mit der Maklerin in einem italienischen Restaurant. Gina wollte nach Hause, in ihre WG, und auch Dühnfort war nicht nach Ausgehen zumute. Als alle sein Büro verlassen hatten, packte auch er zusammen und ging.

Auf dem Parkplatz traf er Gina. Sie stand neben ihrem Golf und suchte in den Hosentaschen nach dem Schlüssel. Als sie ihn bemerkte, ging sie zu ihm. »Eines habe ich vorhin noch vergessen. Wegen des Schmetterlings habe ich mit jemandem vom Bund Naturschutz gesprochen. Die Art ist bei uns heimisch. Dass er neben der Leiche lag, muss nichts zu bedeuten haben. Der pure Zufall sozusagen.« Während sie das sagte, blitzten ihre Augen schelmisch auf.

Er hatte das so oft bei ihr gesehen, dieses Funkeln, dieses Lächeln, und nie hatte es etwas in ihm ausgelöst. All die Jahre nicht, die sie schon zusammen arbeiteten. Jetzt jedoch schrak er bei dem Gedanken zusammen, wie es wäre, Gina in den Arm zu nehmen, diese helle, mit Sommersprossen gesprenkelte Haut zu berühren, die ihn an Milchschaum mit einer Prise Zimt denken ließ, und sie zu küssen.

Das Funkeln verstärkte sich. »Wie gesagt: Es muss nichts zu bedeuten haben. Aber dieser Schmetterling, das ist ein Trauermantel. Ich fresse einen Besen, wenn das Zufall ist.«

***

Vicki stieg vom Rad und schob es über den Hof zum Austragshäusl, ihrem Refugium. Der Bauernhof, zu dem es gehörte, war schon lange keiner mehr. Das Wohnhaus und die Nebengebäude waren umgebaut worden und beherbergten ein Architekturbüro, eine Zahnarztpraxis, ein Küchenstudio sowie Werkstatt und Büro eines Ofenbauers.

Das gegenüberliegende Häuschen, ursprünglich als Unterkunft für die Austragsbauern gedacht, war in zwei winzige Wohnungen aufgeteilt worden. Die obere stand derzeit leer, die untere bewohnte Vicki. Die Fenster waren nicht dicht, es gab nur fließend kaltes Wasser, und im Winter musste Vicki ihr Reich mit einem Kaminofen beheizen. Dafür war die Miete erschwinglich.

Sie sperrte das Rad ab, sog den Duft der Kletterrose ein, die sich an der Holzverkleidung emporrankte, und schloss die Haustür auf.

In der Wohnung schien das Abendlicht durchs Fenster auf den abgeschliffenen Dielenboden und das Terrarium. Vicki warf den Rucksack auf das nicht gemachte Bett und sah dann nach Epiktet. Die Wasserschale war beinahe leer, Gurke und Klee hatte er gefressen.

»Zeit, Gassi zu gehen.«

Als hätte die Schildkröte sie verstanden, schob sie ihren runzligen Kopf aus dem Panzer, reckte ihn ein wenig nach oben und blinzelte mit den Knopfaugen, wie zur Begrüßung. Vicki nahm Epiktet heraus, öffnete mit einem Ruck die verzogene Tür und trat in den kleinen Garten, der von einem Staketenzaun und Büschen eingefasst wurde. Vorsichtig setzte sie Epiktet ins Gras. Er sah sich um und steuerte dann zielstrebig auf einige Gänseblümchen zu. Vicki ließ sich auf dem alten Küchenstuhl nieder, den sie vom Sperrmüll mitgenommen und türkis gestrichen hatte. Ein Hauch Miami in Perlach. Sie streckte die Beine aus, streifte Claras Schuhe von den Füßen und spürte dem nach, was in ihr geschehen war.

Irgendwas hatte sich seit gestern verschoben, hatte all diese Traurigkeit und Kraftlosigkeit wieder nach oben gespült, wo sie doch gedacht hatte, das sei jetzt endlich vorbei.

Die Blüte eines Gänseblümchens verschwand im Maul von Epiktet, Adrians Schildkröte.

Adrian war tot.

Sie hatte diese unumkehrbare Wahrheit akzeptiert. Diese Sekunde in ihrem Leben, die nicht rückgängig zu machen war. Sooft sie sich auch gewünscht hatte, diesen Film, der auf ewig in einer Kammer ihres Hirns laufen würde, zurückdrehen zu können, zu erkennen, was gleich geschehen musste, Adrian ein Zeichen zu geben oder zu schreien, ihn irgendwie zu stoppen und so dieses Ende abzuwenden.

Er hatte nur sie gesehen. War an der Metrostation Châtelet auf sie zugelaufen, über diesen Bahnsteig, auf dem sich die Menschen drängten, vorbei an der Mutter mit dem kleinen Jungen und seinem Roller. So nah an der Kante. Sein Blick den ihren haltend, lachend, während sie von hinten den kühlen Luftzug der einfahrenden Metro gespürt und gedacht hatte, wie sehr sie ihn liebte.

Doch die Zeit bewegte sich lediglich in eine Richtung, wie ein Pfeil ins Ziel.

Es war ja nicht das erste Mal in ihrem Leben. Zuerst ihre Mutter, dann Oma, dann Adrian. Alle, die sie liebte, starben.

Ihre Mutter, diese dämliche Kuh, hatte sich einfach aus dem Leben davongemacht, als hätte sie kein Kind, das sie brauchte und liebte. Manchmal war Liebe eben eine Einbahnstraße.

Mist! Nun brannten ihr die Augen, und sie spürte einen Druck im Hals. Mit einem Ruck stand Vicki auf. Verdammt! Das war alles Schnee von gestern. Inzwischen lebte sie schon länger ohne Mutter als mit. Auch Omas Tod hatte sie überstanden und sogar den von Adrian. Sie hatte es überlebt, irgendwie, und war dabei erwachsen geworden, und falls irgend so ein dämlicher Gott, oder wer auch immer da oben die Strippen zog, glaubte, er könne ihr ständig eins überbraten und sie so ausbremsen, hatte er sich geschnitten. Sie würde durchziehen, was sie sich vorgenommen hatte. Auch weil Adrian sich das gewünscht hätte. Sie würde ihre Ausbildung beenden, und zwar mit einem Superzeugnis. Sie wollte, dass er stolz auf sie wäre, dass all das, was er in ihr gesehen und an ihr geliebt hatte, zum Vorschein käme. Sie würde so verdammt bürgerlich werden, wie es nur ging. Genau. Das würde sie tun und sich durch nichts davon abbringen lassen. Und deshalb musste sie jetzt lernen und ihr Berichtsheft auf Vordermann bringen.

Schließlich hatte sie diese Frau ja nicht einmal gekannt, hatte nur ihre Hand gesehen. Es war nicht zu ändern.

Der Knödel im Hals löste sich auf. Vicki stand auf und nahm Epiktet mit hinein.

Warte einen Augenblick auf mich, liebe Empörung. Adrian und sein griechischer Philosoph Epiktet hatten recht. Es gab Dinge, die waren unveränderbar, es hatte keinen Sinn, sich darüber aufzuregen. Sie hatte ihr Päckchen zu tragen, und seit Paris wusste sie, dass sie auch die Kraft dazu besaß, woher auch immer sie kam. Vielleicht von ihrem Vater. Das stellte sie sich jedenfalls gerne vor, wenn sie versuchte ihn sich auszumalen. Vielleicht würde sie auch irgendwann zu dieser inneren Ruhe finden, von der Epiktet gesagt hatte, sie sei die Voraussetzung, um glücklich zu sein.

Wie immer, wenn ihre Gedanken an diesem Punkt anlangten, machte sich diese dämliche Furcht bemerkbar. *Du darfst nur alleine glücklich sein. Alle, die du liebst, sterben.* »Schmarrn«, sagte sie und setzte Epiktet in sein Terrarium.

In den nächsten anderthalb Stunden ergänzte sie den Eintrag über das neue Buchungssystem in ihrem Berichtsheft und wiederholte zwei Einheiten *Reiseverkehrsspezifische Prozesse.*

Dann schaltete, sie den Fernseher ein, zappte herum und landete schließlich bei einer Nachrichtensendung von *MünchenPlus*. Sie wollte schon weiterschalten, als sie im aktuellen Beitrag die alte Brauerei erkannte. Er dauerte nur etwa eine halbe Minute, und beim letzten Kameraschwenk sah Vicki sich, wie sie gemeinsam mit diesem Fünfanger zum Auto ging. Echt ätzend. Der Sprecher erklärte, das Opfer sei noch nicht identifiziert worden. Daher bäte die Polizei die Bevölkerung um Mithilfe. Vicki schaltete aus, bevor das Bild der Frau eingeblendet wurde.

Es reichte schon, dass diese Gina Angelucci heute im Reisebüro aufgetaucht war. Nun wussten alle von Vickis Leichenfund. Clara war besorgt gewesen, Henriette neugierig, und Steffen hatte ihr mitfühlend berichtet, wie er im Wald einmal beim Joggen über einen toten Fuchs gestolpert war.

Vicki legte die Fernbedienung weg und startete den Computer. Im Maileingang war eine Nachricht von Kai. Er hatte die Parisbilder gesehen und fand sie *absolut cool. Sag mal, kann ich dich deswegen ein wenig quizzen? Im*

August fahre ich nach Paris und will natürlich auch die Unterwelt fotografieren. Insiderinfos zur Vorbereitung wären klasse.

Das hatte Zeit. Vorher wollte Vicki ihre Fotos sichten. Gestern, nachdem sie ihre Aussage gemacht und dieser Fünfanger sie samt Rad nach Hause gefahren hatte, war sie zu müde gewesen, um die Aufnahmen noch auf den Rechner zu beamen. Nun holte sie den Speicherchip, den sie der Polizei nicht gegeben hatte, aus der Schutzhülle, legte ihn in die Kamera und schloss diese am PC an.

Auf dem Monitor erschienen die Bilder. Die Lampenfotos waren echt klasse geworden. Die würde sie ins Forum einstellen, ebenso wie die des Heizkörperschuppentiers. Sie betrachtete die Aufnahmen genauer. Dieses Licht! Ein Glücksfall. Die vom ersten Shooting am Samstag waren längst nicht so dramatisch, viel flacher in der Zeichnung. Vicki öffnete den Ordner, der diese Bilder enthielt, und verglich sie. Dabei entdeckte sie bei den Aufnahmen vom Samstag etwas, das auf den aktuelleren fehlte. Auf dem Boden, zwischen Schutt und Dreck, lag etwas Buntes. Es sah aus wie eine zu klein geratene Postkarte oder wie eine übergroße Visitenkarte. Vicki vergrößerte den Bildausschnitt, konnte aber nicht erkennen, um was es sich handelte. Teilweise durch Ziegelbrocken und Schatten verdeckt und mangels Tiefenschärfe, war nicht mehr zu erahnen als ein weißes Haus mit einer Fahne obendrauf und eine unleserliche Schrift.

***

Ginas Golf verschwand um die Ecke. Dühnfort blickte ihm nach und dachte an dieses schelmische Aufblitzen in Ginas Augen und an das Gefühl, das es in ihm so plötzlich ausgelöst hatte.

Sie waren zu Freunden geworden. Und diese Freundschaft war ganz selbstverständlich zwischen ihnen gewachsen, wie eine Pflanze, die sich selbst aussät und auch in der kärgsten Ritze Halt und Nahrung findet, die jedem Wetter trotzt und unverwüstlich scheint. Diese Freundschaft war ihm viel wert. Er genoss es, in Ginas WG mit am Tisch zu sitzen. Vor Jahren hatte sie diese gegründet, um an eine riesige Altbauwohnung in Haidhausen zu kommen, die sie unbedingt haben wollte. Dort lebte sie mit Theo, einem Finanzbeamten, Xenia, einer Studentin der Filmhochschule, Ferdinand, einem Restaurator, und mit ihren Eltern. Letztere waren eigentlich nur vorübergehend, nach einem Wasserrohrbruch in ihrer Wohnung, eingezogen. Nun wohnten sie noch immer dort, weil nicht nur sie, sondern auch alle Mitbewohner sich damit wohl fühlten.

Tausendmal berührt, tausendmal ist nichts passiert. Weshalb ging ihm dieses Lied nun durch den Kopf? Er hatte keine Ahnung und wollte es auch nicht wissen. Er war Ginas Vorgesetzter. Schon alleine deshalb verbot sich jeder Gedanke daran. Außerdem würde es möglicherweise alles zerstören, wenn er tatsächlich … es würde vermutlich nicht halten, so wie alle Beziehungen bisher nicht gehalten hatten. Und dann? Dann wäre es unmöglich, weiter zusammen zu arbeiten. Das Risiko konnte und würde er nicht eingehen.

Dieser Gedanke drängte das ungewollte neue Gefühl zurück und gab Dühnfort seine Sicherheit wieder.

Einem spontanen Entschluss folgend, ließ er das Auto stehen, um sich zu Fuß auf den Heimweg zu machen und unterwegs auf dem Viktualienmarkt für sein Abendessen zu sorgen. Vorher würde er allerdings endlich einen Windbreaker fürs Segeln kaufen, außerdem brauchte er neue Laufschuhe. Das Paar, das er seit der Reha im letzten Herbst benutzte, war schon ziemlich verschlissen.

Damals hatte er mit dem Laufen begonnen und sich vorgenommen, es nicht wieder aufzugeben. Sein Gourmet-Sixpack, wie Agnes sein kleines Bäuchlein immer genannt hatte, war dadurch allerdings nicht verschwunden. Joggen machte Appetit.

Zwei Tage hatte er im Koma gelegen, nachdem Gina und Schorsch ihn gemeinsam aus dem eiskalten See gezogen hatten. Als er endlich erwacht war, hatten die Ärzte bereits die komplizierte Fraktur seines rechten Oberarms operiert, die ihm der übergekommene Großbaum in dem Bruchteil der Sekunde verpasst hatte, bevor er über Bord gegangen war.

Anfängerfehler.

Dühnfort knirschte mit den Zähnen, reihte sich in den Menschenstrom der Fußgängerzone ein und ließ sich Richtung Marienplatz treiben.

Als er damals erwacht war, hatten seine Mutter und sein Vater an seinem Bett gestanden. Er hatte sich orientierungslos gefühlt und so, als wäre er wieder fünfzehn und seine Eltern noch ein Paar. Dabei waren sie seit sechsundzwanzig Jahren geschieden. Zuletzt gemeinsam gesehen hatte er sie bei der Hochzeit seines Bruders Julius, also vor beinahe fünf Jahren. Da standen sie nun an seinem Krankenbett, und ein Augenblick der Erkenntnis ließ ihn verstehen, was sie hier vereinte: die Sorge um das Leben ihres Kindes. Er war einundvierzig Jahre alt, aber er war ihr Kind, und das würde er für immer bleiben. Trotz allem waren sie eine Familie. Irgendein Band hielt sie zusammen. Einen Tag später war sogar Julius aus Hamburg gekommen. Und da hatte er gewusst, dass er sich niemals von seinem Traum würde verabschieden können, selbst Kinder zu haben, eine Familie zu gründen.

Er betrat ein Sportfachgeschäft nahe der Sendlinger Straße und verließ es eine halbe Stunde später wieder mit einer Tüte in der Hand. Einen Augenblick blieb er auf dem Gehweg stehen, betrachtete die vorübergehenden Passanten, das flirrende Licht, das über der Stadt lag und ihr einen goldenen Schimmer verlieh, und hatte plötzlich keine Lust, alleine zu Abend zu essen. Er wollte draußen sitzen, unter Menschen sein, Gesprächsfetzen erhaschen, Lachen hören, Leben um sich herum spüren.

Der Hauch eines vertrauten Geruchs stieg ihm in die Nase. Meer und Damaszener Rose. Sein Herz begann ein wenig schneller zu schlagen, sein Körper reagierte, noch bevor er wusste, mit wem sich dieser Duft verband. Agnes. Er sah sich um. Sie stand etwa zwei Meter von ihm entfernt, die gleiche Tüte in der Hand wie er. Ihre Blicke trafen sich. Agnes' Augen weiteten sich. Ein offenes und auch ein wenig erstauntes Lächeln erschien auf ihrem Gesicht. »Tino? Das ist ja eine nette Überraschung.«

Die stoppelkurzen Haare waren gewachsen und zu einer asymmetrischen Kurzhaarfrisur geschnitten. Sie hatte zwei oder drei Kilo zugenommen, was ihr gut stand. Vermutlich trieb sie nicht mehr so verbissen Sport wie noch vor einem Jahr. »Grüß dich, Agnes. Neue Sportsachen gekauft?«

»Du offensichtlich auch. Eine weitere Überraschung.«

Sie trug das graugrüne Leinenkleid, das er so an ihr mochte. »Na ja, ein wenig sollte auch ich mich um meine Gesundheit sorgen. Seit einiger Zeit jogge ich.«

Ein spöttisches Lächeln huschte über ihr Gesicht und setzte sich in die Augen. »Midlife-Crisis oder haben dir die Ärzte nach dem Unfall dazu geraten?«

Dühnfort war verblüfft, dass sie davon wusste. Es hatte zwar ein kurzer Artikel darüber in einer Zeitung gestanden, aber darin war sein Name nicht genannt worden. »Während der Reha bin ich auf den Geschmack gekommen. Ich wusste gar nicht, dass du von meinem Missgeschick weißt.«

Sie standen im Weg, störten den Fluss der Fußgänger auf dem Gehweg, Passanten wichen aus. Ein dicker Mann rempelte Dühnfort an, sagte *Öha* und ging weiter.

»Missgeschick ist gut. Du wärst beinahe gestorben.«

Nahmen Agnes' blaue Augen tatsächlich einen besorgten Schimmer an?

»Deine Kollegin hat mich damals angerufen ...«, fuhr sie fort.

»Gina?«, fragte er überrascht, während ein Pärchen sich an ihnen vorbeizwängte.

Agnes nickte. »Sie war der Meinung, dass ich wissen sollte, dass du *vielleicht den Löffel abgibst*. Sie hat das wirklich so gesagt.« Diesen Worten folgte ein Lächeln.

Eine Gruppe japanischer Touristen kam den Gehweg entlang. Dühnfort trat die Flucht nach vorne an. »Wir stehen hier im Weg, und ich würde mich gerne noch ein wenig mit dir unterhalten. Darf ich dich zum Essen entführen?«

Agnes schien das Für und Wider seiner Einladung abzuwägen, denn es dauerte einen Moment, bis sie antwortete. »Warum eigentlich nicht?«

Dühnfort schlug das *Prinz Myshkin* vor. Es befand sich in der Nähe, und man konnte draußen sitzen. Dass es ein vegetarisches Restaurant war, störte Agnes nicht. »Klingt doch gut«, sagte sie und berichtete ihm auf dem kurzen Weg dorthin, wie Gina sie im vergangenen Herbst über den Unfall informiert und sie gebeten hatte zu kommen. »Sie hat gehofft, meine Anwesenheit oder meine Stimme würden dich aus dem Koma holen. Leider war mein Einsatz erfolglos. Hat sie dir das nicht erzählt?«

Mit keinem Wort. Aber es passte zu ihr. Gina gab nie auf, war immer kämpferisch und dabei auf eine seltene Art bescheiden.

Sie erreichten das Restaurant und hatten Glück. Ein Tisch vor dem Lokal wurde gerade frei. Sie bestellten Pasta, Salat, Wasser und zwei Gläser Soave und genossen ihr Essen an diesem lauen Frühsommerabend.

Das Gespräch drehte sich zunächst um Agnes. Sie war Graphikerin und hatte sich nach dem Tod ihres Mannes und ihrer Tochter selbständig gemacht. Mittlerweile hatte sie etliche Stammkunden, bei denen sie zeitweise auch vor Ort arbeitete. Deshalb pendelte sie häufig zwischen dem Dorf Mariaseeon, in dem sie wohnte, und München hin und her.

Teller und Gläser waren geleert. Dühnfort bestellte zwei weitere Gläser Wein und noch eine Flasche Wasser.

Als Agnes fragte, wie es ihm ginge, berichtete er zunächst von Beruflichem, dass sie den Mord an einer jungen Frau aufzuklären hätten. Danach erzählte er von seinem Segelboot und seinen Plänen, im Sommer damit bis nach Brest zu segeln.

»Ganz allein?«, fragte Agnes.

»Warum denn nicht? Ich bin gerne mit mir allein. Nicht alle Tage, aber hin und wieder schon.«

»Und dein Traum … was wird aus ihm?«

Sein Traum von einer Familie, von Kindern. Agnes kannte ihn. Ihre Beziehung war daran gescheitert. »Ich weiß es nicht. Träume müssen sich nicht erfüllen.«

»Nein, natürlich nicht … aber die Sehnsucht sollte man sich bewahren …«

Dühnfort lachte. »In meinem Leben hat es bisher keine dauerhafte Beziehung gegeben, und trotzdem habe ich die Hoffnung nicht verloren.«

»Diese Sehnsucht hat wohl beinahe jeder.«

Ihr Blick traf seinen.

Er wollte ihm ausweichen und konnte nicht. Tat es ihr leid, dass sie *das Verhältnis,* wie sie ihre Beziehung genannt hatte, beendet hatte? »Aber nicht zu jeder Zeit«, sagte er, beugte sich vor und stützte den Kopf in eine Hand. »Du konntest dir eine dauerhafte Beziehung nicht vorstellen.«

»Und du wusstest, weshalb das so war. Es lag nicht an dir und auch nicht an mir. Es waren die Umstände, wie man so sagt. Was ich erlebt habe … damit muss man umzugehen lernen, und das funktioniert nicht von einem Tag auf den anderen. Es war einfach die falsche Zeit für eine Beziehung, wie du sie dir vorgestellt hast. Du hast mir ja praktisch einen Heiratsantrag gemacht.«

»Das klingt, als wäre es ein schreckliches Erlebnis gewesen.«

»Das war es auch. Darauf war ich überhaupt nicht vorbereitet. Bis zu jenem Abend hatte ich das Gefühl, du grenzt mich aus deinem Leben aus, lässt mich nur an bestimmten Bereichen teilhaben, und dann stellst du mir quasi aus dem Nichts ein Ultimatum: Entweder wir werden ein richtiges Paar, mit der Option, gemeinsam Kinder zu haben, oder wir trennen uns. Jetzt. Sofort.«

Die Erinnerung an diesen Abend tat noch immer weh. Verletzter Stolz und der Ärger über sein Verhalten, mit dem er kaputtgemacht hatte, was langsam hätte wachsen müssen, würde wohl nie verblassen. »Ich habe mich ziemlich dämlich benommen.«

»Welch wahres Wort.« Mit einem Lächeln nahm sie dieser Äußerung ihre Schärfe und beugte sich ein wenig näher zu ihm.

Der Kellner brachte den Wein, das Wasser und verschwand an den Nebentisch.

Letzten Oktober, als alles zerbrochen war, hatte Agnes, die ein Faible für Lyrik besaß, ihm den Vers eines Gedichts gemailt. Jedoch ziemlich sicher nicht den, den sie eigentlich gemeint hatte, sondern den darüberstehenden.

»*Dich hätt' ich geliebt, und du hast es geahnt.* Das war es, was du mir damals eigentlich sagen wolltest?«, fragte er und bemerkte, dass er plötzlich Angst vor ihrer Antwort hatte.

Sie nickte.

Er wusste nicht, wie er damit umgehen sollte. Mit diesem Nicken, das eigentlich sagte: Diese Worte haben noch Gültigkeit. Ich meine es noch immer so. Wenn du uns eine Chance geben würdest … Er wollte nicht und spürte im selben Moment, dass er sich belog. Er wollte doch. Es ging nicht. Weshalb? Eine Antwort fand sich so schnell nicht. Er musste die Kontrolle über dieses Gespräch zurückgewinnen, musste es in ein anderes Fahrwasser lenken, und das tat er auch. Er fragte nach Beppo und Gabi Sonnberger und ihrem Sohn Jakob, dessen Entführung ihn im vergangenen Sommer nach Mariaseeon gebracht hatte.

Auf dieser Ebene plätscherte die Unterhaltung noch eine Weile dahin, bis Agnes sich für die Einladung bedankte und verabschiedete. Sie wollte ihre S-Bahn nicht versäumen. Er begleitete sie bis zum Marienplatz. Beim

Abschied umarmte sie ihn, und der Duft nach Rosen und Meer nahm ihn noch für einen Augenblick gefangen, als sie bereits auf der Rolltreppe zum Bahnsteig stand.

***

Sie hatte Kais E-Mail beantwortet und ihm erklärt, dass die Bilder nicht von ihr stammten, sondern von einem Freund, was sie auch dazugeschrieben hatte.

Er hatte sofort zurückgemailt und gefragt, ob er ihrem Freund einige Infos zur Pariser Kanalisation entlocken könnte. *Als Gegenleistung kann ich euch ein paar interessante Objekte hier in der Gegend verraten. Würde mich freuen, was von ihm zu hören.*

Vicki starrte das Bild auf ihrem Monitor an. In Photoshop war sie nicht allzu gut. Konnte gerade mal an den Gradationskurven drehen und Kontraste einstellen. Ihre Bilder ließ sie lieber unbearbeitet. Demnach würde das Bunte, das vielleicht eine Visitenkarte war, sein Geheimnis für sich behalten. War sicher besser so. Wenn sie nämlich herausfinden würde, dass das was zu bedeuten hätte, müsste sie damit zur Polizei latschen. Den unnötigen Ärger, wenn sie zugeben musste, nicht alle Bilder rausgerückt zu haben, wollte sie sich ersparen. Andererseits, wenn das vielleicht wirklich eine Spur war, konnte sie das Bild doch nicht einfach verschwinden lassen. Dann käme vielleicht ein Mörder ungeschoren davon, weil sie … Aber was für ein Hinweis sollte dieses Stück Papier schon sein? Bestimmt hatte es nichts mit dem Mord zu tun. Tausend Leute hatten ihren Müll dort liegen lassen. Man würde sie auslachen. Wer weiß, ob nicht der Wind die Postkarte weggeweht hatte oder irgendwelche Kids sie eingesteckt hatten, die dort heimlich rauchten und Bier tranken.

Trotzdem blieb ein komisches Gefühl.

Kai war gut in Photoshop, er bearbeitete alle seine Bilder. Sollte sie ihm ein Tauschgeschäft vorschlagen? Parisinfos gegen Bildbearbeitung? Warum eigentlich nicht? Schaffte er es nicht, die Karte und vor allem die Schrift erkennbar zu machen, würde sie die Aufnahme einfach löschen. Und gelang es ihm, dann konnte sie immer noch entscheiden, was sie damit anstellen würde.

Sie öffnete ICQ, sah, dass Kai online war, und schrieb ihre Anfrage, allerdings ohne zu erwähnen, dass die Aufnahme in Zusammenhang mit einer Leiche stand, die sie gefunden hatte.

Keine Minute später antwortete er. *Klar, mach ich. Schick die Datei an meinen Mailaccount. Ich hoffe, sie ist hoch aufgelöst, bitte nicht komprimieren oder verkleinern. Ich schaue sie mir sofort an. Ist mir ein Vergnügen. Gruß. Kai.*

Vicki mailte ihm das Bild, stand dann auf und sah nach Epiktet. Er hatte seinen Kopf in den Panzer gezogen. Ob er schlief? Was er wohl träumte?

Erst zehn. Zu früh, um ins Bett zu gehen. In der Glotze kam nur Mist. Am besten, sie lernte noch etwas Sozialkunde.

Zehn Minuten später legte sie das Heft wieder weg. Sie konnte sich nicht konzentrieren und ging hinaus in ihren Minigarten.

Die Nacht war mild. Irgendwo grillte jemand. Der Geruch von Bratwürsten zog herüber, dazu Gesprächsfetzen und das hohe Lachen einer Frau und eines Kindes.

Manchmal vermisste Vicki ihre Mutter, an die sie herzlich wenige Erinnerungen hatte. Es gab ein paar Fotos, sonst nichts. Sie hatte sich einfach aus diesem Leben davongemacht, ohne tschüs zu sagen, ohne ihr irgendwas mitzugeben, an das sie sich hätte halten können. Im Gegenteil. Da war nur diese Dunkelheit gewesen, die Vicki jahrelang umkreist hatte wie ein Trabant, ihr dabei immer näher gekommen war, bis sie bereit gewesen war, sich vollends hineinzustürzen, wie in ein schwarzes Loch. *Du zerstörst dich selbst,* hatte Adrian gesagt. *Stück für Stück. Warum? Ist es die Wut auf deine Mutter? Wenn ja, dann pack sie weg. Sie macht dich kaputt.*

Ein Auto hupte irgendwo. Vicki ging hinein. Der Bratwurstgeruch hatte ihr bewusst gemacht, dass sie noch nichts gegessen hatte. Sie kochte eine Handvoll Nudeln und vermische sie mit Margarine, etwas Knoblauch und Salz. Darüber streute sie Kresse, die sie selbst zog. Dazu trank sie ein Glas Leitungswasser. Danach bezog sie das Bett endlich frisch, räumte das Regal auf und fegte den Dielenboden. Es war halb zwölf, als ein Signalton mitteilte, dass eine Mail eingegangen war.

Sie war von Kai. *Geschafft. Sieht doch gut aus. Oder? Ich hoffe, das hilft dir. Wegen Paris melde ich mich morgen. Bin jetzt zu müde. Gute Nacht. Kai.*

Vicki öffnete den Anhang, der das bearbeitete Bild enthielt, und war verblüfft. Kai konnte hexen. Der vorher unscharfe Bereich war nun erkennbar, die Schatten waren zurückgedrängt, und das Bunte erwies sich als schmale Karte.

Der Schriftzug *Hotel Atlantic Kempinski, Hamburg* prangte darauf. Links war ein Foto des Hotels, die rechte Hälfte war unbedruckt. Jemand hatte mit Kugelschreiber etwas auf diese weiße Fläche geschrieben. Es war beinahe unleserlich. Mühsam entzifferte Vicki es: Buthler 19.00 Uhr.

***

Wieder hörte er das Streichquartett von Henryk Górecki, obwohl er diese Musik als quälend empfand. Er sah dabei Züge über Gleise jagen, einem namenlosen Grauen entgegen, hörte immer wieder diesen hoffnungsvollen Ton, wissend, dass die Hoffnung, diese göttliche Tugend, nicht obsiegen würde, dass sie die Illusion war, die einen am Leben hielt.

Mit der Pinselspitze nahm er eine winzige Menge Mineralbraun auf, dunkelte es mit Elfenbeinschwarz ab, setzte den Pinsel auf die Leinwand und akzentuierte mit einem Strich eine der dunklen Locken, gab ihr Tiefe, bis sie sich wie eine Natter über das polierte Holz zum Fuß der Kristallvase wand, während in der Bildmitte der weiße Körper auf Vollendung wartete.

Seine Hand zitterte kaum merklich. Die Unruhe war wieder im Begriff, sich in ihm auszubreiten. Wie eine Ankündigung von Unheil zog sie in ihm herauf. Er wusste nicht, woher sie kam. Er wusste nur, dass er sie nicht ertragen konnte und er sie daher mit einer Reihe von Ritualen bannen musste.

Jahrelang war das gutgegangen, aber in letzter Zeit versagten diese Mechanismen zusehends, gaben nach wie Deiche, die langsam unterspült wurden. Immer leichter gelang es ihr, sich in ihm auszubreiten. Dann tigerte er durchs Atelier, war gereizt und wütend und wusste nicht, warum.

Er trat zurück, starrte auf das lange noch nicht vollendete Bild, spürte die Nervosität durch seine Adern fließen, legte Pinsel und Palette beiseite. Etwas vibrierte in ihm. Er setzte sich in den Sessel, schaltete die Musik aus und versuchte sich zur Ruhe zu zwingen.

In der Unruhe verbarg sich die Wut, die ihn dazu trieb, das zu tun, was er tat, und auf dieses Tun hatte er keine

Antwort. Da war nur die Angst, dass hinter der Wut der Schmerz lauerte. Ein namenloser Schmerz, von dem er wusste, dass er ihn nicht ertragen konnte.

Mittwoch, 9. Juni

Dühnfort schlief in dieser Nacht schlecht. Um kurz nach fünf stand er auf und betrat bereits um halb sieben sein Büro. Genau in dem Moment, als das Handy in seiner Tasche zu läuten begann. Ein Kollege namens Rinke von der Polizeiinspektion Vaterstetten meldete sich. Ein Bäcker hatte auf dem Heimweg von der Nachtschicht in einem stummen Verkäufer die Zeitung gesehen und die schöne unbekannte Tote auf der Titelseite erkannt.

Fünf Minuten später war Dühnfort auf dem Weg nach Vaterstetten. Er fuhr durch den dichter werdenden Berufsverkehr stadtauswärts und wechselte am Ostkreuz auf die A99 Richtung Süden. Am Horizont verschleierte feiner Dunst die Alpengipfel, im Westen erhob sich die Silhouette der Messestadt, während sich im Osten blühende Felder und Wiesen ausbreiteten. An der nächsten Ausfahrt verließ Dühnfort die Autobahn und erreichte den Ort.

Ihren dörflichen Charme hatte die Gemeinde in den vergangenen Jahrzehnten verloren. Inzwischen war er zur Vorstadt mit über zwanzigtausend Einwohnern angewachsen.

Das Navigationsgerät dirigierte Dühnfort zwischen Bauernhöfen, einer Reihenhaussiedlung aus den siebziger Jahren und modernen Ein- und Mehrfamilienhäusern hindurch, bis er die Polizeistation erreichte. Sie war in einem funktionellen Flachbau aus den sechziger Jahren untergebracht, eine asphaltierte Fläche erstreckte sich davor und eine Reihe von Bäumen dahinter. Auf dem

Parkplatz stand ein grüner Ford Fiesta, daneben zwei Streifenfahrzeuge.

Dühnfort betrat das Gebäude. Hinter dem Empfangstresen saß an einem ramponierten Schreibtisch ein Kollege, der nun aufblickte.

Dühnfort stellte sich vor. »Herr Rinke?«

Der Mann erhob sich. Er war etwa fünfzig und von drahtiger Figur, das Gesicht wettergegerbt, die Haare graumeliert und kurz geschnitten. Er begrüßte Dühnfort mit einem kräftigen Händedruck. »Herr Hähnel kam kurz nach sechs zu uns. Er glaubt, dass die Tote aus der Zeitung seine ehemalige Freundin ist. Nadine Pfaller.«

»Wie geht es ihm? Steht er unter Schock, oder kann man mit ihm reden?«

»Bis jetzt ist er ganz gefasst. Er wartet im Nebenzimmer. Eine Kollegin ist bei ihm.« Rinke ging voran.

In dem spärlich möblierten Raum roch es nach Kaffee und alten Akten. An einem quadratischen Tisch saßen eine junge Polizistin mit blondem Pferdeschwanz und ein übernächtigt aussehender Mann von Ende zwanzig, der auf seine Hände starrte. Ein Kaffeebecher stand vor ihm. Nun sah er hoch. In seinen Augen lag ein Ausdruck, den Dühnfort kannte: die Hoffnung, dass alles nur ein Irrtum war, der sich nun gleich aufklären würde. Dann würde die Welt sich weiterdrehen, man würde Luft holen und tief durchatmen. Dann wäre die Erleichterung so groß, dass man den Schrecken vergaß, sich wieder lebendig fühlte und dafür dankbar war.

»Herr Hähnel? Dühnfort von der Kripo München.« Er reichte dem Mann die Hand. Sein Händedruck war schwammig, die Hand kühl und feucht. An Hähnel schien alles weich und ein wenig aus der Form geraten zu sein. Das runde Gesicht mit seinen verwischten Konturen, die hellen Augen, die vollen Lippen, das labbrige Sweatshirt.

»Nico Hähnel.« Er ließ los, und seine Hand fiel auf den Tisch, als wäre sie zu schwer für ihn. »Sie ist es doch nicht? Oder?«

»Haben Sie ein Foto von Nadine?« Dühnfort setzte sich und nickte der Kollegin zu.

Sie erwiderte den Gruß. »Möchten Sie vielleicht auch …« Sie wies auf den Kaffeebecher.

»Danke. Nein. Ich hatte schon einen.«

Währenddessen kramte Nico Hähnel aus der Gesäßtasche die Brieftasche hervor, entnahm ihr ein Foto und reichte es Dühnfort. Es fühlte sich warm an. Die darauf abgebildete Frau lachte. Ihre grünbraunen Augen strahlten; eine Fülle dunkler Locken umrahmte das hübsche Gesicht. *Dunkler Haare Massen,* dachte Dühnfort und fragte sich den Bruchteil einer Sekunde, woher diese Formulierung wohl stammte. Sein Blick ruhte auf dem Bild. Er war sich sicher. Trotzdem fragte er: »Hat Ihre Freundin besondere Merkmale?«

Hähnel starrte ihn an und schluckte.

»Narben vielleicht oder ein Muttermal?«

»Sie ist als Kind am Blinddarm operiert worden. Aber eine solche Narbe hat doch fast jeder.« Es klang beinahe erleichtert. Als sei das der Beweis dafür, dass nicht sein konnte, was nicht sein durfte.

Dühnfort wartete. »Und sonst nichts?«

Hähnel flocht die Finger ineinander. »Vor einem Jahr hat sie sich ein Tattoo machen lassen. Am linken Fußknöchel. Einen Stern.«

Dühnfort atmete durch und legte das Foto auf den Tisch. »Es tut mir leid. Aber wir müssen davon ausgehen, dass die Tote Ihre Freundin ist.«

Hähnel starrte ihn an, wurde auf dem Stuhl kleiner, sackte in sich zusammen, bis er schließlich den Kopf auf die Tischplatte sinken ließ. »Warum? Wer tut so etwas?«

»Wir werden es herausfinden.« Dühnfort wartete, bis der Mann den Kopf wieder hob. Der weiche Gesichtsausdruck hatte sich verändert. Er sah angespannt aus und seltsam entschlossen.

Das Handy in Dühnforts Tasche begann zu vibrieren. Er holte es hervor und erkannte im Display Ginas Nummer.

»Guten Morgen, Tino.« Sie klang müde, als hätte auch sie nicht geschlafen. »Wir hatten hier gerade den Anruf eines Doktor Thomas Gromme. Seines Zeichens Hausarzt mit einer Praxis in Vaterstetten. Er hat unsere Tote erkannt. Sie heißt Nadine Pfaller und war seine Sprechstundenhilfe. Ich fahre jetzt zu dem und rede mit ihm. Oder willst du das machen?«

»Ich bin schon in Vaterstetten. Nadines Exfreund hat sich heute Morgen gemeldet.«

»Ach nee. Bist du wieder mal als einsamer Wolf unterwegs? Ich dachte, wir sind ein Team.«

Es klang ein wenig vorwurfsvoll, obwohl sie sich um einen scherzhaften Tonfall bemühte. Dennoch spürte er zu seinem Erstaunen Ärger in sich aufsteigen, den er irritiert beiseitewischte. »Sind wir auch. Du besuchst den Arzt. Wenn du kurz dranbleibst …« Dühnfort ließ sich von Hähnel die Adresse von Nadines Eltern geben, ging vor die Tür und gab sie Gina durch. »Alois soll das übernehmen, und er soll sich beeilen. Vielleicht haben sie die Zeitung noch nicht gelesen. Es wäre besser, wenn er da wäre, bevor sie es tun oder die Nachbarn klingeln. Und wenn sie in der Lage sind, ihre Tochter zu identifizieren, dann sollte das heute geschehen.«

»Okay. Ich melde mich, wenn ich mehr weiß. Daran könntest du dir vielleicht mal ein Beispiel nehmen.«

Er hörte den Schalk in ihrer Stimme und sah für einen Augenblick Gina vor sich, mit diesem Gesichtsausdruck zwischen Empörung und Spaß. Eine warme Welle erfasste ihn, trug ihn einen Moment mit sich, ihr entgegen. Sie war so anders als er, so unkompliziert, hatte eine Leichtigkeit, die ihm ganz und gar fehlte. »Ich werde mir Mühe geben«, sagte er. Es klang kurz angebunden.

An Rinke vorbei, der seinen Platz am Schreibtisch wieder eingenommen hatte und telefonierte, ging Dühnfort zurück in den Nebenraum.

Hähnel saß noch immer am Tisch, die Augen gerötet, die Hände wieder um den Kaffeebecher gelegt. »Ich will wissen, was er mit ihr gemacht hat.«

Nicht wirklich, dachte Dühnfort. »Es tut mir leid. Aus ermittlungstaktischen Gründen ist das nicht möglich. Außerdem sind Sie kein Angehöriger.«

»Wenn ich mit ihr verlobt gewesen wäre, dann schon?«

»Waren Sie denn verlobt?«

»Nein.«

»Aber Sie wären es gerne gewesen?«

Mit der Hand fuhr Hähnel sich über die Augen. »Ja, schon. Aber da gehören zwei dazu.«

Dühnfort zog den Stuhl heran und setzte sich. »Sie haben sich getrennt. Wann und weshalb?«

»Vor sechs Wochen war das.« Er sah auf. »Warum? … Ich hab's nicht verstanden. Vielleicht, weil sie eine spinnerte Urschel ist … war, die nicht weiß, wo sie hingehört.« Etwas wie Zorn schwang in Hähnels Stimme mit. »Sie hat halt gedacht, dass sie was Besseres ist, hat sich bei Castingshows beworben und wollte Model werden. Hübsch war sie ja.«

»Sie haben dieses Vorhaben nicht unterstützt? War das der Grund für die Trennung?«

»Ich war ihr nicht mehr gut genug. Nach drei Jahren. Sie meinte, mit ihrem Aussehen könne sie sich einen reichen Kerl angeln.« Er zuckte mit den Schultern. »Ich habe sie einfach nicht mehr verstanden. Früher haben wir an einem Strang gezogen, hatten gemeinsame Pläne. Ich bin Bäcker und verdiene nicht schlecht ... Aber dann hat sie diese Shows im Fernsehen gesehen ... Damit hat es angefangen, und vor sechs Wochen ist sie dann ausgezogen. Von einem Tag auf den anderen. Ohne vorher was zu sagen. Hat sich einfach eine Wohnung gemietet, und das war's dann.«

»Sicher waren Sie wütend ...«

»Wütend?« Hähnel wirkte überrascht, als wäre das eine unangemessene Reaktion auf eine Trennung. »Nein, wütend war ich nicht. Traurig. Eher traurig. Sie hat mir auch leidgetan.«

»Weshalb?«

»Wegen ihrer ewigen Unzufriedenheit. Wir hatten es doch gut, hatten beide einen Job, konnten uns schöne Urlaube leisten ... Und außerdem weil sie das, was sie wollte, nicht erreichen würde. Das ist ein hartes Business. Dafür war sie nicht gemacht. Immer den Kopf in den Wolken.«

»Gab es einen anderen Mann in Nadines Leben?«

»Ich glaube nicht. Sie hat jedenfalls nichts von einem anderen gesagt, und sie hat sich ja auch alleine eine Wohnung genommen.«

»Die Adresse kennen Sie?«

Hähnel nickte. »Ist nicht weit von hier.«

»Haben Sie einen Schlüssel?«

»Nein. Weshalb auch? Es gibt einen Hausmeister. Der kann Sie reinlassen.« Hähnel sah müde und angeschlagen aus. Dühnfort erinnerte sich, dass er von der Nachtschicht gekommen war, und ließ den Mann gehen.

* * *

»Ist sie es also doch!« Jürgen Zenner, Hausmeister der Anlage mit etwa zwanzig Wohnungen, nahm einen Bund mit unzähligen Schlüsseln vom Bord hinter der Wohnungstür, hakte ihn in die Gürtelschlaufe seiner mit Schmiere und Farbklecksen verdreckten Jeans und stieg mit Dühnfort zwei Etagen nach oben. »Ich war mir ja nicht sicher. Auf dem Foto in der Zeitung sieht sie irgendwie anders aus. Beinahe fremd. Der Tod macht einen halt auch nicht schöner.« Er lachte kurz und trocken.

Dühnfort war der Hausmeister auf Anhieb zuwider. »Wie war sie als Mieterin?«

Zenner war stark übergewichtig und blieb kurzatmig auf einer Stufe stehen. »Sie ist erst Anfang Mai eingezogen.« Einmal Luftholen. »Ruhig war sie. Jeden Morgen ist sie um Viertel vor acht aus dem Haus.« Sein Brustkorb hob und senkte sich. »Zur Arbeit, nehme ich an. Und der alten Frau Schmell von nebenan hat sie mit den Einkäufen geholfen.« Keuchend setzte Zenner sich wieder in Bewegung.

»Hat sie Besuch bekommen?«

»Männer, meinen Sie?« Die Zunge leckte kurz über die Lippen. Ein feuchter Schimmer blieb zurück.

»Auch.« Dühnfort folgte dem schnaufenden Mann.

»Ich habe niemanden gesehen. Aber ich bekomme ja nicht alles mit.«

Sie erreichten die Wohnungstür. Der Hausmeister

sperrte auf und wollte mit hinein. Dühnfort stellte sich ihm in den Weg. »Gehören Kellerabteil und Garage zur Wohnung?«

Der Mann schüttelte den Kopf. »Fräulein Pfaller hat kein Auto. Sie war immer mit der S-Bahn oder dem Rad unterwegs. Das ist übrigens weg.«

»Seit wann?«

Zenner zog die Mundwinkel nach unten und breitete die Hände aus. »Am Freitag ist sie damit noch von der Arbeit gekommen.«

»Danke. Wenn ich Sie brauche, melde ich mich.« Dühnfort ließ sich den Schlüssel geben, zog Latexhandschuhe über und schloss die Tür.

Vom Vorplatz gingen zwei Türen ab. Eine führte in ein winziges Bad, in dem ein heilloses Durcheinander herrschte. Eine Bürste und ein Badetuch lagen am Boden, Föhn und Handtuch auf dem WC-Deckel, im Waschbecken klebten lange dunkle Haare, und auf jeder freien Fläche waren Kosmetikartikel verteilt.

Dühnfort ging weiter in den Wohnraum. In einer Ecke gab es eine Kochnische. Ein Topf mit eingetrockneter Tomatensoße stand dort. Die Luft roch abgestanden. Das Bett war nicht gemacht. Röcke, Hosen, T-Shirts und Blusen waren darauf verstreut. Auf dem Boden lagen pinkfarbene Lackpumps und ein ähnliches Paar in Weiß, dazwischen goldene Sandaletten. Das Surren des PCs klang in die Stille, sein Monitor war dunkel. Neben der Maus lag ein Handy.

Keine Frau verlässt ihre Wohnung ohne Handy. Dühnfort griff danach. Es war ausgeschaltet. Es dauerte einen Moment, bis er die Rückwandsperre entriegelt und die Schale abgenommen hatte. Die SIM-Karte war an ihrem Platz. Er steckte die Rückwand wieder auf und legte das Handy auf den Tisch. Nadine Pfaller war Sprechstundenhilfe gewesen. Kein gutbezahlter Job. Möglicherweise besaß sie zwei Handys, aber vermutlich nicht zwei Verträge und somit zwei SIM-Karten.

Dühnfort wählte Buchholz' Nummer und bat ihn, mit seinen Leuten zu kommen. Während des Gesprächs fiel sein Blick auf ein zusammengefaltetes Blatt Papier, das unter dem Schreibtisch lag. Es war der Computerausdruck einer Fahrplanauskunft des Verkehrsverbundes. Nadine Pfaller hatte für vergangenen Samstagabend im Internet die Verbindungen zwischen Vaterstetten und der U-Bahn-Station Lehel herausgesucht und die letzte der angegebenen drei mit Kugelschreiber umrandet. Demnach hatte sie kurz nach halb acht die S-Bahn nach München nehmen wollen.

Die Maus lag neben der Tastatur. Als Dühnfort sie bewegte, begann der Monitor zu knistern, wurde hell und zeigte eine geöffnete E-Mail.

Liebe Nadine,

es bleibt also bei Samstag, 20.00 Uhr im Gandl. Ich freue mich, Dich endlich persönlich kennenzulernen, endlich Deine Stimme zu hören, die ich mir so dunkel und aufregend vorstelle wie Deine Haare.

Voller Ungeduld

Mark

Der Absender lautete MrRight@web.de. Dühnfort rief nochmals Buchholz an und bat ihn, Meo mitzubringen, damit er sich des Computers annehmen konnte. Dann suchte er Zenner auf, der sofort öffnete. Er schien hinter seiner Wohnungstür gewartet zu haben. Auf die Frage, ob er das Rad von Nadine erkennen würde, antwortete der Hausmeister mit einem bedächtigen Kopfnicken. Daraufhin rief Dühnfort Rinke an und bat ihn, mit

Zenner zum S-Bahnhof zu fahren und nach dem Rad zu suchen.

»Als ob ich nichts Besseres zu tun hätte«, erwiderte Zenner mürrisch und blickte an sich hinab. »Ich zieh mir andere Sachen an.«

»Das trifft sich gut«, meinte Dühnfort.

»Wieso?«

»Die gelben Farbflecken an der Hose. Woher stammen sie?«

Verwundert starrte Zenner ihn an, dann verengten sich die Augen. »He, he, he. Mal immer langsam. Sie denken doch nicht, dass ich … Kommen Sie mit.« Zenner warf die Tür ins Schloss und führte Dühnfort zu einer Grünfläche, die sich zwischen den Gebäuden der Wohnanlage befand. Der schwere Körper des Mannes schwankte bei jedem Schritt, die Oberschenkel rieben aneinander. Das dabei entstehende Geräusch war Dühnfort zuwider.

Ein Spielplatz mit Klettergerüst, Rutschbahn und einem Sandkasten befand sich inmitten der Anlage. Das Klettergerüst war gelb lackiert. Zenner wies darauf. »Das habe ich letzte Woche gestrichen. Daher stammen die Flecken.«

»Dann weiß ich das. Die Hose benötige ich trotzdem.«

Dühnfort beschwichtigte den Zorn des Hausmeisters mit dem Hinweis auf polizeiliche Routine. Als wenig später Rinke im Streifenwagen vorfuhr, hatte Zenner sich umgezogen und Dühnfort die Hose wortlos übergeben. Sie roch ein wenig säuerlich. Rinke fuhr mit Zenner los. Dühnfort holte eine Plastiktüte aus dem Kofferraum seines Autos, legte die Jeans hinein und setzte sich dann auf die gemauerte Einfassung eines Blumenbeets. Buschrosen und Lavendel verströmten einen betörenden Duft.

Dühnforts Magen knurrte, und außerdem brauchte er einen Kaffee. Der Wohnanlage gegenüber befand sich eine Bäckerei. Dort kaufte er sich eine Rosinenschnecke und einen Becher Kaffee, wie man ihn neuerdings überall bekam. Plörre aus Pappbechern zu trinken war Kult. Dühnfort betrachtete den Kauf eher als Verzweiflungstat. Immerhin Koffein. Er kehrte zum Blumenbeet zurück, trank das, was sich Kaffee nannte, und aß die Rosinenschnecke aus der Papiertüte.

***

Es wurde natürlich nicht stillschweigend zur Kenntnis genommen, als Vicki pünktlich an ihrem Ausbildungsplatz erschien. Henriette grinste. »Dass ich das noch erleben darf.« Dabei zerrte sie sich das zu enge pinkfarbene T-Shirt über den Bauch und fügte hinzu: »Zur Feier des Tages gebe ich eine Runde Kuchen aus.«

Clara zwinkerte Vicki zu. »Geht doch. Ich bin wirklich froh, dass ich mich für dich entschieden habe.«

Steffen pfiff durch die Zähne, hob den Daumen und versuchte den dünnen Stoff des Blümchenrocks, den Vicki zur Lederjacke trug, mit Blicken zu durchdringen. Die Lederjacke war natürlich zu warm. Vicki hängte sie über die Stuhllehne. Pünktlich war sie nur, weil sie schlecht geschlafen hatte und daher schon um halb sieben aufgestanden war. Claras Lob freute sie dennoch.

Letzten Sommer hatte sie sich, bei der Bewerbung um die Lehrstelle, in Konkurrenz zu einem Mädchen mit Mittlerer Reife befunden. Vicki hatte Clara beinahe ein Ohr abgekaut, um sie davon zu überzeugen, wie wichtig diese Ausbildung für sie wäre und dass sie gut sei und ihr Englisch nicht so schlecht, wie es im Zeugnis stand. Schließlich war sie mehr als ein Jahr durch Europa getrampt, hatte hier und da gejobbt, in Kopenhagen und in Stockholm, in Amsterdam, Paris und sogar, für ein paar Wochen, in London und Dublin. Dabei hatte sie ihre Sprachkenntnisse ordentlich aufgemöbelt. Vor allem ihren rudimentären französischen Wortschatz, der seit der Gymnasiumszeit in ihr geschlummert hatte. Während der Monate in Paris war er erwacht.

Clara, die während ihrer *wilden Jahre* Anfang der Siebziger durch Asien getrampt war und eine Zeitlang in einem Ashram gelebt hatte, musste wohl etwas von sich selbst in Vicki gesehen haben. Anders konnte Vicki es sich nicht erklären, dass sie den Ausbildungsplatz ergattert hatte.

Der Trubel über ihr pünktliches Erscheinen ebbte ab, der Vormittag verging mit Arbeit. Im Nu war es Zeit für die Mittagspause. Henriette traf sich mit ihrer Freundin und nahm die Kuchenbestellung für den Nachmittag entgegen, bevor sie ging. Clara sah nach Clyde, und Steffen traf sich mit einem Kumpel bei McDonald's.

Vicki wollte sich nichts zu Mittag kaufen. Ein Stück Torte reichte. Sie holte sich ein Glas Wasser aus der Küche und ging hinaus auf die kleine Terrasse, die sich hinten im Hof befand. Dort setzte sie sich auf einen Plastikklappstuhl und streckte die Beine aus. Die Sonne schien ihr ins Gesicht. Sie schloss die Augen.

Buthler. Komischer Name. Sicher selten. Ob sie den mal googeln sollte? In Kombi mit *Hamburg* würde sie bestimmt etwas finden. Aber warum sollte sie das machen? Nur so? Einfach weil sie neugierig war? Anfangen konnte sie eh nichts damit. Sie konnte die Menschen, die Buthler hießen, ja nicht einfach anrufen und fragen, ob sie ihren Namen auf eine Karte des Atlantic-Hotels geschrieben hätten.

Motorengebrumm erklang. Vicki öffnete die Augen. Die Müllabfuhr kam in den Hof gefahren. Ein Typ in orangeroter Montur schwang sich von der Plattform am Heck des Fahrzeugs, entdeckte Vicki und starrte sie an. Zuerst ihren Busen, dann die Beine, grinste und pfiff.

Vicki stand auf und ging hinein. In der Küche füllte sie die Kaffeemaschine und schaltete sie ein, dann setze sie sich an ihren Schreibtisch, öffnete das Browserprogramm und googelte den Namen Buthler. Knapp tausend Treffer. Das war nicht viel. Wenn sie die übersprungenen Ergebnisse außer Acht ließ, da sie den angezeigten ähnelten, waren es tatsächlich nur zweiundsechzig. Alle bezogen sich auf das Auktionshaus Buthler in Hamburg.

Auch im Online-Telefonbuch von Hamburg gab es unter Buthler nur einen Eintrag. Den des Auktionshauses. Vicki öffnete die Website und las. So wie es aussah, gab es alle zwei Monate eine Auktion. Die letzte war am 28. Mai gewesen. Beginn 19.00 Uhr. *Natura morta. Vanitas.* Stillleben des 17. Jahrhunderts aus Italien, Deutschland und den Niederlanden.

Die Auktion im März hatte erst um 20.00 Uhr begonnen, ebenso die Januar-Auktion. Bezog sich die Notiz auf die Mai-Auktion?

Vicki wusste nicht, weshalb sie das tat und was sie überhaupt sagen sollte. Aber sie wählte die auf der Website angegebene Nummer.

Nach dem dritten Läuten meldete sich ein Mann mit einer angenehmen Stimme. »Auktionshaus Buthler. Serge Buthler. Guten Tag.«

»Ebenfalls einen guten Tag. Mein Name ist Viktoria«, Vicki zögerte kurz, entschloss sich dann aber zu einer Lüge, »Viktoria Mohn. Ich rufe aus München an. Ich bin Gymnasiastin mit Leistungskurs Kunst und schreibe an einer Facharbeit über die Stilllebenmalerei des 17. Jahrhunderts. Nun habe ich gesehen, dass bei Ihnen im Mai eine Auktion mit solchen Gemälden stattgefunden hat.« Sie musste mal Luft holen und wusste außerdem nicht weiter.

»Ein schönes Thema, das Sie sich da ausgesucht haben. Eher ungewöhnlich für eine junge Frau. Moderne Kunst mögen Sie nicht?«

»Ich bin eher der nostalgische Typ. Mir gefallen diese alten Bilder.« Vicki hatte noch nie ein Museum besucht und daher nur eine vage Ahnung, wie ein solches Stillleben aussehen mochte. *Natura morta.* Es klang unheimlich.

»Ich frage mich, wie ich Ihnen helfen kann.« Die Stimme des Mannes hatte ein weiches Timbre.

»Nun, ich würde mich gerne mit einem Fachmann unterhalten. Sicher haben Sie Kunden in München ... ich meine, wenn ein Münchner eines der Bilder gekauft hat ... oder kaufen wollte ... also ich dachte, vielleicht könnten Sie einen Kontakt herstellen.«

Ein leises Lachen klang an Vickis Ohr. »Sammler sind nicht unbedingt Fachleute. Oft geht es nur um Geldanlage. Außerdem kann ich unmöglich die Namen meiner Kunden herausgeben. Das verstehen Sie sicher. Wie kommen Sie eigentlich auf die Idee, dass Münchener darunter sind?«

Uuups, dachte Vicki. »Das war eher so eine Hoffnung.«

»Haben Sie sich denn schon Fachbücher besorgt?«

»Ich bin noch ganz am Anfang.«

»Ich kann Ihnen eine Literaturliste mailen. Wäre Ihnen damit geholfen?«

»Das wäre echt nett von Ihnen.« Mist, dachte Vicki.

»Gut. Dann verraten Sie mir Ihre Mailadresse.«

Vicki gab ihm die ihres gmx-Accounts, der unter einem Nickname lief.

»Außerdem hängen in der Alten Pinakothek einige sehr schöne Stillleben. Zum Beispiel eines von Georg Flegel mit Maus und Papagei. Aber sicher haben Sie sich dort schon umgesehen.«

»Ja. Es ist echt klasse. Vor allem die Maus. Die ist richtig süß.«

Wieder klang ein leises Lachen durch das Telefon. »Dann empfehle ich Ihnen gleich noch ein Buch. *Die Natur und ihre Symbole*. Das wird Ihnen bei Ihrer Arbeit nützlich sein. Allgemein wird Mäusen nämlich eine negative symbolische Bedeutung zugeordnet. Sie gelten als Sinnbild des gefräßigen Teufels.«

Durch die Glastür sah Vicki Henriette auf das Reisebüro zusteuern, eine Tüte der Konditorei in der Hand.

»Oh. Das wusste ich noch gar nicht.«

»Ich schreibe das Buch mit auf die Liste. Wenn Sie noch Fragen haben, können Sie mich gerne anrufen oder mir eine Mail schicken. Viel Erfolg.«

»Danke.« Vicki verabschiedete sich und legte auf, als Henriette die Tür öffnete.

***

Rinke und Zenner fanden das Rad am S-Bahnhof. Ordentlich abgesperrt stand es im Radständer. Nadine war also am Samstagabend mit der S-Bahn nach München gefahren. Diese Vermutung wurde durch die Nachbarin bestätigt. Die alte Dame hatte Nadine kurz vor halb acht wegradeln sehen. Sie hatte eine enge schwarze Hose getragen, und es war nicht sehr wahrscheinlich, dass sie darunter halterlose Strümpfe angezogen hatte. In ihrer

Wohnung fand Dühnfort lediglich Strumpfhosen, allesamt No-Name-Artikel einer Drogeriemarktkette.

Wer war Mr Right? Die Klärung dieser Frage war nun am dringlichsten. Meo Klein, der Computerspezialist im Team, hatte Nadines PC und Handy bereits in seinem Labor.

Dühnfort suchte Leyenfels auf, der sich sichtlich erfreut über die Identifizierung der Toten zeigte. »Gute Entscheidung, keine Kosten für die Fotos zu scheuen«, sagte er und fragte, wie es nun weiterging.

Dühnfort beantragte den Beschluss zur Herausgabe der personenbezogenen Daten des Mailaccounts MrRight@web.de. Nachdem Leyenfels zugesagt hatte, sich umgehend darum zu kümmern, verabschiedete Dühnfort sich und überlegte, wo er schnell einen Happen zu Mittag essen konnte. Er entschied sich für Marcellos Espressobar am Rindermarkt.

Wie immer um diese Zeit war das kleine Lokal überfüllt. Dühnfort ergatterte einen Platz ganz hinten am Tresen und bestellte ein Tramezzino mit Schinken und ein Mineralwasser. Während er aß, sah er den durch diesen leuchtenden Sommertag flanierenden Frauen zu, in ihren luftigen Röcken und ärmellosen Blusen, in knappen Shorts, schwingenden Kleidern. Sie lachten und lächelten, als hätten sie die Gewissheit, dass nie das Böse in ihr Leben treten würde.

Kurz vor zwei traf Dühnfort Gina in Meos Labor. Die Jalousien waren halb geschlossen. Es herrschte Dämmerlicht. Das rührte hauptsächlich vom Schein etlicher Monitore her, die auf jeder freien Fläche zu stehen schienen.

Meo war der jüngste IT-Spezialist im Haus und einer der besten. Wie immer trug er Kleidung, die Dühnfort viel zu groß erschien. Doch das war ein Irrtum. Modischen Richtlinien entsprechend saß sie perfekt. Der Hosenbund weit unterhalb der Hüfte gab den Blick auf ein Stückchen gestreifte Boxershorts frei. Allerdings nur, wenn Meo sich streckte und das Shirt mit dem Aufdruck *Read the fucking manual!* nach oben rutschte. So wie jetzt, als er nach seinen Vorräten griff, die er in einem Lüftergehäuse auf einem Regal aufbewahrte. Daraus holte er nun einen Müsliriegel und einen Energy Drink hervor und setzte sich auf die Kante einer Arbeitsplatte. »Hatte keine Zeit fürs Mittagessen.« Er wickelte den Riegel aus der Folie, biss hinein und fügte mit vollem Mund hinzu: »Glück gehabt. Die IP hab ich. Der Rechner, von dem die Mail geschickt wurde, steht irgendwo in Deutschland. Die Providerdaten sollten noch heute hier eintrudeln.«

»Wenn wir Pech haben, führt uns die IP in ein Internetcafé.« Gina griff nach einem Stuhl, drehte ihn mit der Rückseite nach vorne, ließ sich breitbeinig darauf nieder und legte die Arme auf die Rücklehne. »Ich denke, wir werden Pech haben. Der Täter war sicher nicht so dämlich, eine Spur, breit wie eine Autobahn, quer durchs Web zu legen. Es passt nicht zu ihm. Mr Right geht seinem makabren Hobby überlegt und kontrolliert nach.«

Bei dieser Bemerkung zuckte Dühnfort zusammen. Er wusste, dass Gina es nicht so meinte, dass es ihre Art war, die Schrecken und Ängste, die der Beruf mit sich brachte, von sich fernzuhalten. Wieder sah er den kopflosen Leichnam, den in die Leere gehenden Blick aus grünbraunen Augen. Nadine, mit ihrer Unzufriedenheit und ihren Träumen, mit dem Willen, ihr Leben zu ändern und zu gestalten. Jemand hatte es ihr genommen. Einfach so! Um sich daran aufzugeilen, für einen kurzen Moment Befriedigung zu erlangen, Macht auszuüben. Ein ganzes

Leben für einen Augenblick! Seine Kiefermuskulatur verspannte sich, er presste kurz die Zähne aufeinander, um die Bemerkung, die ihm auf der Zunge lag, nicht über seine Lippen kommen zu lassen. *Etwas mehr Respekt wäre angebracht.* Er war kein Oberlehrer, er sagte es nicht, aber er bemerkte, dass Gina seine Anspannung wahrgenommen hatte. Da war wieder dieser fragende Blick.

Die Tür öffnete sich. Alois kam herein und lehnte sich an ein Regal. »Sie ist es. Die Eltern haben sie identifiziert.« Er fuhr sich mit beiden Händen übers Gesicht. »An manchen Tagen ist das echt ein Scheißjob.« Dann sah er auf. »Und was tut sich bei euch?«

Dühnfort fasste die Ergebnisse des Vormittags zusammen. Nadines Trennung vom langjährigen Freund, der Umzug in die neue Wohnung, der Kontakt zu Mr Right, das Chaos in der Wohnung, die sie scheinbar überstürzt am Samstagabend verlassen hatte, um sich im Gandl mit einem Mann zu treffen, den sie offensichtlich nur aus Mails kannte.

»Sie war viel im Netz unterwegs«, sagte Meo kauend. »Chats, Foren, Partnerseiten. Sieht so aus, als wäre sie auf der Suche gewesen.«

»Ich schnapp mir das Foto und rede mit den Leuten im Gandl«, sagte Gina. »Wenn sie dort war, wird man sich an sie erinnern und hoffentlich auch an ihren Begleiter.«

Noch immer kauend, zog Meo einen Zettel aus seinen Unterlagen hervor. »Ich habe noch was für dich. Die Liste der Handytelefonate der letzten Wochen.«

Dühnfort wandte sich an Gina. »Du hast mit Nadines Arbeitgeber gesprochen. Was ist das für ein Mann?«

»Ganz nett, freundlich, ein guter Zuhörer. So wie man sich einen Hausarzt kurz vor dem Ruhestand vorstellt. Nadine hat bei ihm gelernt, und er hat sie nach der Ausbildung übernommen. Sie war fleißig, pünktlich, aber auch ein wenig chaotisch und eine Träumerin. Und in letzter Zeit irgendwie unzufrieden, sagt er. Mal hat sie davon gesprochen, Model werden zu wollen, und ein andermal davon, ein Nagelstudio aufzumachen. Jedenfalls wollte sie ihren Beruf an den Nagel hängen. Dass sie sich von Nico getrennt hat, fand er in Ordnung. Der sei eine Schnarchnase, Nadine habe was Besseres verdient.«

»Weshalb hat er nichts unternommen, als sie Montag und Dienstag nicht zur Arbeit erschienen ist?«

Gina zuckte mit den Schultern. »Ganz einfach. Er hat sie nicht erwartet. Nadine hatte am Montag einen Termin bei einem Kieferchirurgen. Die Weisheitszähne sollten endlich raus. Das ist eine richtige OP, danach ist man für ein paar Tage außer Gefecht. Dr. Gromme hat für die ganze Woche eine Vertretung organisiert.«

Die Tür wurde geöffnet. Eine der Bürofeen steckte den Kopf herein. »Hier seid ihr. Bei mir hat gerade ein Beamter aus dem Ministerium für Landwirtschaft und Forsten angerufen. Er hat eure Tote am Samstagabend gesehen.«

***

Zehn Minuten später erreichte Dühnfort die Ludwigstraße und fuhr Richtung Siegestor. Dabei passierte er den Zugang zum Hofgarten und einen Coffeeshop. Hinter dem Schumann's bog er in die Galeriestraße ein. Linker Hand befand sich die Zufahrt zum Parkplatz des Ministeriums, wo Dühnfort mit dem Zeugen verabredet war. Vor der Schranke stand ein schlanker Mann im dunkelgrauen Anzug und gab ihm ein Zeichen. Dühnfort hielt am Rande des Grünstreifens und stieg aus. »Herr Schack?«

Schack reichte ihm die Hand. Er war etwa Mitte dreißig und hatte ein schmales Gesicht. Über seiner hohen Stirn wellte sich das braune Haar, das er auch an den Seiten etwas länger trug. Sein Blick aus grauen Augen war ebenso kühl wie sein Händedruck.

»Dühnfort. Wir haben gerade telefoniert.« Er reichte dem Zeugen ein Foto von Nadine. »Ist das die Frau, die Sie am Samstagabend gesehen haben?«

Der Beamte nahm das Bild und betrachtete es eingehend, bevor er es zurückgab. »Ganz sicher. Das ist sie. Ich war am Samstag in der Stadt einkaufen und habe hier geparkt.« Er wies auf den Platz, der sich hinter der Schranke erstreckte. »In der Innenstadt bekommt man ja keine Parkplätze, und wenn, dann lässt man ein Vermögen in den Parkuhren. Kurz nach acht war ich wieder hier. Als ich vom Parkplatz gefahren bin, musste ich stoppen und zwei oder drei Fahrzeuge vorbeilassen. Dabei ist sie mir aufgefallen.« Schack deutete auf die Galeriestraße. »Sie stand auf dem Gehweg auf der anderen Straßenseite und suchte etwas in ihrer Handtasche. Anscheinend fand sie es nicht, denn sie wirkte verärgert, als sie die Tasche zumachte.«

»War sie alleine?«

»Nein. Und das war komisch. Deswegen ist sie mir ja überhaupt aufgefallen. Sie stand ein, zwei Meter von einem Jaguar XK Coupé entfernt. Auf dem Fahrersitz saß jemand. In das Auto ist sie dann eingestiegen. Inzwischen war die Straße frei, und ich bin losgefahren.«

»Weshalb haben Sie die Situation als komisch empfunden?«

Schack breitete die Hände aus. »Na ja. Sie sah ... wie soll man das sagen, ohne dass es abwertend klingt? Sie sah billig aus, irgendwie nach *Vorstadt,* und dann steigt sie in ein solches Fahrzeug.«

»Konnten Sie den Fahrer erkennen?«

»Nur eine vage Silhouette. Der Wagen hatte getönte Scheiben, glaube ich. Da bin ich mir nicht sicher. Vielleicht war es auch nur eine Spiegelung.«

»Mann oder Frau?«

Schack schüttelte bedauernd den Kopf. »Ich habe nur auf sie geachtet, und es waren ja bloß ein paar Sekunden.«

»Sie sind sicher, dass es ein Jaguar war?«

Schack zögerte einen Moment. »Ich interessiere mich für Autos. Doch, es war ein Jaguar XK Coupé. Silberfarben und mit Münchner Kennzeichen.«

»Wie haben Sie das denn erkennen können? Sie haben den Wagen doch nur von der Seite gesehen.«

»Von schräg hinten«, korrigierte Schack. »Ein Teil des Nummernschilds war sichtbar. Da stand ein M. Mehr konnte ich leider nicht erkennen.«

»Wie war die Frau gekleidet?«

Einige Sekunden kniff Schack die Augen zusammen, als betrachte er ein inneres Bild, das er so schärfer stellen konnte. »Türkisgrüne Schuhe mit ziemlich hohen Absätzen, schwarze Leggings und dazu ein türkisfarbenes Oberteil, das sehr eng war. Ziemlich viel Modeschmuck, alles billig, und in den Haaren ein Haarband. Ich glaube, das war auch türkis. Tolle Haare übrigens.«

Diese Beschreibung deckte sich mit der, die Nadines Nachbarin abgegeben hatte. *Wie sie mit diesen Stöckelschuhen Rad fahren kann, ist mir schleierhaft,* hatte Frau Schmell gesagt.

Endlich hatten sie einen Ansatzpunkt. Ein silberner Jaguar XK Coupé. Viele konnte es davon in München nicht geben. »Wissen Sie noch, wie spät es war?«

»Ich habe den Optiker in der Theatinerstraße um acht

verlassen, als er gerade geschlossen hat. Länger als zehn Minuten habe ich sicher nicht hierher gebraucht. Zehn nach acht, höchstens Viertel nach.«

»Sie haben ein bemerkenswertes Gedächtnis. Zeugen wie Sie hätte ich gerne häufiger.« Dühnfort verabschiedete sich, stieg in sein Auto und sah Schack nach, der über den Parkplatz ging und durch einen der rückwärtigen Eingänge das Ministerium betrat.

Kurz nach acht war Nadine Pfaller also nicht am St.-Anna-Platz im Restaurant Gandl gewesen, sondern in der Nähe des Odeonsplatzes. Luftlinie befanden sich die beiden Orte etwa sechshundert Meter auseinander. Hatte Mr Right das Lokal mit Nadine gleich wieder verlassen, oder hatte er sie davor abgepasst? Oder war Nadine nie am Gandl gewesen? Was hatte sie in ihrer Handtasche gesucht? Das Handy? Warum lag das zu Hause? Dühnfort zog seines aus der Tasche und wählte die Nummer von Nico Hähnel, der sich sofort meldete, als habe er auf Dühnforts Anruf gewartet.

»Ich habe gerade mit Nadines Eltern gesprochen. Warum haben Sie mir das nicht gesagt, dass er sie ...« Ein Stöhnen klang an Dühnforts Ohr. »Gnade ihm Gott, dass Sie ihn vor mir erwischen. Ich mache das Schwein kalt, sobald er mir in die Finger kommt! Den erwürge ich eigenhändig! Aber vorher ziehe ich ihm die Haut vom Leib. Diese perverse ...«

»Herr Hähnel. Beruhigen Sie sich. Mit weiteren Gewaltakten ist niemandem geholfen. Können Sie mir eine Frage beantworten?«

Einen Moment war es still. Dann hörte Dühnfort, wie Hähnel die Luft ausstieß. »Ja. Kann ich. Ich werde alles tun, dass Sie ihn kriegen. Was wollen Sie wissen?«

»Nadines Handy lag in der Wohnung, obwohl sie am

Samstagabend eine Verabredung hatte und nach München gefahren ist. Wir haben keine Erklärung dafür.«

»Ein Date? Mit dieser Drecksau vielleicht, die sie dann … Okay: Sie wollen wissen, weshalb sie ohne Handy los ist?«

»Haben Sie eine Idee?«

»Ja. Sie war halt ein Schusselhuhn.« Bei diesem Wort brach Hähnel die Stimme.

Dühnfort konnte beinahe vor sich sehen, wie er mit den Tränen kämpfte.

»Sie war so chaotisch. Aber ich hab das irgendwie gemocht«, sagte Hähnel, nachdem er sich wieder gefangen hatte. »Vermutlich hat sie bis fünf Minuten vor Abfahrt der S-Bahn … also sie hatte kein Auto, aber das wissen Sie wahrscheinlich schon. Ich glaube, dass sie sich mindestens fünfmal umgezogen hat und drauf und dran war, die S-Bahn zu verpassen. Sicher hat sie dann ihre Siebensachen zusammengerafft und in die Handtasche gestopft und dabei das Handy übersehen, das irgendwo im Chaos lag. So war sie halt. Handy, Schlüssel, Geldbeutel. Ständig hat sie was vergessen oder verloren. Würde mich nicht wundern, wenn sie auch noch in den falschen Bus gestiegen wäre oder in die falsche Tram.«

Dühnfort horchte auf. »Wir haben eine Fahrplanauskunft gefunden. Sie wollte mit der S-Bahn bis Ostbahnhof und dann mit der U-Bahn weiter.«

»Wenn der Zettel in der Wohnung lag, dann ist es gut möglich, dass sie sich verfahren hat.«

»Sie meinen, dass sie sich eine so einfache Verbindung nicht merken konnte? Einmal umsteigen?«

»Sie hatte den Kopf halt immer in den Wolken. Normalerweise stieg sie am Marienplatz aus, wenn sie in die

Stadt fuhr. Weshalb ist das wichtig? Ist sie gar nicht bei dem Date aufgetaucht?«

»Das wissen wir noch nicht. Sie haben mir sehr geholfen.«

»Sie erwischen ihn. Oder?«

»Wir kriegen ihn. Das verspreche ich Ihnen. Er hat sich das falsche Revier ausgesucht, um ungeschoren davonzukommen.«

Dühnfort hatte gerade aufgelegt, als sein Handy zu vibrieren begann. Es war Meo, der sich meldete.

»Web.de hat uns Namen und Adresse von Mr Right geschickt, und wie es aussieht, sind die kein Fake. Jedenfalls gibt es den Namen unter der angegebenen Adresse. Er heißt allerdings nicht Mark, sondern Volker. Volker Siersch und ist Location Scout für Film und Fernsehen.«

***

Dühnfort fuhr nach Schwabing und klingelte kurz darauf am Elisabethplatz an der Bürotür der VSL GbR. Ein Mann Anfang dreißig in Jeans und weißem Leinenhemd öffnete. Er trug einen schmalen blonden Kinnbart und musterte Dühnfort fragend. »Wollen Sie zu mir?«

»Wenn Sie Herr Siersch sind, dann ja. Dühnfort. Kripo München. Haben Sie einen Augenblick Zeit für mich?«

Die Augen des Mannes weiteten sich. »Können Sie mir vielleicht sagen, worum es geht?«

»Um Ihre Verabredung am Samstagabend.«

Die Haltung wurde abwehrend. »Was für eine Verabredung?«

»Haben Sie unter dem Namen *Mr Right* bei Web.de ein E-Mail-Konto eingerichtet?«

»Wie kommen Sie denn auf diese Idee?«

»Ihr Name und Ihre Adresse wurden dabei angegeben.

Ich denke, es ist besser, wir besprechen das nicht zwischen Tür und Angel.«

Im dahinterliegenden Flur erschien eine Frau im luftigen Sommerkleid. »Schatz, wo ist denn die Präsentation für die Bavaria?«

Siersch drehte sich kurz um. »Auf meinem Laptop.«

»Meine Güte. Wozu haben wir Geld für Server und Netzwerk ausgegeben, wenn du immer alles auf deinem Laptop hast?« Sie überquerte den Gang und verschwand in einem Zimmer.

»Hören Sie, ich habe keine Ahnung, wer da meinen Namen benutzt hat.« Siersch trat einen Schritt zurück, als wolle er die Tür schließen.

»Von diesem Account wurden Mails an eine Frau geschickt, die nun tot ist. Wir haben die IP des Rechners, von dem sie versandt wurden, und in ungefähr drei Stunden wissen wir, wo er steht. Wenn ich dann feststelle, dass Sie mich gerade angelogen haben …«

»Tot. Wie, tot?« Siersch presste die Lippen aufeinander, bis sie weiß wurden.

»Ich denke, es ist besser, wenn Sie mich hereinbitten.«

Endlich ließ Siersch Dühnfort ein. Das Büro war nicht groß, zwei kleine Zimmer und eine Art Wintergarten, in dem ein Tisch für Besprechungen stand. Die Frau erschien wieder auf dem Flur, einen USB-Stick in der Hand. Fragend pendelte ihr Blick zwischen ihrem Mann und Dühnfort. »Meine Frau, Cornelia«, sagte Siersch, »Herr …«

»Dühnfort …«

»Herr Dühnfort ist wegen einer Recherche hier. Bist du so nett und mailst die Auswahl an die Bavaria? Bernd wartet sicher schon darauf.«

»Was für eine Location suchen Sie denn?«, fragte Cornelia Siersch.

»Eine verlassene Industrieruine. Am besten eine alte Brauerei.« Dühnfort registrierte, wie Siersch kaum merklich zusammenfuhr, während ein Lächeln auf dem Gesicht seiner Frau erschien.

»Wunderbar. In unserer Datenbank ist eine, ganz in der Nähe. Kennen Sie Solalinden?«

Siersch seufzte. »Cornelia, bitte, Bernd wartet.«

Dühnfort folgte dem Mann in sein Büro und nahm auf dem angebotenen Stuhl vor dem Schreibtisch Platz, während sich Siersch dahinter verschanzte, wie es Dühnfort schien. »Sie sind also *Mr Right.*«

Siersch hob entschuldigend die Hände. »Okay. Ich gebe es ja zu. Ich habe Nadine in einem Chatroom kennengelernt. Ist sie wirklich tot? Ermordet?«

»Ja. Und Sie waren am Samstagabend mit ihr verabredet. Erzählen Sie mir, wie das Treffen verlaufen ist.«

Siersch fuhr sich mit der Hand über das Kinn. »Ich habe sie nur aus dem Chat und den Mails gekannt ... Und jetzt ist sie tot ... unglaublich ... Sie war so nett und sagenhaft schlagfertig.«

»Herr Siersch, ich wüsste gerne, wie das Treffen abgelaufen ist.«

Der Mann sah ihm in die Augen. »Sie ist nicht gekommen. Hat mich einfach versetzt. Wie ein Depp habe ich bis neun Uhr gewartet. Eine ganze Stunde. Dann bin ich gegangen.«

»Sie wissen, dass ich das überprüfen werde.«

»Natürlich, wenn ich auch nicht weiß, welches Motiv Sie mir unterstellen ... Warum hätte ich das tun sollen?« Siersch zog eine Schreibtischschublade auf, holte einen Werbeflyer hervor und reichte ihn über den Tisch. »Darin ist ein Foto von mir. Zeigen Sie das im Gandl herum. Man wird sich an mich erinnern.«

Dühnfort steckte das Faltblatt ein. »Die alte Brauerei in Solalinden kennen Sie also.«

»Wurde sie dort …« Siersch fuhr sich wieder über das Kinn. »Das Gelände ist in unserer Datenbank gespeichert, wie über fünftausend andere Locations auch. Denken Sie, ich wäre so dämlich, einen Mord ausgerechnet an einem Ort zu begehen, von dem jeder weiß, dass ich ihn kenne? Und außerdem hätte ich dann *Mr Right* mit falschen Daten eingerichtet und die Mails von einem fremden Rechner aus losgeschickt. Aus einem Inernetcafé oder so.«

Das Argument war nur dann stichhaltig, wenn die Tat von Anfang an geplant gewesen war, nicht, wenn sie im Affekt geschehen war. Aber nach Affekt sah es ganz und gar nicht aus.

»Ich habe den Mailaccount eingerichtet, damit meine Frau das nicht mitbekommt … Ab und an brauche ich einen kleinen Seitensprung. Sie nicht?«

***

Auf der Fahrt ins Lehel erreichte Dühnfort ein Anruf von Ursula Weidenbach. Die Hautschuppen unter Nadines Fingernägeln stammten von ihr selbst. Sie hatte an einer leichten Neurodermitis der linken Armbeugen gelitten und sich dort gekratzt. Weiteres DNS-Material gab es nicht. Der Täter musste sich vermummt haben, wie die Kollegen von der KTU. Anders war die Spurenlage nicht zu erklären.

»Merde«, fluchte Dühnfort. Diesmal laut.

Als er am St.-Anna-Platz parkte, war er noch immer verärgert. Ginas Golf stand vor dem Gandl. Weinrote Markisen waren ausgefahren und spendeten den Gästen, die in Korbstühlen vor dem Lokal saßen, Schatten.

Im Feinkostladen, den man durchqueren konnte, um ins Restaurant zu gelangen, verabschiedete Gina sich gerade vom Verkäufer und steckte Nadines Foto ein.

»Was führt dich denn hierher?«, fragte sie, als sie Dühnfort bemerkte.

»Mr Right.«

Er überlegte, ob er hier etwas für das Abendessen einkaufen sollte. Der Parmaschinken sah erstklassig aus, der Fettrand nicht zu dick, dazu gemischte Vorspeisen, Ciabatta, etwas Melone und eine Handvoll Cherrytomaten. »Meo hat ihn ausfindig gemacht. Er sagt, er saß alleine hier. Nadine hat ihn versetzt.«

»Scheint zu stimmen. Jedenfalls kann sich niemand an sie erinnern.« Ginas Blick folgte seinem zur Vitrine. »Meine Mutter hat vorhin angerufen. Sie kocht heute Abend. Irgendwas mit Zander. Fisch magst du doch. Sie meint, wenn du Lust hast … Was für sechs reicht, reicht auch für sieben.«

Dorothees Talent fürs Kochen stand im umgekehrten Verhältnis zu ihrer Leidenschaft dafür. Normalerweise freute Dühnfort sich über ihre Einladungen. Wobei er sie nicht in der Erwartung annahm, eine gute Mahlzeit vorgesetzt zu bekommen, sondern einen Abend in netter Gesellschaft zu genießen. Doch jetzt sträubte sich unerklärlicherweise etwas in ihm. »Heute nicht. Danke.« Die Antwort war zu schnell gekommen und zu ablehnend. »Mir liegt unser Fall etwas quer im Magen. Entschuldige«, fügte er versöhnlich hinzu. Trotzdem bemerkte er, wie sich ihr Blick veränderte und sich die Haut an der Nasenwurzel zu einer kleinen Falte zusammenschob. »War schließlich eine Einladung und keine Vorladung.« Sie zuckte mit den Schultern.

Seine brüske Ablehnung tat ihm leid, und verwundert

fragte er sich, woher sie so plötzlich gekommen war. Es war jedoch nicht der passende Zeitpunkt, über die Untiefen seiner Gefühle zu sinnieren.

Er zog den Flyer aus der Sakkotasche und erklärte Gina, wer Mr Right war, was er beruflich machte und dass er Nadine angeblich nicht persönlich gekannt habe.

»Also einer von diesen notorischen Fremdgängern. Manche brauchen mehr als eine, andere dagegen scheinen ganz ohne auszukommen. Kannst du mir mal erklären, wieso? Das eine ist anstrengend und das andere traurig.«

»Ich fürchte, da bin ich nicht kompetent«, antwortete Dühnfort und fragte sich, ob sie ihn der Spezies der Freudlosen zurechnete. »Ich habe etwas vergessen. Bist du so nett und rufst Siersch an? Bitte ihn um eine Liste aller Kunden, denen er, sagen wir mal, in den letzten zwölf Monaten, die Brauerei als Drehort vorgeschlagen hat.«

»Wird gemacht, Boss.« Sie wollte ihm die kleine Broschüre aus der Hand nehmen.

»Einen Teil brauche ich noch.« Er riss die Seite mit Adresse und Telefonnummer ab und gab sie Gina.

»Ich kümmere mich gleich darum. Aber vorher möchte ich einen Latte macchiato. Soll ich dir einen doppelten Espresso mitbestellen, während du das Bild von diesem Casanova rumzeigst?«

Er konnte unmöglich schon wieder ablehnen und nickte.

Gina wandte sich an den Verkäufer, der ihrem Gespräch gefolgt war. »Wir nehmen den Kaffee draußen, und ich hätte gerne noch ein Tiramisu dazu.«

Fünf Minuten später setzte Dühnfort sich zu Gina unter eine weinrote Markise. Ihr Kaffee war bereits serviert worden, seinen brachte der Kellner kurz darauf. Gina löffelte Tiramisu. An ihrer Oberlippe haftete Kakaopulver, das sie mit der Zungenspitze wegwischte. »Und?«, fragte sie.

»Zwei Mitarbeiter können sich an Siersch erinnern. Er saß tatsächlich alleine an einem Tisch, den er für zwei reserviert hatte. Kurz vor neun ist er gegangen.«

»Wäre ja auch zu einfach gewesen.« Gina schob einen weiteren Löffel Tiramisu in den Mund. Wieder blieb etwas Kakao an der Oberlippe haften. »Bleibt die spannende Frage, wo Nadine hingefahren ist, wenn nicht zu ihrem Date.«

»Vermutlich hat sie sich verfahren. Sie war ein *Schusselhuhn,* sagt ihr Exfreund.« Dühnfort berichtete ihr von seinem Gespräch mit Nico Hähnel und der Aussage von Johannes Schack. »Es wäre möglich, dass sie gewohnheitsgemäß zum Marienplatz gefahren ist und erst dort ihren Irrtum bemerkt hat. Die Fahrt zurück zum Ostbahnhof ist umständlicher und dauert länger, als vom Marienplatz eine Station zum Odeonsplatz zu fahren und dann zum Gandl zu laufen.«

»Hmm.« Gina runzelte die Stirn. »Wenn sie so ein Schusselhuhn war, glaubst du, sie hat dann gewusst, wie sie vom Odeonsplatz hierherkommt?«

»Vielleicht hat sie jemanden gefragt.«

»Jemanden.« Wieder wischte Gina sich das Kakaopulver mit der Zungenspitze von der Lippe, und Dühnfort hatte das Gefühl, der Boden gäbe unter ihm nach. Weshalb wollte ein Teil von ihm plötzlich mehr als Ginas Freundschaft? Und was war mit Agnes? Seit gestern wusste er, dass sie die Trennung bereute und ihm eine neue Chance geben würde. Weshalb zog er sich zurück? Mit einem Schluck trank er den Espresso. Bitterer Geschmack füllte seinen Mund. Er hatte ganz vergessen, Zucker hineinzutun.

»Vielleicht war dieser Jemand der Falsche«, fuhr Gina fort. »Wir sollten uns die Überwachungsbänder der U-Bahn ansehen. Ich kümmere mich darum.« Sie musterte ihn und fuhr sich dann mit den Fingern mehrfach über den Mund. »Weg?« Fragend sah sie ihn an.

Dühnfort nickte und stellte die Tasse ab.

»Wie schaut es eigentlich mit der DNS-Analyse aus?«

»Nicht gut.« Er erklärte es ihr.

»Nee, oder? So ein Mist.«

Einen Augenblick später vibrierte das Handy auf der Tischplatte. Im Display erschien die Nummer von Alexander Boos.

»ViCLAS sei Dank: Wir haben etwas für euch. Einen ungeklärten Mord an einer Prostituierten in Düsseldorf vor sechs Jahren. In der Nähe der Leiche lag ein rosa Strumpf.«

* * *

Okay, dann eben nicht, dachte Vicki und legte auf. Hamburg. Fünf Minuten. Was das wohl kostete? Ihr war schlecht vor Hunger, und der Kühlschrank war leer. Zwanzig vor acht. Wenn sie noch was zu essen an Bord holen wollte, musste sie sich sputen.

Kurz darauf betrat sie die Filiale eines Discounters in der Nähe ihrer Wohnung. Sie hatte jedoch keinen Plan, was sie essen wollte, und schob den Einkaufswagen suchend zwischen den Regalen hindurch.

Warum tat sie das? Weshalb versuchte sie den Mann ausfindig zu machen, der vielleicht diese Frau ermordet hatte? Eigentlich sollte sie froh sein, dass die Mitarbeiterin des Hotel Atlantic in Hamburg so frostig auf ihre

Nachfrage reagiert und ihr jede Auskunft verweigert hatte.

Mit einer ziemlich fadenscheinigen Geschichte hatte sie nach den Namen der Münchener Gäste gefragt. Sie sei Azubi eines Reisebüros in München und solle für einen Kunden, der am 28. Mai im Atlantic residiert hatte, nochmals ein Zimmer buchen. Sie habe jedoch den Namen vergessen und wolle das vor ihrer Chefin nicht zugeben. »Er fällt mir sicher ein, sobald ich ihn höre.«

»Sie nehmen doch nicht ernsthaft an, dass ich die Namen unserer Gäste herausgebe. Ich kann Ihnen leider die Unannehmlichkeit nicht ersparen, bei Ihrer Chefin nachzufragen«, hatte diese Tussi erwidert und aufgelegt.

Eigentlich ist das gut so, dachte Vicki. Ich sollte mich da raushalten, und nun ist das Thema durch. Sie schob den Wagen weiter an den Regalen vorbei, packte Puddingpulver und einen Liter Milch ein und blieb dann abrupt stehen. Ich bin ja auch zu dämlich, dachte sie. Wer sagt denn, dass der Typ aus München ist? Der kann von sonst wo sein und war im Mai in Hamburg und letztes Wochenende hier. Ein reisender Mörder. So wie der LKW-Fahrer, der auf seinen Touren quer durch Europa mehr als ein Dutzend Mal gemordet hatte, nur nie zu Hause. Außerdem weiß ich nicht einmal, ob diese Karte überhaupt von ihm stammt.

Sie ging weiter und blieb vor dem Tiefkühlregal stehen. Ein Mitarbeiter nahm gerade zwei Kartons Salami-Pizza heraus, die aufgerissen waren. Pizza hatte sie schon ewig nicht mehr gegessen. »Was machen Sie mit denen? Die werfen Sie doch nicht weg?«

»Wollen Sie die haben? Ich gebe Ihnen beide für den Preis von einer.« Unter einer Elvistolle lugten dunkle Augen hervor und taxierten sie.

»Eine zum halben Preis. Mein Kühlschrank hat kein Gefrierfach.«

»Sicher haben Sie einen Freund, der mitfuttert.«

»Der ist Vegetarier. Ich nehme also eine.«

Zögernd zog der Mann einen Filzstift aus seinem orangeroten Kittel, kritzelte etwas auf die Packung und reichte sie Vicki.

An der Kasse nahm sie einen Schokoriegel aus dem Regal und bezahlte ihre Einkäufe. Den Riegel aß sie auf dem Heimweg, um ihren knurrenden Magen zu besänftigen.

Während die Pizza im Ofen war, fragte Vicki ihre Mails ab. Epiktet sah ihr dabei aus dem Terrarium zu. Er war schon satt, hatte Klee gefuttert und ein paar Blüten Kapuzinerkresse, die Vicki auf der Heimfahrt aus einem städtischen Blumentrog gepflückt hatte.

Eine Nachricht war von Kai. Er fragte, ob er ihren Freund anrufen könne, um ihn über Paris auszufragen. *Ich habe mir heute einen Finger halb abgeschnitten. Der ist nun verbunden, und ich treffe immer drei Tasten auf einmal; und nur mit einer Hand zu tippen ist anstrengend. Ich laber ihn auch nicht dicht. Wenn er nicht mag, ist das auch okay. Gruß. Kai.*

Kai war in Ordnung. Sie mailte ihm die Handynummer und schrieb, er könne anrufen, allerdings erst in einer halben Stunde.

Im Posteingang befand sich eine weitere Mail. Sie kam von Serge Buthler. Er hatte tatsächlich eine Bücherliste geschickt, die sehr umfangreich war, beinahe zwanzig Titel.

Liebe Viktoria – es stört dich doch nicht, wenn ich dich so anspreche –, ich hoffe, diese Liste hilft dir weiter. Sehr ans Herz legen möchte ich dir nochmals das Buch über die Symbolik der Natur. Ohne diese zu kennen, wird deine Facharbeit oberflächlich werden. Ich frage mich allerdings, ob du damit nicht zu spät dran bist. Das Schuljahr in Bayern ist doch beinahe zu Ende.

Uuups, dachte Vicki. Erwischt.

Es ist schon ein merkwürdiger Zufall, dass du bei deiner Internetrecherche ausgerechnet auf mein Auktionshaus gestoßen bist. Von übermorgen an bin ich wieder einmal für einige Tage in München. Wenn du Fragen hast, können wir uns treffen. Gerne auch in der Alten Pinakothek. Also, bis zum Wochenende? Ich würde mich sehr freuen.

Herzliche Grüße

Serge

Ganz schön überzeugt von sich, dachte Vicki. Trotzdem war es nett, dass er sich die Mühe gemacht hatte, die Liste zusammenzustellen. Auch wenn sie ihr nichts nützte. Sie schickte ihm eine Antwortmail, in der sie sich bedankte, und schrieb, dass sie früh dran sei mit dem Thema für die Facharbeit, denn sie sei erst im nächsten Schuljahr fällig.

Von ihren Jahren auf dem Gymnasium war ihr in Erinnerung geblieben, dass man dafür sechs Monate Zeit hatte, es musste also schon was Aufwendiges sein. Die Frage nach der Verabredung ließ sie unbeantwortet. Die Pizza war fertig.

Vicki aß sie auf der Terrasse. Sie nahm Epiktet mit und setzte ihn auf den sonnenerwärmten Kiesstreifen zwischen Rasen und Haus.

Heute ärgerte sie sich, dass sie nach Omas Tod das Gymnasium geschmissen hatte. Sie war gut gewesen und hätte das Abi geschafft. Dann könnte sie heute Sprachen studieren oder worauf sie sonst Lust hätte.

Den Übertritt aufs Gymnasium verdankte sie wohl den Genen ihres Vaters. Ganz sicher nicht denen ihrer Mutter. Allein der Gedanke, dass sie irgendeine Ähnlichkeit mit ihrer Mutter haben könnte, verursachte Vicki beinahe Übelkeit. Niemals würde sie werden wie sie.

Manchmal malte sie sich einen Vater aus. Nicht so einen, wie er immer aus Omas spärlichen Worten erstanden war, wenn sie Vickis Drängen nachgegeben hatte.

»Deine Mutter wusste selbst nicht, wer dein Vater ist. Vermutlich einer dieser ungewaschenen Nichtsnutze, mit denen sie sich herumtrieb, oder einer der Kerle, die sich blutjunge Dinger kaufen. Sie war ein Flittchen, hat sich prostituiert und … Ach, lassen wir das«, hatte Oma gesagt und hinzugefügt, sie würde niemals zulassen, dass Vicki wie ihre Mutter werde.

Da bestand ja nun wirklich keine Gefahr. Wer aber war ihr Vater? Einer der Freier, die sich an minderjährigen Mädchen vergriffen, oder ein Typ aus Hermis Clique, mit dem sie damals in einer armseligen und völlig verdreckten Wohnung gehaust hatte. Sechzehn war sie gewesen, als sie schwanger geworden war, und dreiundzwanzig, als sie elend verreckt war. In ihrer eigenen Kotze hatte Vicki sie gefunden, als sie aufgewacht war, dort oben in dieser einsamen Berghütte.

Der Pizzateller rutschte ihr beinahe von den Knien, sie fing ihn gerade noch ein. Würde sie das denn nie aus ihrem Kopf kriegen?

Wenn man es nüchtern betrachtete, war Hermis Tod ein Glücksfall gewesen. Danach wuchs Vicki bei ihrer Oma auf, die sie liebte und verhätschelte, die immer da war, die ihr vorlas, mit ihr bastelte und Kuchen buk, die mit ihr ins Kino und in den Zoo ging. Sechs Jahre voller Liebe, bis Oma dann im Winter auf einem nicht geräumten Gehweg ausrutschte. Hirnblutung. Drei Tage im Koma, und das war es dann gewesen.

Das Handy begann zu klingeln. Vicki stellte den Teller ab, verscheuchte die Erinnerungen und zog das Mobilteil aus der Tasche. »Hallo.«

»Hi. Hier ist der Kai. Wie geht's?«

»Passt schon. Du rufst wegen der Paris-Bilder an ...«

»Klar. Ist dein Freund denn da?«

Irgendwie schon, dachte Vicki. In ihrer Erinnerung würde Adrian nie sterben. »Nein ...«

»Schade. Kannst du mir seine Handynummer geben?«

»Geht leider nicht. Er hat kein Handy, und er braucht auch keines mehr. Er ist tot.« Zum ersten Mal hatte sie das klar und deutlich ausgesprochen. Und die Welt brach nicht erneut über ihr zusammen. Es ging. Sie konnte es sagen. Es tat zwar weh, wie immer, wenn sie an Adrian dachte. Aber die Wut, die sie anfangs beherrscht und dann lange wie ein Schatten begleitet hatte, war weg.

»Sorry, das tut mir leid. Konnte ich ja nicht wissen. Aber weshalb hast du mir das nicht gesagt?« Kai klang verunsichert.

»Ich war dabei, als Adrian die Bilder gemacht hat. Deine Fragen kannst du also mir stellen. Was willst du wissen?«

Über eine Stunde unterhielten sie sich. Vicki erklärte ihm, wie sie es, als Bautrupp getarnt, geschafft hatten, unbehelligt in die Kanalisation von Paris einzusteigen und sich dort zu orientieren. Adrian hatte Philosophie und Französische Literatur studiert und daher Zugang zu Bibliotheken und Archiven. In einem war er auf die Kanalisationspläne eines Arrondissements gestoßen und hatte sie kopiert. Sie stammten zwar aus dem neunzehnten Jahrhundert, aber allzu viel hatte sich seither in dieser Unterwelt nicht verändert. Die Kopien besaß sie noch. »Wenn du magst, kannst du sie haben.«

»Das wäre klasse. Danke. Hast du mit dem bearbeiteten Bild eigentlich was anfangen können?«

»Ging so.«

»Spielst du da irgendwie Detektiv oder was?«

Das ging ihn nun nichts an. »War nur eine blöde Idee. Die Sache hat sich heute erledigt.«

Die Sonne war futsch, es wurde kühl. Epiktet musste rein. »Also, Kai, ich muss jetzt Schluss machen. Wegen der Kopien rufe ich dich an, sobald ich sie rausgesucht habe.«

***

Bei dem Opfer vor sechs Jahren, dessen stark verweste Leiche man erst Monate später gefunden hatte, handelte es sich um die Prostituierte Svenja Lenhard, dreiundzwanzig Jahre alt, wohnhaft in Düsseldorf-Unterbilk. Der Leichenfundort befand sich in einem Waldgebiet nahe der A52. Verschwunden war die Frau an einem schönen Tag im Juli 2004. Gefunden wurde sie von einem Wanderer an einem nebligen Novembertag desselben Jahres. Diese Informationen hatte Dühnfort bisher von KHK Susanne Henke erhalten, der leitenden Ermittlerin in diesem Fall.

»Wenn Sie Zeit haben, würde ich die Akten gerne selbst holen, den Fall mit Ihnen durchgehen und mir den Fundort ansehen«, sagte Dühnfort. Er saß in seinem Büro, das Handy am Ohr, den Blick auf den Monitor gerichtet, der eine Website mit den Flugverbindungen nach Düsseldorf anzeigte.

»Eigentlich nicht. Aber ich nehme sie mir. Dieser ungelöste Fall ist eine Nadel in meinem Nadelkissen, wenn

Sie verstehen, was ich meine«, sagte Susanne Henke. »Wann wollen Sie kommen?«

»Am liebsten möglichst früh. Kurz nach sechs geht ein Flug. Um acht könnte ich bei Ihnen sein.«

»Geben Sie mir die Flugnummer durch. Ich hole Sie ab.«

»Danke, das ist sehr nett.« Dühnfort gab ihr die gewünschte Auskunft.

»All die Jahre habe ich das ungute Gefühl gehabt, dass der Täter von damals noch einmal zuschlägt, und nun ist es anscheinend so weit.«

»Weshalb dachen Sie das?«

Einen Moment schwieg Susanne Henke. »Eine Frau zu enthaupten, das ist ultimativ, machtvoll, vernichtend. Da spielen entweder große Emotionen eine Rolle, was ich in diesem Fall nicht glaube, oder kalte Berechnung. Dann geht es nicht um ein bestimmtes Opfer, sondern um die Tat an sich.«

»In der Nähe von Svenjas Leiche wurde ein rosa Strumpf gefunden. Haben Sie herausgefunden, woher er stammt?«

»Nein. Das Etikett fehlte. Wir haben Fotos an Hersteller verschickt. Ergebnislos. Allerdings hat unsere KTU eine interessante Entdeckung gemacht. Der Strumpf wurde mit Betanin gefärbt. Das ist der Farbstoff, der in Rote Bete vorkommt. Sie können sich morgen die Unterlagen ansehen. Ich muss jetzt los. Meine Kinder warten.«

Dühnfort verabschiedete sich. Anschließend buchte er den Flug, informierte Leyenfels über den Gang der Ermittlungen und schrieb Gina und Alois Mails, in denen er sie über seinen Flug nach Düsseldorf unterrichtete und ihnen auftrug, die Überprüfung der Jaguarfahrer voranzutreiben. Es gab ohnehin nur neunundzwanzig Fahrzeuge, auf die Schacks Beschreibung passte. Dann schickte er eine Mail an Buchholz, in der er ihn zu prüfen bat, ob der Strumpf, den Nadine getragen hatte, ebenfalls mit Betanin gefärbt worden war.

Auf dem Heimweg ging ihm die Sache nicht aus dem Kopf. Welche Bedeutung hatte die Farbe des Strumpfes für den Täter? Natürlich waren Strümpfe Symbol des Weiblichen, verführerisches Requisit einer Frau. Einer Geliebten, einer Ehefrau, einer Angebeteten, die ihn verschmäht hatte? Galt ihr ein tödlicher Hass, eine unzähmbare Wut, eine vernichtende Rache? Waren Svenja und Nadine stellvertretend für eine Frau gestorben, die der Täter nicht töten konnte, weil sie vielleicht bereits verstorben oder unerreichbar war? Unerreichbar im geographischen Sinn? Vielleicht lebte sie in einem anderen Land, auf einem anderen Kontinent. Oder war sie ihm, ganz im Gegenteil, zu nah? War er von ihr womöglich emotional oder finanziell abhängig?

Es war schon nach neun, als Dühnfort hungrig und durstig seine Wohnung betrat. In der Küche trank er erst ein Glas Leitungswasser, entkorkte dann eine Flasche gut gekühlten Soave und setzte sich mit seinem Abendessen, das er im Gandl eingekauft hatte, auf den Balkon.

Es wurde bereits dämmrig, die Luft kühler. Der Kies knirschte unten auf dem Weg, der durch den Friedhof führte. Eine Frau in Shorts und ärmelloser Bluse fuhr auf einem Rad vorbei, blickte nach oben, entdeckte ihn und lächelte. Er lächelte zurück. Wieder stieg die Erinnerung an Gina in ihm auf, der Kakao auf der Lippe, die Sommersprossen auf der Nase, ihr Lächeln, ihre Spontaneität, ihr schelmischer Blick. Für einen Moment glaubte er ihren Apfelduft zu riechen, und eine schmerzvolle Sehnsucht wollte nach ihm greifen. Er stand auf und lehnte sich ans Geländer. Woher kamen diese Gefühle, die er nicht zulassen wollte?

Vermutlich war es die Angst, alleine alt zu werden. Weshalb zögerte er, auf Agnes zuzugehen? War nicht sie die Frau, mit der er sein Leben verbringen wollte? Scheute er das Risiko eines erneuten Scheiterns? Er wusste es nicht und verspürte wenig Lust, weiter in den komplizierten Windungen seines Seelenlebens zu stochern.

Ein Eichhörnchen huschte über das Grab des Musikers und verschwand in Windeseile im Geäst einer alten Buche. Dühnfort setzte sich wieder und griff nach dem Weinglas.

Er aß Antipasti und Ciabatta und entspannte sich allmählich. Eine wohlige Müdigkeit ergriff Besitz von ihm, die aber nur so lange anhielt, bis die Bilder wieder durch seinen Kopf zu ziehen begannen. Die schmale Hand, die rosa lackierten Nägel, der totenstarre Blick und die fliederfarben getupften Flügel des Schmetterlings. Dieser Schmetterling. Was hatte er zu bedeuten?

Eigentlich wollte er nicht aufstehen, tat es dann aber doch und nahm das Weinglas mit hinein. Ein halbe Stunde suchte er im Internet, ohne eine Information zu finden, die ihm weiterhalf. Bis ihm klar wurde, dass er die Suche falsch begonnen hatte. Er benötigte keine Information entomologischer Art. Er hatte die Vermutung, dass der Schmetterling eine Bedeutung hatte, eine Art Symbol war. Dühnfort setzte die Recherche fort, bis er auf den Artikel eines Kunsthistorikers über die Symbolik der Natur in der Kunst stieß, in dem auch die Darstellung von Schmetterlingen abgehandelt wurde. Demnach waren sie in der Antike Sinnbild für Unsterblichkeit und Wiedergeburt gewesen, in der christlichen Kunst symbolisierten sie die Auferstehung, und im antiken Griechenland galten sie als Seelen der Toten.

Dühnfort sah auf. Gina hatte recht. Es war kein Zufall, dass dieser Schmetterling neben der Leiche gelegen hatte. Mit im Nacken verschränkten Händen starrte er an die Decke. Weshalb hatte der Täter einen Schmetterling neben Nadine platziert? Als Symbol der Hoffnung, das seiner Tat das Unwiderrufliche nehmen sollte, oder gar als Entschuldigung?

***

Das abnehmende Licht barg ein totes Grau in sich, nahm den Farben ihr Leuchten und dämpfte das flirrende Weiß des Lakens.

Dort, wo es weiß war.

Seine Hand begann zu zittern. Zwei Stunden nur, und er war bereits im Begriff, den Kampf gegen die Unruhe zu verlieren. Sie stieg in ihm auf wie ein schwaches Beben, boykottierte seine Arbeit.

Widerwillig musste er den Pinsel ablegen, trat zurück, atmete durch und ließ den Blick zwischen der Leinwand und der Vorlage pendeln. Der Faltenwurf, verstärkt durch das dramatisch gesetzte Licht, war sensationell. Wenn dieses Großmaul von Professor das Bild sehen könnte, es würde ihm die Sprache verschlagen, diesem selbstgefälligen Exzentriker, der ihn vertrieben hatte: *Mach was aus deinem Talent und vergeude es nicht.* Nein, er vergeudete es nicht. Ganz gewiss nicht.

Dieses Bild würden jedoch niemals andere Augen betrachten. Es war ihm vorbehalten, ihm, der in Farbe erschuf, was ein anderer mit Worten gemalt hatte. Sein Seelenverwandter, sein Bruder.

Nachdem er die Pinsel gesäubert hatte, setzte er sich

in den abgewetzten Ledersessel, umfing die Schultern mit seinen Händen und ließ das Bild auf sich wirken. Für einige Augenblicke fühlte er sich ruhiger.

Bereits mit siebzehn hatte er gewusst, dass er es eines Tages malen würde. In Gedanken hatte er bereits unzählige Male die Requisiten besorgt, die Kulisse erschaffen, ein Modell hineingesetzt. Lange Zeit hatte die Phantasie ausgereicht, um diese Wut zu bannen, die in ihm brannte. Diese Wut, von der er nicht wusste, woher sie kam, woraus sie ihre Nahrung bezog, weshalb sie weiter und weiter gedieh. Diese Wut, die ihn zu einem anderen machte. Diese Wut, die er mit diesem Bild zu bannen versuchte.

Er ließ die Arme fallen, stand auf, ging im Atelier hin und her, schaltete die Musik ein und dann wieder aus. Die Stille umfing ihn, und doch brüllte etwas in ihm. Er war ein Raubtier, das in seinem Käfig tobte, ausbrach, Beute schlug und dann wieder in sein Gefängnis zurückkehrte.

Auf und ab, hin und her, von einer Wand zur anderen. Doch Ruhe wollte sich nicht einstellen. Er legte eine CD mit einem besänftigenden Klavierkonzert in die Musikanlage, ging weiter und blieb vor der anderen Staffelei mit der Vorlage, die er kopierte, stehen. *Gleich den Gesichten, die, aus Schatten fahl entlassen, unsere Blicke fangen, ruht still das Haupt mit dunkler Haare Massen …* Sein Blick glitt über den Körper. Etwas vibrierte in ihm. Eine Saite, von unsichtbarer Hand angeschlagen. Jede Sehne seines Körpers war gespannt. Er sog das Bild in sich auf, jedes Detail. Die bleiche Schulter, von Adern durchzogen wie marmoriert, den dünnen Arm mit seinen feinen blonden Härchen, die Hand mit langen, schmalen Fingern. Die Nägel mit …

Die Nägel!

Sie waren lackiert! Rosa!

Er brüllte wie ein verwundetes Tier, fegte das Bild von der Staffelei, hob es auf, schleuderte es gegen die Wand, trampelte darauf herum und ließ sich erschöpft in den Sessel fallen.

Er musste es wieder tun.

Er würde es wieder tun.

Erst als er das akzeptiert hatte, fiel alle Spannung von ihm ab.

DONNERSTAG, 10. JUNI

Der Mann auf dem Mittelsitz klappte das Tischchen herunter. Eine Stewardess bot Frühstück an. Dühnfort bestellte Kaffee und bekam einen Becher sowie ein Stück Gebäck gereicht, das in Plastikfolie eingeschweißt war. Was sollte das sein?

Die Farbe des Kaffees wurde schlammig, als Dühnfort Kaffeesahne hineinrührte. Erstaunlicherweise schmeckte das Gebräu besser, als es aussah. Das rätselhafte Gebilde entpuppte sich als Croissant, hatte jedoch nichts mit dem luftigen und knusprigen Gebäck gemein, das Dühnfort sich darunter vorstellte. Es war kalt, von gummiartiger Konsistenz und roch nach Plastik. Darauf zu verzichten bedeutete keine Kasteiung.

Pünktlich um zwanzig nach sieben setzte das Flugzeug auf einer Landebahn des Düsseldorfer Flughafens auf. Während es zum Terminal rollte, wappnete Dühnfort sich für den Tag. Am Nachmittag würde er einige Kartons voller Akten mit nach München nehmen und hoffentlich brauchbare Erkenntnisse.

Die Maschine dockte am Finger an. Kurz darauf ging Dühnfort am Baggage-Claim vorbei direkt in die Ankunftshalle. Am Infopoint stand eine Frau mit rotem Lockenkopf. Das musste Susanne Henke sein. *Sie können mich gar nicht übersehen. In der Schule nannten sie mich Feuermelder.* Das war ihre Antwort auf seine Frage gewesen, woran er sie erkennen würde.

Suchend sah sie in die Schar der Neuankömmlinge, fing seinen Blick auf und ging auf ihn zu, nachdem er ihr ein Zeichen gegeben hatte. Sie war etwa in seinem Alter, trug Chinos wie er, ein schwarzes T-Shirt und einen Baumwollblazer, unter dem sich das Holster der Dienstwaffe abzeichnete. Die schulterlangen Locken leuchteten kupferrot, die Augen strahlten grün darunter hervor.

»KHK Dühnfort, nehme ich mal an.« Sie reichte ihm die Hand. »KHK Henke.«

»Freut mich.«

»Ich weiß nicht, wie das bei Ihnen in München ist, wir Kollegen in Düsseldorf duzen uns.«

»Das ist bei uns nicht anders. Tino.«

»Susanne.« Sie lächelte. »Greifen wir an. Zuerst zum Fundort, dann ins Präsidium, oder hast du andere Wünsche?«

»Das Programm ist in Ordnung.«

»Während der Fahrt informiere ich dich über die wesentlichen Fakten.«

Sie gingen zum Parkdeck und stiegen in einen schwarzen Audi, den Susanne sicher durch den dichten Berufsverkehr steuerte. Am Ringfinger der rechten Hand trug sie einen Ehering. In der Ablage über dem Handschuhfach lag eine Haarspange, pinkfarben und mit einem kleinen Papagei verziert. Susanne bemerkte seinen Blick. »Die gehört meiner Jüngsten.«

»Hübsch«, meinte er. »Es ist sicher nicht einfach, unseren Beruf und Familie unter einen Hut zu bringen.«

»Doch, das geht eigentlich ganz gut.« Sie bog auf die Autobahn ein und warf ihm dann einen Blick zu. »Wenn man den richtigen Partner hat«, ergänzte sie. »Mein Mann ist ein Kollege. Genauer gesagt war er mal mein Vorgesetzter. Er weiß also, was der Job verlangt. Da wir jetzt in unterschiedlichen Abteilungen arbeiten, kriegen wir das zeitlich auch gut hin. Einer von uns ist meistens da und kann sich um die drei Girls kümmern. Notfalls springt die Oma ein.«

Susanne bremste, hupte und scherte dann hinter dem Laster aus, der unvermittelt auf die Mittelspur gezogen war. Auf der linken Spur gab sie zügig Gas und überholte. »Der Leichenfundort ist nicht weit von hier. Ein Spaziergänger hat Svenja Lenhard damals gefunden. Anfang November war das. Verschwunden ist sie am 2. Juli, einem Freitag, irgendwann nach zweiundzwanzig Uhr. Das war ein heißer Tag und eine laue Nacht. Sie stand in der Fährstraße bei einem Schnellimbiss, ihrem bevorzugten Standort. Ihr letzter Freier war ein Stammkunde. Bruno Lichtenberg. Er hat noch gesehen, wie sie wieder an ihren Platz ging, als er sie kurz nach zweiundzwanzig Uhr verlassen hat. Aber vier ihrer Kolleginnen können sich nicht sicher erinnern, ob sie überhaupt zurückkam. Zwei meinen, ja. Eine meinte, dass nach Bruno vielleicht noch einer da war. Aber sie kann ihn nicht beschreiben. Er hat Svenja aus dem Auto heraus angesprochen. Einem schwarzen Irgendwas. Das kann aber auch am Vorabend gewesen sein. Sicher ist sie sich nicht. Du siehst, das ist alles nicht greifbar.«

»Können wir uns den Platz später ansehen?«

»Klar. Kein Problem.«

»Dieser Bruno Lichtenberg, was macht er? Hattet ihr ihn in Verdacht?«

»Er war unser Verdächtiger Nummer eins, allerdings ohne Motiv. Jedenfalls ohne erkennbares. Er war Stammkunde. Svenja mochte ihn und hat sich ihren Kolleginnen gegenüber nie abfällig über ihn geäußert. Außerdem ist er, gleich nachdem er sie verlassen hatte, in eine Kneipe in der Nähe gegangen.«

»Er hat also ein Alibi.«

Susanne schnalzte mit der Zunge. »Die ganzen Zeitangaben sind mehr als schwammig. Vermisst gemeldet wurde sie erst am Mittwoch, also fünf Tage später. Ihre Eltern begannen sich Sorgen zu machen. Wer erinnert sich nach fünf Tagen noch genau, wann jemand ein Lokal betreten hat oder wann Svenja mit Bruno verschwand und wann und ob sie überhaupt zurückkehrte? Wir haben ihn damals in die Mangel genommen und ihm nichts geschenkt. Als dann die Leiche nach über vier Monaten gefunden wurde, war die Spurenlage katastrophal. So gut wie nichts, und absolut gar nichts, was Bruno Lichtenberg belastete.«

»Keine DNS-Spuren?«

»Fundort war nicht Tatort. Die Leiche war vier Monate der Witterung und dem Verwesungsprozess ausgesetzt. Was soll man da noch an verwertbarer DNS finden? Wir waren ja schon froh, dass wir wenigstens die Tatwaffe bestimmen konnten. Svenja wurde mit einem Beil enthauptet. Und Bruno hat in der Metzgerei seines Vaters gelernt, bevor er das Studium aufgenommen hat. Damit haben wir wenigstens einen Hausdurchsuchungsbeschluss bekommen. Frag mich nicht, wie wir das gedeichselt haben. Mein Mann ist ein erstklassiger Rhetoriker und hat Staatsanwalt und Richter einen begründeten Anfangsverdacht hinkonstruiert. Aber gefunden haben wir rein gar nichts. Weder eine Tatwaffe noch Kleidung noch DNS-Spuren von Svenja, geschweige denn auch nur einen Tropfen Blut. Wenn er es war, dann hat er das woanders gemacht, und dort muss es ausgesehen haben wie in einem Schlachthaus.«

»Seid ihr sicher, dass sie nicht vorher erdrosselt wurde?« Dühnfort berichtete Susanne, wie Nadine Pfaller ermordet worden war, von dem eingedrückten Kehlkopf, der geöffneten Halsvene und der Tatsache, dass der Täter den Kopf erst abgetrennt hatte, nachdem die Leiche ausgeblutet war.

»Wie hätte man das noch feststellen können nach so langer Zeit? Die Leiche war skelettiert. Im Obduktionsbericht findet sich nichts, was auf ein derartiges Vorgehen hindeutet.« Susanne verließ die Autobahn, fuhr auf der Landstraße ein Stück Richtung Ratingen und bog nach etwa fünfhundert Metern scharf links in ein Waldgebiet ein. »Wir sind gleich da.«

Der Wagen holperte über einen schmalen Wanderweg unter Buchen und Eichen dahin. Dühnfort ließ das Seitenfenster herunter. Es roch nach Moos und Holz, nach feuchter Erde und einer Spur Waldmeister. Das Licht fiel diffus durch die Kronen der Bäume. In einem spitzen Winkel bog Susanne auf einen noch engeren Weg ein.

Nach einigen Minuten Fahrt kam eine mächtige Eiche in Sicht, unter der eine Bank stand. Susanne stoppte. »Ab hier geht es zu Fuß weiter.«

Sie verließen den Wagen, gingen zwischen den Bäumen hindurch über Moospolster und Wurzeln und kämpften sich durch das Unterholz, bis sie eine Senke von knapp zehn Metern Durchmesser erreichten. »Hier ist es.« Susanne setzte sich auf einen Baumstumpf und zupfte sich ein Blatt aus dem Haar.

Verrottendes Laub, Eicheln und Bucheckern vom vergangenen Jahr bedeckten den Boden. Dazwischen lugte das frische Grün von Farnen und Gräsern hervor. Unter dem dichten Blätterdach war es dämmrig. Leise strich der Wind durch die Zweige, von fern hörte man das Brausen der Autobahn, ansonsten war es still.

Dühnfort ging in die Hocke, nahm das Bild dieser

Kuhle in sich auf und versuchte sich vorzustellen, wie sie dort gelegen hatte. »Hat er sie verscharrt?«

Susanne schüttelte den Kopf. »Die Leiche war mit Zweigen, Gräsern und Laub bedeckt. Ein Wanderer hat sie gefunden. Sein Hund ist ihm davon, er hinterher, und dann war der Tag für ihn gelaufen.«

»Der Kopf lag auch hier?«

»Ein Stück weiter entfernt, dort unter der Buche.« Sie wies auf einen Baum am Rande der Senke. »Die Aufnahmen sind in den Akten.«

»Er muss sie getragen haben. Oder gibt es eine Möglichkeit ...«

»Von der alten Eiche hierher, das ist die kürzeste Verbindung. Weiter kann man nicht fahren. Svenja wog nur fünfundvierzig Kilo. Trotzdem. Er muss stark sein.«

Dühnfort erhob sich aus der Hocke und reckte die Schultern. Der letzte Freier konnte mit dem Werkzeug eines Metzgers umgehen, sicher wusste er auch, wie man eine Leiche ausbluten ließ. Er musste mit ihm reden. »Wo finde ich Bruno Lichtenberg?«

»Vor sechs Jahren hat er in einem Loft gewohnt, in der Nähe des Hafens. Ein paar Monate später hat er ein Stipendium bekommen und ist nach Los Angeles gezogen. Wo er heute lebt ... keine Ahnung. Ich habe gestern, nach deinem Anruf, nach ihm gesucht, aber bisher keinen Hinweis gefunden. Vielleicht wohnt er noch in den Staaten.«

»Was hat er eigentlich studiert?«

Susanne stand auf und wischte sich über den Hosenboden. »Malerei. An der Kunstakademie. Er war in der Klasse von diesem Exzentriker, Professor Thorben Maguhn.«

***

Vicki schloss die Buchung ab, druckte die Rechnung aus und reichte sie zusammen mit den Unterlagen dem Ehepaar, das auf der anderen Seite des Tisches saß und gerade eine schweineteure Kreuzfahrt gebucht hatte. Während er die Unterlagen einsteckte, rückte Vicki die Spendenbüchse gerade. Irgendwie musste sie ja Aufmerksamkeit für ihr Vorhaben erregen. Prompt fiel der Blick der Frau darauf. Sie las den Aufkleber. »Geritten bin ich früher auch.« Ein sehnsüchtiger Nachhall lag in ihrer Stimme. Dann wurde sie ernster, runzelte die Stirn. »Diese armen misshandelten Kinder. Das nimmt ja ständig zu. Ich weiß nicht, wohin das noch führen wird.« Während sie sprach, zog sie eine Geldbörse aus ihrer Handtasche, die mit Sicherheit mehr gekostet hatte, als Vicki im Monat verdiente, entnahm ihr einen Fünfzigeuroschein und schob ihn durch den Schlitz.

Wow, Wahnsinn. »Danke!«

Nachdem die Kunden das Reisebüro verlassen hatten, ging Vicki nach hinten in die Küchennische und schenkte sich ein Glas Wasser ein. Steffen fehlte heute. Er war bei der Musterung. Henriette telefonierte mit einem Geschäftskunden, und Clara ordnete Prospekte auf einem Glastisch.

Das Telefon begann zu läuten. Vicki stellte das Glas ab, aber Clara nahm das Gespräch schon entgegen. Also griff Vicki wieder nach dem Wasser, trank einen Schluck und überlegte, was als Nächstes zu tun war. Da bemerkte sie Claras gerunzelte Stirn und den Blick, mit dem sie Vicki einfing. »Warten Sie einen Augenblick. Ich gebe Sie weiter.« Clara kam mit dem Mobilteil auf Vicki zu. »Ein Gespräch für dich.« So wie Clara aus der Wäsche guckte, stimmte etwas nicht. Eine Mischung aus Vorwurf und Frage.

Vicki nahm das Telefon. »Ja?«

»Hallo, Viktoria. Ich bin's, Serge.«

Sie fuhr zusammen. Verdammt. Wie war er nur an die Nummer gekommen? War sie nun aufgeflogen? Wusste er, dass sie ihn angelogen hatte?

»Hi«, sagte sie. Ihre Stimme war irgendwie piepsig. »Woher haben Sie denn die Nummer?« Das klang schon wieder fester.

»Sie war in der Anruferliste meines Telefons gespeichert. Jobbst du nebenbei im Reisebüro deiner Mutter?«

Clara meldete sich immer mit *Reisebüro Clara Mohn*. Logisch, dass Serge Buthler auf diese Idee gekommen war. »Manchmal.« Vicki wandte sich ab, öffnete die Tür, die zum Hof führte, und ging hinaus. Clara musste das Gespräch ja nicht unbedingt mitbekommen. Was wollte der Kerl von ihr?

»Weshalb ich anrufe: Ich habe gute Nachrichten für dich. Ich kenne in München jemanden, der bewandert ist in der Stilllebenmalerei des 17. Jahrhunderts. Ich habe mit ihm über dein Anliegen gesprochen, und er ist bereit, dir zu helfen. Hast du etwas zu schreiben?«

Auweia, der hängte sich ja richtig rein. »Gleich.« Vicki holte aus der Küche, vom Bord über der Kaffeemaschine, Block und Stift und kehrte zum Klappstuhl zurück. »Okay. Ich bin so weit.«

»Sein Name ist Jobst Wernegg. Ich gebe dir seine Büronummer und die Adresse.«

Vicki notierte beides.

»Du kannst ihn jederzeit anrufen.«

»Das ist echt nett. War dieser Wernegg auch auf der Maiauktion?«

Ein ärgerliches Schnauben klang durchs Telefon. »Das hatten wir doch schon. Diskretion ist in meinem Business wichtig. Warum willst du das eigentlich unbedingt wissen?«

Irgendwie war ihr dieser Serge Buthler unheimlich. Er hätte ihr ja auch eine Mail schicken können. Warum hatte er in den Eingeweiden seiner Telefonanlage nach ihrer Nummer gesucht? Irgendwie gruslig. Am besten sie sah zu, dass sie ihn ein für alle Mal loswurde.

Sie seufzte. »Sorry. Sie haben sich so viel Mühe gemacht, und das finde ich auch echt nett. Aber die olle Schuster, diese frustrierte Kuh, hat heute mein Thema abgeschossen. Sie meint, es gibt zu wenig her, und moderne Kunst sei interessanter. Ich soll mir bis Schuljahresende etwas aus dem zwanzigsten Jahrhundert aussuchen. Schöner Mist. Nicht?«

»Das hättest du auch gleich sagen können.«

Mann, der Kerl ging ihr auf die Nerven. »Ich wollte morgen erst noch mit der Fachschaftsleiterin Kunst sprechen, ob die Schuster das überhaupt darf. Ich würde das Thema gerne behalten. Deshalb.«

»Du bist eine echte Kämpfernatur, nicht? Das gefällt mir. Ich mag Frauen, die sich durchsetzen können.«

Bitte? Ein flaues Gefühl legte sich in Vickis Magen. Gut, dass er am anderen Ende der Republik saß.

»Morgen fliege ich nach München und bleibe übers Wochenende. Ich würde dich gerne kennenlernen. Was hältst du von einem Treffen?«

»Leider bin ich nicht da. Mein Opa in Niederbayern feiert seinen Achtzigsten. Das wird ein riesiges Zweitagefest, zu dem die ganze Familie kommt. Da kann ich nicht fehlen.« Manchmal wunderte Vicki sich selbst, woher sie all die Lügen nahm. Und vor allem, in welch rasender Geschwindigkeit sie in ihr entstanden.

»Natürlich. Schade.« Buthler klang enttäuscht.

»Tut mir echt leid.«

»Wenn es mit deinem Thema doch noch klappt, dann sag mir Bescheid. Es würde mich interessieren. Und wende dich an Wernegg, er kann dir wirklich helfen.«

Vicki war froh, als sie endlich auflegen konnte. Sie lehnte sich im Stuhl zurück und stieß einen tiefen Seufzer aus. Worauf hatte sie sich da eingelassen?

Jobst Wernegg. So wie Buthler reagiert hatte, gehörte dieser Wernegg zu seinen Kunden. Bevor sie sich den anguckte … verdammt, wohin drifteten ihre Gedanken? Sie hatte doch beschlossen, ihre Finger davon zu lassen.

Die Tür quietschte. Vicki sah Clara auf sich zukommen, einen Klappstuhl in der Hand. Den platzierte sie nun Vicki gegenüber, setzte sich und musterte sie mit ernstem Blick. »Da bin ich also doch noch Mutter geworden. Und von was für einem Prachtbaby. Hundertachtzig Zentimeter, fünfundfünfzig Kilo.«

Auweia! »Das hat Serge missverstanden.«

»Du scheinst dich ihm gegenüber aber als Viktoria Mohn ausgegeben zu haben. Steckst du in Schwierigkeiten?«

»Nee. Wie kommst du darauf?«

Clara zog die Schultern hoch. »Ich mache mir Sorgen um dich. Hat das irgendwas mit der ermordeten Frau zu tun?«

Vicki setzte ihren Unschuldsblick auf, machte große runde Augen. »Nein. Wie kommst du darauf? Ich habe den Kerl neulich irgendwo in einem Chat getroffen und war so dämlich, ihm die Büronummer zu geben. Ich habe ihm nur meinen Vornamen genannt, und nun denkt er wohl, ich heiße Mohn, weil du dich so gemeldet hast.«

Äh, ganz stichhaltig war das nicht. Vicki bemerkte, wie sie rot wurde.

»Er klingt, als sei er wesentlich älter als du. Lass die Finger von ihm, wenn ich dir diesen Rat geben darf.«

Erleichtert atmete Vicki durch. »Von dem will ich nichts. Wirklich!«

»Und falls du etwas weißt, was die Polizei auch wissen sollte, dann erledige das, und zwar sofort.«

Vicki hielt Claras Blick stand. Sie würde dieser Sache nicht weiter nachgehen. Vermutlich hatte diese Hotelkarte ja gar nichts mit dem Mord zu tun. Höchstens mit einer verschwindend geringen Restwahrscheinlichkeit. Aber wenn sie erst jetzt damit rausrückte … das war sicher strafbar. Unterschlagung von Beweisen oder so. Neulich hatte sie einen Artikel über die Münchner Kripo gelesen. Sie war die beste in Deutschland, löste fast alle Mordfälle. Die schafften das auch ohne ihre Hilfe. »Mensch, Clara, du musst dir keine Sorgen machen. Es ist alles im grünen Bereich.« Vicki stand auf. »'tschuldige. Ich muss mal Pipi.« Bevor sie hineinging, hörte sie Clara seufzen und wusste nicht, ob es an ihrer Ausdrucksweise lag oder daran, dass sie Vicki nicht glaubte.

Die nächste Stunde verging mit Arbeit. Danach hatte Clara einen Zahnarzttermin, und Henriette machte sich auf den Weg, um Kuchen zu holen. »Magst du auch etwas?«, fragte sie Vicki.

»Danke. Ich bin noch satt vom Mittagessen.«

Nachdem sie eine Buchung erledigt hatte, hatte Vicki erst einmal nichts zu tun. Gewohnheitsgemäß ging sie ins Internet und surfte ein wenig. Ehe sie sichs versah, hatte sie in die Suchmaske den Namen *Jobst Wernegg + München* eingetippt. Google zeigte ihr jede Menge Treffer. An erster Stelle stand die Webseite der Susanne-Karg-Stiftung.

Vicki las sich schnell auf den Seiten dieser Stiftung fest.

Deren Ziel war es, soziale Projekte auf die Beine zu stellen und zu finanzieren sowie bestehende zu unterstützen. Dieser Jobst Wernegg war der Gründer und hatte fast die ganze oberfette Kohle, die er von seiner Mutter geerbt hatte – immerhin über fünfzig Millionen –, da hineingesteckt.

Wow. Ein echter Samariter, dachte Vicki sarkastisch. Ihm waren ja noch etliche Millionen geblieben. Mehr, als er je in seinem Leben ausgeben konnte. Und nun sonnte er sich im Glanz seines Gutmenschentums. Okay. Zu diesem Heiligenschein konnte sie ein wenig Glanz hinzufügen. Kurz entschlossen wählte sie die auf der Webseite angegebene Nummer.

»Susanne-Karg-Stiftung, Katja Schön, grüß Gott.« Die Stimme der Frau klang nett. Vicki zögerte keine Sekunde.

»Hallo. Mein Name ist Vicki Senger. Ich bin auf der Suche nach einem Spender für das St.-Michael-Haus, und dabei bin ich auf Ihre Stiftung gestoßen. Ich wollte mal fragen, ob Sie vielleicht einen Zuschuss für therapeutisches Reiten für traumatisierte Kinder geben würden.«

»Im Prinzip schon. Natürlich prüfen wir die Projekte, die wir unterstützen, vorher. Lassen Sie sich einen Termin bei Herrn Wernegg geben.«

»Ja. Gut. Klasse. Geht das gleich morgen?«

»So schnell wird es nicht gehen. Ich sehe mal nach, wann etwas frei ist.«

Vicki hörte, wie Seiten umgeblättert wurden. »Frau Senger, Sie haben Glück. Ich sehe gerade, dass der Dreizehnuhrtermin für morgen gecancelt wurde. Passt Ihnen das?«

»Klar. Morgen um eins. Super.«

Henriette kam zurück, als Vicki das Telefonat beendete. »Du strahlst so. Ist etwas passiert?«, fragte sie.

»Wahnsinn. Ich glaube, ich habe jemanden gefunden, der das Reiten für die Kids bezahlen wird.« Vicki erzählte Henriette von der Susanne-Karg-Stiftung – allerdings nicht, wie sie diese gefunden hatte – und dass sie morgen einen Termin hatte.

»Da musst du dich ordentlich anziehen. Hast du irgendwas Seriöses in deinem Kleiderschrank?« Henriettes kritischer Blick blieb an der zerschlissenen Jeans hängen.

»Ich verkleide mich doch nicht. Entweder finden die das Projekt gut oder nicht. Das hat nichts damit zu tun, wie ich angezogen bin.«

Es war schon fast fünf. Eigentlich hatte sie noch eine Stunde zu arbeiten. Aber um halb sechs hielt Vicki es nicht mehr aus. Sie wollte ins St.-Michael-Haus radeln und Isolde, der Heimleiterin, erzählen, welche Quelle sie aufgetan hatte. Außerdem brauchte sie die Unterlagen für das therapeutische Reiten, die dort im Büro lagen. Irgendwas musste sie schließlich herzeigen, wenn sie morgen diesem Jobst Wernegg einen Haufen Kohle aus den Rippen leiern wollte.

***

Der Tag in Düsseldorf ging schnell vorüber. Gemeinsam mit Susanne suchte Dühnfort Svenjas Standplatz auf, einen trostlosen Straßenstrich, wie es viele gab. Die Kneipe, in die Bruno Lichtenberg gegangen war, nachdem er Svenja an ihrem Standplatz wieder abgesetzt hatte, war einem türkischen Schnellimbiss gewichen. Die Suche nach Bruno Lichtenbergs aktuellem Aufenthaltsort blieb ergebnislos. Vor über fünf Jahren hatte er sich aus

Düsseldorf abgemeldet. Seither tauchte sein Name in keiner Datei eines deutschen Einwohnermeldeamtes auf. Es gab auch kein Fahrzeug, das auf ihn zugelassen war, und ebenso wenig ein Handy oder eine Telefonnummer. All das hätte den Schluss nahegelegt, Lichtenberg lebe noch in Amerika. Aber auch bei *Google* und *Stalkerati* gab es keine Einträge zu diesem Namen. Lichtenbergs Eltern waren bereits verstorben, Geschwister hatte er nicht.

Susanne versprach herauszufinden, wo Lichtenberg war, als sie Dühnfort mitsamt den Akten zum Flughafen brachte.

Kurz vor achtzehn Uhr kehrte Dühnfort in sein Büro zurück. Zwei junge Schutzpolizisten halfen ihm, die Kartons mit den Unterlagen neben der Tür zu stapeln. Er dankte ihnen und hängte dann das Foto von Svenja neben das von Nadine an die Pinnwand.

Die beiden konnten Schwestern sein. Der gleiche Typ: mädchenhafte Figur, sehr schlank, um nicht zu sagen mager, und wundervolles langes, dunkles Haar. *Dunkler Haare Massen,* dachte er, wie neulich. Woher stammte diese Formulierung?

Im Maileingang fand Dühnfort die erhoffte Nachricht von Buchholz. Auch der Strumpf im Fall Nadine war mit Betanin gefärbt worden. Der helle Roséton war für den Täter offenbar von großer Bedeutung.

Kurz darauf kamen Gina und Alois zur anberaumten Besprechung. Ginas Blick fiel auf die drei Aktenkartons. »Was, mehr nicht? Für jeden von uns nur einer?«

Alois hängte das Sakko über die Stuhllehne. »Das schaffen wir locker in zwei Nächten.«

Dühnfort setzte sich zu ihnen und berichtete, was er in Düsseldorf in Erfahrung gebracht hatte. »Der Mörder von Svenja ist auch der Mörder von Nadine. Wir können nicht ausschließen, dass er wieder zuschlägt, deshalb werde ich Boos und seine Leute um Unterstützung bitten.«

»Gut.« Gina gähnte und hielt sich die Hand vor den Mund. »Dann kriegen die einen Teil der Papierberge ab.«

»Hauptverdächtiger im Fall Svenja Lenhard war Bruno Lichtenberg. Damals siebenundzwanzig Jahre alt, wohnhaft in einem Loft in der Nähe des Hafens. Student an der Kunstakademie, vorher hat er allerdings im Betrieb seines Vaters eine Metzgerlehre gemacht …«

Alois pfiff durch die Zähne. »Aber hallo. Hast du Buchholz' Bericht schon gelesen? An Nadines Handgelenk haftet Künstlerölfarbe. Kadmiumgelb. An der Hose des Hausmeisters ist tatsächlich der Lack von der Wippe. Zenner ist also aus dem Spiel. Wir sollten unbedingt mit Bruno reden.«

»Dafür müssen wir ihn erst finden. Er ist vor fünf Jahren nach Los Angeles gezogen. Sein Stipendium an der dortigen Kunsthochschule galt aber nur für ein Jahr. Danach verliert sich seine Spur.«

»Den übernehme ich. Wäre doch gelacht, wenn ich ihn nicht aufstöbere«, sagte Gina.

»Nicht nötig. Die Kollegen aus Düsseldorf kümmern sich bereits darum.«

Gina verschränkte die Arme vor der Brust. »Okay. Wenn die das besser können … Ich dachte, der Fall gehört uns.« Sie reckte das Kinn vor, an der Nasenwurzel erschienen zwei kleine Falten, eine Haarsträhne fiel ihr ins Gesicht. Mit der Geste, die er so mochte, schob Gina sie zurück hinters Ohr. Eine fließende Bewegung von gedankenloser Selbstverständlichkeit, die den Ärger, der sich in ihrem Gesicht spiegelte, überspielen wollte, und doch wusste Dühnfort, dass Gina verstimmt war.

»Mein Fall, dein Fall. In solchen Kategorien denke ich nicht. Susanne Henke kümmert sich bereits um Lichtenberg.« Weshalb reagierte er so harsch? Er wusste es nicht. »Sind die Jaguarfahrer inzwischen überprüft?«

»Damit sind wir durch«, sagte Alois. »Wir hatten Unterstützung von Sandra Gottwald und ein paar Kollegen aus ihrer Kommission.«

»Und?«

»Nichts. Nothing. Niente.« Gina gab ihre abwehrende Haltung nicht auf. »Entweder lügt einer oder eine und hat ein getürktes Alibi, oder dein Zeuge irrt sich.«

»Schack hat Nadine sehr präzise beschrieben. Ich glaube nicht, dass er sich täuscht.« Dühnfort hatte Lust auf einen Espresso. Er stand auf und schaltete die Maschine an.

»Es gibt nichts Unzuverlässigeres als Zeugen, wie in gut informierten Kreisen allgemein bekannt ist«, warf Gina ein. Ihre Stimme klang trocken, seltsam spröde.

Dühnfort wollte die Situation sich nicht weiter zuspitzen lassen und unterbreitete ein Friedensangebot. »Magst du auch einen Espresso?«

Ein widerwilliges Lächeln erschien um ihre Mundwinkel, gefolgt von einem Nicken, die Arme sanken herab.

Alois, der diesem kleinen Disput gefolgt war, ergriff das Wort. »Nadine ist auf den Überwachungsbändern vom U-Bahnhof Odeonsplatz gut zu erkennen. Um 20.08 Uhr ist sie mit der Rolltreppe an die Oberfläche gefahren. An dem Ausgang, der zur Galeriestraße führt.«

»Wer also lügt?«, fragte Dühnfort.

»Möglicherweise Fuhrmann.« Ginas Blick folgte ihm, während er Espressokaffee in den Siebeinsatz füllte. »Der hat versucht cool zu wirken, war aber nervös. Er ist Schönheitschirurg, verfügt also über die nötigen Fachkenntnisse, um Venen zu öffnen und Köpfe abzutrennen.«

Dühnfort schob die Brühgruppe in die Maschine und wärmte mit Dampf zwei Tassen an. »Was ist mit seinem Alibi?«

»Scheint wasserdicht. Wird gleich von zwei Leuten bestätigt. Er war auf einer Finissage, was wohl das Gegenteil von einer Vernissage ist, und ist um halb neun mit seinem Kumpel Jobst Wernegg von dort weg. Das bestätigen Wernegg und die Galeristin.«

»Was gefällt dir daran nicht?« Dühnfort ließ den Espresso in die vorgewärmten Tassen laufen.

»Beide fahren einen silbernen Jaguar XK. Wernegg und Fuhrmann. Damit haben also beide ein Alibi.«

»Das von der Galeristin bestätigt wird«, gab Alois zu bedenken.

»Was haben sie anschließend gemacht?« Dühnfort reichte Gina eine der Tassen.

»Sie haben sich getrennt. Fuhrmann ist nach Hause gefahren, war dort aber allein, da die Gattin in einem Wellnesshotel weilte. Wernegg ist zu Fuß in sein Büro in der Maximilianstraße und hat an einer Präsentation gearbeitet, weil er am Montag nach Amsterdam musste und das vorher vom Tisch haben wollte. Außerdem war er an dem Tag mit seinem Volvo unterwegs, der Jaguar stand in der Garage. Was zu stimmen scheint. Werneggs Volvo hat um 20.45 Uhr in der Maximilianstraße ein Knöllchen kassiert. Die Parkzeit war abgelaufen.«

»Dieser Wernegg, was macht er?«

»Er ist hauptberuflicher Wohltäter. Sorry, das klingt jetzt abfällig. Meine ich aber nicht so. Er hat einen Haufen Geld geerbt, und das hat er in eine Stiftung gesteckt, mit der er eine Reihe wohltätiger Projekte unterstützt. Zurzeit plant er ein Familienzentrum in Pasing.«

Dühnfort setzte sich wieder. »Zwei Freunde, die das gleiche Auto fahren …« Nachdenklich sah er an die Decke. »Und es gibt nur neunundzwanzig davon in München.« Er senkte den Blick auf den Tisch, griff nach dem Espresso und trank ihn mit einem Schluck. »Mit den beiden rede ich. Morgen.« Er wandte sich an Alois. »Gibt es etwas über Nico Hähnel, was wir wissen sollten?«

Alois zog bedauernd die Schultern hoch. »Hähnel ist ein unbeschriebenes Blatt, ein langweiliger Biedermann. Zahlt seine Steuern pünktlich und hat in seinem ganzen Leben zwei Knöllchen kassiert. Das einzig Auffällige ist eine Psychotherapie, die er vor zwei Jahren begonnen und dann abgebrochen hat. Das habe ich von Nadines Eltern erfahren.«

Dühnfort horchte auf. »Was war der Grund dafür?«

»Das wusste Nadines Mutter nicht. Soll ich dranbleiben?«

»Der Therapeut ist an seine Schweigepflicht gebunden. Hat Hähnel ein Alibi?«

»Wenn *allein daheim* eines ist, dann ja.«

Ein Mann vertraute seine Probleme nur selten einem Therapeuten an, selbst wenn der Leidensdruck enorm war. Die meisten machten weiter, bis sie zusammenbrachen oder durchdrehten. Bis sie implodierten oder Amok liefen. Spontan hätte Dühnfort Hähnel den Implodierenden zugeordnet. »Vielleicht ist es besser, wenn Gina das macht. Ich denke, eine Frau kann ihn eher aus der Reserve locken.«

Alois breitete die Hände aus. »Soll mir recht sein.«

Gina murmelte etwas, das wie *Darin bin ich ja nicht*

so sonderlich erfolgreich klang, grinste und sagte: »Klar, mach ich.«

Kurz fragte Dühnfort sich, wie sie diese Bemerkung gemeint hatte. »Rede einfach mit ihm. Mir gegenüber hat er geäußert, dass er traurig war, als Nadine ihn verlassen hat. Das muss ja nicht unbedingt der Wahrheit entsprechen. Vielleicht kriegst du mehr aus ihm heraus.«

Dühnforts Blick fiel auf die Kartons voller Akten. Die Nacht würde lang werden.

»Call a Pizza, Sushi-Express oder Thai-Takeaway?«, fragte Gina. »Ich kann auch meine Mutter anrufen und fragen, ob sie uns was bringt.«

***

Gerecht ging es in der Welt nicht zu. So viel war klar, und es wäre auch kindisch anzunehmen, es sollte so sein. Was war schon Gerechtigkeit? Epiktet könnte darüber vermutlich einen fetten Wälzer schreiben, wenn er in diesem Jahrtausend erwachen würde, dachte Vicki und musste grinsen. Zuerst bräuchte er allerdings passende Klamotten. Oder wäre ihm das so egal wie ihr?

Als kleines Kind hatte Vicki geglaubt, sie müsste nur brav sein, damit sich alles erfüllte, wonach sie sich sehnte: von ihrer Mutter geküsst oder geknuddelt zu werden oder einen liebevollen Blick zu erhaschen. Vielleicht auch mal Blinde Kuh zu spielen oder Verstecken oder Ball, ein Besuch im Zoo oder im Schwimmbad, so wie das die anderen Mütter machten.

Die im Fernsehen.

Pustekuchen. Noch bevor sie eingeschult worden war, hatte sie ihre Lektion gelernt: Es war egal, wie brav sie war, und es gab auch keinen Zauberspruch. Der Zufall oder das Schicksal, oder wie auch immer man das nennen wollte, hatte ihr nun mal diese Mutter beschert.

Immerhin das Schwimmengehen, das hatte ja geklappt.

Scheiße! Warum dachte sie jetzt daran? Ihr Puls beschleunigte sich, eine saure Übelkeit wollte aufsteigen. Weg damit. Schnee von gestern. Vicki ging in die Küche, kochte sich Pfefferminztee und trank ihn in kleinen Schlucken. Danach fühlte sie sich besser und kehrte an ihren PC zurück. Epiktet folgte ihr mit seinen Knopfaugen, als wüsste er ganz genau, was in ihr vorging. Vicki nahm ihn aus dem Terrarium. »Warte noch einen Augenblick auf mich, liebe Empörung. Du hast ja recht«, sagte sie, während er sie zu mustern schien. Mit dem Zeigefinger fuhr sie ihm sanft über seinen runzeligen Kopf. Es war einfach zu spät. Nicht mehr zu ändern. Sie sollte besser nach der inneren Ruhe und Gelassenheit suchen, die laut Epiktet Voraussetzung waren, um glücklich zu werden. »Vielleicht schaffe ich das ja irgendwann.« Sie setzte die Schildkröte auf den Boden.

Ihr Blick fiel auf den Monitor. Diesen Jobst Wernegg, zum Beispiel, hatte das Schicksal mit einer Überdosis beglückt. Mit einem Haufen Geld und einer tollen Mutter, die ihn geliebt hatte und der er *In Liebe und Dankbarkeit* dieses Denkmal namens *Susanne-Karg-Stiftung* errichtet hatte.

Ein Foto von ihr und ihm war auf der Stiftungswebsite eingestellt. Es war uralt. Siebziger-Jahre-Look. Werneggs Mutter hatte die blonden Haare aus dem Gesicht geföhnt und mit einer ganzen Dose Spray betoniert. Goldene Ohrclips lugten zwischen Locken hervor. Sie trug eine braunlila gemusterte Bluse mit einem spitz zulaufenden Kragen und eine dunkle Hose mit ausgestelltem Bein. Trotz des eleganten Outfits krabbelte sie auf Händen und Knien im Gras und spielte für ihren Sohn, der damals vielleicht vier oder fünf gewesen war, das Pferd. Lachend, mit Federschmuck und Tomahawk ausstaffiert, saß er auf ihrem Rücken. Im Hintergrund war ein Indianerzelt auf der Wiese aufgebaut. Im Vordergrund auf der Terrasse lagen schwarze Schuhe mit Plateausohle und der Blazer des Hosenanzugs.

In Vicki zog sich etwas zusammen, wurde zu einem kalten Stein, der sich schwer in ihren Magen legte. Was hätte sie für eine solche Mutter gegeben!

Sie löste den Blick von diesem Idyll und klickte sich weiter durch die Website der Stiftung. Schließlich wollte sie sich auf den morgigen Termin vorbereiten. Wenn Wernegg Kohle fürs Reiten lockermachen sollte, konnte er zumindest erwarten, dass sie wusste, wen sie da um Geld bat.

Isolde Petri, die Leiterin des St.-Michael-Hauses, war beeindruckt gewesen. Sowohl von Vickis Initiative als auch ihrer forschen Art, die sich bietende Gelegenheit sofort beim Schopf zu packen. Sie hatte Vicki alle Unterlagen über die Reittherapie mitgegeben und ihr viel Erfolg gewünscht.

In der folgenden Stunde scannte Vicki Fotos aus der Broschüre ein. Kinder auf Pferderücken, beim Ausmisten und beim Striegeln, und zu guter Letzt suchte sie in ihren Fotografien nach Bildern, die sie von Nico, Jessica, Sabrina und Peter gemacht hatte. Ihren vier Kandidaten. Nico, den sein Vater missbraucht hatte, Sabrina, die man gerade noch rechtzeitig und fast verhungert aus der Wohnung ihrer alkoholkranken Mutter geholt hatte, Jessica, die von ihrem Stiefvater halb totgeprügelt worden war und seither an Schlafstörungen, Einnässen und

Angstattacken litt, und schließlich Peter, den man völlig traumatisiert in der Wohnung neben seiner toten Mutter aufgefunden hatte – sie hatte sich in seiner Gegenwart erhängt –, und der seither kein Wort sprach.

Diese Bilder fügte sie ihrer Präsentation hinzu, schrieb zu jedem ein paar Worte, speicherte das Ganze auf dem USB-Stick und steckte ihn gleich in den Rucksack.

Beschämt fuhr Vicki sich übers Gesicht. Diese Kinder hatten bedeutend mehr durchgemacht als sie. Kein Grund, in Selbstmitleid zu versinken. Ihr ging es gut. Sie hatte es geschafft, sich selbst aus diesem Sumpf zu ziehen. Dank Adrian, der an sie geglaubt hatte.

Epiktet kam hinter dem Papierkorb hervor. Sie hob ihn auf. »Ich werde so scheißbürgerlich werden, wie es irgendwie geht«, sagte sie. »Meinst du, ich schaffe das?« Die Schildkröte guckte unergründlich. Vicki runzelte die Stirn. »Wirst schon sehen.« Sie würde diesen Kindern helfen. Und damit auch ein wenig sich selbst.

Noch einmal rief sie die Website der Stiftung auf und schaute sich das Bild von Jobst Wernegg an – das des Stiftungsvorsitzenden, nicht das des Jungen. Er sah durchschnittlich aus. Gar nicht wie so ein reicher Schnösel. Und offensichtlich hatte er ein weiches Herz. Wie viele reiche Erben gab es schon, die sich für die engagierten, denen es nicht gutging?

Vicki rieb sich die Augen, sie war müde und auch ein wenig aufgeregt. Zeit, ins Bett zu gehen.

Sie war bereits am Einschlafen, als ihr der Anruf von Serge Buthler wieder einfiel. Wie er sich an sie ranwanzte. Hoffentlich gab er nun Ruhe. Sie hatte nicht die geringste Lust, ihn erneut abzuwimmeln.

***

Sie war zur falschen Zeit am falschen Ort gewesen. Pech gehabt. Und dann hatte sie ihn auch noch angesprochen, hatte wissen wollen, wie sie zu diesem Restaurant kam. Ein billiges Stück in billigen Klamotten, das nach billigem Parfüm roch. Aber diese Haare! So wunderbar in ihrer Fülle. So perfekt! Sie hatten den Ausschlag gegeben. Rasch hatte er sie von Kopf bis Fuß gemustert. Auch die Figur passte, schlank, ja fast mager. Innerhalb weniger Sekunden hatte er seine Pläne über den Haufen geworfen, war von seinem erst für den nächsten Tag vorgesehenen Vorhaben abgewichen und war das Risiko eingegangen. Sie sollte es sein. Alles war längst vorbereitet, atmete in stiller Erwartung.

Es hatte keine zwei Minuten gedauert, sie so weit zu bringen, in sein Auto zu steigen. Auch musste er sie nicht bitten, das Handy auszuschalten – unter dem Vorwand, dass er die Strahlung nicht vertrug, während er in Wahrheit vermeiden wollte, dass die Polizei anhand der Funkdaten ihren Weg nachverfolgen konnte. Verärgert hatte sie festgestellt, dass sie es vergessen hatte. Wunderbar. Und dann war alles so abgelaufen, wie er es sich immer ausgemalt hatte. Perfekt. Einfach perfekt. Nicht so wie damals, als … Er verdrängte die Erinnerung daran.

Nachdem er es vollbracht hatte, war er erschöpft gewesen. Zu Tode erschöpft. Und ruhig. Unrast und Wut, die seit Jahren in ihm wirkten, waren einer wohligen, lange nicht gekannten Heiterkeit gewichen. Dieses Gefühl hatte ihn angefüllt wie eine Medizin, die ihn hoffen ließ.

Doch nur Tage später war sie aus ihm herausgelaufen wie aus einem lecken Fass. Nervosität und Zorn brachen erneut in ihm auf und wucherten in seinem Innersten wie Geschwüre, wie eine tödliche Krankheit. Und weshalb?

Wegen rosa lackierter Nägel! Ein Fehler, wenn auch kein so fataler wie damals.

Damals, vor sechs Jahren … diese Nutte! Alles war schiefgegangen. Er schüttelte den Kopf und erhob sich aus dem Sessel. Diese Erinnerung erfüllte ihn noch immer mit Ekel. Beinahe konnte er ihr Blut auf seiner Haut fühlen, in seinem Haar, auf seinem Mund. So warm, so klebrig, so metallisch. Ihm wurde übel. Aus dem Schrank holte er den Grappa, nahm einen großen Schluck direkt aus der Flasche und starrte die Staffelei an. Die linke. Sie war leer. Das Bild auf der rechten harrte seiner Vollendung.

Er musste es wieder tun.

Er wollte nicht und wollte doch. Musste.

Er fühlte sich wie zwei.

Als sei da noch einer in ihm, ein Fremder, der in geheimen Kammern hauste und ab und an die Herrschaft über sein Handeln an sich riss.

***

Dühnfort schloss die Mappen mit den Obduktionsberichten, verschränkte die Hände im Nacken und starrte, wie so häufig, an die Decke seines Büros. Feine Risse zogen sich durch den Putz, eine Spinnwebe schaukelte im Luftzug.

Es gab gravierende Unterschiede. Bei Svenja wiesen die Wirbelkörper des fünften und sechsten Halswirbels Scharten und Absprengungen auf; die angrenzenden Wirbelbögen und Dornfortsätze waren zerstört. Fünf bis sechs wuchtige Hiebe mit einem Beil hatten diese Spuren hinterlassen. Bei Nadines Leiche hingegen waren die Wirbel, bis auf einige kleine Kratzer, nicht beschädigt. Der Täter hatte mit einem sehr scharfen Messer Gewebe,

Speise- und Luftröhre durchschnitten, anschließend hatte er die Muskeln und Sehnen an den Halswirbeln durchtrennt, war mit dem Messer zwischen diese gefahren und hatte sie auseinandergedreht.

Bruno Lichtenberg, dachte Dühnfort. Ein Metzger, der sein Handwerk beherrscht. War er ihr Mann? Weshalb aber ein derart unfachmännisches Vorgehen beim ersten Mord? Die Spuren der ersten Tat wiesen auf Aggression, ungezügelte Gefühle, unmittelbare Gewalt hin, die der zweiten auf kühle Überlegung.

Dühnforts Augen brannten, der Nacken war verspannt, der Mund trocken, alle Glieder schmerzten. Er konnte keinen klaren Gedanken mehr fassen. Es war Zeit, Schluss zu machen und ein wenig zu schlafen. Er legte den Aktenordner beiseite, der die Aussagen von Svenjas Kolleginnen und die von Bruno Lichtenberg enthielt, und überlegte, ob er mit Tatjana Krukow sprechen sollte. Sie war diejenige, die beobachtet hatte, wie Svenja von einem Mann aus einem schwarzen Auto heraus angesprochen worden war. Möglicherweise am Tag ihres Verschwindens. Aber was erwartete er nach sechs Jahren? Weshalb sollte sie sich heute besser erinnern können als damals? Es wäre ein sinnloses Unterfangen.

Kurz nach Mitternacht. Seit zwanzig Stunden war er auf den Beinen. Er ging zum Fenster, öffnete es und ließ etwas von der lauen Sommernachtsluft herein. Lieber würde er am See sitzen und bei einer Flasche Wein in den sternenklaren Himmel blicken, als sich durch die Folgen dieser Taten zu wühlen, die nur einem kranken Hirn entsprungen sein konnten.

Bilder zogen durch seinen Kopf, wie ein Bach, der durch unterirdische Höhlen fließt, dunkel, unheimlich, nur ahnbar. Nadines erstaunter Blick, Svenjas skelettierter Schädel, ein Stern am Fußknöchel, das dunkle Haar. *Dunkler Haare Massen,* dachte er wieder. Woher kam diese Formulierung? Weshalb spukte sie in seinem Kopf herum? Er sollte ihr nachgehen. Aber nicht heute.

Er griff nach seiner Jacke, schloss das Fenster und blickte hinunter auf die Löwengrube vor dem Dom, der von starken Strahlern beleuchtet wurde.

Eng umschlungen ging ein Pärchen über den Platz. Es blieb stehen und löste sich voneinander. Er strich ihr eine Strähne aus dem Gesicht. Sein Kopf näherte sich ihrem, bis beide scheinbar zu einem wurden, sich Arme um Schultern und Taille schlangen, sich die Trennung zwischen den Körpern aufhob.

Dühnfort dachte an Schokoladenaugen. Welche Kraft zog ihn plötzlich zu Gina hin? Weshalb zögerte er, auf Agnes' Signal einzugehen? Zog er die Sicherheit des Alleinseins dem Abenteuer einer möglicherweise wieder scheiternden Beziehung vor? War er einfach nur feige und machte sich außerdem mit seinem Traum von Familie etwas vor? Nein. Das nicht.

Weißt du, ich habe noch was vor. So richtig spießige Sachen wie den Mann fürs Leben finden, heiraten, Kinder kriegen. Letzten Herbst, als Gina mit Tumorverdacht im Krankenhaus gewesen war, hatte sie das zu ihm gesagt. Agnes wollte keine Kinder. Gina wäre vielleicht die Richtige. Dühnfort zuckte bei diesem berechnenden Gedanken zusammen, atmete durch und glaubte plötzlich die Wärme eines Körpers hinter sich zu spüren. Er wandte sich nicht um, genoss einen Moment lang diese Vorstellung und verbot sie sich sofort wieder.

Die Domuhr schlug einmal. Viertel nach zwölf. Zeit zu gehen. Er kehrte dem Fenster den Rücken zu.

Gina stand neben der Tür und beobachtete ihn. Dühnfort erschrak. Wie lange stand sie schon da?

Einige Sekunden sahen sie sich an, der Augenblick dehnte sich. Diese Augen, als wüssten sie alles. *Darin bin ich ja nicht sonderlich erfolgreich*. Hatte sie ihn gemeint? »Zeit, Feierabend zu machen.« Seine Worte zerschnitten die Stille, erklangen überlaut in seinen Ohren und setzten Gina in Bewegung.

Sie löste sich von der Wand. »Genau. Ich wollte nur sagen, dass ich mich für heute vom Acker mache. Ciao, Tino.«

Freitag, 11. Juni

Noch fünf Minuten bis zum Meeting mit Alexander Boos. Dühnfort betrat den noch leeren Besprechungsraum. Der erste Koffeinschub des Tages war, nach nur viereinhalb Stunden Schlaf, in seiner Wirkung bereits verpufft. Dühnfort fühlte sich bleiern und verlangsamt, während tief in ihm eine Unruhe floss wie ein schwacher elektrischer Strom: die Angst, der Täter würde wieder zuschlagen, die Angst, ihnen bliebe nicht mehr viel Zeit. Woher kam die Sorge, der Täter könnte schneller sein als sie?

Gina trat ein, sah sich um, zögerte einen Moment und setzte sich.

»Guten Morgen, Gina.«

»Tag, Boss.«

Täuschte er sich oder hatte das frostig geklungen? Sie wich seinem Blick aus, zog die Unterlippe unter die Schneidezähne und begann in ihren Unterlagen zu blättern. »Mit Nico Hähnel treffe ich mich nach dem Meeting. Die Liste von Siersch, wem er die Brauerei als Location angeboten hat, liegt vor. Da ist kein Name drauf, der uns bisher was sagt.« Ihre Stimme klang sachlich und distanziert.

»Ist alles in Ordnung?«

»Natürlich«, sagte sie, ohne aufzusehen. »Die Nacht war allerdings zu kurz.«

Die Tür knarrte. Alexander Boos und Alois traten ein. Dühnfort begrüßte den Leiter der OFA. »Schön, dass du Zeit für uns hast.«

Als damals das Kommissariat für Operative Fallanalyse in Bayern aufgebaut worden war, hatte Boos ein Jahr in Amerika verbracht, um sich in Langley mit Tatort- sowie Fallanalyse und Täterprofilerstellung vertraut zu machen. Von dort hatte er ein Faible für amerikanisches Essen und Kleidung mitgebracht, speziell für Hosenträger. Heute spannten sich *Stars and Stripes* über einem weißen Hemd. Sie schoben sich dort, wo der Ansatz eines Bauches sich abzeichnete, ein wenig auseinander und endeten mit Clips am Bund der Calvin-Klein-Jeans. Das dichte dunkle Haar war kurz geschnitten; auf seiner Stirn hatten sich einige Falten eingegraben, die sich nun vertieften.

»Du denkst also, er wird weitermachen. Wie kommst du darauf?« Boos hängte das Sakko über die Stuhllehne. Dann setzte er sich, öffnete die Knöpfe an den Manschetten und krempelte die Ärmel auf.

Dühnfort zuckte mit den Schultern. »Wie soll ich das begründen? Es ist hauptsächlich ein Gefühl. Er hat sein Vorgehen verfeinert, und vermutlich hat es den erhofften Effekt gehabt. Ich befürchte, er will dieses Erfolgserlebnis wiederholen. Wie schätzt du das ein? Wie viel Zeit haben wir?«

»Schwer zu sagen. Drei Stunden, drei Tage, drei Jahre. Wir wissen nicht, was ihn antreibt, wie groß sein Leidensdruck ist. Habt ihr jemanden im Visier?«

»Bruno Lichtenberg, vierunddreißig, akademischer Maler, hat allerdings auch eine abgeschlossene Ausbildung als Metzger. Er war Verdächtiger im Fall Svenja Lenhard. Mit ihm wollen wir uns unterhalten. Leider müssen wir ihn erst finden.«

»Hast du die Vernehmungsprotokolle von damals? Die würde ich gerne lesen.«

Dühnfort wies auf den Aktenstapel. »Du kannst die kompletten Akten mitnehmen. Wir sind fürs Erste durch.« Die Unterlagen der laufenden Ermittlung lagen Boos bereits vor. »Du kennst den Obduktionsbefund von Nadine. Laut Rechtsmedizin ist das kein Sexualdelikt. Was also ist das Motiv des Täters?«

Boos hatte die Angewohnheit, seine Nasenspitze zwischen Daumen und Zeigefinger zu kneten, wenn er nachdachte. Nun ließ er die Hand auf den Tisch sinken. »Achtzig Prozent der Serienmorde werden aus sexuellen oder finanziellen Gründen begangen. Das scheint hier nicht der Fall zu sein. Die restlichen zwanzig Prozent gehen auf das Konto radikaler Beseitigung von Beziehungsstress, Problemen am Arbeitsplatz und sonstigem Ärger. Aber unterm Strich geht es um Macht und Kontrolle. Der Preis dafür ist ein Leben. Mächtig zu sein, alles im Griff zu haben wirkt stabilisierend und gibt Sicherheit. Das dringende Bedürfnis danach steht häufig im Zusammenhang mit Ausgrenzung und Ablehnung, die der Täter erfahren hat oder noch erfährt. Meistens im nahen persönlichen Umfeld, oft in der eigenen Familie. Nicht selten liegt aber mehr vor: Missbrauch, Verwahrlosung und Vernachlässigung sind häufig in den Lebensläufen von Serientätern zu finden.«

Gina knallte den Kuli auf den Tisch. »Soll das jetzt heißen, wir suchen nach einem armen Opfer, das zum Monster wurde und nichts dafür kann? Es gibt genügend Menschen, die ein ähnliches Schicksal teilen und trotzdem keine Frauen köpfen und mit ihrem Blut etwas anstellen, das ich gar nicht wissen will. Das ist krank, einfach nur krank. Da könnte ich tagelang kotzen.« Gina stand auf, ging zum Fenster und riss es auf. »Das ist ja nicht auszuhalten.«

Dühnfort fragte sich, was in sie gefahren war, und trat neben sie. Halb verärgert, halb bestürzt. »Was ist los?«, fragte er mit gesenkter Stimme. »Wenn du dich dem Fall nicht gewachsen fühlst …«

Sie schoss herum. »Ich komme damit klar. Okay? Ich mache meinen Job, und ich mache ihn gut. Keine Sorge.« Ihre Stimme war leise, die Sehnen am Hals spannten sich.

Das war es nicht, was ihm Sorge bereitete. »Wir reden später weiter.« Er setzte sich wieder.

Kurz darauf folgte Gina.

Boos, der die kurze Unterbrechung genutzt hatte, um sich ein Mineralwasser einzuschenken, stellte das Glas ab, während Alois die Unterarme auf den Tisch legte und die Hände verschränkte. »Müssen wir von einem psychisch kranken Täter ausgehen?«, erkundigte er sich.

»Zwischen einer pathologischen Persönlichkeitsstörung und einer gesunden Psyche liegt ein weites Feld von psychischen Auffälligkeiten, die aber kein Krankheitsbild im Sinne einer klinischen Diagnostik darstellen«, dozierte Boos. »Aus diesem Bereich kommen die meisten Serientäter. Fast alle leiden an einer Persönlichkeitsstörung. Das prägnanteste Merkmal ist das Fehlen jeglicher Empathie, die Unfähigkeit, sich in das Opfer hineinzuversetzen. Andernfalls würde der Großteil der Taten in der Planungsphase aufgegeben.«

»Das ist ja gut und schön«, sagte Alois. »Aber geht es vielleicht etwas konkreter?«

»Wir werden das Material sichten und ein Profil erstellen. Was ich zum jetzigen Zeitpunkt sagen kann: Der Täter ist umsichtig, ein Planer, erfahrungsgemäß zwischen zwanzig und fünfzig Jahre alt. Er ist stark, vermutlich gut trainiert und ziemlich sicher berufstätig, da beide Taten am Wochenende, also außerhalb regulärer Arbeitszeiten begangen wurden. Er hat in den vergangenen sechs Jahren dazugelernt. Die Enthauptung von Nadine ist ihm deutlich besser gelungen als die von Svenja. Vielleicht wird er gemobbt, vielleicht lebt er aber auch in einer problematischen Beziehung, die von finanzieller oder emotionaler Abhängigkeit geprägt ist. Möglicherweise ist er wegen anderer Delikte vorbestraft. Das müssen nicht unbedingt Gewalttaten sein, es können auch Eigentumsdelikte sein.«

»Was ist mit dem Blut?«, fragte Gina. »Wofür braucht er es? Gehört er vielleicht einer Sekte an?«

»Welche Bedeutung es für ihn hat ...« Boos zuckte mit den Schultern. »Da ist viel denkbar. An einen pseudoreligiösen Kontext glaube ich nicht. In diesem Fall wären mit hoher Wahrscheinlichkeit weitere rituelle Gegenstände bei den Leichen gefunden worden.«

»Sechs Jahre liegen zwischen erster und zweiter Tat. Das ist ein langer Zeitraum. Wie schafft er es, sich zu kontrollieren?«, fragte Dühnfort.

Boos legte die Stirn in Falten. »Da gibt es eine Vielzahl von Möglichkeiten. Vielleicht war die erste Tat ein Versuch, der schiefging und daher abschreckend wirkte. Vielleicht sind es aber auch ganz profane Ursachen wie ein Gefängnisaufenthalt. Oder eine geglückte Beziehung, aus der er Sicherheit und Selbstwertgefühl bezogen hat und die nun gescheitert ist oder im Scheitern begriffen. Möglich wäre auch, dass er im außereuropäischen Ausland gelebt und dort gemordet hat. Wir sind schon dabei, nach Referenzfällen zu suchen.«

Lichtenberg, dachte Dühnfort wieder.

»Bruno«, sagte Gina. »Wir sollten ihn schnellstens aufstöbern. Schon was aus Düsseldorf gehört?«

»Susanne hat eine Mail geschickt. Sie sind dabei, seine ehemaligen Nachbarn zu befragen, sich in seinem Heimatdorf umzuhören und der alten Bankverbindung nachzuspüren. Irgendjemand wird wissen, wo er jetzt lebt.«

Als die Besprechung beendet war, erhob Dühnfort sich und gab Gina mit einem Zeichen zu verstehen, dass er sie noch sprechen wollte. Alois und Alexander Boos verabschiedeten sich und verließen den Raum. Sie blieb neben der Tür stehen, an die Wand gelehnt wie gestern Nacht.

»Setzen wir uns?«

Ginas Miene veränderte sich nicht. »Mach es kurz und schmerzlos. Dann habe ich es hinter mir.«

Da sie sich nicht setzen wollte, wusste er einen Moment lang nicht, wohin mit sich. Er lehnte sich an die Tischkante. »Ich mache mir Sorgen. Das ist alles. Dir scheint die Distanz zu fehlen, du lässt den Fall zu nah an dich heran.«

»Trotzdem mache ich meinen Job wie immer. Oder hast du was auszusetzen?«

»Natürlich nicht. Ich frage mich bloß, weshalb du so emotional reagierst. Das ist sonst nicht deine Art.«

»Hast du doch gerade gehört: Man nennt das Empathie, wenn man sich in einen anderen einfühlen kann …« Gina schien noch etwas sagen zu wollen, schloss dann aber den Mund und sah ihn an.

Und plötzlich hatte Dühnfort das Gefühl, dass es nicht um die Fälle ging, sondern um ihn, um die ungesagten Worte, die eine Mauer zwischen ihnen errichteten. Eine Mauer, die täglich wuchs, bis sie eines Tages zu einem unüberwindlichen Hindernis würde. Eine Last legte sich auf seine Schultern und drückte ihn nieder. Er wich Ginas Blick aus, wandte sich ab, wusste nicht, was er sagen sollte, wusste nur, dass jetzt weder die richtige Zeit noch der richtige Ort waren, das anzusprechen. »Also gut«, sagte er und fühlte sich schuldig, schäbig, feige. »Dann war es das schon.« Kurz, aber nicht schmerzlos.

Als er wieder aufsah, verließ Gina bereits den Raum. Die Art, wie sie die Tür hinter sich zuzog, ruhig, aber entschlossen, wirkte auf ihn endgültig.

***

Eine halbe Stunde später betrat Dühnfort ein Gebäude in Bogenhausen. Viel Stahl und Beton, grauer Granitboden im Eingangsbereich, eine Informationstafel neben dem Lift. Dühnfort studierte sie. Die Praxis von René Fuhrmann befand sich in der vierten Etage. Er fuhr nach oben und trat kurz darauf durch eine Glastür in einen Vorraum, der ihn an die Lobby eines luxuriösen Hotels erinnerte. Ein Teppichboden, der seine Schritte dämpfte, Polstermöbel von teurer Schlichtheit, einzelne Orchideen kunstvoll in Vasen drapiert. Vom Empfangstresen wehte ein Hauch von Parfum herüber. Dahinter stand eine Frau, die den Eindruck erweckte, nicht echt zu sein. Sie hatte die Figur eines magersüchtigen Teenagers, bis auf die Brüste, die wie aufgepfropft unter der Bluse saßen und die Knöpfe mit jedem Atemzug auf eine Zerreißprobe stellten.

Leuchtend blaue Augen unter weißblond gefärbtem Haar taxierten Dühnfort, weiteten sich ein wenig, als wollten die Brauen fragend in die Höhe steigen, was aber nicht gelang. Die Stirn blieb in Glätte erstarrt, wie Eis auf einem See. »Ja. Bitte?«

Dühnfort stellte sich vor. »Ich würde gerne Herrn Fuhrmann sprechen.«

»Mal sehen. Eine Patientin hat abgesagt. Eigentlich

müsste er Zeit haben.« Die Empfangsdame griff zum Telefon, informierte ihren Chef über Dühnforts Anliegen und führte ihn dann über den schallschluckenden Teppich zu einer Tür. Während sie anklopfte, öffnete sie bereits. Dühnfort trat ein und sah gerade noch, wie der Mann, der hinter dem Schreibtisch saß, etwas in den Papierkorb fallen ließ und sich die Hände rieb, als müsste er Schmutz beseitigen.

Über den Tisch hinweg reichte er Dühnfort die Hand und wies auf den Stuhl, der seitlich vom Schreibtisch stand, als sei sein Besucher ein Patient. »Bitte.«

Dühnfort setzte sich.

»Kann ich Ihnen etwas anbieten? Ein Glas Vitaminsaft oder Mineralwasser vielleicht?« Fuhrmann trug einen weißen Kittel offen über einem hellblauen Hemd und grauer Anzughose. Er war etwa Mitte dreißig, dunkelhaarig, groß, schlank und von athletischer Figur. Seine ebenmäßigen Gesichtszüge wurden durch klare Linien und ein kräftiges Kinn geprägt. Allerdings standen die hellen Augen etwas zu weit auseinander, und die Stirn war ein wenig zu niedrig geraten, so dass das Gesicht seltsam unentschieden wirkte, wie von einem Künstler modelliert, der sich nicht zwischen Schönheit und Mittelmaß hatte entscheiden können.

Dühnfort lehnte das Angebot ab und hörte, wie sich hinter ihm die Tür leise schloss.

»Geht es noch immer um den Samstagabend?«, fragte Fuhrmann. »Ihre Kollegin hat doch sicher meine Angaben überprüft.«

»Sowohl Herr Wernegg als auch Frau Klees erinnern sich, dass Sie um halb neun die Galerie verlassen haben. Kein Grund zur Sorge also.«

Fuhrmanns Schultern sanken herab, der Oberkörper

neigte sich etwas nach vorne. »Ja, dann weiß ich auch nicht, wie ich Ihnen noch helfen kann.«

»Es gibt ein paar Dinge, die mich interessieren. Beispielsweise, weshalb Sie und Wernegg das gleiche Auto fahren.«

Der angespannte Zug um den Mund verschwand, Fuhrmann wirkte erleichtert. »Wir haben ähnliche Interessen. Autos gehören dazu. Als ich mir den Jaguar gekauft habe, hat Jobst sich angeschlossen. So haben wir einen schönen Mengenrabatt beim Händler herausgeschlagen.«

»Wernegg war am Samstag mit seinem Volvo unterwegs und hatte den in der Maximilianstraße geparkt …«

»Stimmt. Ich habe den Wagen dort gesehen, als ich zur Galerie gefahren bin. Er stand direkt vor dem *Alfredos*.«

»Wo haben Sie geparkt?«

»In der Prannerstraße.«

»Haben Sie den Parkschein noch?«

»Nein. Das habe ich Ihrer Kollegin schon gesagt.«

»Wernegg und Sie sind also Freunde. Schon länger?«

»Seit unserer Internatszeit am Ammersee.«

»Das ist also eine enge Freundschaft.«

»Wenn Sie denken, er gibt mir deswegen ein Alibi, dann täuschen Sie sich.« Fuhrmann schüttelte kaum merklich den Kopf. »Außerdem erinnert sich auch Wiebke, wann wir gegangen sind.«

»Sie beide haben die Galerie von Wiebke Klees um halb neun verlassen. Wernegg kehrte zurück in sein Büro, Sie gingen zu Ihrem Auto und fuhren nach Hause.«

Fuhrmann nickte.

»Den Abend haben Sie allein verbracht.«

Der Blick des Arztes ging zur Wand zu seiner Linken und verweilte dort auf einem alten Gemälde, das einen

Blumenstrauß zeigte. Eine Eidechse saß am Fuß der Vase zwischen einigen abgefallenen Blütenblättern. »Auch das habe ich bereits Ihrer Mitarbeiterin gesagt.« Der Arzt wandte seine Aufmerksamkeit wieder Dühnfort zu.

»Ihre Frau war verreist …«

»Sie hat mit einer Freundin ein Wellnesswochenende in Kitzbühel verbracht.« Das Telefon auf Fuhrmanns Schreibtisch begann zu läuten. »Entschuldigen Sie.« Der Arzt griff nach dem Hörer und meldete sich. Das Gespräch drehte sich um eine Patientin, die in dem Krankenhaus lag, in dem Fuhrmann seine Belegbetten hatte. Währenddessen bemerkte Dühnfort auf dem Teppichboden neben dem Papierkorb einige Schnipsel. Er beugte sich vor, um sie besser erkennen zu können. Es waren Teile eines zerrissenen Fotos. Kastanienfarbene Locken, ein Stück rot geschminkter Mund, ein Ohrläppchen mit goldenem Ohrclip. Dühnfort richtete sich wieder auf und ließ den Blick über den Schreibtisch wandern, während Fuhrmann das Telefonat beendete. Ein Acrylglasrahmen lag verkehrt herum auf der Ablage neben dem Monitor des Computers.

»Entschuldigen Sie. Das war wichtig«, sagte der Arzt und stützte die Hände auf den Tisch, als wolle er aufstehen. »Haben Sie noch Fragen?«

»Doch. Eine hätte ich noch. Ist das Ihre Frau?« Dühnfort wies auf die Schnipsel neben dem Papierkorb.

Fuhrmann erhob sich, seine Gesichtszüge wurden glatt, der Blick unverbindlich freundlich. »Es ging um mein Alibi. Das haben Sie, und das muss Ihnen genügen.«

***

Um zehn vor eins kam Vicki mit der S-Bahn am Marienplatz an. Clara hatte ihr die IsarCard des Verkehrsverbundes geliehen. »Wenn du mit dem Rad fährst, kommst du ganz verschwitzt zu deinem Termin«, hatte sie gesagt, und da war was dran.

Mit der Rolltreppe fuhr Vicki nach oben, ging durch den kleinen Park am Marienhof und kam an der Bank vorbei, unter der sie damals das Handy gefunden hatte. Die alte Fliegerlederjacke, die sie in einem Secondhandladen in Paris gekauft hatte, war zu warm. Sie zog sie aus, warf sie über die Schulter und schnupperte vorsichtshalber an einer Achsel. Alles im grünen Bereich. Vielleicht hätte sie doch besser Jeans und nicht den Chiffonrock mit Blümchenmuster anziehen sollen. Na, wenigstens trug sie die alten Bergstiefel mit den roten Schnürsenkeln dazu. Zwiefach genäht. So sah sie ungefähr das Gegenteil von sexy aus.

Um fünf vor eins erreichte sie das Haus in der Maximilianstraße, in dem die Susanne-Karg-Stiftung ihr Büro hatte, und fuhr mit dem Lift in die dritte Etage. Sie war zu früh. Ein bis dahin noch nie eingetretenes Ereignis. Mit klopfendem Herzen blieb sie vor einer Tür aus Eiche oder Mahagoni oder sonst einem teuren Holz stehen. Verdammt, weshalb war sie bloß so aufgeregt? Fast wie früher, wenn sie schwarzgefahren und um Haaresbreite in eine Kontrolle geraten war. Falls sie die Spende nicht bekam, dann war es wenigstens den Versuch wert gewesen. Aber sie würde sie kriegen, und wenn sie Wernegg ein Ohr abkauen oder derart auf die Tränendrüse drücken musste oder an sein soziales Gewissen appellieren oder was auch immer, bis er zusagte und einen fetten Scheck ausschrieb.

Entschlossen betätigte sie den Klingelknopf. Ein leises Summen ertönte, Vicki öffnete die Tür und trat ein.

Fischgrätparkett, weiße Wände, ein Kristallkronleuchter, der an einer Messingkette von der hohen Decke hing, ein Duft nach Verbene und Zitrone, angenehme Kühle. Alles superedel, dachte Vicki. Sogar die Luft riecht vornehm.

Hinter einer Empfangstheke saß eine junge Frau, die nun aufsah und Vicki freundlich anlächelte, während ihr Blick sie taxierte. »Sie sind sicher Frau Senger.«

Vicki nickte. Das musste Katja Schön sein, mit der sie gestern telefoniert hatte. »Toll, dass das mit dem Termin so schnell geklappt hat.«

»Es dauert noch einen Augenblick«, erwiderte Katja Schön. Doch in diesem Moment wurde eine der weißlackierten Kassettentüren geöffnet. Eine Tussi im Designerkleid erschien, gefolgt von Jobst Wernegg. Er sah genauso aus wie auf dem Foto der Website. Irgendwie mittelmäßig und doch gut. Was vermutlich an den Klamotten lag. Vicki hatte noch nie einen Maßanzug gesehen, aber der, den Wernegg trug, saß derart perfekt, dass er sicher eigens für ihn gemacht worden war.

Er bemerkte sie. Ein warmer Blick aus braunen Augen. »Frau Senger?«

Plötzlich hatte Vicki einen Kloß im Hals.

»Ich bin gleich bei Ihnen. Wenn Sie solange in meinem Büro warten wollen.« Er wies auf die offene Tür. »Frau Schön wird Sie mit einem Kaffee versorgen oder was auch immer Sie trinken möchten.«

Vicki wehrte ab. »Danke, ist nicht nötig.« Sie ging an ihm und der Tussi vorbei, die einen ungläubigen Blick auf die Zwiefachgenähten warf, und setzte sich im Büro auf eines der beiden hellen Sofas, die sich dort gegenüberstanden. Der Rock rutschte hoch. Sie schob ihn wieder runter. Ihr Busen erschien ihr zu groß unter dem hellblauen T-Shirt. Sie schlüpfte in die Lederjacke, zog sie enger um sich und sah sich dann um. Der Raum gefiel ihr. Nicht Prunk und Protz, sondern Klarheit beherrschte ihn. Trotz ihrer Schlichtheit sah die Einrichtung abartig teuer aus. Vermutlich hatte allein das Sofa so viel gekostet, wie sie für das Therapeutische Reiten brauchte. Sollte also kein Problem sein, das Geld zu bekommen.

Wo er nur blieb? Vicki hielt es nicht länger auf dem Sofa. Sie nahm den Rucksack vom Schoß, stellte ihn auf dem Boden ab und ging ans Fenster. Unten fuhr die Straßenbahn durch die Maximilianstraße. Gegenüber war die Oper. Wie es wohl da drinnen aussah?

Sie wandte sich wieder ab. Dabei entdeckte sie einen Block, der aufgeschlagen auf dem Schreibtisch lag. Das oberste Blatt war halb vollgeschrieben. Ob sie einen Blick riskieren sollte? Sie lauschte, hörte aber weder Stimmen noch Schritte. Wernegg konnte jeden Augenblick reinkommen. Trotzdem zog irgendeine Kraft sie um den Tisch herum. Die Handschrift war steil und eng. Erleichtert stieß Vicki einen Seufzer aus. Okay, Wernegg war es nicht. Die Worte *Buchler, 19.00 Uhr* hatte hundertpro ein anderer geschrieben. Eilig verließ Vicki den Platz hinter dem Schreibtisch.

An der Wand hing ein Gemälde. War das eines dieser Bilder? *Natura morta. Vanitas.* Sie trat näher. Eine brennende Kerze vor einem Spiegel, die Flamme flackerte so, als würde sie jeden Augenblick verlöschen, und dann wäre alles aus. Alles verschwunden. Das Buch, dessen Seiten der Wind umblätterte, der Tisch, auf dem es lag, der Leuchter, der Spiegel. Alles weg, zu nichts geworden, als wären sie nie gewesen. Es war ein so trauriges Bild. Vicki umfasste ihre Ellenbogen mit den Händen und kämpfte die Tränen nieder, von denen sie nicht wusste, woher sie so plötzlich kamen.

»Es ist wunderschön, nicht?«

Sie fuhr herum. Wernegg stand hinter ihr und betrachtete das Gemälde.

»Schon. Aber auch traurig.«

»Diese Melancholie sehen nicht viele.« Lächelnd deutete er auf das Sofa. »Setzen wir uns doch.«

Sein Blick blieb am Kragen der Lederjacke hängen. Lammfell im Juni, schien er zu denken.

»Darf ich Ihnen die Jacke abnehmen?«

»Ist nicht nötig.« Vicki zog das brüchige Leder enger um sich und setzte sich, während er auf dem Sofa gegenüber Platz nahm.

»Sie sind also auf der Suche nach einem Sponsor für eine Reittherapie. In welchem Kinderheim arbeiten Sie denn und in welcher Funktion?«

Uuups. Katja Schön musste da etwas falsch verstanden haben. Obwohl, eigentlich hatte sie ja nicht gesagt, dass sie nicht in dem Heim arbeitete, nur, dass sie Kohle für die Kids wollte. Wenn er jetzt verärgert wäre, weil er sich getäuscht fühlte und dachte, sie habe ihm was vorgegaukelt? Mist! Sie konnte doch einfach behaupten, dass sie im St.-Michael-Haus Erzieherin war oder Praktikantin oder so. Doch etwas hielt sie zurück.

Wernegg sah sie abwartend an.

Vicki ließ die Arme in den Schoß sinken. »Sorry. Da hat Ihre Mitarbeiterin etwas falsch verstanden. Ich arbeite nicht im St.-Michael-Haus. Ein paar Jahre habe ich selbst dort gelebt. Jetzt mache ich eine Ausbildung und arbeite in meiner Freizeit ehrenamtlich für das Heim. Die Leiterin ist aber über den Termin heute hier bei Ihnen informiert. Also, ich mache das nicht auf eigene Faust.«

Interessiert war er ihrer Ausführung gefolgt. »Warum machen Sie das?«

Was meinte er jetzt? Dass sie ohne Bezahlung im Heim mithalf oder dass sie für eine Finanzspritze sorgen wollte? Sollte sie ihm eine ehrliche Antwort geben? Die Antwort, die sie sehr wohl kannte, die aber wenig schmeichelhaft war? »Ganz ehrlich? Wenn ich diesen Kindern helfe … irgendwie hilft das auch mir« Verdammter Mist! Hatte sie das wirklich gerade gesagt? In seinen braunen Augen waren grüne Sprenkel. Weshalb fiel ihr das nun auf?

»Es hilft Ihnen zu helfen. Das ist ein schönes Gefühl. Ehrlich gesagt weiß ich nicht, was eine Reittherapie ist. Können Sie mir das kurz erklären?«

Uff. Sicherer Boden unter den Füßen. Vicki erläuterte ihm, wie eine solche Therapie funktionierte, dass der Umgang mit den Pferden das Vertrauen und das Selbstbewusstsein der Kinder stärkte und ihnen so half, ihre Erlebnisse zu bewältigen. »Ich habe eine Präsentation für Sie vorbereitet. Wollen Sie sich die mal ansehen? Dafür müsste ich allerdings an Ihren PC, die Datei ist auf dem Stick.«

»Kein Problem.« Wernegg deutete auf den Schreibtisch.

Sie bückte sich und kramte den USB-Stick aus dem Rucksack. Dass er sich überhaupt die Zeit nahm, ihr zuzuhören. Sicher gab es wichtigere Leute. Vom Roten Kreuz oder der Caritas oder sonstigen Wohlfahrtsvereinen, die sein Geld wollten. Aber bestimmt auch andere Summen, als sie ihr vorschwebten.

Während sie den Stick an seinen PC stöpselte und das Programm startete, riskierte sie nochmals einen Blick auf den Block. Ganz klar: Er hatte die Notiz auf der Postkarte auf keinen Fall geschrieben.

In der folgenden Viertelstunde erläuterte sie Wernegg den Ablauf einer Reittherapie und ihre Wirkung sowie die Schicksale ihrer vier Sorgenkinder; das des vom Vater missbrauchten Nico, das der fast verhungerten Sabrina, das der misshandelten Jessica und das von Peter, dessen Mutter in seiner Gegenwart Selbstmord verübt hatte. Sie verwies nochmals auf die heilenden Kräfte, die der Umgang mit Tieren für die Kinder haben würde, und war damit am Ende angelangt. Atemlos.

Er hatte sie nicht einmal unterbrochen. Hatte er überhaupt zugehört, verstanden, worum es ging? Um vier Kinder, die Grauenhaftes erlebt hatten, denen man helfen musste! Was würde er sagen? Erwartungsvoll drehte sie sich zu ihm um.

Sein Gesicht war wie versteinert.

Mist! Was hatte sie falsch gemacht?

Er fuhr sich mit der Hand über das Kinn und stieß einen Seufzer aus. »Grauenhaft, was diese Kinder durchgemacht haben. Die Stiftung wird die Therapie bezahlen. Aber vorher möchte ich gerne das Heim besichtigen.«

Vicki traute ihren Ohren nicht. Super! »Ja, klar. Das lässt sich machen. Wann denn?«

»Geben Sie mir Ihre Nummer. Ich rufe Sie an.«

Das klang nach fauler Ausrede. *Don't call us. We call you.* Trotzdem kritzelte sie ihre Telefonnummer auf einen Zettel. »Sie rufen wirklich an, ja?« Okay, das war jetzt nicht cool gewesen. Aber es hing so viel davon ab.

In seinen Augen ging eine Veränderung vor sich, sie wurden zu tiefen dunklen Seen. »Keine Sorge, ich halte mein Wort. Es ist unglaublich, was diese Kinder erlebt haben. Wir werden ihnen helfen, das zu bewältigen und zu lernen, dass sie – auch wenn sie das Gegenteil erfahren haben – liebenswert und einzigartig sind und vor allem dass sie keine Schuld an dem tragen, was ihre Eltern ihnen angetan haben.«

»Warum tun Sie das?«, fragte Vicki.

»Weil Sie mich darum gebeten haben.« Ein schelmisches Lächeln blitzte in seinen Augen auf.

»Ich meine, überhaupt.« Sie standen sich gegenüber, und sie nahm die feinen Falten um seine Augen wahr und das glattrasierte Kinn mit dem Grübchen in der Mitte.

»Ganz ehrlich?«

»Klar.«

»Weil ich die Möglichkeit habe, weil ich glaube, dass Eigentum verpflichtet, und weil es ein schönes und befriedigendes Gefühl ist zu helfen. Ich habe mehr Geld, als ich jemals brauchen werde, und kann mit einem Bruchteil davon ein sorgenfreies Leben führen. Der Rest ist für die bestimmt, mit denen es das Leben nicht so gut gemeint hat. Ein paar tausend Euro für die Reittherapie sind lächerlich wenig im Vergleich zu dem, was damit zu erreichen ist.«

Ein paar tausend Euro waren schweineviel Geld. Gut, für ihn nicht. War eben alles eine Frage der Perspektive. Zeit, einen Knicks zu machen und danke schön zu sagen. »Ich bin froh, dass den Kids endlich geholfen wird. Also, danke.« Während sie das sagte, blieb ihr Blick an seinem linken Ohr hängen. Darin steckte ein kleines Plastikding. Sah aus wie ein Hörgerät.

»Ist es zu indiskret, wenn ich frage, weshalb Sie im St.-Michael-Haus gelebt haben?«

Hatte sie das gerade richtig verstanden? Schlagartig rutschte ihre Euphorie auf null Grad, als wäre eine sibirische Kaltfront in einen strahlenden Frühlingstag eingefallen. Vicki umfasste die Ellenbogen mit den Händen, riegelte sich ab.

Sofort schien ihm seine Frage peinlich zu sein. »Verzeihen Sie. Ich wollte nicht neugierig sein.«

Glaubte er jetzt, er hätte ein Recht darauf, in ihre geheimen Verliese zu gucken? Seelenstriptease gegen Kohle für die Kids? So ein Arsch. Sie prostituierte sich nicht. Nee, wirklich nicht! Das konnte sie natürlich nicht sagen. Aber sie konnte ihm die Fakten um die Ohren hauen. Wie sie sich dabei gefühlt hatte, würde er bestimmt nicht erfahren.

»Ist schon okay. Meine Mutter ist gestorben, als ich sechs war, und meine Oma, bei der ich dann gelebt habe, ist auf einem vereisten Gehsteig ausgerutscht, als ich zwölf war. Hirnblutung. Vater unbekannt. Wohin also mit mir? Zuerst in eine Pflegefamilie und dann ins St.-Michael-Haus. Deshalb also.«

Sie sah ihm an, wie unwohl er sich fühlte. Sollte sie sich revanchieren und nach diesem Hörgerät fragen? Aug um Aug, Zahn um Zahn? Vicki versuchte ihren Zorn herunterzuschlucken. Besser, sie verärgerte ihn nicht.

»Es tut mir leid, dass ich danach gefragt habe. Ich wollte Sie nicht verärgern, und nun habe ich es doch geschafft.«

»Ist schon okay.«

Er wandte sich ab und ging Richtung Tür. Audienz beendet. »Ich melde mich bald bei Ihnen. Versprochen.«

Ihre Wut verrauchte, während sie die vier Etagen durch das Treppenhaus nach unten ging. Vermutlich war er einfach nur gedankenlos gewesen. Wie so viele Menschen einfach nur gedankenlos waren, sich nicht überlegten, welche Folgen ihre Neugier oder ihr Verhalten haben konnten. Wie wäre er damit umgegangen, wenn sie ihm die Knochen hingeschmissen hätte?

Im Heim war es eigentlich okay gewesen. Aber davor, in der Pflegefamilie ... bei diesen Gutmenschen. Frau Verwaltungsfachwirtin und der Herr Diplomingenieur, die sonntags in den Gottesdienst gingen und vorher ihre Sünden beichteten. Sie das Wegsehen und er das Herumfingern, das er angefangen hatte, kaum dass Vicki ein wenig Busen gewachsen war. Dieser Kerl mit seinem staubigen Geruch und seinen Grabbelfingern, die sie ständig irgendwo berührten … Scheiße! Wieso kocht das jetzt wieder hoch! Vicki schlug mit der flachen Hand gegen die Wand des Treppenhauses.

Schluss!

Aus!

Vorbei!

Sie atmete mehrmals durch und ging weiter.

Was war heute gut gewesen?

Dass er die Therapie bezahlen wollte natürlich. Sie hatte es geschafft! Yeah! Und das Bild. Dieses seltsame Bild mit dem Leuchter und dem Buch. Es hatte ihr etwas gezeigt, das sie nicht kannte.

Mitten auf dem Treppenabsatz blieb sie stehen, um das lose Ende dieses Gedankenfadens zu fassen zu bekommen. Eine Parallelwelt, dachte sie. Irgendwo gab es eine Welt der Kunst und der Schönheit; Dinge, die wie Geschöpfe zu einem sprachen. Wie dieses Bild. Vielleicht war es mit klassischer Musik ähnlich? Wie sah es in der Oper aus, wie hörte sich so was an? War das vielleicht gar kein grauenhaftes Gejaule, wie sie glaubte? Waren die Bilder, die sich hinter den Museumsmauern verbargen, keine verstaubten altmodischen Schinken, sondern solche wie das Bild in Werneggs Büro?

Sie hörte, wie jemand die Eingangstür öffnete. Kurz schwappte der Straßenlärm ins Haus und verebbte dann wieder, als die Tür ins Schloss fiel.

Eine Parallelwelt. Man musste nur den Zugang finden.

Die Oper lag auf der anderen Straßenseite. Niemand konnte ihr verbieten, jetzt dort reinzugehen und sich umzusehen. Und bei Beck gab es eine Abteilung mit Klassik-CDs. Vielleicht fand sie da ja etwas für Anfänger? Genau. Das würde sie jetzt machen.

Diese Überlegungen lenkten sie von ihrem Zorn ab und weckten eine gespannte Erwartung in ihr. So mussten sich Humboldt und Amundsen gefühlt haben, als sie aufbrachen, andere Kontinente zu erforschen.

Vicki stieg die letzten Stufen hinab und erreichte den mit Marmor und dickem Teppich belegten Vorplatz. Die Türen des Lifts schlossen sich. Jemand fuhr nach oben.

***

Einen Moment hatte Dühnfort überlegt, die Treppe zu nehmen und so etwas für seine Kondition zu tun, aber die Bequemlichkeit hatte gesiegt. Der Lift trug ihn nach oben, und eine Minute später betrat er das Büro der Susanne-Karg-Stiftung.

Hinter einem Empfangstresen saß eine junge Frau, die ihm ein Lächeln schenkte. »Guten Tag.«

Er stellte sich vor und sagte, dass er Jobst Wernegg sprechen wollte.

»Das sollte kein Problem sein. Kommen Sie.«

Er folgte ihr über den Vorplatz zu einem Büro, dessen Tür offen stand. Ein Mann nahm gerade einige Blätter aus dem Drucker und sah auf, als sie eintraten.

»Besuch für Sie.« Die Empfangsdame stellte Dühnfort vor und verließ dann den Raum. Wernegg legte die Ausdrucke auf den Tisch, reichte Dühnfort die Hand und wies auf eine Sitzgruppe. »Ich vermute, es geht um den Samstagabend. Was möchten Sie noch wissen?«

Wernegg nahm Dühnfort gegenüber Platz. Ein schwacher Duft nach Rasierwasser ging von ihm aus. Seine Haare waren modisch geschnitten, die Gesichtszüge markant, der Blick offen.

»Wussten Sie, dass es nur neunundzwanzig silberfarbene Jaguar XK Coupé mit Münchner Kennzeichen gibt?«, fragte Dühnfort.

»Nein, das wusste ich nicht. Aber es erleichtert Ihre Arbeit sicher.«

»Sie und Ihr Freund René Fuhrmann gehören zu den Haltern und geben sich gegenseitig ein Alibi.«

»So habe ich das noch gar nicht gesehen.« Werneggs Brauen rutschten ein wenig zusammen. »Aber ich war an diesem Abend mit dem Volvo unterwegs. Der Jaguar stand daheim in der Garage.« Mit einem Mal huschte ein Lächeln über Werneggs Gesicht. »So wie es aussieht, sollte ich mich über den Strafzettel, den ich am Samstagabend bekommen habe, nicht ärgern, sondern freuen.«

Dühnfort lehnte sich im Sofa zurück. »Gibt es einen Grund, weshalb Sie das gleiche Fahrzeug fahren wie Ihr Freund?«

Das Lächeln wich einem leicht verärgerten Zug. »Das war eine dumme Wette. René hat sich vor einigen Wochen den Jaguar gekauft und hatte die fixe Idee, ich bräuchte auch einen. Ich war anderer Meinung, aber dann sind wir eines Nachts im Schumann's versackt. René schlug eine Wette vor, auf die ich mich einließ und die ich verlor. Dumm, nicht wahr? Ich mag den Wagen nicht und fahre ihn daher kaum. Vielleicht sollte ich ihn zugunsten der Stiftung versteigern lassen.«

»Gab es einen besonderen Grund, weshalb Fuhrmann wollte, dass sie den gleichen Wagen fahren?«

»Weil wir wie kleine Jungs sind. Kaum hat der eine ein neues Spielzeug, muss der andere es auch haben«, antwortete Wernegg schmunzelnd. »Das würde Verena jetzt sagen. Verena ist Renés Frau. Und so ganz unrecht hat sie damit nicht. Irgendwie geht das schon seit Schulzeiten so.« Wernegg zuckte mit den Schultern.

»Kommen wir zum Samstag. Die Galerie, die Sie besucht haben, befindet sich nur fünf Gehminuten von dem Ort entfernt, an dem ein Zeuge beobachtet hat, wie Nadine Pfaller in einen silbernen Jaguar gestiegen ist. Wissen Sie, wo René Fuhrmann seinen Wagen geparkt hatte?«

»Nein. Tut mir leid. Wir haben uns vor der Galerie getrennt. Er ist nach rechts gegangen. Vielleicht hatte er seinen Wagen weiter vorne stehen, in der Prannerstraße.«

»Sie sind um halb neun gegangen. Sie sind sich da absolut sicher?«

Werneggs Arme, die bisher offen auf seinen Oberschenkeln gelegen hatten, rückten näher zusammen. Mit der Linken umfasste er das rechte Handgelenk.

»Ganz ehrlich: Hundertprozentig sicher war ich mir nicht, als René mich anrief.«

Dühnfort atmete durch. »Fuhrmann hat Sie deswegen angerufen? Wann? Heute?«

»Gestern. Nachdem Ihre Kollegin bei ihm gewesen war. Ich weiß, das sieht jetzt komisch aus, als hätten wir uns abgesprochen. Aber meine Unsicherheit bezog sich auf ein paar Minuten. Es kann frühestens Viertel nach acht gewesen sein, als wir gingen. Ich bin mir nicht sicher, ob ich kurz vor oder nach halb neun wieder hier im Büro war.« Wernegg machte eine Geste in den Raum hinein. »Fünf Minuten. Länger habe ich sicher nicht hierher gebraucht. Wir haben uns vor der Galerie noch kurz unterhalten und überlegt, ob wir etwas trinken gehen.

Aber ich musste am Montag nach Amsterdam und wollte vorher noch eine Präsentation fertig machen.«

»Sie ändern Ihre Aussage also: Sie und René Fuhrmann sind nicht um halb neun aus der Galerie gegangen, sondern zwischen 20.20 und 20.30 Uhr.«

»Ja. Das ist richtig.«

Wenn Fuhrmann seinen Freund angerufen hatte, um sicherzugehen, dass er die gleiche Aussage machte wie er selbst, dann hatte er das vermutlich auch bei der Galeristin getan. Ging es allerdings tatsächlich nur um die Zeitspanne von zehn Minuten, dann konnte keiner der beiden um zehn nach acht in der Galeriestraße gewesen sein. »Gibt es außer Frau Klees Zeugen, die Ihre Angaben bestätigen können?«, fragte Dühnfort verärgert.

Bedauernd schüttelte Wernegg den Kopf. »Ich fürchte, nein. Ich war alleine im Büro. Am Wochenende ist das Haus leer. Mir ist niemand begegnet. Weder, als ich es betreten habe, noch im Lift.«

»Haben Sie vielleicht mit jemandem telefoniert?«

»Das nicht. Aber ich habe eine E-Mail geschrieben. Meine PR-Beraterin hatte einen Interviewtermin vereinbart, den ich noch bestätigen musste.« Er erhob sich und ging zum Schreibtisch.

Dühnfort folgte Wernegg und sah ihm über die Schulter, als der das Postausgangsfach des Mailprogamms öffnete und nach der E-Mail suchte. Sie war am Samstag um 20:37:29 MESZ verschickt worden.

»Es muss doch beinahe halb neun gewesen sein, als wir gingen«, sagte Wernegg. »Die Mail habe ich sofort versandt, als ich wieder hier war.«

Die Sekretärin klopfte und trat ein. »Entschuldigen Sie, wenn ich störe. Stadtrat Menzel ist da.«

Wernegg wandte sich an Dühnfort. »Es geht um eine

Immobilie für das Familienzentrum. Mit etwas Glück und Überzeugungskraft wird die Stadt sie der Stiftung kostenlos zur Verfügung stellen. Brauchen Sie mich noch?«

Im Moment hatte Dühnfort keine weiteren Fragen und verabschiedete sich.

Als er auf die Maximilanstraße trat, knurrte sein Magen. Zeit für ein Mittagessen. Vorher wollte er jedoch mit Wiebke Klees reden. Er machte sich auf den Weg durch die Innenstadt, vorbei an Boutiquen und Parfümerien. Bei der Kunsthalle betrat er die Fünf Höfe, durchquerte diese Einkaufsmeile für Besserverdienende bis zur Salvatorstraße und folgte der schmalen Gasse zum Salvatorplatz. Dort, hinter dem Literaturhaus, befand sich in der Jungfernturmstraße die Galerie Klees.

Mit einem Blick auf die Uhr vergewisserte Dühnfort sich: Sechs Minuten hatte er gebraucht. Die Galerie war geschlossen, aber in den Ausstellungsräumen rührte sich etwas. Dühnfort klopfte an die Scheibe. Kurz darauf erschien eine große, weißhaarige Frau hinter der Glastür. Dühnfort zog seinen Dienstausweis aus der Tasche und hielt ihn hoch. Ein Schlüssel knirschte im Schloss. Wiebke Klees ließ ihn ein.

In den Ausstellungsräumen war es angenehm kühl, ein schwacher exotischer Geruch lag in der Luft. Dühnforts Blick blieb an schwarzen Holzskulpturen hängen, während er den Grund seines Besuchs erklärte. Seine Befürchtung bestätigte sich. René Fuhrmann hatte auch mit der Galeristin telefoniert, bevor Gina diese befragt hatte. »Ich bin mir absolut sicher, dass Herr Fuhrmann und Herr Wernegg um halb neun gegangen sind. Plus/minus maximal fünf Minuten«, entgegnete sie, als habe sie die Fragen, die sich daraus ergaben, in seinem Gesicht gelesen. In ihren dunkelgrauen Augen lag dieselbe Gewissheit wie in ihrer Stimme.

»Weshalb sind Sie sich so sicher?«, fragte Dühnfort.

»Die beiden waren die letzten Besucher dieser ohnehin spärlich besuchten Veranstaltung. Samstagabend, schönes Wetter. Da zieht es die Leute nach draußen. Ich habe, nachdem die beiden gegangen waren, abgeschlossen und mich mit Freunden im Biergarten verabredet. Dabei habe ich natürlich auf die Uhr gesehen.« Sie hob das Handgelenk und deutete auf ihre Armbanduhr.

Es gab also keine weiteren Gäste, die Fuhrmanns und Wernegges Angaben bestätigen konnten. Merde, dachte Dühnfort.

An der Wand gegenüber stand eine hüfthohe Kugel. Ein Schildchen verriet das Material, *Makassar-Ebenholz*, und den Titel: *Dark Secrets*. Dühnfort trat näher und legte die Hand darauf. Das Holz fühlte sich warm an, als sei es lebendig. Ein Segment brach die Rundung auf, schob sich daraus hervor. Der Wunsch, es mit sanftem Druck zurückzuschieben, der Kugel ihre geschlossene und alles bewahrende Form wiederzugeben, stieg in Dühnfort auf. Zugleich verspürte er ein ungutes Gefühl.

Hatte Fuhrmann mit diesen Telefonaten Zeugen manipuliert, ihnen die Aussage geschickt in den Mund gelegt?

Sein Magen knurrte wieder. Mit leerem Bauch konnte er nicht denken. Zeit für ein Mittagessen. Dühnfort verabschiedete sich von der Galeristin, ging zum Salvatorplatz und suchte sich bei der Brasserie im Literaturhaus einen schattigen Platz unter einem Sonnenschirm. Beim Kellner bestellte er die Pasta des Tages und ein Glas Mineralwasser.

Es war warm, ein angenehmer Wind wehte. Auf der

anderen Seite der Straße drängten sich japanische Touristen vor einem Schaufenster, eine alte Dame fuhr auf ihrem Rad an den gedeckten Tischen vorbei, die Uhr der griechisch-orthodoxen Salvatorkirche begann zu schlagen. Zwei helle Töne – schon halb drei.

Woher kam das Unbehagen, das sich durch ihn zu wühlen begann? Wernegg. Fuhrmann. Wo hatten sie vor sechs Jahren gelebt? Gab es eine Verbindung nach Düsseldorf? Er zog das Handy aus der Tasche und wählte, nach kurzem Zögern, nicht Ginas Nummer, sondern die von Alois. Er bat ihn, über Fuhrmann und Wernegg alles an Informationen zusammenzutragen, was mit legalen Mitteln möglich war.

Sein Essen wurde serviert. Ohne sich recht darauf konzentrieren zu können, aß Dühnfort seine Tagliatelle mit Austernpilzen. Fuhrmann war Chirurg, und er hatte Einfluss auf die Bestätigung seines Alibis genommen. Aber das alleine war zu dünn. Daraus ließ sich kein begründeter Anfangsverdacht ableiten, um den Mann genauer unter die Lupe zu nehmen. Vor allem seinen Wagen.

***

Auf dem Rückweg ins Präsidium kaufte Dühnfort sich zwei Kugeln Eis in einer Waffel. Pistazie und Joghurt. Während er es aß, betrachtete er den blauen Himmel. Es würde ein schöner Abend werden, gefolgt von einer lauen Sommernacht. Lediglich im Westen zeigten sich diesige Schlieren am Horizont. Dühnfort beschloss, später an den See zu fahren, zur Sissi.

Als er das Eis aufgegessen hatte, versuchte er Johannes Schack zu erreichen. Freitagnachmittag, natürlich meldete sich im Ministerium niemand.

Im Büro angekommen, suchte Dühnfort die Handynummer heraus. Er erreichte Schack im Auto, Verkehrslärm drang durch das Telefon. Dühnfort fragte, ob er sich über den Zeitpunkt, an dem er Nadine Pfaller in den Jaguar habe steigen sehen, absolut sicher sei.

»Eigentlich schon. Zwischen zehn und Viertel nach acht. Vermutlich kann ich es Ihnen sogar genau sagen. Bevor ich losfuhr, habe ich meine Freundin angerufen. Ich sehe mal in der Liste der getätigten Anrufe nach und melde mich gleich bei Ihnen.« Schack legte auf. Kurz darauf rief er zurück. »Um 20.12 Uhr habe ich mit meiner Freundin telefoniert. Das hat keine Minute gedauert. Ich habe ihr nur gesagt, dass ich auf dem Weg zu ihr bin.«

Dühnfort dankte ihm und beendete das Gespräch. Vier Minuten nachdem Nadine Pfaller am Odeonsplatz mit der Rolltreppe an die Oberfläche gefahren war, hatte sie sich in diesen Jaguar gesetzt, der weder Fuhrmann noch Wernegg gehören konnte, wenn die Aussagen von Klees, Wernegg und Fuhrmann stimmten.

Die Luft im Büro war stickig. Dühnfort öffnete ein Fenster und sah hinaus. Mittlerweile hatte sich der Himmel von Westen her bezogen. Bleigraue Wolken ballten sich, die Luft schien geronnen zu sei, aus der Ferne grollte leiser Donner. Den Abend am See konnte er vergessen. Wenn er Glück hatte, blieb noch Zeit für eine kleine Laufrunde, bevor das Gewitter kam.

Das Handy begann in der Brusttasche zu vibrieren. Im Display erkannte er Agnes' Nummer. Nach einem Moment des Zögerns meldete er sich.

»Hallo, Tino.« Ihre Stimme hatte noch immer diesen warmen Klang mit dem festen Unterton. Dieser bestätigte ihre Bestimmtheit, die er ihr sonst nicht geglaubt hätte. »Ich habe gerade einen schönen Auftrag ergattert.

Darauf würde ich gerne anstoßen ... Wie schaut's aus? Hast du Zeit und Lust?«

Es wurde einmal kurz an der Tür geklopft. Gina trat ein. Ihre dunklen Augen strahlten. »Ich habe diesen Bruno Lichtenberg ...« Erst jetzt bemerkte sie, dass er telefonierte. »Oh. Sorry.« Abwartend blieb sie in der geöffneten Tür stehen, zwei Bogen Papier in der Hand.

»Tut mir leid«, sagte er zu Agnes und hätte beinahe »weder noch« hinzugefügt. »Wir haben hier einen komplizierten Fall ...« Weshalb drückte er sich so fadenscheinig vor ihrer Einladung? Er wusste es nicht und fing Ginas Blick auf, der irgendwie beunruhigt schien.

»Schade.« Agnes klang enttäuscht.

Es versetzte ihm einen kleinen Stich. »Wir holen das nach, ja? Ich melde mich.« Er beendete das Gespräch und schob das Handy zurück in die Sakkotasche.

Ginas Schultern strafften sich. »Ich habe Lichtenberg aufgestöbert. Er wohnt nicht weit von hier in der Nähe von Aying.« Der Eifer, mit dem sie zuvor in sein Büro gestürmt war, war verschwunden. Ihre Mitteilung klang sachlich.

Draußen grollte weit entfernter Donner. Plötzlich war Dühnfort gereizt. »Das war nicht deine Aufgabe. Susanne Henke hatte das übernommen.«

»Und? Hat sie ihn gefunden?« Zorn und Enttäuschung spiegelten sich in Ginas Augen. »Schieben wir jetzt Dienst nach Vorschrift, oder was? Gut. Das kann ich auch. Siebzehn Uhr. Zeit, Feierabend zu machen.«

»Entschuldige«, sagte er versöhnlich. »Wie hast du ihn denn aufgetrieben?« Er hörte selbst, wie wenig begeistert er klang, und fragte sich, weshalb er Gina so behandelte. Sie hatte tolle Arbeit geleistet und hätte ein Lob verdient.

»Über seinen Künstlernamen, Carne.«

»Carne? Wie *Fleisch*?«

»Keine Ahnung. Wir können ihn ja fragen.« Gina zog die Unterlippe unter die Schneidezähne, während sich gleichzeitig eine Augenbraue ein wenig in die Höhe schob. In der Hand hielt sie die zusammengeklammerten Bogen Papier.

»Wie bist du auf *Carne* gekommen?«

Die Unterlippe schnalzte vor. »Ich habe mir von der Kunstakademie die Namen seiner Kommilitonen besorgt.« Sie hob die Liste hoch. »Gleich der erste wusste, wo Bruno abgeblieben war. Serge Buthler heißt er, wohnt in Hamburg und betreibt dort ein Auktionshaus. Nebenbei restauriert er Gemälde.«

Inzwischen hatte sich der Himmel weiter verfinstert. Gina schaltete das Licht an und schien auf eine Reaktion von ihm zu warten. Als die nicht kam, ging sie zur Tür. »Ich mache mich mal vom Acker, bevor das Unwetter losbricht. Oder willst du noch heute mit Bruno reden?«

Dühnfort schüttelte den Kopf. »Morgen ist auch noch ein Tag.«

Die Tür schloss sich hinter ihr.

Auch er machte sich auf den Heimweg. Der Himmel hing tiefschwarz über den Straßen, in den Läden brannten die Lichter. Noch immer rührte sich kein Lüftchen. Der Marienplatz leerte sich. In Erwartung des Unwetters verliefen sich die Menschen in Geschäften, Restaurants, Kaufhäusern sowie dem S- und U-Bahnhof. Auf dem Viktualienmarkt kaufte Dühnfort ein Schweinekotelett, Schnittlauch, Kresse und ein Baguette. Er hörte eine alte Frau zu ihrem Enkel sagen: »Glei schimpft a, da Himmipapa«, und sah, wie sie mit fuchtelnder Hand nach oben wies, als erwarte sie, ein Gottesgericht würde jeden Augenblick über München hereinbrechen.

Auf dem Heimweg entschloss Dühnfort sich zu einem kleinen Abstecher über den Alten Südfriedhof und betrat ihn am Eingang des Stephansplatzes.

Die Luft stand zwischen Bäumen und Gräbern, warm und schwer vom Duft nach Gräsern, Vergissmeinnicht und Efeu. Es herrschte eine seltene Stille, die jeden seiner auf dem Kies knirschenden Schritte überlaut erscheinen ließ. Ein marmorner Engel schmiegte sich an das Grab eines Kindes, das schon über hundert Jahre hier ruhte; länger, als sein Leben gewährt hatte. Hinter einem Grabstein kam ein Eichhörnchen hervor, huschte über den Weg und verschwand im Geäst eines Strauches.

Dühnfort fragte sich, warum er sich Gina gegenüber so unkollegial verhielt. Sie hatte Lichtenberg ausfindig gemacht und dafür auf Lob und Anerkennung gehofft, er hingegen hatte sie ins Leere laufen lassen. Eine derartige Behandlung hatte sie nicht verdient.

Er mochte sie. Sie waren Freunde, und seit einigen Tagen kämpfte er gegen den unsinnigen Wunsch an, mehr für sie zu sein, den Wunsch, sie zu berühren, diesen Apfelduft zu schmecken und die Weichheit ihres Körpers an seinem zu fühlen. Vielleicht war sie die Frau, die er lieben und mit der er Kinder haben könnte. Trotzdem sträubte sich etwas in ihm, einen Schritt in diese Richtung zu tun. Die Angst, alles kaputtzumachen, und die Sorge, sie zu verletzen, falls er doch … Agnes. Sollte er sie wirklich anrufen? Er bewunderte ihre Stärke und Unabhängigkeit in einem ähnlichen Maß, wie er sie fürchtete. Agnes brauchte ihn nicht. Sie hatten wenig gemein und keine gemeinsamen Träume und Ziele. Dühnfort ließ die angespannten Schultern sinken. Er grübelte wieder einmal zu viel. Ein Quäntchen von Ginas Leichtigkeit und von Agnes' Gewissheit könnten mir nicht schaden. Bei diesem Gedanken musste er lächeln.

Am Ausgang zur Pestalozzistraße verließ er den Friedhof, erreichte das Haus, in dem er wohnte, stieg hinauf zu seiner Wohnung und schloss die Tür hinter sich.

In den Räumen roch es muffig. Er stellte die Einkäufe ab, öffnete alle Fenster und entkorkte eine Flasche Rosé. Dann schenkte er ein Glas voll und trank es auf dem Balkon. Noch immer stand die Luft, als hätte die Natur den Atem angehalten. Ab und an klatschte ein warmer Tropfen auf den Tisch, seinen Arm, sein Gesicht.

Er ging hinein, schaltete das Licht an und legte eine Norah-Jones-CD in den Player. Es war die Musik, die er Agnes geschenkt hatte. *Nightingale sing us a song.* Er schenkte Wein nach und begann zu kochen. Zuerst briet er das Kotelett und stellte es warm. Dann schnitt er eine Zwiebel in Streifen, dünstete sie im Bratfett sowie etwas Butter glasig, rührte einen Teelöffel Zucker und einen großen Klecks Dijonsenf darunter, schwitzte alles kurz durch und löschte es mit einem Spritzer Wein ab. Anschließend vollendete er die Soße mit Crème fraîche, Salz und Pfeffer, Schnittlauch und einem Büschel Kresse und gab das Ganze über das Kotelett. Sein Abendessen war fertig. *Edel-Fast-Food* nannte Agnes seine Art zu kochen. *Does it seem like I'm looking for an answer to a question I can't ask.* Er brach ein Stück vom Baguette. Das Glas war leer. Dühnfort fühlte sich leichter, ein wenig angetrunken. Trotzdem schenkte er nochmals nach, parkte das Glas neben dem Herd und trug zuerst den Teller auf den Balkon. Als er zurückkehrte, um den Wein zu holen, klingelte es an der Wohnungstür. Merde. Verärgert ging er in den Flur.

Gina stand vor der Tür. Das Noir ihrer Augen war tiefer als sonst. »Wir müssen reden. Denke ich. Kann ich reinkommen?«

Einen Moment zögerte er, dann trat er zur Seite, ließ sie ein und schloss die Tür. Im quadratischen Vorraum standen sie sich gegenüber. Aus der Küche zog der Duft nach Essen, Norah Jones' Stimme klang wie raue, rissig gewordene Hände, die seine Seele berührten. Vermutlich hatte er zu viel getrunken.

»Störe ich dich beim Essen?«

»Kein Problem.« Er machte keine Anstalten, sie weiter herein zu bitten, und bot ihr kein Glas Wein an wie sonst. Er fühlte sich wie gelähmt.

»Warum tust du das? Behandelst mich wahlweise, als wäre ich psychisch nicht in der Verfassung, meinen Job zu machen, oder lässt mich abblitzen, wenn ich Ergebnisse vorzuweisen habe. Und dann halst du auch noch Alois einen Berg Arbeit auf, von dem ich gut die Hälfte übernehmen könnte. Warum? Was mache ich falsch?«

»Es tut mir leid, wenn du das so siehst. So habe ich es nicht gemeint.« Er hörte selbst, wie dünn das klang.

»Ach. Wie dann? Was für ein Problem hast du plötzlich mit mir? Ich dachte, wir sind Freunde, können reden, und jetzt fängst du so Scheißspielchen an, bittest mich nicht mal richtig herein ...«

Ein unterschwelliger Tonfall schlich sich zwischen den Zorn. Verletztheit und noch etwas anderes, Unbekanntes. Auf einmal befürchtete er, sie würde sich gleich abwenden und gehen. »Entschuldige. Das war gedankenlos von mir. Magst du Rosé?«

Sie nickte und folgte ihm in die Küche, wo er für sie ein Glas einschenkte und nach seinem griff. Schweigend tranken sie. Instinktiv spürte er, dass es um etwas anderes ging. Zwang sie ihn, das Thema endlich anzusprechen? War das vielleicht die letzte Möglichkeit, die sie ihm gab? Er stellte sein Glas auf dem Küchentisch ab und schloss die Balkontür. In der spiegelnden Scheibe sah er Gina, wie sie wieder einmal die Unterlippe unter die Schneidezähne zog. *All the voices that are spinnin' around me, trying to tell me what to say.* Er gab sich einen Ruck. »Es hat nichts mit dir zu tun, sondern mit mir«, sagte er zu ihrem Spiegelbild. »Du hast das nie angesprochen, und ich war zu feige dazu.« Der Anfang war gemacht. Er drehte sich um, sah ihre Augen auf sich gerichtet, von denen er geglaubt hatte, sie wären das Letzte, das er in seinem Leben sehen würde. Wieder fühlte er das Wasser kalt über sich zusammenschlagen, wieder zog diese Kraft ihn in die Tiefe, sah er wirbelnde Gischt, spürte den Druck auf seiner Lunge und die Gier zu atmen.

»Was hätte ich denn ansprechen sollen?«, fragte sie.

»Dass ich nicht gewusst habe, wann ich loslassen muss, dass ich dich umgebracht hätte ... Du hast dein Leben riskiert, und ich ... ich hätte loslassen müssen, als ich gemerkt habe ... anstatt dich mir in die Tiefe zu ziehen ... Wenn nicht der Schorsch ...« Er fuhr sich über die Augen. »Es tut mir leid. Das war so selbstsüchtig und unverzeihlich.«

Ihr Blick wurde hart, die Augen bekamen einen blauen Schimmer, der Mund verspannte sich. »Du bist ein solcher Depp«, stieß sie hervor. »Du hast das noch immer nicht kapiert.« Sie machte auf dem Absatz kehrt und stolperte aus der Küche.

Ihre Worte trafen ihn wie ein Schlag. Auf dem Vorplatz holte er sie ein, packte sie am Arm, riss sie herum. »Was? Was habe ich nicht kapiert?«

Sie schüttelte seine Hand ab. »Ich wäre lieber mit dir gestorben, als ohne dich zu leben! So, nun weißt du das!«

Schweigend standen sie sich in einem Niemandsland gegenüber. Er erschrocken über die Bedeutung ihrer Worte, sie unsicher. Der Zorn war aus ihrem Gesicht gewichen. Ihre Augen ruhten in seinen, spiegelten Verwunderung über ihren Mut und Angst vor seiner Zurückweisung.

Hundert Gedanken wirbelten durch seinen Kopf. Sie liebte ihn. Er dagegen fühlte sich nur zu ihr hingezogen, ein flüchtiges Gefühl, das vielleicht nicht wachsen und ihren Gefühlen für ihn ebenbürtig werden würde … und dann? … er würde sie verletzen, ihr weh tun … ihre Freundschaft für immer zerstören …

Nightingale sing us a song.

»Ja. Also, nun weißt du das.« Gina lächelte. Besser gesagt, sie versuchte es. »Hab mir schon gedacht, dass dich das überfordert. Vergiss es einfach, ja?«

»Ach, Gina.« Er nahm sie in den Arm. »Es tut mir leid.«

»Immer noch Agnes, oder?«

Sie hatte Agnes gerufen, als er im Koma gelegen und beinahe den Löffel abgegeben hatte. Es war ihr wichtiger gewesen, die Frau in seiner Nähe zu wissen, die er liebte und auf die sie eifersüchtig sein musste, als selbst bei ihm zu sein.

Der Duft nach herben Äpfeln stieg aus ihrer Halsbeuge auf, die Wärme ihres Körpers drang durch den Stoff seines Hemdes und weckte ein Begehren, dem er nicht nachgeben durfte. Langsam löste er sich von ihr. Ein Ungleichgewicht der Gefühle und Erwartungen, das er nicht ausnutzen würde, auch wenn er im Moment kaum den

Wunsch unterdrücken konnte, sie wieder an sich zu ziehen, zu küssen, mit ihr zu schlafen, in ihr zu versinken, in diesen Augen zu ertrinken, die wie schwarze Schokolade waren. Noir. Süß und bitter zugleich.

***

Nagellack und Lippenstift hatte sie entfernt. Nun gefiel sie ihm. Er beugte sich zu ihr, wollte sie küssen, doch sie wich ihm aus. Nuttenehre. Er hatte sie bezahlt. Sie würde sich von ihm fesseln und wundficken lassen, alles würde sie für Geld mit ihrem Körper anstellen lassen. Jedenfalls beinahe alles. Aber ein harmloser Kuss war tabu.

»Leg dich hin.« Er wies auf das mit weißer Wäsche bezogene Bett. Baumwolle. Hohlsäume. Stoffbezogene Wäscheknöpfe. Die Vorhänge aus nachtblauem, mit Goldfäden durchwirktem Stoff waren zugezogen; ein Strauß obszön üppiger Pfingstrosen welkte in der Kristallvase vor sich hin und schwängerte die Luft mit morbidem Duft. Erste Blätter fielen auf die Nussbaumkommode, auf der schon bald ihr Haupt ruhen würde.

Sie setzte sich auf die Bettkante, zögerte kurz und legte sich dann auf den Rücken. Ihr Parfüm roch gewöhnlich. Ihr Körper war mager, der Busen klein und fest, die Hüftknochen standen hervor, in ihrer Scham kräuselten sich dunkle Haare. »Und du? Ziehst du dich nicht aus?« Ihre Stimme klang heiser, spröde, nach zu vielen Zigaretten. Sie war ein billiges Stück. Genau das, was er gesucht hatte.

Während er sie mit trägem Blick musterte, tigerte die Unruhe in ihm auf und ab, wollte sich aus dem Käfig befreien; jede Faser seines Körpers bebte, und dennoch wirkte er äußerlich ruhig, wie ein schläfriges Raubtier hinter Gitterstäben, das sein Opfer in Sicherheit wog, bis es plötzlich, aus dem Nichts kommend, Beute schlug, vernichtete, tötete.

»Gleich. Vorher verbinde ich dir die Augen, wie ausgemacht. Wenn es zu eng wird, sag es.«

Die seidenen Schals lagen in der Schublade. Er nahm einen heraus und verband ihr die Augen, sie ließ den Kopf aufs Kissen sinken.

»Ich bin gleich so weit.« Sie konnte nur ein Rascheln hören, musste annehmen, er zöge sich aus, während er den weißen Einwegoverall und Latexhandschuhe überstreifte. »Ich mache etwas Musik an. Magst du Klassik?«

»Sicher.«

Er legte die Górecki-CD ein. *Quasi una Fantasia.* Seine Fantasie. Als der erste Ton dem Cello entstieg, spröde und kalt, fragte er sie, ob er auch ihre Hände fesseln dürfe. Sie verlangte fünfzig Euro mehr; er versprach sie ihr, zog zwei Schals aus der Schublade und band ihre Handgelenke an die Bettpfosten.

Der Latex war dünn, seine Hand warm. Sie bemerkte den Unterschied zwischen Haut und Kunststoff nicht. Langsam fuhr er mit der Fingerspitze über ihre Brust, ihren Bauch bis zur Scham, gab ihr mit sanftem Druck zu verstehen, dass sie die Beine spreizen sollte.

Mittlerweile hatten sich um das einsame Cello weitere Streichinstrumente geschart, die den klagenden Laut unterstützten.

Er kniete sich zwischen ihre Beine, seine Kleidung berührte dabei ihre Haut, und nun bemerkte sie, dass er nicht nackt war. Rasch beugte er sich über sie, zog den Knebel unter dem Kopfkissen hervor und stopfte ihn ihr in den Mund, als sie ihn überrascht öffnete.

Ihr Körper bäumte sich auf, sie zerrte an den Fesseln,

trat um sich. Ein dumpfes Grollen drang aus ihrer Kehle. Seine Hand fuhr in ihre Haare. *Dunkler Haare Massen.* Die Musik schwoll weiter an, jagte durch klirrenden Frost dem Abgrund entgegen, unaufhörlich, unerträglich. In einem vagen Bild, wie Nebeln entstiegen, sah er Brüste auf sich zukommen, riesige Titten, die ihn erstickten, hörte das Brüllen, mit dem das Raubtier aus dem Käfig brach, sah, wie es sich auf sie stürzte, ihr die Kehle zudrückte, bis alle Spannung in ihrem Körper erlosch, während die Musik in die Hölle stürzte, wie in einen verkehrten Himmel, sich ins Unerträgliche bohrte und dennoch über all dem Grauen dieser hoffnungsvolle Ton schwebte, wie ein Versprechen auf Erlösung.

Samstag, 12. Juni

Die Nacht hindurch hatte es geregnet, und der Wetterbericht machte wenig Hoffnung auf Besserung. In den kommenden Tagen würde ein Tief Bayern im Griff halten. Es brachte weitere Niederschläge und dazu Temperaturen wie im März.

Ein Sauwetter, bei dem Dühnfort lieber zu Hause geblieben wäre. Eilig ging er durch die Sendlinger Straße, vorbei an noch geschlossenen Läden. Aus der Asamkirche klang Orgelmusik wie ein fernes Mahnen. Regentropfen spritzten in Pfützen. In der Auslage einer Confiserie dekorierte eine Mitarbeiterin französische Schokolade. Achtzig Prozent Kakaoanteil. Noir, wie Ginas Augen.

Gestern Abend hatten sie ihre Gläser geleert und versucht, die Befangenheit zu überwinden. Ginas Lachen hatte etwas zu laut geklungen und seine nach Unbeschwertheit tastenden Worte etwas zu bemüht. Eine befangene Distanz hatte sich zwischen sie geschoben, von der Dühnfort hoffte, sie würde nicht lange währen.

Kurz vor sieben betrat er sein Büro, hängte den nassen Mantel auf und sah die neuen Unterlagen in der Ablage durch. Kurz vor acht wählte er Lichtenbergs Nummer. Niemand meldete sich. Ginas gestrige Abfrage von Lichtenbergs, wahlweise *Carnes*, Handynummer war erfolglos gewesen. Er gehörte zu den wenigen Menschen, die kein Mobiltelefon besaßen.

Gut, entschloss Dühnfort sich, dann würde er ihn höchstpersönlich aus den Federn holen. Gemeinsam mit Gina, sie hatte ihn schließlich aufgestöbert.

Sie saß in ihrem Büro vor dem PC, einen Teller mit einer angebissenen Butterbreze neben sich, und sah auf, als er eintrat. Doch ihre Blicke trafen sich nicht. »Guten Morgen, Boss«, sagte sie kauend. »Packen wir's?« Das *Boss* klang eine Nuance verändert. Kühler, höher.

Dühnfort nickte. »Ist Alois noch nicht da?«

»Er fährt zum Internat am Ammersee und horcht ein paar Leute aus. Du wolltest schließlich möglichst umfassende Infos über Fuhrmann und Wernegg.«

Der Mittlere Ring war frei, und auch auf der A8 Richtung Süden floss der Verkehr, so dass Dühnfort bereits zwanzig Minuten später die Autobahn an der Ausfahrt Sauerlach verließ. Es regnete unaufhörlich. Einer der Scheibenwischer quietschte. Gina blickte gedankenverloren aus dem Fenster.

Weiter ging es auf der Landstraße durch eine sanfthügelige Landschaft, die sich unter schweren Wolken duckte und hinter grauen Schleiern verschwamm. Sie nahmen den Farben ihre Kraft und den Formen die Kontur, legten etwas Diffuses über die Gersten- und Weizenfelder, über Kartoffeläcker und Wiesen, über Hecken und Waldstriche. Eine Landschaft wie von Monet gemalt.

Nach viertelstündiger Fahrt erreichten sie Lichtenbergs Haus, einen ehemaligen Bauerhof, der auf einer Anhöhe zwischen zwei Ortschaften lag. Das Tor aus Schmiedeeisen stand offen. Dühnfort fuhr auf den gepflasterten Hof, parkte auf einem Stellplatz neben dem Hauseingang und stieg aus. Die Gebäude wirkten frisch renoviert. Weißer Rauputz, grüne Fensterläden, Blumenkästen voller tiefroter Geranien. Unter dem weit vorragenden Dach der Scheune, die sich im rechten Winkel an das Wohngebäude anschloss, befand sich eine Terrasse mit Teakholzmöbeln, Kübelpflanzen und einem Spalier, an dem sich vor der dunklen Holzverkleidung blutrote Rosen emporrankten. Linker Hand erstreckte sich ein Bauerngarten, dessen Blumen- und Gemüsebeete von Buchs eingefasst waren. Dazwischen verliefen Kieswege bis zu einer Streuobstwiese. Ein kleines Paradies, dessen Farben im Regen verliefen, wie ein Aquarell auf nassem Papier.

»Lichtenberg scheint mit seinen Bildern ja nicht schlecht zu verdienen.« Gina schlug die Autotür zu und trat neben Dühnfort. Er klingelte an der Haustür und wartete. Nichts rührte sich. Auch nach nochmaligem Klingeln blieb es still. Sie sahen durch die Fenster und warfen einen Blick in die Garage. Leer. So wie es aussah, war Lichtenberg nicht zu Hause. Dühnfort holte sein Handy hervor und hinterließ auf dem Anrufbeantworter des Malers die Aufforderung, sich umgehend zu melden.

»Schöner Mist.« Gina schob die Hände in die Hosentaschen und zog die Lippen kraus. Ihre Stimme klang wie eh und je. Dennoch nahm Dühnfort die Anstrengung wahr, die hinter dieser scheinbaren Unbekümmertheit steckte. Auch sie versuchte sich so zu verhalten, als hätte sie diesen Satz gestern Abend nicht gesagt. Gina neigte nicht zu schwärmerischen Übertreibungen. Sie meinte genau das, was sie gesagt hatte. *Lieber wäre ich mit dir gestorben, als ohne dich zu leben.* Auf einmal empfand er diese Worte als Last.

»Was machen wir, wenn er sich nicht meldet und stattdessen verschwindet?«

»Dann schreiben wir ihn zur Fahndung aus.« Dühnfort steckte das Handy wieder ein.

Auf dem Rückweg berichtete Gina, dass es ihr gelungen war, von Nico Hähnel die Gründe für seine Psychotherapie und deren Abbruch zu erfahren. Sein Bruder war vor Jahren an Multipler Sklerose erkrankt. Hähnel war nicht damit fertig geworden, tatenlos mitansehen zu müssen, wie die Krankheit fortschritt einem Ende entgegen, das ihm den Bruder nehmen würde. Irgendwann erkannte er, dass ihm nichts anderes übrigblieb, als das zu akzeptieren. »Er fand es sinnvoller, die Zeit nicht weiter für eine Therapie zu verschwenden, sondern sie mit seinem Bruder zu verbringen«, erklärte Gina. Während sie sprach, eroberte sie sich mit jedem Satz ein Stück ihrer burschikosen Art zurück. »Nico können wir ad acta legen«, sagte sie schließlich und fügte hinzu: »Und meine Bemerkung von gestern Abend auch. Ja? Vergiss sie einfach. Lass uns weiter Freunde sein, auch wenn das angeblich laut eines gewissen Harry nicht funktionieren soll.«

Dühnfort erinnerte sich an den Film *Harry und Sally*, der sich um das Thema drehte, dass Männer und Frauen nicht einfach nur Freunde sein können.

Mit den letzten Worten erschien das altbekannte freche Grinsen auf Ginas Gesicht, die Nase zog sich in krause Falten, die Augen blitzten schelmisch.

Dühnfort fühlte sich erleichtert. »Weißt du, dass ich dich manchmal um deine Unkompliziertheit beneide? Woher nimmst du sie nur?«

»Überlebensstrategie?«

Überrascht sah er zu ihr hinüber. Für einen Sekundenbruchteil verschwand das Funkeln in ihren Augen.

»Vermutlich liegt es am Blut. Ich hab zu viel davon, bin durch und durch sanguinisch, während bei dir ja wohl die schwarze Galle kurz vorm Überschwappen ist.«

Sie hielt ihn für einen Melancholiker. Weshalb traf ihn diese Einschätzung? Sie entsprach doch der Wahrheit. Er war zu nachdenklich, zu grüblerisch, manchmal auch zu traurig, wünschte sich ihre Leichtigkeit. Was hatte sie mit Überlebensstrategie gemeint? Tat sie sich als Frau in diesem noch immer von Männern dominierten Beruf schwerer, als er dachte?

Er erreichte das Autobahnende und fuhr durch den nun dichter gewordenen Verkehr zurück zum Präsidium.

Kurz nach zehn Uhr saß er wieder an seinem Schreibtisch und vertiefte sich in Akten. Bis Mittag meldete Lichtenberg sich nicht. Dühnfort rief nochmals an, hinterließ eine weitere Nachricht. Um halb eins schlüpfte er in den Trenchcoat und machte sich auf zu Marcellos Espressobar. Samstag. Shoppingzeit. Das kleine Lokal war überfüllt. Es roch nach Kaffee und feuchten Mänteln. Tüten raschelten, Tassen klapperten, Stimmen schwirrten. Er ergatterte einen Platz am Tresen. »Ciao, Tino«, grüßte Marcello. »Das Übliche? Espresso multikulti und Tramezzino mit was?« Es war halb Feststellung, halb Frage.

»Mortadella.« Dühnfort öffnete den Mantel, griff nach der Zeitung und legte sie gleich wieder weg. Es war eine alte, die von Mittwoch. Auf der Titelseite prangte das retuschierte Foto von Nadine. Der in die Ferne gerichtete Blick. Das Letzte, was sie gesehen hatte, war ihr Mörder gewesen.

Der Schmetterling fiel ihm wieder ein. Er war ihm nicht weiter nachgegangen. Aber wo sollte er ansetzen?

Marcello reichte das Tramezzino über den Tresen und kurz darauf den Espresso sowie eine Schale mit Dark Muscovado Sugar. Dühnfort rührte zwei Löffel davon hinein und trank den Kaffee in kleinen Schlucken.

In der Kunst galten Schmetterlinge als Zeichen der Unsterblichkeit und der Wiedergeburt, wahlweise als Seele der Toten, je nach Kulturkreis. Dühnfort stellte die Tasse ab. Der Schmetterling war ein Symbol. Sicher nicht das einzige, das sich in Kunst und Literatur finden ließ. Etwas wollte an die Oberfläche. Was? Eine Eidechse tauchte aus Dühnforts Erinnerungen auf. Sie saß am Fuß einer Kristallvase. Wo hatte er das gesehen?

Auf einem Gemälde bei Fuhrmann.

Dühnfort aß das Tramezzino, zahlte und ging. Auf dem Rückweg ins Büro machte er einen Umweg durch die Residenzstraße und suchte die Buchhandlung Werner auf. Eine Viertelstunde später verließ er sie mit dem Standardwerk *Die Natur und ihre Symbole*.

In der folgenden Stunde vertiefte er sich in diese Lektüre. Zum Schmetterling fand er nichts Neues. Eine Eidechse konnte sowohl für Glauben als auch für das Böse stehen. Es kam auf den Kontext an. Auf einer Seite wurde ein Stillleben mit einem Obstkorb analysiert. Die Früchte befanden sich in unterschiedlichen Reifestadien. Die dargestellten Trauben standen für das Abendmahl, die verdorbenen Stellen der Birnen spielten auf die Vergänglichkeit alles Irdischen an. Zwei faulende Äpfel lagen auf der Tischfläche vor dem Korb. Daneben saß eine Eidechse. In diesem Kontext war sie negativ besetzt und symbolisierte das Böse, während der Schmetterling, der über dem Korb flog, Auferstehung und Heil darstellte. Der ewige Kampf zwischen Gut und Böse.

Aber brachte ihn das irgendwie weiter? Dühnfort seufzte. Ein toter Schmetterling neben einer Leiche und eine Eidechse auf einem Gemälde in Fuhrmanns Praxis. Ein gelber Farbrest am Handgelenk der Toten. Gab es da eine Verbindung? Vermutlich nicht. Er hatte einfach zu viel Phantasie. Eindeutig waren nur die gelbe Farbe und Lichtenberg, der Maler. Wieder wählte Dühnfort dessen Nummer und legte auf, als sich erneut der Anrufbeantworter einschaltete.

Auf dem Weg zu Gina begegnete er im Flur Alois. Sein Trenchcoat war an den Schultern feucht. »Ich komm gerade vom Ammersee«, begrüßte er Dühnfort. »Mit Fuhrmann und Wernegg bin ich durch. Dem Internet und der Redseligkeit einiger Leute sei Dank. Und was hat sich bei euch getan?«

»Gina hat Lichtenberg gefunden.«

»Nicht schlecht.« Gemeinsam betraten sie das Büro. Gina saß vor dem PC und sah auf, als die beiden eintraten.

»Gratuliere. Wie hast du Lichtenberg denn aufgestöbert?« Alois schlüpfte aus dem Mantel und hängte ihn an einen Haken hinter der Tür.

»Über einen ehemaligen Kommilitonen. Serge Buthler …«

»Buthler? Der Galerist aus Hamburg?«, fragte Alois.

Gina zog die Nase kraus. »Sag nur, der Name ist dir auch untergekommen.«

»Fuhrmann sammelt Bilder. So alte Schinken aus dem 17. Jahrhundert. Das hat mir seine Mitarbeiterin erzählt. Im Mai war er bei einer Versteigerung in Hamburg im Auktionshaus Buthler.«

Zwischen Lichtenberg und Fuhrmann gab es also eine Verbindung. Beide kannten Buthler, beide waren in die Ermittlungen geraten, der eine war Maler, der andere sammelte Gemälde. »Kennen Lichtenberg und Fuhrmann sich?«, fragte Dühnfort Gina.

»Keine Ahnung. Glaube ich aber nicht. Buthler sagt, er habe Lichtenberg seit dem Studium nicht mehr gesehen …«

»Woher kannte er dann seine Adresse?«, unterbrach Alois.

»Er hat dessen künstlerischen Werdegang verfolgt.

Außerdem ist vor einigen Monaten ein fetter Bildband erschienen, in dem steht, dass *Carne* auf einem Bauernhof in der Nähe von Aying lebt. Mit diesen Infos habe ich ihn gefunden. Er hat in Amerika geheiratet und den Namen seiner Frau angenommen. Johnson. Unter dem hat er sich nach der Scheidung und der Rückkehr nach Deutschland bei der Gemeinde angemeldet.«

»Carne? Wie Fleisch?«, fragte Alois.

»Sein Künstlername.« Gina schob sich eine Haarsträhne aus dem Gesicht und griff dann nach dem Block, den sie auf den Tisch gelegt hatte. »Machen wir ein Update? Also, mit Nadines Telefonaten und Mails bin ich durch, und ich habe auch mit ihrer besten Freundin gequatscht. Da ist nichts, was uns einen Hinweis gibt. So wie es aussieht, war sie wohl wirklich zur falschen Zeit am falschen Ort und ist, obwohl ihre Mutter ihr als Kind sicher eingebläut hat, das nicht zu tun, zu einem fremden Mann ins Auto gestiegen. Im Moment habe ich keinen Plan, was wir noch tun könnten. Außer mit Lichtenberg zu reden. Hat er sich noch immer nicht gemeldet?«

»Wenn wir bis 20.00 Uhr nichts von ihm hören, schreibe ich ihn zur Fahndung aus.« Dühnfort bat Alois zu berichten, was er über Fuhrmann und Wernegg in Erfahrung gebracht hatte.

»Nichts Ungewöhnliches«, sagte Alois und schlug sein Notizbuch auf. »Weder Misshandlungen oder Verwahrlosung noch Mobbing oder Missbrauch tauchen in den Lebensläufen auf. Nach Boos' Theorie scheiden die beiden als Täter aus. Alles ganz normal. Wernegg wurde 1976 in München geboren. Seine Mutter war damals vierundzwanzig Jahre alt und mit dem dreißig Jahre älteren Jesko Wernegg verheiratet, ihrem Professor für

Kunstgeschichte. Als Wernegg sechs Jahre alt war, starb sein Vater an einem Herzinfarkt. Zwei Jahre später hat die Mutter wieder geheiratet. Mit dem Stiefvater gab es wohl Probleme. Jedenfalls besuchte Wernegg ab der dritten Grundschulklasse das Internat am Ammersee, in dem seine Tante noch heute Lehrerin ist. Von ihr habe ich die meisten der Informationen. Wernegg war ein durchschnittlicher Schüler. Es gab wenig Ärger mit ihm, bis auf einen Verweis wegen heimlichen Rauchens, als er fünfzehn war. Abitur allerdings erst nach zwei Ehrenrunden in der siebten und elften Klasse, dafür dann aber mit einem Schnitt von zwei Komma eins. Es folgte eine Banklehre und anschließend ein BWL-Studium in München. Danach ist er für ein Jahr nach Australien.«

»Wann war das genau?«, wollte Dühnfort wissen.

»Frühjahr 2004 bis Sommer 2005.«

»Als Svenja ermordet wurde, war Wernegg also in Down Under. Was hat er da gemacht?«, fragte Gina.

»Er hat noch zwei Semester Wirtschaft an der University von Canberra drangehängt. Danach hat er in München in der Personalabteilung eines Versicherungskonzerns angefangen. Kurz darauf starb seine Mutter gemeinsam mit ihrem dritten Mann, einem reichen Unternehmer, bei einem Verkehrsunfall. Wernegg gab seinen Job auf und gründete mit dem geerbten Vermögen die Stiftung. Alles in allem nichts Auffälliges. Ach ja, und noch was habe ich: Werneggs Volvo stand Samstagnacht bis gegen Mitternacht in der Maximilianstraße vor dem Alfredos. Der Koch geht regelmäßig zur Zigarettenpause vor die Tür und erinnert sich, dass der Volvo da stand. Gegen siebzehn Uhr ist er ihm das erste Mal aufgefallen, etwa um neun hat er das Knöllchen entdeckt, und kurz vor Mitternacht kam Wernegg aus seinem Büro.

Sie haben noch ein paar Worte gewechselt, und dann ist Wernegg los.

»Gut«, sagte Dühnfort. »Hast du über Fuhrmann ähnlich viel herausgefunden?«

»Fuhrmann stammt aus kleinen Verhältnissen. Der Vater war Autoverkäufer und hat es Anfang der Siebziger zu einem eigenen Laden gebracht, den er zu einer Kette ausbauen konnte. Damit kam dann richtig Geld ins Haus. Der Sohnemann wurde aus der Schule genommen und in dasselbe Internat am Ammersee gesteckt, das Wernegg besuchte. Fuhrmanns Mutter hatte die fixe Idee, dass der Sohn etwas Besseres werden sollte, am liebsten Chirurg. Jedenfalls saß sie ihm ziemlich im Nacken, was Noten und gesellschaftlichen Umgang anbelangt. Und ihre Hartnäckigkeit trug Früchte: Abi mit eins Komma null, Medizinstudium in Heidelberg. Danach ist Fuhrmann nach München zurückgekehrt, wo er erst in einer Klinik angestellt war und dann seine Praxis für Schönheitschirurgie eröffnet hat. Momentan trägt er sich mit dem Gedanken einer eigenen Klinik. Vor sechs Jahren hat er auf einem Empfang Verena Wiechers kennengelernt, die Tochter von Professor Wiechers, dem berühmten Herzchirurgen. Scheint Liebe auf den ersten Blick gewesen zu sein, denn ein paar Monate später wurde geheiratet. Laut Fuhrmanns Mitarbeiterin liebt er Verena abgöttisch, aber sie hat die Hosen an. Der Herr Doktor scheint unter dem Pantoffel zu stehen. Kein Wunder, dass er nichts anbrennen lässt und ständig fremdgeht, meinte seine Angestellte. Irgendeinen Ausgleich braucht der Mann. Anscheinend kriselt es deswegen zurzeit in der Ehe. Jedenfalls verreist die Gattin neuerdings häufig übers Wochenende. Angeblich mit einer Freundin.«

Boos hatte auf Dühnforts Frage, wie es der Täter geschafft hatte, jahrelang die Kontrolle zu behalten, geantwortet, es könnte an einer geglückten Beziehung liegen, die dem Täter Sicherheit und Selbstwertgefühl gab. Möglicherweise war diese Beziehung nun gescheitert oder im Scheitern begriffen.

»Denkst du gerade dasselbe wie ich?«, fragte Gina mit hochgezogenen Brauen.

»Sechs Jahre Ehe, die nun zerbröseln. Außerdem hat Fuhrmann mit seinen Alibizeugen telefoniert. Mir gefällt das immer weniger.«

»Aber wir haben nichts gegen ihn in der Hand.« Alois schlug sein Notizbuch zu. »Sein Alibi wird von zwei Personen bestätigt, und nur weil es in seiner Ehe kriselt, werden wir keinen Durchsuchungsbeschluss bekommen. Was machen wir also?«

»Ich schau mal, ob es zwischen Lichtenberg und Fuhrmann eine Verbindung gibt. Und dann könnten wir mit dem rosa Strumpf an die Öffentlichkeit gehen. Vielleicht finden wir so heraus, woher er stammt«, schlug Gina vor.

Dühnfort hatte eigentlich nicht vor, diese Information preiszugeben. Sie gehörte zum Täterwissen, das er zurückhalten wollte. Blieb noch Lichtenberg. Dühnfort zog das Handy aus der Tasche und wählte zum vierten Mal an diesem Tag Lichtenbergs Nummer. Nach dem fünften oder sechsten Läuten wollte er schon auflegen, als eine heisere Männerstimme sich meldete. »Carne.«

***

Kurz vor sechs Uhr erreichten sie die Anhöhe, auf der Bruno Lichtenbergs Hof lag. Das Tor stand noch immer offen. Dühnfort parkte auf dem Stellplatz hinter einem silberfarbenen BMW. Gina stieg aus und ließ die Beifahrertür ins Schloss fallen.

An der Haustür hing ein Zettel. *Bin im Atelier.* Ein dicker schwarzer Pfeil wies nach links. Dühnfort und Gina folgten ihm bis zum ehemaligen Kuhstall, dessen Tür angelehnt war, und traten ein.

Das Erste, was Dühnfort auffiel, war die Höhe des Raums, aus dem die Zwischendecke entfernt worden war. Lediglich die tragenden Holzbalken erinnerten noch an sie und lenkten den Blick bis zum First in etwa acht Metern Höhe. Zwischen den Sparren in der nördlichen Dachhälfte spannten sich dicke Glasscheiben. An schönen Tagen ließen sie das Licht vermutlich weich in den weiß gestrichenen Raum fallen, der jetzt in trübes Zwielicht getaucht war. In der Luft lag ein Geruch nach Terpentin, Ölfarbe und Malmittel; links von Dühnfort lehnte ein überdimensionales Gemälde an der Wand. Die dominierenden Farben waren Blutrot, Schwarz und Weiß in verschiedensten Abstufungen. Das Bild war in groben Strichen gemalt, die wie rasend auf die Leinwand geworfen wirkten und den aufgebrochenen Körper einer geschlachteten Kuh darstellten. Kopfüber hing er an Ketten von der Decke, der Bauchraum ausgeweidet. Weiße Rippen, rotes Fleisch, helle Sehnen, eine Lache Blut auf dem Boden, in der etwas lag. Dühnfort erschauerte, als er erkannte, was es war: ein nacktes Kind, das dem Betrachter den Rücken zuwandte und über und über mit Blut besudelt war.

Gina stöhnte leise. »Ich glaub es nicht.«

Von irgendwoher drang ein Geräusch. Dühnfort sah sich um. Es herrschte ein ziemliches Chaos im Raum. Drei Staffeleien mit ähnlichen Schlachthausgemälden in unterschiedlichen Vollendungsstadien. Tische, auf denen

Farbtuben, Dosen, Pinsel, Blöcke, Stifte, Kreiden und Skizzen lagen. Zwei Sofas und zwei Sessel, deren brüchig gewordene Bezüge von buntgemusterten, afrikanisch anmutenden Stoffen nur teilweise verdeckt wurden, ein Metallregal voller Leinwandrollen, Keilrahmenholz, noch mehr Farbtuben und Pinsel, Dosen, Flaschen, Eimer, Papiere und Mappen. Ein alter Bauernschrank, dessen Türen offen standen und den Blick auf ein Sortiment von Flaschen freigaben, eine beeindruckende Spirituosensammlung. Daneben ein Holzgestell, über das Stoffbahnen geworfen worden waren. Rote, mit Goldfäden durchwirkte Seide, vermutlich ein indischer Sari. Von dort kam das Geräusch; es klang wie ein trockenes Lachen. Ein Bär von einem Mann trat aus dem Schatten.

»Sie reagieren wie beinahe alle. Wohliges Gruseln, voyeuristisches Erschauern, Sie möchten den Blick abwenden und können es nicht.« Die Stimme klang heiser. Dühnfort dachte an den Wolf, der Kreide gefressen hat.

»Herr Lichtenberg?«

»Lichtenberg ist tot«, erwiderte der Mann. Er wog sicher über hundert Kilo, an seinem Körper war jedoch kein Gramm Fett zu viel. Ein wuchtiger Schädel saß auf einem gedrungenen Hals. Dunkle Augen, gebräunte Haut, das Lächeln eines Satyrs. Ein schwarzes T-Shirt spannte über einem Brustkasten, der diese Bezeichnung verdiente. Gut definierte Muskeln zeichneten sich durch den Stoff ab. Über die Oberarme, so dick wie Kolben einer Dampflokomotive, zogen sich tätowierte Dornenkränze. Die schwarze Hose war mit Farbflecken übersät. Die Füße steckten nackt in Sandalen. »Ich habe ihn umgebracht, diesen armseligen Wicht, diesen Kriecher. Es lebe Carne!« Der Mann breitete die Arme aus wie der gekreuzigte Heiland.

Für einen Moment raubte diese geballte Präsenz Dühnfort die Sprache. Gina nicht. »Ein Selbstmord mit anschließender Reinkarnation … wow. Wie fühlt es sich an, Gott zu spielen, Herr Lichtenberg?«

Der Maler lachte schallend, wies auf die Sofas und ließ sich auf eines fallen. Sein Heiterkeitsausbruch verebbte. »Carne. Nennen Sie mich so. Das ist mein Name. Bruno lebt nicht mehr.«

Während er sich setzte, fing Dühnfort Ginas Blick auf, der fragte: Darf ich weitermachen? Er nickte kaum merklich.

»Und wie ist es nun?« Ginas ganze Aufmerksamkeit war jetzt auf den Maler gerichtet.

»Es ist ein durchaus angenehmes Gefühl, im eigenen Leben die Regie zu führen.«

»Alles im Griff und unter Kontrolle zu haben. Meinen Sie das?«

Dühnforts Blick fiel auf eine Schale mit Erdbeeren, die zwischen all den Malutensilien fehl am Platz wirkte. »Greifen Sie zu. Das ist eigene Ernte«, sagte Carne, der den Blick bemerkt hatte. Mit einer ausholenden Geste nahm er sich eine Beere, entfernte das grüne Blatt und schob sie sich in den Mund. »Sie sind Polizistin und fragen mich nach Kontrolle. Das entbehrt nicht einer gewissen Komik«, erwiderte er kauend. »Was wollen Sie von mir?«

»Wer hat denn vorher Regie geführt, wenn nicht Sie? Bruno, der Wicht, kann es ja nicht gewesen sein?« In Ginas Blick lag pures Interesse.

Mit einem Seufzer ließ Carne sich auf dem Sofa zurückfallen und breitete beide Arme über die Rücklehne, die Beine gespreizt und die Füße fest auf dem Boden. »Sie wissen nichts über mich. Haben nicht einmal im

Internet recherchiert. Eigentlich sollte ich beleidigt sein.« Er seufzte. »Aber gut: Meine Traumata waren die Herrscher im Haus. Bis ich sie mir unterworfen, sie mir zunutze gemacht habe. Ich bin ein Arbeiter unter Tage, haue Qual und Schmerzen aus dem Gestein, zu dem mein Selbst geworden ist. Grabe, kratze, wühle neue Zugänge in mein Ich.« Während er sprach, wanderte sein Blick zum Gemälde mit der Blutlache.

Gina starrte ihn an. Nun hatte es ihr die Sprache verschlagen.

Dühnfort ahnte, was Carne sagen wollte. Er war der Sohn eines Metzgers. »Das Kind auf diesem Bild, das sind Sie?«

Carnes Blick blieb unverwandt auf das Gemälde gerichtet. Dann lachte er wieder dieses trockene Lachen. »Eigentlich sollte ich meinem Vater dankbar sein. Ohne ihn wäre ich heute weder berühmt noch reich.« Mit einem Ruck löste er sich, griff nach einem Buch, das auf dem Couchtisch lag, und reichte es Dühnfort. Es war ein schwerer Kunstband, dessen Titelseite den Ausschnitt eines Gemäldes zeigte: Ein Kind lag in einem aufgebrochenen Schweinekörper, wie ein Embryo im Leib der Mutter. *Carne. Transformationen.* »Lesen Sie das, wenn Sie wissen wollen, weshalb ich diese Bilder male. Ich schenke es Ihnen. Und jetzt sollten wir langsam zur Sache kommen. Über Malerei will die Polizei sicher nicht mit mir sprechen.«

»Im Moment schon«, entgegnete Dühnfort und griff nach einer Farbtube, die neben der Erdbeerschale lag. *Kadmiumgelb* stand auf der Banderole neben dem Namen des Herstellers. »Weshalb verwenden Sie diese Farben und nicht die eines anderen Herstellers? Gibt es da Unterschiede?«

»Natürlich. Diese hier«, Carne griff nach einer Tube Indischrot, »sind von einmaliger Brillanz. Das liegt an der Reinheit der Farbpigmente. Bisher habe ich nichts Vergleichbares gefunden.«

»Interessant«, sagte Dühnfort. »Mit einer Analyse könnte man also feststellen, von welchem Hersteller eine Farbe stammt?«

»Vermutlich. Aber weshalb wollen Sie das tun?«

Dühnfort lehnte sich zurück, beobachtete, wie Lichtenbergs Mimik sich langsam wandelte, sah Beunruhigung darin aufsteigen. »Ein aktueller Fall. Es gibt Ähnlichkeiten zu einem Verbrechen, das vor sechs Jahren in Düsseldorf geschah.«

Der mächtige Brustkasten des Malers hob und senkte sich. »Sie meinen den Mord an Svenja?«

Dühnfort wartete ab.

»Damit hatte Bruno nichts zu tun. Er hatte nur das Pech, der letzte Freier gewesen zu sein, an den Svenjas Kolleginnen sich erinnern konnten. Aber es muss noch einen nach ihm gegeben haben, den Kerl im schwarzen Wagen.«

Gina rutschte bis zur Sofakante vor. »Weshalb gehen Sie eigentlich zu Prostituierten?«

»Ich gehe nicht. Bruno ging.«

»Und weshalb tat Bruno das?«

»Fragen Sie ihn.«

»Tue ich doch.«

»Irrtum. Bruno ist tot.«

Das wird jetzt langsam surreal, dachte Dühnfort. »Dieser schwarze Wagen damals vor sechs Jahren, der muss, kurz nachdem Sie Svenja verlassen hatten, aufgetaucht sein. Ihnen ist er nicht aufgefallen?«

Carne erhob sich vom Sofa. »Wenn Sie nicht bereit

sind zu akzeptieren, dass Bruno tot ist, dann hat dieses Gespräch keinen Sinn.«

Dühnfort, dem nicht danach war, zu diesem Hünen aufzusehen, stand ebenfalls auf. »Gut, dann machen wir es kurz und knackig. Wo waren Sie am vergangenen Samstag zwischen zwanzig und zweiundzwanzig Uhr?«

»Geht das wieder los. Soll ich jetzt für jede enthauptete Frau auf Gottes weitem Erdboden den Kopf hinhalten?«

»Eine enthauptete Frau also. Aha.« Gina kam auch auf die Beine.

»Falls Sie es nicht wissen sollten: Das stand vor ein paar Tagen auf allen Titelseiten.« Ein feines Lächeln stahl sich in Carnes Mundwinkel, während er Gina mit kaltem Blick musterte. »Letzten Samstag … keine Ahnung, was ich da gemacht habe. Ich müsste in meinem Outlook nachsehen. Der PC steht im Haus.«

Dühnfort und Gina folgten Carne zu einer Verbindungstür, durchquerten den ehemaligen Milchraum, in dem einige Edelstahlbehälter und Milchkannen auf dem gekachelten Boden standen, und erreichten durch eine weitere Tür den Hausflur und dann einen geräumigen Wohnraum. Dieses Zimmer stellte den größtmöglichen Bruch zum Atelier dar. Es war ganz in Schwarz, Weiß und Grau gehalten und mit minimalistischen Designermöbeln eingerichtet. Nicht ein Gemälde hing an der Wand, und es herrschte penible Ordnung.

Während Gina mit dem Maler an dessen Schreibtisch trat, sah Dühnfort aus dem Fenster. Der Regen hatte nachgelassen. Dennoch trieben Wolken wie pralle Kissen tief über der Landschaft.

»Das Telefon ist ja echt antik«, hörte er Gina sagen, während sein Blick auf einen geparkten Wagen fiel. »Mit

Wählscheibe. So eines hatte meine Oma. Sie benutzen auch kein Handy. Weshalb? Haben Sie etwas gegen moderne Kommunikationstechnik?«

»Ich lass mir doch von dem Elektrosmog nicht mein Gehirn zerbruzzeln«, erwiderte der Maler, während ein Signalton anzeigte, dass der Rechner hochgefahren war.

Dühnfort betrachtete das Fahrzeug, das nur von der Seite sichtbar war – ein 3er BMW, die Coupé-Variante in Silber.

Das Klappern der Tastatur war zu hören, während Carne das Programm aufrief und dann verkündete: »Am Samstag war ich im Kino. Im Filmmuseum in München gab es eine Fritz-Lang-Nacht. Die fing um acht Uhr an. Ich hatte eine Karte reserviert, die ich eine halbe Stunde vorher abholen musste. Kurz nach Mitternacht war die Vorstellung zu Ende.«

»Haben Sie die Karte noch?«, fragte Gina.

Dühnfort wandte sich um, beobachtete, wie der Maler seine Brieftasche aus der Hose zog und darin kramte. »Glück gehabt«, sagte er nach kurzem Suchen und reichte Gina das Billett.

»Ist das Ihr Wagen?« Dühnfort wies durch das Fenster auf den Stellplatz. Carne nickte. »Er hat nicht zufällig ein Münchner Kennzeichen?«

»Doch. Hat er.«

»Weshalb?«

»Weil er auf den Kunstbuchverlag läuft, an dem ich beteiligt bin, und der hat seinen Sitz in München.«

Dühnfort wandte sich wieder dem Fenster zu, blickte hinaus in den Regen und betrachtete die Silhouette des Autos.

***

Als sie kurz nach acht Ginas WG am Bordeauxplatz betraten, stieg Dühnfort der Duft nach Kalbsbraten in die Nase. Dorothee rumorte in der Küche und trat mit einer Rührschüssel in der Hand in den Flur. »Tino? Dich schickt der Himmel. Schau dir mal diesen Spätzleteig an. Der ist viel zu zäh. Soll ich noch ein Ei unterrühren oder besser Milch?« Zum Beweis zog sie den Kochlöffel aus der Schüssel, an dem der Teig in einem Klumpen klebte.

»Am besten Mineralwasser«, antwortete Dühnfort mit skeptischem Blick. Ginas Mutter Dorothee war eine ebenso leidenschaftliche wie untalentierte Köchin.

»Bleibst du zum Essen?«

»Gerne.« Er war müde und hungrig, und sein Kühlschrank war leer.

Dorothee ließ Teig und Löffel zurück in die Schüssel fallen. »Bodo kommt in einer halben Stunde vom Dienst. Dann gibt es Essen«, sagte sie und kehrte in die Küche zurück.

Dühnfort folgte Gina zu ihrem Zimmer und stieß im Flur mit Theo, einem Finanzbeamten, zusammen, der einen Trompetenkoffer in der Hand hielt und vermutlich von der Bigbandprobe kam. Sein Trenchcoat hatte dunkle Flecken. »Ist das ein Scheißwetter.« Aus Xenias Zimmer klangen Gesprächsfetzen. Vermutlich hatte sie Besuch von ihrer Freundin Maxine, die ebenfalls an der Filmhochschule studierte. Das Essen würde wohl für acht reichen müssen. Die Tür zu Ferdinands Zimmer stand offen. Er hatte die Regale ausgeräumt und war gerade dabei, eines zu verschieben. Bücher stapelten sich auf Boden, Tisch und Bett. »Soll ich dir helfen?«, fragte Dühnfort.

Ferdinand stoppte sein Unterfangen, das Möbelstück

über eine Teppichfalte zu schieben. »Hallo, Tino. Das wäre prima.«

Gina blieb an den Türrahmen gelehnt stehen, das Buch über Carne in der Hand. Während die beiden das Regal an seinen neuen Platz rückten, fragte sie Ferdinand, ob er den Künstler kenne.

»Der ist im Kommen. Ziemlich expressiv. Sein Stil erinnert mich an manche Bilder von Francis Bacon.« Ferdinand arbeitete als Restaurator bei den Bayerischen Staatsgemäldesammlungen.

»Aber ein wenig durchgeknallt ist der schon.«

»Wärst du auch, wenn du so aufgewachsen wärst.« Mit dem Handrücken wischte Ferdinand sich den Schweiß von der hohen Stirn. Dühnfort streifte eine Spinnwebe ab, die an der Rückwand gehangen hatte und nun an seiner Hand klebte.

»Wie gut kennst du dich mit dem aus?« Gina trat in das Zimmer.

»Ich habe so ziemlich alles gelesen, was es über ihn gibt. Das Buch da auch.« Er deutete auf den Band in Ginas Hand.

»Das trifft sich gut«, meinte Dühnfort. »Dann müssen wir das jetzt nicht machen. Kannst du uns das Wesentliche erzählen?«

»Habt ihr mit ihm zu tun?« Ferdinand bot ihnen mit einer Geste Platz auf seinem Sofa an. Doch darauf stapelten sich die Bücher.

»Er ist am Rande einer Ermittlung aufgetaucht.« Dühnfort wollte und durfte Unbeteiligten keine Informationen geben.

»Gehen wir zu mir«, sagte Gina. »Da ist Platz.«

Bis Dorothee zum Essen rief, erzählte Ferdinand ihnen Carnes Lebensgeschichte.

Bruno Lichtenberg war als einziges Kind seiner Eltern in einem Dorf im Bergischen Land aufgewachsen. Die Mutter eine farblose und unterwürfige Hausfrau, der Vater, Inhaber einer Metzgerei mit Filialen in den Nachbardörfern, ein sadistischer Tyrann, der Frau und Sohn beherrschte und ein regelrechtes Terrorregime führte. Seinem Wunsch entsprechend, sollte Bruno später den Betrieb übernehmen. Doch Bruno taten die Tiere leid, die der Vater schlachtete. Ihm graute vor dem Brüllen der Schweine und Rinder, wenn sie ins Schlachthaus geführt wurden, ihn ekelte der Blutgeruch, und er aß bereits im Alter von sechs Jahren weder Fleisch noch Wurst. »Das heißt, er wollte weder Fleisch noch Wurst essen«, erklärte Ferdinand. »Aber der Vater nötigte ihn dazu, stopfte es in ihn hinein, bis er sich erbrach, und zwang ihn dann, das Erbrochene zu essen. Bruno musste beim Schlachten zusehen und wurde, wenn er die Augen schloss oder sich die Ohren zuhielt, mit dem noch warmen Blut der gerade getöteten Tiere übergossen. Einmal legte der Vater ihn in eine Rinderhälfte und klappte die andere Hälfte darüber. Die Mutter, selbst Opfer dieses Despoten, hatte weder die Kraft, sich schützend vor ihr einziges Kind zu stellen, noch, sich von diesem Mann zu trennen. Bruno hat sie für diese Schwäche gehasst.« Ferdinand seufzte und fuhr sich mit der Hand über die Augen. »Was für eine Familie. Später hat er seine Mutter mit seinen Vorwürfen in den Selbstmord getrieben. Sie hat sich auf dem Dachboden erhängt.«

»Wann später?«, fragte Dühnfort.

»Sehr viel später.« Ferdinand fuhr mit seinem Bericht fort. Dem Vater gelang es, den Widerstand des Jungen zu brechen. Bruno fügte sich, wurde zu einem *willenlosen Wicht,* wie er diesen Zustand später beschrieb. Er ordnete sich unter, tat alles, was der Vater wollte, begann als Sechzehnjähriger die Metzgerlehre, schloss sie ab und arbeitete im Betrieb des Vaters. Bis dann geschah, was Bruno später als den *Beginn der Metamorphose* bezeichnete, an deren Ende er *Carne* geworden war und dessen Ursache er bisher nicht erklärt hatte. Ein Psychologe deutete sie als verspätete, dafür umso heftiger einsetzende Pubertät und damit einhergehende Ablösung vom dominanten Vater.

Es begann etwa ein Jahr vor dessen Tod. Eines Tages geriet der Vater bei der Fleischbrätherstellung mit dem rechten Arm in den Fleischcutter. Mit viereinhalbtausend Umdrehungen pro Minute zerhäckselte das Messer den Arm des Metzgers und trennte die Schlagader durch. Innerhalb von Minuten war Hagen Lichtenberg, der sich zu diesem Zeitpunkt alleine in der Wurstküche aufhielt, verblutet. Eine Untersuchung ergab, dass das Gerät defekt war und daher die Schutzvorrichtung, die derartige Unfälle verhindern sollte, versagt hatte.

Bruno verkaufte die Metzgerei, verprasste den größten Teil des Geldes, fing an zu saufen und herumzuhuren. In einem Puff lernte er Thorben Maguhn kennen, einen Professor der Kunstakademie Düsseldorf, und begann daraufhin, sich sein Trauma von der Seele zu malen. Er war so begabt, dass Maguhn ihn, trotz fehlenden Abiturs, in seine Klasse aufnahm.

»Gruselgraus«, sagte Gina, als Ferdinand geendet hatte. »Kein Wunder, dass der so schräg drauf ist. Stand er in Verdacht, diesen Fleischhäcksler manipuliert zu haben?«

Ferdinand schüttelte den Kopf. »Der Vater war selbst schuld. Ein Geizhals sondergleichen. Er hat an der Wartung der Maschinen gespart. Das ist ihm zum Verhängnis geworden.«

»Aber Carne nennt Lichtenberg sich erst seit drei Jahren, da war er mit dem Studium doch längst fertig.«

»Damals war er noch immer der Wicht, der sich den Schmerz von der Seele malte. Anfangs waren das verschlüsselte Bilder, in denen er die schonungslose Wahrheit vor sich selbst versteckte. Erst mit dem ersten Schlachthauszyklus kam die innere Befreiung. Zu diesem Zeitpunkt begann auch seine äußere Veränderung durch Bodybuilding. Bis dahin war er ein Hänfling gewesen, ein blasser, hoch aufgeschossener Kerl, der niemandem in die Augen sehen konnte. Dann wurde er zu Carne.«

Dühnfort war der Ausbreitung dieses Alptraums von einem Leben gefolgt und spürte nun dem Unbehagen nach, das in ihm aufstieg. Ein Mensch, der sich selbst neu erfand. Aber worauf konnte er aufbauen, wenn alles, was er erfahren hatte, Misshandlung, Verachtung, sadistische Quälerei waren?

Er verstand Wut und Schmerz, die Carne in seinen Bildern Gestalt annehmen ließ, sah ihn vor sich, wie er rasend, wie in Trance, mit wuchtigen Strichen Farbe auf die Leinwand warf, schmierte, spachtelte, kratzte und so versuchte, sich selbst zu heilen; er sah all die Erbitterung und Qual in diese Bilder fließen und fragte sich, ob die Malerei alleine dafür ausreichte.

***

»Ganz schön clever«, sagte Kai schmunzelnd. »Wie ist dein Freund eigentlich an die Pläne gekommen?« Er saß an Vickis Tisch neben dem Terrarium und blickte von den Kopien auf, über die er sich gebeugt hatte. Der Verband am linken Zeigefinger leuchtete weiß. Unter der schwarzen Strickmütze, die er scheinbar nie abnahm, ringelten sich brünette Locken. Seine dunklen Augen sahen Vicki interessiert an.

Sie hatte ihm gerade gezeigt, wo sie damals in die Kanalisation eingestiegen waren: in einer Seitenstraße der Rue de Rivoli nahe der Metro-Station Saint-Paul. Irgendwoher hatte Adrian Absperrgitter und zwei Overalls der Stadtreinigung *Proprieté de Paris* besorgt. Mit dieser Tarnung hatten sie einen Gullydeckel gesichert und angehoben und waren dann in die Kanalisation eingestiegen. Es war Vickis erster Ausflug als Urban Explorer gewesen, und eigentlich hatte sie ganz schön Schiss gehabt. Davor, erwischt zu werden, vor den Ratten, dem Gestank, der Dunkelheit und wer weiß noch was. Aber mit Adrian an ihrer Seite …

»Er hat sie in einem Archiv aufgestöbert und kopiert«, sagte Vicki. »Adrian war Erasmusstudent. Philosophie und französische Literatur. Mit seinem Studentenausweis ist er in beinahe alle Bibliotheken und Archive gekommen.«

»Die Pläne kann ich wirklich haben?«

»Klar.«

Kai nahm die Papierbogen vom Tisch, rollte sie zusammen und steckte sie zurück in die Papprolle. »Du bekommst sie heil wieder. Und: Danke.« Mit einem Mal blitzten seine Augen auf. »Magst du nicht mitkommen? Mitte August. Bis jetzt sind wir zu dritt. Günti, Heike und ich. Zu viert macht es bestimmt noch mehr Spaß, und außerdem kennst du dich in Paris aus.« Abwartend sah er sie an.

»Nee. Lieber nicht. Ich hab im September Zwischenprüfung und muss lernen. Außerdem habe ich keine Kohle für Urlaub. Und niemanden, der Epiktet hütet.« Sie wies auf das Terrarium. Lauter faule Ausreden.

Wenn sie wollte, ginge das schon irgendwie. Aber Paris war für sie noch immer mit Adrian verbunden. Sie war noch nicht so weit, wieder durch die Straßen zu laufen, durch die sie mit ihm gelaufen war, die Bistros und Cafés zu besuchen, die sie mit ihm besucht hatte, und schon gar nicht, in die Kanalisation zu klettern und zu fotografieren.

»Schade.« Kai steckte den Plastikdeckel auf die Rolle, schob sie in seinen Rucksack und stand auf. »Vielleicht überlegst du es dir ja noch mal. Um deine Schildkröte würde sich bestimmt meine Mutter kümmern. Sie liebt Tiere. Und kohlemäßig … könnten dir deine Eltern nicht einen Zuschuss geben?«

»Nee. Ist nicht drin. Aber danke fürs Angebot.«

Kai schulterte den Rucksack. Zögernd blieb er stehen und musterte sie.

»Ist noch was?«, fragte Vicki.

»Eigentlich wollte ich dich nicht darauf ansprechen. Aber jetzt tue ich es doch.« Beinahe trotzig schob er die Hände in die Hosentaschen. »Vor ein paar Tagen stand auf SZ-online ein Artikel über einen Mord an einer Frau. Du weißt schon, die, die enthauptet wurde. Jemand hat sie in der alten Brauerei gefunden, von der ich dir mal erzählt habe. Eine junge Frau, die dort fotografierte, hieß es in dem Artikel. Warst du das?«

»Shit happens.« Vicki zuckte mit den Schultern. »Ich meine, das ist ein Risiko bei unserem Hobby, oder nicht?«

»Na. Ich weiß nicht.« Kai zog die Stirne kraus. »Kommst du damit klar?«

»Geht schon.«

»Die Aufnahme, die du mir gemailt hast … die hast du doch dort gemacht.«

»Wo sonst?« Vicki ahnte, worauf das hinauslaufen würde. Und prompt fragte er, weshalb sie ihn gebeten habe, diesen Bildausschnitt zu bearbeiten, und ob sie vermute, die darauf abgebildete Karte habe etwas mit dem Mord zu tun.

»Nee. Glaube ich nicht. Das Foto mit der Karte stammt vom Samstag. Am Montag, bevor ich die Frau gefunden habe, habe ich den Heizkörper noch einmal fotografiert, und da war die Karte weg. Das kann tausend Gründe haben.«

Kai blickte skeptisch. »Zum Beispiel?«

»Kids, die dort heimlich rauchen, haben sie mitgenommen oder abgefackelt, oder sie wurde *vom Winde verweht,* oder ein Penner, der dort schläft, hat sie eingesteckt oder was weiß ich.« Trotzig hielt Vicki Kais besorgtem Blick stand.

»Oder der Mörder hat sie mitgenommen.«

»Und warum hätte er das tun sollen?«

»Weil er die Karte dort verloren hat und sie ein Wegweiser zu ihm ist.«

»Dann müsste er aber vor dem Samstag schon mal da gewesen sein.«

»Warum nicht? Sicher hat er vorher gecheckt, ob er die Leiche dort loswerden kann. Mensch, Vicki, du solltest die Aufnahme der Polizei geben.«

»Das sagst du so einfach. Am Montag wollte der Kommissar die Bilder haben, weil sie zu den Beweismitteln gehören, aber ich habe ihm nur die Flashcard aus der Kamera gegeben, die andere, die in meiner Hosentasche steckte, habe ich nicht rausgerückt.«

»Aber das Foto, um das es geht, stammt doch vom Samstag und war weder auf dem einen noch auf dem anderen Speicherchip.«

»Schon. Aber um dem Kommissar zu erklären, warum das Foto vom Samstag wichtig ist, muss ich ihm sagen, dass ich ihm am Montag nicht alle gegeben habe. Sonst hätte ich die Aufnahmen ja nicht vergleichen können. Der wird mir die Hölle heißmachen. Das gibt eine Anzeige wegen Unterschlagung von Beweisen, und dann kriege ich Stress an meinem Ausbildungsplatz und in der Berufsschule. Und das alles höchstwahrscheinlich für nichts. Ich meine, was können die mit dem Foto schon anfangen? Wenn ich diese Karte hätte, dann ja. Fingerabdrücke, DNA und so. Aber ein pixeliges Foto …«

»Und wenn du ihm die Aufnahmen vom Samstag einfach mailst, ohne was dazu zu sagen? Die Polizei wird auch fotografiert haben und jeden Fitzel, den sie dort gefunden haben, auf Spuren untersuchen. Wenn der Kommissar sich das Foto anguckt, wird ihm auffallen, dass da diese Hotelkarte drauf ist, die nicht in ihrem Labor ist, und dann wird er überlegen, welche Gründe das haben kann.«

Die Idee war nicht schlecht. Genau genommen war sie genial. »Nicht blöd, wirklich«, sagte Vicki. »Ich glaube, das mach ich.«

Nachdem Kai gegangen war, kramte Vicki in ihrem Rucksack nach der Visitenkarte, die Gina Angelucci ihr am Dienstag bei ihrem Besuch im Reisebüro gegeben hatte. Im Gegensatz zu diesem Fünfanger war sie nett. Vicki setzte sich an den PC, schrieb ihr eine Mail und kopierte alle Bilder hinein, die sie beim ersten Shooting gemacht hatte. Datum und Uhrzeit waren eingeblendet. Falls Gina Angelucci ihr also misstraute, konnte sie das sofort wieder vergessen. Sicherheitshalber schrieb sie noch dazu, dass die Fotos vom letzten Samstag stammten und ihr erst heute die Idee gekommen war, die Polizei könnte sie vielleicht für die Ermittlungen gebrauchen. Sie klickte auf den Senden-Button und fühlte sich schlagartig erleichtert.

Sonntag, 13. Juni

Das Telefon auf Dühnforts Schreibtisch läutete. Siggi Donhauser von der Abteilung Vermissungen meldete sich. »Vielleicht kommst du mal zu uns rauf. Ich habe hier eine Frau, die ihre Kollegin als vermisst gemeldet hat. Freitagnacht ist sie am Straßenstrich Schäftlarnstraße in einen schwarzen Fiat gestiegen und seither verschwunden. Zuerst dachte ich, das ist das Übliche ... am besten, du siehst dir das selbst an.«

Bei diesen Worten nahm Dühnfort die Unruhe wieder wahr, die er seit dem Fund von Nadines Leiche zurückgedrängt hatte.

Er verließ sein Büro und eilte über die Treppe in die vierte Etage zur Vermisstenabteilung. Mit einem Kopfnicken grüßte er Siggi Donhauser und reichte der Frau auf dem Besucherstuhl die Hand. »Dühnfort.«

»Daniela Heppner.«

Angespannt, wie zum Sprung bereit, saß sie auf der Stuhlkante, eine Handtasche mit Zebramuster und messingfarbenen Nieten auf den Knien. Sie trug Röhrenjeans und einen engen Baumwollpulli. Blonde, vom Regen ein wenig feuchte Locken umrahmten das ungeschminkte Gesicht, aus dem ihn blaue Augen unsicher musterten.

Siggi, ein vierschrötiger Mann mit schiefergrauen Augen, reichte ihm ein Foto. Es zeigte eine Frau von Mitte zwanzig mit magerer Figur, einem offenen Lächeln und nussbraunen Augen, die unter einer kastanienfarbenen Mähne hervorleuchteten. Die Ähnlichkeit mit Nadine Pfaller und Svenja Lenhard war nicht zu leugnen.

Dühnfort hoffte, dass er sich irrte, wusste jedoch instinktiv, dass dem nicht so war. Eine Woche nur! Er fuhr sich mit beiden Händen durchs Haar, setzte sich auf den Stuhl neben Daniela Heppner und legte das Bild auf den Tisch. »Wie heißt Ihre Freundin?«

»Jana. Jana Wittich.«

»Und sie ist seit Freitagnacht verschwunden?«

Die Frau nickte. »Wir arbeiten als Zimmermädchen in einem Hotel. Das ist mies bezahlt. Manchmal verdienen wir uns darum a bissl was dazu. Meistens freitags. Letzten Freitag war aber nicht viel los, wegen dem Sauwetter. Um zehn wollte ich gehen. Es hatte keinen Sinn, da rumzustehen und sich die Kränke zu holen, aber Jana wollte noch einen Freier machen. Sie braucht das Geld. Und wie auf Kommando kam einer im schwarzen Fiat. Zu dem ist sie rein. Ich bin nach Hause. Gestern früh war sie nicht da, da hab ich mir noch keine Sorgen gemacht ...«

»Sie wohnen zusammen?«

»Ja. Klar. Alleine könnte sich keine von uns eine Wohnung leisten. Als Jana dann abends nicht kam, habe ich auf ihre Mailbox gequatscht. Das Handy war nämlich aus, und das macht sie eigentlich nie. Wenn's wasserdichte gäbe, würde sie sogar unter der Dusche telefonieren. Und sie hat es noch immer nicht eingeschaltet, und sie ist noch immer nicht da. Ich hab schon bei ihren Eltern angerufen und auch bei ihrem Ex und wo sie sonst noch so sein könnte. Überall ist sie nicht. Ich mache mir Sorgen.«

»Können Sie den Mann beschreiben, zu dem Jana ins Auto gestiegen ist?«

Sie schüttelte den Kopf. »Ich bin unterm Vordach stehen geblieben. Es hat geregnet, und es war dunkel. Aber die Nummer habe ich mir aufgeschrieben.« Sie fingerte einen Zettel aus der Hosentasche der Jeans und reichte ihn Dühnfort. Es war ein Münchner Stadtkennzeichen. Dühnfort zog das Handy aus dem Sakko und machte eine Halterabfrage.

»Dauert einen Moment«, sagte der Mann am anderen Ende der Leitung. Dühnfort hörte das Klappern einer Computertastatur und Countrymusik im Hintergrund. *On the road again.* »Da haben wir ihn schon. Der Wagen ist auf Boris Kaden zugelassen, wohnhaft in der Hinterbärenbadstraße.«

Dühnfort notierte die Angabe.

»Aber, ich sehe gerade, das ist kein Fiat, sondern ein Mercedes.«

Verflucht noch mal, dachte Dühnfort. »Ist auf den Halter ein weiteres Fahrzeug angemeldet?«

Wieder hörte Dühnfort die Tasten klappern. *And I can't wait to get on the road again.* »Nein. Nur der Mercedes.«

Dühnfort dankte, legte auf und steckte den Zettel ein. »Frau Heppner, sind Sie sicher, dass Sie die Nummer richtig notiert haben ...«

»Doch. Schon.«

»... und dass Sie den Mann nicht beschreiben können?«

»Den habe ich gar nicht gesehen. Könnte genauso gut eine Frau gewesen sein.«

»Eine Frau?«

»Das kommt schon mal vor. Was ist mit dem Auto, und was ist mit Jana?« Mit einem Mal klang Daniela Heppners Stimme piepsig.

»Ist es möglich, dass sie die Person, die hinter dem Steuer saß, kannte?«, fragte Dühnfort und lehnte sich an die Kante des Fensterbretts.

Daniela Heppner zuckte die Schultern. »Ein Stammkunde, meinen Sie?«

»Oder ein flüchtiger Bekannter, ein Freund …«

»Könnte sein. Sie hat nicht lang gezögert, ist nach ein paar Sekunden eingestiegen. Das kann aber auch am Regen gelegen haben.«

»Der Fiat … wissen Sie, welches Modell das war?«

»Ein Punto. So einen habe ich auch. Allerdings in Türkis.«

»Gut.« Dühnfort stand auf. »Wir werden sie suchen.« Er warf Siggi einen Blick zu.

Der nickte kaum merklich. »In Ordnung. Dann übernehmt ihr das.«

Daniela Heppner hielt inzwischen den Griff ihrer Handtasche umklammert, als schien sie zu ahnen, was er befürchtete. »Ein Kollege wird Sie nach Hause begleiten. Wir brauchen Adressen und Telefonnummern von Angehörigen und Bekannten. Hat sie einen Freund?«

»Zurzeit nicht. Sie machen mir langsam Angst. Wieso plötzlich diese Hektik?«

Dühnfort überlegte, wie ehrlich er sein sollte. »Es tut mir leid, wenn Sie das so empfinden. Machen Sie sich keine Sorgen. Das ist unsere übliche Routine, wenn jemand verschwindet«, sagte er und fügte in Gedanken hinzu: *und wir ein Verbrechen nicht ausschließen können.* »Mein Kollege wird in zehn Minuten bei Ihnen sein.« Er notierte Janas Handynummer und verabschiedete sich.

Gina saß vor ihrem Computer und betrachtete Aufnahmen aus der alten Brauerei, während Alois über Kundenlisten brütete, die er von Händlern für Metzgereibedarf angefordert hatte. Buchholz hatte die Vermutung geäußert, Nadines Kopf sei mit einem Ausbeinmesser abgetrennt worden.

Dühnfort informierte die beiden über die Vermissung Jana Wittichs. »Wir brauchen Anhaltspunkte, wo sie sich aufhalten könnte. Alois, das übernimmst du. Frau Heppner wartet in Siggis Büro auf dich.«

»Bin schon unterwegs.« Alois griff nach seinem Trenchcoat und verließ den Raum.

»Wenn du die Bänder der Verkehrsüberwachung anfordern und überprüfen könntest«, wandte Dühnfort sich an Gina. »Vielleicht haben wir Glück und der schwarze Punto ist auf einem zu sehen.«

»Du denkst, er hat die Nummernschilder geklaut.«

»Sieht ganz danach aus.«

»Jana ist eine Prostituierte. Das Szenario gleicht dem vor sechs Jahren in Düsseldorf. Wie passt da Nadine ins Bild? Sie ging nicht auf den Strich, befand sich zum Zeitpunkt ihres Verschwindens auch nicht in einer Gegend, wo man die Damen normalerweise findet, und sie ist in einen silberfarbenen Jaguar gestiegen, nicht in einen schwarzen Kleinwagen.«

Dühnfort setzte sich auf die Kante von Ginas Schreibtisch. Sie hatte recht. Das Verschwinden Nadines fiel aus dem Rahmen. Wenn der Hass des Täters sich gegen käufliche Frauen richten würde, wäre er nicht vom Schema abgewichen. Vermutlich wählte er bloß deshalb Prostituierte, weil er leichter an sie herankam. Das Äußere war also entscheidend. Die langen Haare, die schlanke Figur, der kindliche Körper. Nadine war ihm zufällig über den Weg gelaufen, und sie hatte perfekt ins Schema gepasst. »Ich denke, das war ein spontaner Entschluss. Sie entspricht genau dem Typ, den er sucht. Er hat sie gesehen und angesprochen. Vielleicht war es ja auch umgekehrt, und Nadine hat ihn gefragt, ob er ihr den Weg zum Gandl sagen könnte.«

»Und er hat angeboten, sie zu fahren. Ist dann aber nicht zum Gandl ... Im Auto mitten in der Stadt kann er sie unmöglich überwältigt haben. Er muss sie überredet haben, das Date im Gandl sausen zu lassen.« Gina stützte den Kopf in die Hände. »Er muss schon verdammt gut aussehen und vertrauenerweckend wirken. Wer also? Fuhrmann oder Lichtenberg? Wobei der eher nicht. Zu dem würde ich nicht freiwillig ins Auto steigen. Außerdem fährt er einen BMW.«

»Vielleicht täuscht Schack sich, und es war doch kein Jaguar, sondern einfach ein silberfarbenes Coupé.«

»Du meinst, so eines, wie Lichtenberg es fährt?« Gina schob den Stuhl zurück. »Ich organisiere jetzt die Überwachungsbänder und checke dann, wer einen schwarzen Punto gemietet hat.«

»Gut. Um die Handyortung und die Fahndung nach dem Fahrzeug kümmere ich mich.«

Dühnfort kehrte in sein Büro zurück und schaltete das Licht an. Der Tag war noch immer grau und dunkel, als wäre es bereits November, als wäre der Sommer spurlos vorübergegangen. Zögernd stand er mit Janas Bild in der Hand vor der Pinnwand. Er brachte es nicht über sich, es in die Nähe der Fotos von Svenja und Nadine zu heften, und legte es schließlich auf den Schreibtisch. Dann griff er zum Telefon und wählte Schacks Nummer. Die Mailbox schaltete sich an, Dühnfort bat um Rückruf. Anschließend suchte er Christoph Leyenfels auf.

***

Der Regen erinnerte Vicki an England. Fein und pieselig, alles durchdringend. Das sollte Sommer sein? Mit dem Rad zu fahren konnte sie vergessen. Sie löste ein Tagesticket, stieg in die S-Bahn zum Hauptbahnhof und dort in die U-Bahn Richtung Königsplatz. Seit Paris hasste sie es, U-Bahn zu fahren. Trotzdem tat sie es. Sie ging wie immer zwischen Bahnsteigkante und der Linie entlang, die man nicht überschreiten sollte, bevor der Zug gehalten hatte. Als ein schwacher Luftzug aus dem Tunnel zu strömen begann, begann ihr Herz schneller zu schlagen. Eine unangenehme Kühle legte sich in ihren Magen, eine unsichtbare Hand umfasste ihren Hals und drückte zu. Trotzdem blieb sie stehen, wich keinen Millimeter. Würgte die Angst hinunter. Ignorierte die Lautsprecherdurchsage. *Bitte vom Sicherheitsstreifen zurücktreten.* Der Luftzug wurde stärker, das Rattern lauter. *Du dumm's Madl. Gehst jetzt endlich a Stück zurück!* Waggons wischten vorbei, wurden langsamer, kamen zum Stehen. Vicki atmete durch und stieg ein. Man durfte sich einfach nicht unterkriegen lassen.

Kurz nach zehn stieg sie am Königsplatz aus und nahm den Ausgang zur Glyptothek, die sie am Freitag, bei ihrem ersten Versuch der Parallelwelterkundung, entdeckt hatte.

Da sie den Nachmittag freigehabt hatte, war dem nichts im Wege gestanden. Vicki war vom Stiftungsbüro direkt zur Oper gegangen, die aber geschlossen hatte. Gut, dann eben nicht, dann würde sie sich Gemälde ansehen. Spontan entschied sie sich für das Lenbachhaus, das sie von Plakaten aus der U-Bahn kannte. Als sie dort ankam, hing ein Schild am Eingang. *Wegen Sanierung bis 2012 geschlossen.* Mist. Verärgert trottete sie über den Königsplatz, vorbei an der Glyptothek, und fuhr dann ins St.-Michael-Haus, um ihre frohe Botschaft zu verbreiten: Wernegg würde die Reittherapie bezahlen.

Erst heute Morgen hatte sie sich wieder an die Parallelwelt und die Glyptothek erinnert. Was sich hinter diesen

Mauern wohl verbarg? Sie googelte und erfuhr, dass dort antike Skulpturen standen. Eintritt sonntags ein Euro. Das war ein fairer Preis. Allerdings hatte das Tagesticket für den MVV fünf Euro gekostet.

Mit der Rolltreppe fuhr Vicki nach oben und ging bei Rot über die Ampel, wild entschlossen, schnellstmöglich einen Blick in die Welt der Kunst zu werfen. Sie schritt durch ein Tor, das wie ein griechischer Tempel aussah, überquerte den Königsplatz und steuerte auf die Glyptothek zu. Vielleicht würde sie dort eine Skulptur von Epiktet finden. Dieser Gedanke beschleunigte ihre Schritte. Nun hatte sie ein Ziel und einen Grund, dieses einschüchternd wirkende Gebäude zu betreten.

Im Foyer kaufte sie eine Eintrittskarte, zeigte sie einem Mann in Uniform und betrat die Ausstellungsräume.

Die Säle waren kühl und hoch wie Kathedralen. Das leise Wispern der wenigen Besucher umspann die antiken Statuen wie unsichtbare Fäden. Vicki schritt über Böden aus grauem Stein, blieb vor marmornen Körpern stehen, denen Unter- oder Oberschenkel, Arme oder Hände fehlten, vor Gesichtern ohne Nasen oder Ohren, und doch war jede Figur von unantastbarer Schönheit. Wer derart Wunderbares erschaffen hatte, musste einfach glücklich gewesen sein.

Schließlich kam sie zu einem Saal, in dem sich eine einzige Skulptur befand. Der Barberinische Faun, wie ein Schildchen verriet. Eine Gruppe von Besuchern verließ ihn gerade. Vicki blieb allein zurück und betrachtete ihn.

Er war zum Weinen schön; schön wie ein Gott, obwohl er so menschlich wirkte. Halb lag, halb saß er auf einem Sockel, stellte seinen muskulösen Körper ebenso unbefangen zur Schau wie sein Geschlecht, das zwischen angewinkelten und gespreizten Beinen alles andere als verborgen war. Er wirkte schlaftrunken, träumend. Wovon wohl? Den Kopf voller marmorner Locken hatte er für immer und ewig in den Nacken geworfen, einen Arm dahinter verschränkt, während der andere träge herabhing. Seine vollen Lippen waren leicht geöffnet, als wartete er darauf, wachgeküsst, vom ewigen Schlaf erlöst zu werden.

Wie viele Frauen das wohl schon heimlich versucht hatten? Und wie viele Männer?

Der Marmor war weiß und glatt. Und doch war Vicki sich beinahe sicher, wenn man ihn berührte, wäre er nicht kalt. Konnte nicht kalt sein. Für immer und ewig.

Sie war noch immer allein. Kurz lauschte sie, ob sich jemand näherte, hörte nichts, hob die Hand und zögerte einen Moment zu lange, den Rippenbogen zu berühren. Ihr Handy begann zu klingeln. In der Museumsstille klang es überlaut. Eilig zog Vicki die Finger zurück und zerrte das Telefon aus der Tasche, bevor es weiter schrillen und die Aufseher auf den Plan rufen konnte. »Hallo«, meldete sie sich atemlos.

»Frau Senger?« Es war die Stimme von Wernegg.

»Ja.«

»Jobst Wernegg. Ich hoffe, ich rufe nicht zu früh an.«

Es war nach halb elf. Was glaubte er denn, wann sie aufstand? »Ist schon …« Und dann wurde ihr klar, was er wollte. Vermutlich. Hoffentlich. »Sie stören nicht.«

»Heute hätte ich Zeit, das Heim anzusehen. Ich wollte fragen, ob Ihnen das auch passen würde.«

Yeah! »Klar. Kein Problem. Wann? Jetzt gleich?«

»Wenn Sie Zeit haben.«

Natürlich passte es ihr. Sie gab ihm die Adresse des Heims durch und sagte, bei ihr würde es noch etwas dauern. »Ich bin am Königsplatz und muss mit der U-Bahn und S-Bahn und dann noch mit dem Bus fahren.«

»Ich komme aus Nymphenburg. Der Königsplatz liegt auf dem Weg. Wenn Sie möchten, hole ich Sie ab.«

»Ja. Gerne.«

Bevor sie den Saal verließ, strich sie über die Brust des Fauns, spürte Muskeln und Rippenbogen, kalt und unnachgiebig. Toter Stein. Und trotzdem schlummerte Leben in ihm.

Vicki schlenderte durch die Ausstellungsräume zurück Richtung Eingang, blickte durch die großen Fensterflächen in den Innenhof und überlegte, wie die Skulpturen wohl nachts aussahen, wenn das Mondlicht auf sie fiel. Klasse Motive. Ob man sich hier unbemerkt einschließen lassen und heimlich fotografieren konnte?

Als sie das Foyer erreichte, warf sie einen Blick auf den Platz. Wernegg war noch nicht da. Sie ging auf die Toilette. Während sie sich die Hände wusch, musterte sie ihr Gesicht im Spiegel. Die braunen Locken hatten sich in der Regenluft gekringelt und standen widerspenstig in alle Himmelsrichtungen. Ihre Augen strahlten. Wernegg war also einer, der Wort hielt. Sicher würde er keinen Rückzieher mehr machen, wenn er erst einmal das Heim besichtigt hatte.

Kein Handtuch weit und breit. Vicki wischte sich die Hände an den Shorts trocken und betrachtete die Moorleichen-Gummistiefel und die Lederjacke. Dabei dachte sie an Henriettes mahnende Worte, sie sollte was Seriöses anziehen, und schnitt ihrem Spiegelbild eine Grimasse. Es kam eben nicht darauf an, wie aufgebrezelt man war. Was zählte, war, wie man für eine Sache eintrat.

Vicki warf den Rucksack über die Schulter, verließ das Museum und sah sich um. Das einzige Auto, das am Rande der Straße hielt, war ein silberfarbener Angeberwagen. Wernegg saß hinter dem Steuer. Als er sie entdeckte, stieg er aus und reichte ihr die Hand. »Hallo, Frau Senger.«

»Das ist ja ein echt peinliches Auto.« Uuups, dachte Vicki im selben Moment, das hätte ich jetzt besser nicht gesagt. Heiß stieg ihr die Röte ins Gesicht.

Wernegg lachte. »Welch wahres Wort. Peinlich. Ich mag den Wagen auch nicht. Aber mein anderer ist in der Inspektion. Sollen wir ihn einfach stehen lassen und die U-Bahn nehmen?« In Werneggs Augen funkelte Schalk.

»Ist schon okay. Geht auf alle Fälle schneller als mit dem MVV.« Vicki verkniff sich die Frage, weshalb er das Auto gekauft hatte, wenn es ihm nicht gefiel.

»Na, dann machen wir uns auf den Weg.« Er hielt ihr die Beifahrertür auf, was Vicki seltsam berührte. Das war so was von altmodisch und trotzdem irgendwie nett, so als ob er sie wirklich ernst nähme. Wehalb sollte er das aber auch nicht tun?, fragte sie sich postwendend, warf den Rucksack in den Fußraum und stieg ein.

Während der Fahrt fragte er sie, ob sie studiere. »Ich habe nur Hauptschulabschluss, da klappt das mit dem Studieren nicht. Zurzeit mache ich eine Lehre.« Sie mochte es nicht, wenn man sich für sie interessierte, und sah aus dem Fenster. Seine taktlose Frage vom Freitag fiel ihr wieder ein, als er wissen wollte, weshalb sie im Heim aufgewachsen war.

»Stört es Sie, wenn ich Musik anmache?«

Sie schüttelte den Kopf.

»Haben Sie einen Wunsch?«

Die Parallelwelterkundung stand noch auf der Tagesordnung. »Vielleicht was Klassisches. Mozart oder so? Oder Opernarien?«

Diese Antwort hatte er offensichtlich nicht erwartet. Ein verblüffter Blick streifte sie. »Tut mir leid. Im CD-Wechsler sind nur Jazz und Pop.«

»Dann ist es mir egal.«

»Vielleicht finde ich im Radio etwas.« Er suchte einen Sender, während sie am Karolinenplatz den Obelisken umrundeten, der an dreißigtausend bayerische Soldaten erinnerte, die während Napoleons Russlandfeldzug gefallen waren. Das war Vicki vom Geschichtsunterricht im Gedächtnis geblieben. Die Stadt war voller Denkmäler für die Toten: sinnlos Gestorbene und unsterblich Gewordene.

Klaviermusik erklang. Vicki schloss die Augen, so konnte sie besser hören. Ein Phänomen, das sie schon als Kind entdeckt hatte. Klang gar nicht schlecht. Wie der perlende Regen an der Windschutzscheibe, wie Wind in den Bäumen und das Rauschen eines Bachs.

Eine Viertelstunde später erreichten sie das St.-Michael-Haus in Ramersdorf, einem Viertel für einfache Leute, die sich die horrenden Mieten anderer Stadtteile nicht leisten konnten.

Wernegg parkte vor dem dreigeschossigen Gebäude. Vicki war der Anblick vertraut. Immerhin war es drei Jahre lang mehr als nur ein Dach über dem Kopf für sie gewesen. Doch auf ihn musste das Haus unfreundlich wirken. Grauer Waschbeton, Alujalousien, Flachdach. Lediglich eine farbenfrohe Bordüre gemalter Blumen, Tiere und Menschen, die sich im Erdgeschoss mannshoch über die ganze Vorderseite erstreckte, verriet, dass hier Kinder lebten. Ein Maschendrahtzaun begrenzte das Gelände, dahinter erstreckte sich ein weitläufiger Garten mit Rasenflächen, Spiel- und Sportplatz.

»Das ist es.« Vicki wies auf das Haus.

Wernegg taxierte es mit kritischem Blick. Klar, ein Schloss war das nicht. Was hatte er denn erwartet? Sie stieg aus, ging über einen asphaltierten Weg zum Haus und hörte, wie Wernegg ihr folgte.

Hinter der Glasscheibe der Eingangstür stand Peter, wie so oft, und starrte hinaus, als sei er ein Gefangener. Als er sie entdeckte, ging in seinem Gesicht die Sonne auf. Mit aller Kraft stemmte er sich gegen die Tür, drückte sie auf und rannte mit einem unartikulierten Freudenschrei auf Vicki zu. Er umklammerte ihre Beine und drückte sein Gesicht an ihre Hüfte.

»He, Zwerg. Nicht so stürmisch. Du wirfst mich ja um.« Sie griff nach Peters Händen, löste sie sanft und ging in die Hocke. »Na, alles im Lot?«, fragte sie und wuschelte ihm durch die Haare.

Peter nickte. Das strahlende Lächeln verschwand, und der gewohnte ernste Ausdruck erschien wieder.

»Schau mal, Peter, das ist der Herr Wernegg«, sie wies nach oben. »Und weißt du was, der kann Wünsche erfüllen, obwohl er keine blauen Wunschpunkte im Gesicht hat wie das Sams. Soll ich dir verraten, welchen Wunsch er uns erfüllen wird?«

Peter nickte bedächtig, wobei er aus den Augenwinkeln nach oben schielte.

Vicki flüsterte es Peter ins Ohr.

Daraufhin erklang wieder ein Freudenschrei, Peter stürzte sich auf Wernegg und umfing nun für eine Sekunde dessen Beine.

Auch er ging neben Peter in die Hocke. »Freust du dich so auf die Pferde?«

Ein eifriges Kopfnicken war die Antwort.

In der Tür erschien Isolde. Sie trug eine schwarze Leinenhose und eine petrolfarbene weite Bluse, die ihre birnenförmige Figur kaschierte. Ein Kranz von Lachfalten umgab ihre Augen, und hennarote Locken wippten, als sie auf Vicki zukam. »Grüß dich.« Eine Umarmung folgte und dann ein interessierter Blick. »Und Sie sind sicher Herr Wernegg.«

Wernegg reichte Isolde die Hand. »Und Sie sind vermutlich die Heimleiterin. Frau Petri?« Zum ersten Mal fiel Vicki seine Stimme auf. Sie war warm und freundlich, wie das Murmeln eines warmen Sommerregens.

Isolde lächelte. »Genau. Womit fangen wir an? Am besten mit einer Besichtigung.«

In der folgenden Stunde führten Vicki und Isolde Wernegg durch das Heim, zeigten ihm die Gruppenzimmer, die Räume für Musik, Tanz und Ergotherapie und die Sporthalle. Dann besuchten sie eine der heilpädagogischen Gruppen, in denen Kinder im Alter von drei bis dreizehn Jahren gemeinsam mit Erziehern und Pädagogen in einer Art von Familie zusammenlebten. Peter war immer mit dabei, seine kleine, verschwitzte Hand fest in Vickis geschoben.

Am Ende des Rundgangs erreichten sie einen der Gruppenräume und setzten sich an einen runden Tisch. Isolde holte Nico, Sabrina und Jessica dazu.

Nico war ein bulliger Junge, der seine Angst hinter einem verächtlichen Zug um den Mund und einem rebellischen Funkeln in den Augen versteckte. Sabrina dagegen schien wie so oft in eine ihrer Phantasiewelten entrückt. Sie war blass, mager, beinahe durchscheinend, wie eine der Märchenwelt entstiegene Fee. Jessica presste ängstlich ihren Stofftiger an sich, als könnte er ihr Stärke und Mut verleihen, und musterte Wernegg unter halb gesenkten Lidern. Peter setzte sich auf den Stuhl neben Vicki und ließ ihre Hand los.

»So, ihr Lieben«, sagte Isolde. »Wir haben einen Gast. Das ist Herr Wernegg. Er leitet eine Stiftung. Was das ist, erkläre ich euch gleich, aber vorher habe ich eine Frage. Erinnert ihr euch noch an den Ausflug, den wir kurz nach Ostern gemacht haben?«

Jessica drückte ihren Tiger fester an sich. »Zu den Ponys.« Der Tiger wanderte Richtung Kinn, doch plötzlich legte sie ihn auf den Tisch. »Ich habe eins gefüttert«, sagte sie stolz. »Es hat eine Karotte aus meiner Hand geschnubbelt.«

»Pah. Das ist doch gar nichts«, sagte Nico. »Ich bin sogar auf einem geritten. Drei Runden.« Der verächtliche Zug verschwand. »Fahren wir wieder mal dorthin?«

Peter nickte eifrig. Vicki hoffte, er würde es sagen, mit seinem Exklusivwissen prahlen. Aber er schwieg.

Sabrina blickte weiter unbeteiligt in die Ferne.

»Und du, Sabrina?«, fragte Wernegg. »Hat dir der Ausflug zu den Pferden nicht gefallen?«

Für einen kurzen Augenblick wanderte ihr Blick zu ihm, wurde dann wieder weich, durchscheinend und kehrte in ihre Innenwelt zurück.

»Mir kommen sie manchmal wie Fabelwesen vor«, sagte Wernegg. »Als Kind hatte ich eines. Es hieß Pegasus, wie das geflügelte Pferd aus der Sage. Es war auch genauso schwarz. Nur Flügel hatte es leider nicht. Manchmal habe ich mir vorgestellt, es hätte welche und ich würde mit ihm davonfliegen. Bis hinauf zu den Sternen.«

Während er gesprochen hatte, war Sabrinas Blick zu ihm zurückgekehrt. Unsicher musterte sie ihn. »Meines ist weiß«, sagte sie leise. »Es ist eigentlich kein richtiges Pferd. Es ist ein Einhorn. Wir reiten bis ans Ende der Welt. Manchmal.«

»Bis ans Ende der Welt.« Nico lachte. »Die Welt hat

doch gar kein Ende, und Einhörner gibt's nur im Märchen.«

»Würde es dir Freude machen, die Ponys wieder zu besuchen?«, fragte Wernegg.

Sabrina begann eine Haarsträhne zwischen den Fingern zu zwirbeln. »Das wäre schön«, sagte sie schließlich. »Kommst du auch mit?«

»Vielleicht.« Wernegg wandte sich an Peter. »Dass du dich auf das Reiten freust, habe ich ja schon mitbekommen. Also, ich organisiere das für euch. Künftig dürft ihr einmal in der Woche zu den Pferden.«

»Ist nicht wahr«, entfuhr es Nico.

Isolde schaltete sich ein und erklärte den Kindern, dass Jobst Wernegg Vorsitzender der Susanne-Karg-Stiftung war, welche Aufgaben seine Stiftung wahrnahm und dass diese die Kosten für das Reiten bezahlen würde. Sie hatte gerade geendet, als ein Gong aus dem Lautsprecher neben der Tür erklang. »Zeit für das Mittagessen. Geht schon vor. Ich komme gleich nach.«

Die Kinder rutschten von den Stühlen und liefen zur Tür. Als Sabrina an Wernegg vorbeikam, blieb sie stehen. »Wer ist die Susanne?«

»Sie war meine Mutter.«

»Ist sie gestorben?«

Wernegg nickte.

»Bist du traurig?«

»Manchmal.«

»Hast du sie lieb?«

»Natürlich. Noch immer. In meinem Herzen lebt sie weiter.«

»Ich habe meine Mami auch lieb. Aber jetzt muss ich zum Essen gehen.«

Vicki sah Sabrina nach und fragte sich, wie dieses

Mädchen seine Mutter lieben konnte. Eine Säuferin, die ihr Kind fast hätte verhungern lassen. Und doch wusste sie die Antwort. Schließlich hatte auch sie in diesem Alter ihre Mutter bedingungslos geliebt. Es blieb einem ja nichts anderes übrig. Man war abhängig, emotional und materiell. Das eigene Leben hing von der Fürsorge und Liebe dieser Person ab, daher durfte man sie nicht zurückweisen. In meinem Herzen lebt sie weiter, hatte Wernegg gesagt. Er hatte ja auch eine tolle Mutter gehabt. In meinem Herzen lebt nur Hass für meine, dachte Vicki und erschrak über diesen Gedanken. Er hatte etwas Vergiftendes.

Hass war der inneren Ruhe und Gelassenheit, nach der sie suchte, sicherlich abträglich. Das also hatte Adrian gemeint, als er gesagt hatte, sie sollte ihn wegpacken. Aber wie packte man Gefühle weg? Sie waren nun mal da, verdammt, und ließen sich nicht in Kisten stopfen und auf den Dachboden stellen oder, besser noch, auf dem Sperrmüll entsorgen.

Während sie diesen Gedanken nachspürte, bekam sie am Rande mit, wie Wernegg Isolde die Kostenübernahme der Reittherapie für die Dauer eines Jahres zusagte, falls nötig auch für weitere Kinder. »Ich brauche einen detaillierten Antrag mit einer Kostenaufstellung. Außerdem erwarte ich ein Monitoring der Therapie, anonymisiert natürlich. Wenn der Erfolg belegt ist, können wir im Bedarfsfall auch in den Folgejahren Gelder dafür zur Verfügung stellen. Ich werde den Antrag bearbeiten, sobald er uns vorliegt. Sie erhalten dann das Jahresbudget vorab, und wir erhalten jeweils zum Quartalsende einen Status quo und am Jahresende eine komplette Abrechnung sowie das Ergebnis des Monitorings.«

Isolde Petri bedankte sich bei Wernegg und fragte

Vicki, ob sie die Antragstellung übernehmen wolle. »Schließlich geht das auf deine Initiative zurück. Außerdem wächst man an seinen Aufgaben.«

»Klar. Gibt es dafür ein Formular?«

»Das können Sie ganz formlos erledigen«, erklärte Wernegg.

Isolde begleitete sie noch bis zur Tür. Dort nahm sie Vicki in den Arm und sagte leise: »Das hast du toll gemacht. Ich bin stolz auf dich.« Zum Abschied reichte sie Wernegg die Hand. »Was täten wir nur ohne Leute wie Sie?«

»Ich führe nur fort, was meine Mutter begonnen hat.«

Hä?, dachte Vicki. Er hat doch die Stiftung erst gegründet, nachdem sie gestorben war. Sie reichte ihm die Hand. »Mit dem Antrag beeile ich mich. Den kriegen Sie morgen. Bis dann also.« Vicki sah auf die Uhr und dann zur gegenüberliegenden Haltestelle. Wenn sie den Fahrplan richtig im Kopf hatte, würde erst in zehn Minuten ein Bus kommen.

»Kann ich Sie bis zur U-Bahn mitnehmen?«, fragte Wernegg.

Keine schlechte Idee. »Das wäre super.«

Durch den nieselnden Regen gingen sie zum Auto. Während der Fahrt fragte er, ob er das Radio wieder anmachen sollte.

»Ich verdaue noch das Stück von vorher. Wissen Sie, was das war?«

Verwundert wandte er für einen Moment den Blick von der Straße ab. »So kann man sich täuschen. Ihre Art zuzuhören ... ich hätte gedacht, dass Sie mir sogar Orchester und Solisten nennen könnten.«

Vicki schob eine der widerspenstigen Locken aus dem

Gesicht. »Ich habe keinen Dunst von klassischer Musik.«

Eine Ampel schaltete auf Rot. Wernegg hielt. »Ich bin mir nicht sicher, tippe aber auf Mozart. Wenn Sie möchten, finde ich es heraus.«

»Wie können Sie das herausfinden?«

Ein Lächeln erschien auf seinem Gesicht. »Ich rufe ganz einfach beim Sender an und frage.«

»Guter Plan. Darauf hätte ich selbst kommen können.«

Es wurde Grün. Wernegg fuhr weiter. Er wirkte mit einem Mal in sich gekehrt. Der Regen ließ nicht nach, die Feuchtigkeit brachte die Farben zum Leuchten. Eigentlich paradox, dachte sie. Woher kam das wohl?

»Sind Sie auch so hungrig wie ich?«

Vicki fuhr aus ihrer Überlegung hoch. »Geht so.« Was sollte das jetzt werden?

»Darf ich Sie zum Essen einladen?« Er sah kurz zu ihr hinüber, und sie bemerkte eine nachdenkliche Falte an der Nasenwurzel.

Nachdem er nun die Kohle für die Kids lockermachte, konnte sie schlecht ablehnen, und sie war sich auch nicht sicher, ob sie das wollte. »Ja. Okay. Das geht in Ordnung.«

»Worauf haben Sie Lust? Italienisch, Asiatisch ...«

»Am liebsten französische Küche«, platzte es aus ihr heraus. Jakobsmuscheln, Ziegenkäse, Entenbrust, Dorade, Gâteau au Chocolat. All diese Köstlichkeiten hatte sie seit zwei Jahren nicht mehr gegessen. Allein bei dem Gedanken daran bekam Vicki Hunger. Damals, vor zwei Jahren, hatte sie in einem kleinen Restaurant in der Rue Tardieu bedient, und jeden Abend nach getaner Arbeit hatte Jacques, der Koch, ihr höchstpersönlich ein leckeres Essen serviert. *Du bist mager wie ein Stubenküken.*

»Kennen Sie das *Le Bousquerey*?«

Vicki schüttelte den Kopf.

»Es ist nicht weit von hier. Sollen wir das probieren?«

»Warum nicht?« Sie fragte sich, weshalb sie diese Einladung annahm. Es war nicht allein Höflichkeit, da war noch etwas anderes. Seit er ihr am Freitag diese dreiste Frage gestellt hatte, hegte sie den nicht sehr freundlichen Wunsch, ein wenig an seinem Lack zu kratzen, mal zu gucken, was sich hinter dieser schönen Oberfläche verbarg.

***

Wernegg stoppte vor dem Restaurant. Es wirkte unscheinbar. Eine Tür, zwei Fenster, darüber ein rotes Schild mit weißer Schrift. *Le Bousquerey.* »Wir sind da.«

Sie stiegen aus. Wernegg hielt ihr die Tür zum Restaurant auf. Daran könnte ich mich glatt gewöhnen, dachte Vicki.

Etwa ein Dutzend weiß eingedeckter Tische mit schlichtem Geschirr, schnörkellosen Gläsern und Stoffservietten befand sich in dem kleinen Lokal. Etwa die Hälfte davon war mit Gästen besetzt. An einer Säule hing eine große Schiefertafel, auf der das *menu du jour* mit Kreide angeschrieben stand.

Es duftete nach Thymian und Knoblauch, nach Fisch und geschmortem Fleisch, nach Kaffee und Schokolade. Über all dem schwebte ein leiser Geräuschteppich von klapperndem Besteck, gedämpften Stimmen und Musik.

Ein Kellner kam auf sie zu. Sein Blick glitt an Vicki hinab bis zu den Moorleichen-Gummistiefeln. Ein verwunderter Ausdruck erschien auf seinem Gesicht, verschwand aber augenblicklich nach der Taxierung ihres Begleiters. Sie sah förmlich, wie der Mann sie flugs in die Schublade *exzentrische Freundin eines Mannes mit Stil und Geld* steckte.

Eine Minute später saßen sie an einem Tisch in der Fensternische. Als Aperitif bestellte Vicki Wasser.

»Gute Idee. Da schließe ich mich an. Ich muss heute noch ein Tennismatch gewinnen«, sagte Wernegg.

»Perrier, Vittel, Apollinaris?«, fragte der Kellner.

»Einfach nur Münchener Leitungswasser«, erwiderte Vicki.

»Und der Herr?«

»Auch da schließe ich mich an.« Ein kaum merkbares Lächeln spielte um seine Mundwinkel, während er dem Kellner nachsah.

»Was wäre, wenn Sie das Match verlieren?«, fragte Vicki. War er so ein Ehrgeizling, der keine Niederlage einstecken konnte, immer Sieger sein musste?

Wernegg schien verblüfft über diese Frage. »Ein schlechter Freund vielleicht.« Seine Hände vollführten eine ratlose Geste und sanken dann auf den Tisch. »Ich muss einen Freund auf andere Gedanken bringen. Er ist sehr ehrgeizig und spielt fabelhaft. Wenn ich ihm ordentlich Dampf mache, kann er für ein paar Stunden seine Sorgen vergessen. Und wenn ich sogar gewinne, dann wird René bis morgen an seiner Niederlage kauen, sein Spiel analysieren, überlegen, was er besser machen kann, und nicht dran denken, dass seine Frau mit ihrem Lover in einem Luxushotel die Laken zerwühlt.«

Uups. So eine Beziehungsscheißkiste. Vielleicht sollte der Mann mal mit seiner Frau reden, anstatt sich abzureagieren, indem er auf Bälle eindrosch. Na, besser auf

Bälle als auf die Frau. »Klingt nach einem guten Plan«, sagte Vicki.

Der Kellner kehrte mit einer Karaffe Wasser zurück, schenkte die Gläser voll, fragte, ob er etwas empfehlen dürfe, und erklärte dann die Gerichte der Tageskarte. Vicki sah auf die Preise. Ein Hauptgericht kostete so viel wie ihre Monatsfahrkarte. Aber Wernegg konnte es sich leisten. Kein Grund, bescheiden zu sein.

Sie entschied sich für ein halbes Dutzend Austern, nachdem sie sich vergewissert hatte, dass es sich um *huîtres plates* und nicht um *belons* handelte. Die schmeckten nicht so wunderbar nach Meer wie die Sorte aus der Nordbretagne. Wobei das natürlich jeder anders sah. Als Hauptgericht wählte sie Entenbrust mit Ingwer-Honig-Soße. »Ob ich ein Dessert nehme, verrate ich Ihnen später.«

»Ich schließe mich schon wieder an«, sagte Wernegg und breitete in einer entschuldigenden Geste die Hände aus. Nachdem der Kellner die Bestellung notiert hatte, entschwand er Richtung Küche.

»Zu den Austern hätte ich gerne ein Glas Sancerre«, rief Vicki ihm nach. Er stoppte und wandte sich um. Schadenfroh bemerkte sie, wie der Kellner rot anlief. Ein solcher Fehler war ihr nie passiert. Auch wenn ein Gast Wasser anstatt eines Aperitifs bestellte, hieß das noch lange nicht, dass er keinen Wein zum Essen nahm.

Bevor er wieder *Und der Herr?* fragen konnte, hob Wernegg zwei Finger der rechten Hand. »Zwei Gläser.«

Der Kellner notierte und verschwand.

Wernegg musterte sie lächelnd. »Sie sind ein sehr erstaunliches Wesen.«

»Ach? Weshalb? Weil ich weiß, dass es mehr als eine Sorte Austern gibt?«

»Das auch. Sie scheinen ein wandelnder Widerspruch zu sein. Aber vielleicht zeigen Sie mir auch nur, welche Vorurteile ich mit mir herumtrage.«

»Zum Beispiel?«

»Zum Beispiel hätte ich bei Ihrem Musikgeschmack eher auf Pop getippt als auf Klassik und bei der Kunst vielleicht auf Neo Rauch, Pipilotti Rist, Basquiat, sicher nicht auf antike Skulpturen. Und als ich Ihnen die Wahl des Restaurants überlassen habe, hatte ich einen Moment die Befürchtung, heute bei McDonald's essen zu müssen. Stattdessen bevorzugen Sie französische Küche, bestellen als Aperitif aber nur Leitungswasser und sind dafür bei den Austern umso wählerischer.«

»Das kommt einfach daher, dass ich einige Monate in Paris in einem kleinen Restaurant bedient habe, im *Chez Phillip*. Da habe ich wie die Made im Speck gelebt. Der Koch meinte, ich sei zu dünn, und hat mich rausgefüttert.«

Der Kellner brachte den Wein. Die Gläser waren beschlagen. Kurz darauf servierte er die Platte mit Austern, die auf zerstoßenem Eis zwischen Zitronenspalten angerichtet waren, stellte Butter und Baguette daneben und wünschte guten Appetit.

Sie stießen mit dem Wein an und machten sich über die Austern her. Während Vicki den Meeresgeschmack jeder einzelnen Muschel genoss und dazu Wein trank, erzählte sie von der Rue Tardieu. Diese lag in dem Viertel, in dem der Film *Die fabelhafte Welt der Amelie* gedreht worden war und das seither – neben der Sacré Cœur – eine weitere touristische Attraktion zu bieten hatte: den Gemüseladen *Au Marché de la Butte,* in dem einige Szenen des Films spielen. Ehe Vicki sich versah, erzählte sie auch von Adrian, dem deutschen Austauschstudenten, der sein Budget durch Führungen für deutsche Touristen aufgebessert hatte und der eines Abends im *Chez Phillip* aufgetaucht war.

Vicki stoppte ihren Erzählfluss. Das ging Wernegg nichts an. Adrian war auch am nächsten Tag gekommen und am darauffolgenden und immer wieder. Meistens saß er am selben Platz, bestellte ein preiswertes Gericht und las in einem Buch, in dem er mit Bleistift Notizen machte. Ab und an sah er auf, beobachtete sie, lächelte. Bis dann eines Abends einer ihrer Gäste aufstand und ging, ohne bezahlt zu haben. Vicki bemerkte es erst, als bereits die Tür hinter ihm zuschlug. Schimpfend lief sie ihm hinterher. Doch er war schneller und verschwand in der Menge von Touristen, die sich an diesem Sommerabend zwischen Sacré Cœur und der Metrostation *Anvers* durch die Straßen schob. So ein verfluchter Mistkerl! Zornig kehrte sie ins Restaurant zurück. Dort sah sie, wie Adrian Phillip, dem Wirt, einen Zettel gab und sich dann lächelnd an sie wandte. »Warte einen Augenblick auf mich, liebe Empörung. Lass sehen, wer du bist und worum es sich handelt.«

Was war denn das für ein scheiß Klugscheißer! »Die Empörung lädt man nicht ein. Die reißt einfach die Tür auf und ist da«, fauchte sie ihn an.

Er legte das Buch, das er in der Hand hielt, auf die Theke. »Es ist deine Tür. Sperr sie zu.«

»Ärgern wird man sich ja wohl noch dürfen.«

»Dein Wutanfall ändert nichts an der Situation. Der Kerl ist weg. Aber deine Empörung hindert dich daran, sinnvoll vorzugehen. Außerdem kostet sie dich jede Menge Kraft. Hinterher fühlst du dich mies und ausgelaugt.«

»Studierst du Psychologie oder was?« Er hatte recht.

Als die Wut langsam nachließ, begann sie sich müde und leer zu fühlen.

»Der Spruch stammt von Epiktet, einem Stoiker. Ich studiere Philosophie.«

»Und dein Epiktet meint, ich hätte mich besser auf einen Stuhl setzen, tief durchatmen und zehnmal Ommm stöhnen sollen?«

»Nein. Er meint, dass du stattdessen überlegen solltest, was du sinnvollerweise tun kannst.«

»Zum Beispiel?«

»Die Polizei rufen. Eine Personenbeschreibung abgeben. Oder mal nachsehen, was der Mann hat liegen lassen.«

»Nämlich?«, fragte Vicki, plötzlich hellwach.

»Er hat während des Essens telefoniert und etwas auf einem Zettel notiert. Den hat er vergessen.«

Auf dem Zettel stand eine Telefonnummer, und zwei Tage später war damit der Zechpreller ausfindig gemacht.

So hatte es zwischen ihr und Adrian begonnen. Er war der erste Mensch in ihrem Leben gewesen, der die magischen Worte zu ihr gesagt hatte. Zunächst die kleinen: *Ich habe dich lieb!* Da hatte sie geweint und nicht gewusst, warum. Später die großen. Da hatte sie bereits gewusst, dass er zu ihr gehörte, dass er ihr Gegenstück war.

Fünf Wochen und zwei Tage.

Dann war alles aus gewesen.

Die Erinnerung daran schnürte ihr die Kehle zu. Sie legte die Gabel weg, griff nach dem Glas. Wernegg beobachtete sie mit besorgter Miene. Wie lange hatte sie schweigend vor sich hin gestarrt?

»Dieser Adrian? Sie haben ihn geliebt?«

Vicki war noch immer ganz in der Vergangenheit. Sie nickte.

»Aber irgendetwas ist passiert?«

Wie kam er dazu, eine solche Frage zu stellen! Schon wieder! Verdammt noch mal! So ein Arsch!

Vicki presste die Kiefer aufeinander. Diesmal würde sie ihm die Knochen hinschmeißen, und dann würde er sich vor Scham über seine Neugier und Distanzlosigkeit winden.

Sie sah ihm ins Gesicht und stellte irritiert fest, dass es schöne Züge darin gab. Irgendwie zart und verletzlich. »Adrian ist über einen Kinderroller gestolpert. Was ja an und für sich nicht schlimm gewesen wäre. Wenn der Junge mit dem Roller nicht an der Bahnsteigkante gestanden hätte und die Metro nicht genau in diesem Moment eingefahren wäre. Er war sofort tot. Das habe ich noch gesehen, bevor ich aus den Latschen gekippt bin.« Ich könnte ihn noch fragen, ob ich ihm die Leiche beschreiben soll, dachte Vicki wütend, drängte jedoch die Erinnerung daran zurück.

Sie sah ihm in die Augen, trotzig, wütend und verletzt. Diesem Blick hielt er nicht stand. Ha! »Entschuldigen Sie. Ich wusste nicht … ich hätte nicht fragen dürfen.«

»Und was gibt Ihnen meine Antwort nun? Neugier befriedigt? Können Sie sich jetzt wieder toll fühlen? Was geht es Ihnen doch gut, während es anderen beschissen geht …«

»Es tut mir leid. Bitte …«

»… mir geht es aber nicht beschissen.« Während sie sprach, fuchtelte sie mit der Austerngabel herum, die sie wieder aufgenommen hatte. Touché!

Er griff nach ihrer Hand, stoppte so die Gabelattacke und ihren Redefluss. »Sie besitzen eine erstaunliche

Menschenkenntnis«, sagte er. »Ich fürchte, Sie haben ins Schwarze getroffen.«

»Wie?«

»Dieses Sichvergewissern, dass es einem gutgeht, indem man sich mit anderen vergleicht. Vermutlich ist das eine weitverbreitete menschliche Schwäche. Dennoch ist sie erbärmlich. Meine Frage war taktlos und indiskret. Es tut mir leid. Glauben Sie mir das?«

Sie nickte.

»Verzeihen Sie mir auch?«

Sie entzog ihm ihre Hand und legte die Gabel an den Tellerrand. »Sie haben aber nun mal gefragt und müssen mit meiner Antwort leben. Außerdem fordere ich Revanche.«

»Bitte?«

»Was war das Schlimmste, das Ihnen je passiert ist?«

Seine Hand fuhr unwillkürlich zum linken Ohr, prüfte, ob dieser Knopf, der vermutlich ein Hörgerät war, richtig saß. Dann strich er sich mit dem Finger über die Nasenwurzel. »Der Tod meiner Mutter. Sie ist bei einem Verkehrsunfall gestorben. Das war das Schlimmste. Es war so plötzlich ... es war keine Zeit, sich zu verabschieden ... letzte Worte zu sagen.«

Sie legte den Kopf schief. »Und was ist mit diesem Hörgerät?«

Er ließ die Hand sinken und lachte. »Das war auch nicht schön, aber nicht wirklich schlimm oder gar traumatisch. Es ist die Folge einer eitrigen Mittelohrentzündung.«

Vicki nahm sich ein Stück Baguette und bestrich es mit Butter. »Und ich dachte schon, jemand hätte Ihnen mal ordentlich eine gescheuert. Im Heim gab's einen Jungen, den Oliver, der war fast taub auf einem Ohr, weil sein Vater das mit den Ohrfeigen wörtlich genommen hat.«

Das Handy in Werneggs Sakkotasche begann zu klingeln. Er zog es hervor und sah auf das Display. »Entschuldigen Sie.«

Vicki war über die Unterbrechung froh. Das Gespräch war in eine Richtung gerutscht, die ihr nicht gefiel. Sie wollte nicht, dass er sauer auf sie wurde und dann vielleicht einen Rückzieher machte. Wernegg meldete sich, lauschte und sagte dann: »Hallo, Serge.«

Vicki rutschte vor Schreck das Baguette aus der Hand, es fiel auf den Boden. Sie bückte sich und tauchte mit rotem Kopf wieder auf. Das konnte ja wohl nur Buthler sein. Wernegg musterte sie verwundert.

Wenn Vicki das Gespräch richtig interpretierte, bot Buthler Wernegg ein Bild zum Kauf an, ein Vanitas-Motiv, das ein anderer Kunde abstoßen musste und das deshalb günstig zu haben war.

»Ja. Das passt gut. Dann bis dann.« Doch Wernegg beendete das Gespräch noch nicht. Buthler war offensichtlich noch nicht fertig.

»Welche Viktoria?«, fragte Wernegg verwundert.

Vicki verschluckte sich beinahe. Verdammter Mist! Hoffentlich kriegte er die Kurve zwischen Vicki und Viktoria nicht.

»Ach, die. Nein. Sie hat sich bisher nicht gemeldet.« Wernegg verabschiedete sich und steckte das Handy in die Sakkotasche, während der Kellner kam und die Vorspeise abräumte.

***

Dühnfort informierte Leyenfels über die Vermissung Jana Wittichs und äußerte seine Befürchtung, sie könnte sich in der Gewalt des Mannes befinden, der Svenja Lenhard und Nadine Pfaller ermordet hatte.

Der Staatsanwalt zögerte nicht lange und stellte Dühnfort vier weitere Ermittler zur Seite. Dies waren Sandra Gottwald, eine im Dienst ergraute und erfahrene Kollegin, Gerd Reiter, dessen gedrungene Gestalt den Eindruck unterschwelliger Aggressivität vermittelte, Moritz Russo, ein sehniger Mann, der in seiner Freizeit Triathlon trainierte, und Nicolas Stahl, den seine Frau vor zwei Monaten verlassen hatte und der sich seither in Arbeit vergrub.

Dühnfort wies die neuen Teammitglieder ein und versuchte dann Boos zu erreichen, was ihm nicht gelang. Sein Handy hatte keinen Empfang. Am Festnetzanschluss schaltete sich der Anrufbeantworter ein. Dühnfort bat um Rückruf.

Die nächsten Stunden vergingen mit konzentrierter und angespannter Arbeit. Die Zeit saß ihnen im Nacken, und Dühnforts Befürchtung, Jana könnte bereits tot sein, arbeitete sich mit jeder Minute, die verging, mehr an die Oberfläche.

Meo, der zwischenzeitlich zum Team gestoßen war, bestätigte Danielas Angaben: Janas Handy hatte sich Freitagnacht um 22.04 Uhr in der Funkzelle im Bereich der Großmarkthalle abgemeldet.

Warum hatte Jana, die am liebsten auch noch unter der Dusche telefonieren würde, ihr Handy ausgeschaltet? Und wer sagte eigentlich, dass sie das getan hatte?

Dühnfort suchte Boris Kaden auf, einen pensionierten Richter des Finanzgerichts, zu dessen Mercedes das Kennzeichen gehörte, das Daniela Heppner sich notiert hatte. Er erfuhr, dass die Nummernschilder am späten

Freitagnachmittag in der Tiefgarage eines Ärztehauses in der Prinzregentenstraße gestohlen worden waren, während Kaden einen Termin beim Orthopäden wahrgenommen hatte. Den Diebstahl hatte er umgehend angezeigt. Dem Pensionär waren weder ein schwarzer Punto noch ein silbernes Coupé noch verdächtig wirkende Personen aufgefallen, die sich in der Tiefgarage aufgehalten hatten oder ihm gefolgt waren.

Nachdem Dühnfort ins Präsidium zurückgekehrt war, suchte er Gina auf, die gerade ein Telefonat beendete. »Gut, in zwanzig Minuten. Fragen Sie nach mir. Ich hole Sie ab.« Der Monitor ihres PCs zeigte Aufnahmen aus der alten Brauerei.

Dühnforts Blick wanderte immer wieder zum Bildschirm, während er Gina erklärte, wie Boris Kaden die Nummernschilder abhandengekommen waren.

»Ich scheuche mal den Hausmeister des Ärztehauses auf. Sicher wird die Garage per Video überwacht. Wenn das nichts bringt, könnten wir Infos in die Arztpraxen hängen und Zeugen bitten, sich zu melden«, schlug Gina vor.

»Ja, gut. Mach das.« Weshalb hatte sie sich die Aufnahmen aus der alten Brauerei vorgenommen? »Wolltest du nicht die Bänder der Verkehrsüberwachung durchsehen?«

»Hat Sandra mir abgenommen.«

»Warum sind die Fundortfotos wichtiger?« Dühnfort lehnte sich an ein Regal voller Aktenordner.

Gina schien den verärgerten Unterton nicht zu bemerken. »Diese Aufnahmen hat Vicki Senger mir gemailt. Sie stammen vom Samstagnachmittag, als sie zum ersten Mal in der Brauerei fotografiert hat. Sie meinte, wir könnten die Bilder vielleicht brauchen.«

»Das hat jetzt nicht erste Priorität. Wir müssen Jana finden.«

»Wenn wir den Täter haben, dann haben wir auch Jana. Oder?« Gina strich sich die widerspenstige Haarsträhne hinters Ohr und suchte Dühnforts Blick. »Mir ist an den Bildern etwas aufgefallen. Hast du zwei Minuten?«

»Natürlich«, sagte Dühnfort, obwohl er meinte, genau die nicht zu haben.

Gina griff nach der Maus, klickte einige Bilder weg und schob zwei nebeneinander. Beide zeigten dasselbe Motiv: einen Heizkörper, an dem die Farbe abblätterte. Er stand inmitten von Ziegelbrocken und abgefallenem Putz. Gina wies auf die linke Aufnahme. »Die ist vom Samstag. Und dort liegt etwas, das bei der Aufnahme vom Montag fehlt.«

Dühnfort erkannte einen hellen, rechteckigen Fleck. Plötzlich war er wie elektrisiert. »Was ist das? Sieht aus wie eine Visitenkarte.«

Gina grinste, schloss das Fenster und öffnete eine neue Datei. »Beinahe. Ich hab den Ausschnitt vergrößert und bearbeitet. Es ist eine Karte, wie sie in besseren Hotels ausliegt.« Sie zoomte den Bildausschnitt heran. Dühnfort erkannte Schriftzug und Bild des Hotel Atlantic in Hamburg und versuchte die handschriftliche Notiz zu entziffern.

»Buthler. 19.30 Uhr«, sagte Gina. »Dieser Name taucht mir zu häufig auf. Dir nicht auch?«

Dühnfort atmete durch. Die Aufnahme stammte vom Samstag. Bei der Vergleichsaufnahme vom Montag fehlte die Karte. »Hast du …«

»Bei den Spuren ist sie nicht. Hab Buchholz schon gefragt. Am Montag lag da keine Karte. Kann ja zig Gründe haben, aber ich denke, der Täter hat sie irgendwann vor dem Samstag verloren, als er den Ort besichtigt hat. Und dann ist ihm der Schreck in alle Glieder gefahren, als er sie wiedergefunden hat. Glück gehabt.«

»Wir sollten mit Buthler reden.«

»Müsste gleich hier sein.« Gina lehnte sich im Stuhl zurück und breitete die Hände aus. »Bin ich gut oder bin ich gut, sag?«

»Ich würde sagen, du bist gut.« Dühnfort musste lächeln. »Wie hast du ihn hergezaubert?«

»Da hat's keine übersinnlichen Fähigkeiten gebraucht. Er ist seit gestern in München.«

***

Buthler entsprach der Vorstellung, die Dühnfort sich unbewusst von ihm gemacht hatte. Groß, schlank, dunkles Haar, durch das sich erste Silberfäden zogen, obwohl er höchstens Mitte dreißig war, schwarzer Intellektuellenrolli zum grauen Anzug, gepflegter Dreitagebart.

Der Galerist saß am kleinen Besprechungstisch, trank mit abgespreiztem Finger einen der drei Espressi, die Dühnfort gerade gebraut hatte, und betrachtete dann den Ausdruck, den Gina ihm vorgelegt hatte. Er studierte das Foto eingehend und schüttelte bedauernd den Kopf. »Tut mir leid. Die Handschrift kenne ich nicht, und ich habe keine Idee, wer das aus welchem Grund geschrieben haben könnte.«

Gina stellte ihre Tasse ab. »Mit irgendjemandem müssen Sie aber in den letzten Wochen einen Termin um diese Uhrzeit gehabt haben. Könnten Sie mal in Ihren Unterlagen nachsehen?«

Ein halb erstauntes, halb amüsiertes Lächeln glitt über Buthlers Gesicht. »Ich kann Ihnen doch nicht so einfach die Namen meiner Kunden …«

»Doch, das können Sie. Und die der privaten Kontakte auch. Entweder ganz freiwillig oder mit richterlichem Beschluss. Auf den müssten wir allerdings ein Stündchen warten. Möchten Sie in der Zwischenzeit noch einen Kaffee?«

Buthler gab sich geschlagen. »Also gut.«

»Na prima«, sagte Gina. »Haben Sie Ihren Kalender auf dem Handy, oder wollen Sie sich über meinen PC auf Ihrem einloggen?«

»Ich bin da ganz altmodisch«, erwiderte Buthler, zog ein Moleskine-Büchlein aus der Sakkotasche und begann darin zu blättern. »Um welchen Zeitraum geht es Ihnen?«

Gina bat ihn, die Neunzehnuhrtermine der letzten drei Monate herauszusuchen, und notierte seine Angaben. Die meisten waren privater Natur, ein paar Kundentermine, und Ende Mai hatte eine Auktion um diese Zeit begonnen.

»Bei dieser Veranstaltung waren über hundert Interessenten und Bieter, und ich habe nicht von allen Namen und Anschriften. Da bringen Kunden schon gerne mal Freunde und Geschäftspartner mit. Wollen Sie von allen Handschriftenproben nehmen?«, fragte Buthler.

»Das ist eine unserer leichtesten Übungen.«

Buthler stöhnte und rieb sich über die Schläfen. »Hören Sie, ich habe einen Ruf zu verlieren. Was denken Sie denn, wie meine Kunden reagieren, wenn ich ihnen die Polizei auf den Hals hetze?«

»Keine Sorge, wir wissen uns zu benehmen.« Zwischen Ginas Brauen baute sich jene steile Falte auf, die Ungeduld und Ärger signalisierte. Gleich würde Gina sich Luft machen.

Dühnfort rechnete mit Buthlers Kooperation und

mischte sich ein. »René Fuhrmann gehört zu Ihren Kunden. Soweit wir wissen, war er bei der Auktion im Mai.«

Überrascht sah Buthler von seinem Notizheft auf. »Ist er irgendwie in diese Sache verstrickt?« Eine vage Handbewegung Richtung Ausdruck folgte.

»Das ist reine Routine. Fuhrmann hat also die Mai-Auktion besucht?«

»Schon. Aber er wohnt nie im Atlantic. Meistens steigt er im Wasserturm ab, und mit Sicherheit ist das nicht seine Handschrift.« Buthler wies auf das Bild. »Wenn Sie mich fragen, ist das sowieso nicht die Schrift eines Mannes. Sie ist weit und rund, passt eher zu einer Frau.«

»Ein Grund mehr, weshalb wir die Kundendaten brauchen. Bis wann können Sie uns die zur Verfügung stellen?«, fragte Dühnfort.

Buthler versprach, das morgen zu veranlassen, wenn seine Sekretärin im Büro sei. Er selbst werde bis Dienstag oder Mittwoch in München bleiben.

»Ihr Name ist bisher zweimal in unseren Ermittlungen aufgetaucht …«

»Zweimal?«

»Lichtenberg, Sie erinnern sich? Sie kennen ihn aus Ihrer Zeit in Düsseldorf, als Sie Malerei studiert haben.«

»Kennen ist zu viel gesagt. Lichtenberg kam an die Akademie, kurz bevor ich das Studium aufgab. Ich wollte mich nicht in das Heer der hungernden Künstler einreihen. Außerdem zweifelte ich an meinem Talent. Lichtenberg dagegen brannte förmlich, der explodierte richtiggehend, wenn er Farbe und Leinwand vor sich hatte. Dass aus ihm etwas werden würde, war von Anfang an klar. Deshalb habe ich seinen Werdegang verfolgt und wusste, wo er lebt. Mit ihm persönlich habe ich vielleicht zehn Sätze geredet, und das ist Jahre her.«

»Und René Fuhrmann, seit wann kennen Sie ihn?«

Buthler fuhr sich übers Kinn. »Seit etwa sechs oder sieben Jahren. Er war einer meiner ersten Kunden.«

»Sagt Ihnen der Name Jobst Wernegg etwas?«

»Natürlich. Er ist ein Freund von René und ebenfalls Sammler von Vanitas-Motiven. Er war auch bei der Auktion im Mai. Er hat René in einer wahren Bieterschlacht ein Bild vor der Nase weggeschnappt.«

Wie die kleinen Jungs, hatte Wernegg gesagt. Was der eine hat, muss auch der andere haben. Dühnfort brachte noch in Erfahrung, dass Buthler das vergangene Wochenende mit einer Sommergrippe im Bett gelegen hatte, bevor er ihn entließ und zum Ausgang begleitete.

Als er ins Büro zurückkehrte, saß Gina wieder vor ihrem PC. »Das mit der Frauenhandschrift ... damit könnte Buthler recht haben. Ich habe das Bild unserer Schriftsachverständigen gemailt. Mal gucken, was sie meint.«

Dühnfort setzte sich auf die Schreibtischkante. »Lichtenberg verwendet Künstlerölfarbe. Wernegg und Fuhrmann sammeln Gemälde. Buthler kennt alle drei. Wernegg und Fuhrmann kennen nur Buthler oder auch Lichtenberg? Wir sollten sie fragen.«

»Gina drehte sich mit dem Bürostuhl zur Seite. »Du denkst, einer von denen ist es.«

»Die Farbe an Nadines Handgelenk und Schacks Aussage, Nadine sei in ein silberfarbenes Coupé gestiegen ...«

»Lichtenberg. Er könnte unbemerkt aus dem Kino gegangen sein.«

»Wie passt dann die Karte ins Bild?« Dühnfort wies auf den Ausdruck von Vicki Sengers Fotografie, der noch immer auf dem Tisch lag. »Lichtenberg hatte keinen Kontakt zu Buthler.«

»Keine Ahnung. Wir werden es herausfinden. Hoffentlich bald.«

»Wir sollten ihn nach seinem Alibi für Freitagnacht fragen, als Jana verschwand«, meinte Dühnfort und stand auf.

Gina grinste. »Das war es, was ich sagen wollte. Wer fährt?«

* * *

Tue, was du tust. Diese Zen-Weisheit hatte er irgendwann aufgeschnappt und sie anfangs für einen albernen Spruch gehalten. Man tat immer das, was man tat. Dennoch hatte dieser Satz sich in seinem Kopf festgesetzt, hatte ein Eigenleben entwickelt und ihn nicht mehr losgelassen, bis er erkannt hatte: Man tat nicht immer das, was man tat. Jedenfalls nicht ausschließlich. Während man mit einer Sache beschäftigt war, waren die Gedanken bereits bei der nächsten und übernächsten. Häufig versuchte man auch zwei Dinge auf einmal zu erledigen – eine der Ursachen für Hast, Unruhe, Stress. Konzentrierte man sich hingegen ganz und gar auf das eine, das in dem Moment wichtig war, fand man zur inneren Ruhe.

Inzwischen hatte er gelernt, für einige Zeit all seine Aufmerksamkeit auf eine Tätigkeit zu fokussieren, alles auszublenden, was geschehen und was noch zu erledigen war. Während er las, dachte er nicht an das Studio, in dem die Kulisse für das Stillleben aufgebaut war; während er arbeitete, dachte er nicht an die neue Fotografie, die auf einer der Staffeleien stand; während er ein Gespräch führte, war er ganz bei der Sache und dachte nicht an das, was demnächst an einen anderen

Ort gebracht werden musste. All das war für diese Zeit nicht existent.

In dieser Nacht galt sein ganzes Handeln jener Angelegenheit, an die er den ganzen Tag über nicht gedacht, von der er aber seit Freitag genau gewusst hatte, wie er sie erledigen würde.

Ein fahler Lichtstreifen stieg bereits am Horizont auf, als er müde ins Bett fiel. Zu Tode erschöpft, aber ruhig. Er fühlte sich gut, gelassen. Der Druck war gewichen, die Wut verschwunden. Er versank umgehend in einen tiefen Schlaf und begann dann zu träumen.

Ihm war, als ob jemand zu ihm unter die Bettdecke kroch, sich ein warmer Körper an seinen schmiegte; glatte, seidige Haut, ein kaum wahrnehmbarer Duft nach Bergamotte, Sandelholz, Ambra; das Gefühl von Nähe und Geborgenheit. Eine Hand glitt über seine Brust, cremte sie mit einer duftenden Emulsion ein, wanderte tiefer. Weit entfernt sang ein Vogel in einem Baum, ein tragender Ton voller Hoffnung, Glück verheißend.

Während er noch lauschte, stieg der Geruch nach wilden Erdbeeren auf und weckte eine schmerzhafte Sehnsucht, von der er wusste, dass sie unstillbar war.

Dennoch stand er auf und begann zu suchen; durchquerte eine fahle Landschaft, bis er eine Wüste erreichte. Wolken schoben sich vor die Sonne. Erst wurde es kühl, dann kalt. Die Natur verlor ihre Farben, wurde weiß, der Duft verschwand, auch der nach Bergamotte, Sandelholz und Ambra. Scharfkantige Kälte. Frostige Klauen umfingen ihn. Nackt stolperte er durch eine zerklüftete Eislandschaft. Grate schnitten in seine Fußsohlen, eine Blutspur markierte seinen Weg. Er wollte zurück in die Geborgenheit, wollte das seidige Gefühl an seiner Haut. Er sehnte sich nach diesem alles versprechenden Duft jener Frau, von der er nicht wusste, wer sie war.

Doch alles, was er betrachtete, verblasste und löste sich auf, bis er sich in einem eisigen, weißen Nichts befand. Allein. Nackt. Weinend. Nur dieser Ton war geblieben, der Hoffnung vorgab und Verzweiflung meinte.

Mit einem Schluchzen schreckte er aus dem Traum hoch. Tränen liefen seine Wangen hinab. Die namenlose Angst tobte in seiner Brust, in rasender Panik wie ein in die Falle geratener Vogel. Noch halb vom Schlaf umfangen, erkannte er, dass er verloren war.

Montag, 14. Juni

Das Morgenmeeting war vorüber, das Team hatte das Besprechungszimmer bereits verlassen. Dühnfort stand am Fenster und sah hinaus. Seit Freitagabend fiel der Regen stetig und fein.

Lichtenbergs Alibi stand auf wackligen Beinen. Zum Zeitpunkt von Janas Verschwinden hatte er sich im Hofbräuhaus mit einem Reporter getroffen und gab an, erst nach zweiundzwanzig Uhr gegangen zu sein. Der Reporter konnte diese Angaben zurzeit jedoch nicht bestätigen. Am Samstag war er beim Drachenfliegen verunglückt und lag nach einer schweren Operation im künstlichen Koma.

Merde, dachte Dühnfort. Nichts war fassbar. Buchholz arbeitete an einer Vergleichsanalyse der Ölfarbe an Nadines Handgelenk und der, die Lichtenberg verwendete. Schack war auf dem Weg ins Präsidium, und Dühnfort hoffte, dass er sich seiner Sache nicht mehr so sicher war wie am vergangenen Mittwoch. Es musste endlich etwas vorangehen in dieser festgefahrenen Ermittlung.

Die Schultern waren verspannt, wieder einmal war die Nacht zu kurz gewesen, und die Müdigkeit saß ihm in den Knochen. Er war nicht mehr dreißig, langsam begannen sich durchgearbeitete Nächte und Wochenenden bemerkbar zu machen. Für einen Moment sah er sein Leben zwischen diesen Mauern verrinnen, wie die Tropfen, die die Scheibe hinab über das Fensterbrett liefen und verschwanden. Dieser Gedanke erschreckte ihn. Er wandte sich vom Fenster ab. Dabei erinnerte er sich an

Agnes' Anruf vom Freitag und sein Versprechen, sich bei ihr zu melden. Hätte er sie angerufen, wenn er Zeit gehabt hätte? Vermutlich nicht. Er wusste jedoch nicht, weshalb, und hatte weder die Muße noch das Bedürfnis, darüber nachzugrübeln.

Knapp zwanzig Stunden waren vergangen, seit Daniela Heppner ihre Freundin vermisst gemeldet hatte, und bisher waren sie keinen Schritt weitergekommen. Weder die Verkehrsüberwachungsbänder noch die Handyortung hatten zu einem Ergebnis geführt. Halter und Vermieter von schwarzen Puntos wurden noch überprüft. Es gab einfach zu viele.

Die Tiefgarage des Ärztehauses hatte keine Videoüberwachung, daher hingen bereits in allen Praxen Plakate mit einem Zeugenaufruf. Möglicherweise hatte jemand eine Beobachtung gemacht, die im Zusammenhang mit dem Diebstahl der Nummernschilder stand.

Dühnfort sah einem Tropfen nach, der in der Regenrinne verschwand, streckte sich und verließ den Besprechungsraum. Was sie jetzt benötigten, war ein Durchsuchungsbeschluss für Lichtenbergs Anwesen. Je eher, desto besser. Doch dafür musste er das Ergebnis der Farbanalyse abwarten.

Auf dem Flur kam ihm Boos entgegen, der eigentlich am Morgenmeeting hatte teilnehmen wollen, aber in einem Stau steckengeblieben war. Folge eines umgestürzten Schweinetransporters auf der Autobahn. Er grüßte Dühnfort und folgte ihm ins Büro. Dem Wetter entsprechend trug er einen hellgrauen Baumwollrolli zur Edeljeans und ausnahmsweise keine Hosenträger. »Wie kommt ihr voran?«

»Zäh.« Sie setzten sich. Dühnfort brachte Boos auf den aktuellen Stand.

»Lichtenberg ist eine interessante Persönlichkeit«, meinte Boos. »Jemand, der sich neu erfindet, weil er den Menschen, der er ist, nicht ertragen kann. Wie sagte Sartre? Es ist eine maßlose Freiheit, zu töten, um sich selbst zu gebären.« Boos wollte die Daumen gewohnheitsgemäß in die Hosenträger haken, griff aber ins Leere und ließ die Arme sinken. »Er scheint ins Profil zu passen. Was mich allerdings stutzig macht, ist seine Erscheinung. Lichtenberg wirkt nicht unbedingt vertrauenerweckend. Wäre Nadine tatsächlich nach einem kurzen Gespräch zu ihm ins Auto gestiegen? Eher nicht. Ich denke, sie hat ihren Mörder gekannt, oder es ist ein Mann, zu dem sie Vertrauen fassen konnte, und zwar innerhalb von wenigen Augenblicken. Vielleicht aufgrund einer Uniform oder sonstiger Insignien. Sei es ein Pfarrer oder Polizist, Feuerwehrmann oder Arzt. Jemand also, der entsprechend gekleidet ist oder die passenden Requisiten im Fahrzeug hat und sie möglicherweise nutzt, um seine Opfer in die Falle zu locken. Es könnte sich aber auch um einen Prominenten handeln. Jemanden, den man aus der Zeitung oder dem Fernsehen kennt. Jana wurde Freitagnacht entführt, und sowohl der Mord an Svenja als auch an Nadine geschahen an einem Wochenende. Das stärkt unsere Annahme, dass der Täter an fünf Tagen in der Woche von *nine to five* arbeitet. Vermutlich ist er gesellschaftlich angepasst, unauffällig, der nette Nachbar, der hilfsbereite Kollege. Und das passt nicht so recht zu Lichtenberg.«

»Svenja und Jana waren, beziehungsweise sind, Prostituierte«, warf Dühnfort ein. »Vermutlich wären sie zu beinahe jedem Mann in den Wagen gestiegen. Jana könnte ihren Kunden gekannt haben. Sie ist, unmittelbar nachdem das Fahrzeug gehalten hatte, eingestiegen.

Alois prüft gerade, ob Lichtenberg Kunde am Straßenstrich an der Schäftlarnstraße ist.«

Boos stützte die Ellenbogen auf und legte das Kinn auf die verschränkten Hände. »Ich habe mir die Obduktionsberichte angesehen und glaube, dass die erste Tat völlig schiefgegangen ist.«

»Wie kommst du darauf?«

»Für den Täter ist das Blut von hoher Bedeutung. Um daran zu gelangen, hat er bei der Ermordung Nadines ein ausgefeiltes Vorgehen an den Tag gelegt. Svenja dagegen wurde brachial mit fünf bis sechs Beilhieben enthauptet. Vermutlich hat er dabei versucht, das Blut aufzufangen. Dass das nicht funktioniert, brauch ich dir wohl nicht zu erzählen. Der Tatort muss wie ein Schlachthaus ausgesehen haben. Vielleicht wurde der Täter über und über mit Blut bespritzt, was nicht seiner Vorstellung entsprach und ihn abgeschreckt hat. Das könnte auch eine Erklärung für die lange Pause sein.« Boos hielt einen Moment inne. »Der Drang zu töten lässt aber nicht nach«, fuhr er fort. »Der Mann steht unter Druck. Er recherchiert, plant, verfeinert sein Vorgehen und setzt es in die Tat um, als er dem Druck nicht länger standhält. Und nun klappt alles wie gewünscht. Das beflügelt. In sechs Jahren hat sich eine Menge angestaut. Die Befriedigung ist nur kurz, die Lust zu töten stark. Das Wochenende naht …« Boos ließ die Hände auf die Tischplatte sinken.

Dühnfort störte am entworfenen Szenario etwas gewaltig. »Dann scheidet Lichtenberg aus. Er hat Metzger gelernt, die erste Tat wäre ihm nicht missglückt.«

»Üblicherweise geht bei den ersten Taten eines Serienmörders einiges schief. Die Täter lernen. Sie verfeinern und vervollkommnen ihr Vorgehen«, erwiderte Boos.

Trotzdem, dachte Dühnfort. Man beherrscht den Beruf, den man gelernt hat. Es sei denn, ungezügelter Hass hat den Täter beim ersten Mord die Kontrolle über seine Phantasie verlieren lassen.

Wieder sah er Lichtenberg vor sich auf dem Sofa sitzen, die Arme über die Lehne gebreitet, selbstzufrieden, selbstsicher. Sah das Gemälde mit dem blutbesudelten Kind. Wenn Lichtenberg ihr Mann war, wiederholte er dann sein Trauma, zwang ihn etwas, diese Schrecken immer wieder zu durchleben, brauchte er dafür das Blut? Aber warum das eines Menschen, einer Frau?

Die Tür zum Besprechungsraum wurde geöffnet. Ines Kausch, eine der Bürofeen, wie Gina die Mitarbeiterinnen, die den Kommissionen zuarbeiteten, nannte, kam herein und gab Dühnfort ein Zeichen. Schack war da.

***

Normalerweise schmiedeten die Leute am Wochenende Urlaubspläne, die sie dann postwendend verwirklichen wollten. Deshalb gehörte der Montag zu den Tagen mit der höchsten Kundenfrequenz. Aber heute war nichts los, als wären alle urlaubsmüde oder über Nacht arm geworden.

Henriette war beim Arzt, sie hatte sich den Fuß beim Wandern verknackst, und Steffen besorgte Kartuschen für die Drucker. Deshalb hatte Clara nun Zeit und Gelegenheit, ihren Ärger in Worte zu fassen. Nicht ganz unberechtigt, musste Vicki zugeben.

Okay, das Berichtsheft war nicht vollständig. Der letzte Wocheneintrag fehlte. Aber deswegen musste Clara ja nicht gleich einen Aufstand machen. »Ich hole das nach.«

»Das erwarte ich, und zwar umgehend. Was mir Sorgen

macht, ist die Prüfung. Hast du denn überhaupt schon etwas gelernt?«

Etwas schon, aber nicht genug. Irgendwie war die Woche so schnell vergangen, deshalb hinkte sie mit Sozialkunde hinterher, und auch mit diesem dämlichen Fach *Kaufmännische Steuerung und Kontrolle* war sie noch lange nicht durch. »Das Thema hatten wir doch erst. Mach dir keine Sorgen. Ich krieg das auf die Reihe.«

Clara seufzte, stützte die Ellenbogen auf den Tisch und legte das Kinn auf die ineinander verschränkten Hände. In ihrem Blick lag echte Besorgnis, und das rührte Vicki irgendwie. »Dein Engagement für das Kinderheim ist ja gut und schön, aber du solltest dabei deine Ausbildung nicht vernachlässigen. Und dann diese Sache mit der ermordeten Frau … Solche Bilder vergisst man nicht. Wenn dich das zu sehr belastet … eine Freundin von mir ist Therapeutin.«

Beinahe hätte Vicki gelacht. Sie hatte weiß Gott schon Schlimmeres gesehen und war nicht zum Psycho geworden. Da sie sich jedoch über Claras Anteilnahme nicht lustig machen wollte, verkniff sie sich sowohl das Grinsen als auch eine entsprechende Bemerkung. »Ist nicht nötig. Ich komme schon klar damit. Gesehen habe ich sie ja eigentlich nicht richtig. Nur diese Hand …« Vicki atmete durch, verscheuchte das Bild. Außerdem musste sie jetzt eine verflixt enge Kurve kriegen.

Sie brauchte Hilfe bei der Antragstellung, und nachdem Clara sich gerade über ihren Einsatz für die Kids mokiert hatte, würde es nicht leicht werden, sie davon zu überzeugen, ihr zu helfen.

Erstaunlicherweise gelang das jedoch schnell. Vicki erzählte, wie gut die Gespräche mit Wernegg verlaufen waren und dass er die Reittherapie bezahlen würde, vielleicht sogar langfristig, wenn der Nutzen nachweisbar war. »Aber Jobst will, dass ich dafür einen Antrag stelle. Formlos. Ich habe keine Ahnung, wie ich die Kosten am übersichtlichsten aufliste. Kannst du mir vielleicht dabei helfen?«

»Am besten legst du dafür eine Excel-Tabelle an. Ich zeige dir, wie das geht.«

»Jetzt gleich? Ist ja eh nichts los«, fragte Vicki.

Clara nickte. »Gib mir fünf Minuten, ich muss noch eine Mail verschicken. Das vollständige Berichtsheft will ich aber bis Mittwoch sehen. Und dann noch eine Frage: Also, das geht mich ja nichts an, aber du duzt dich mit Wernegg?«

»Das hat sich ... so ergeben.« Vicki wollte darüber nicht groß reden. »Ich starte schon mal das Programm.«

Der Kellner hatte gestern gefragt, ob er Wein nachschenken solle. »Warum nicht?«, hatte Vicki gesagt, und Wernegg hatte sich ihr angeschlossen. Irgendwie hatte sich die angespannte Stimmung verzogen. Sie waren quitt, nachdem Wernegg Vickis Revanchewunsch nachgekommen war. »Nun wissen wir so viel voneinander, sollten wir uns nicht duzen?« Er sah sie offen und unbefangen an. In seinem Gesicht lag nicht die Spur von Anmache oder Überheblichkeit. Ein nettes und offenes Gespräch entspann sich, und irgendwann zwischen Entenbrust und Gateau au Chocolat erzählte Vicki ihm von ihrer Kindheit, dass sie keine Ahnung hatte, wer ihr Vater war, und es keine Chance gab, das jemals herauszufinden, und von ihrer unsäglichen Mutter, die sich nicht gekümmert und sie hatte verwahrlosen lassen.

Jobst schwieg, während sie einiges vom Müll ihrer Kindheit vor ihm auskippte, diesem Mann, der all die Mutterliebe bekommen hatte, die ihr so sehr gefehlt hatte. War sie eifersüchtig? Ja. Eifersüchtig und neidisch. Irgendwie.

Sein Schweigen und das Glas Wein förderten ihren Redeschwall. Bilder tauchten aus der Vergangenheit auf. Bilder, an die sie seit Jahren nicht gedacht hatte.

Eine rotwangige dicke Frau im Dirndl. Ein faltiges Dekolleté. Regale voller Konservendosen, Gläser und Tüten. Mit Süßigkeiten gefüllte Glasbehälter auf einem Tisch. Ein Geruch nach Kartoffeln und Essiggurken. Und Brot! Sie war so hungrig! Mami würde sicher etwas von diesem Brot mit der dunklen Kruste kaufen, das hinter einer Glasscheibe in der Theke lag. Vicki starrte darauf. Mami fragte nach einer Hütte, kaufte Zigaretten, eine Flasche Martini und für Vicki einen Mohrenkopf, dann gingen sie.

Vickis Worte versiegten, wie ein Bach, dessen Quelle urplötzlich erschöpft war. Für einen Augenblick nahm ihr ein dumpfer Druck den Atem, dann ging es wieder. »Du siehst, es hatte nicht jeder eine so tolle Kindheit wie du.«

Auf seinem Gesicht erschien ein Lächeln. »Nach Gold muss man schürfen. Wenn du es willst, wirst du auch schöne Erinnerungen finden. Jede Mutter liebt ihr Kind. Das ist ganz natürlich. Bestimmt hat sie mit dir gespielt und gebastelt, dir Lieder vorgesungen und Märchen erzählt, mit dir Ausflüge gemacht und dir das Radfahren beigebracht.«

In was für einer Welt lebte er denn? Vor gerade mal einer Stunde hatte er doch mit eigenen Augen gesehen, dass nicht alle Mütter ihre Kinder liebten. »Schwimmen. Das Schwimmen, das hat sie mir beigebracht. Indirekt«, hörte Vicki sich sagen. Verdammt, das hatte sie noch niemandem erzählt! »Vielleicht war die Methode etwas unkonventionell. Aber effektiv. Schneller als ich hat noch kein Kind kapiert, wie das geht.« Sie biss sich auf die Unterlippe, kämpfte diesen scheiß selbstmitleidigen Kloß hinunter, der sich in ihren Hals gesetzt hatte, versuchte ihrem Gesicht einen gleichgültigen Ausdruck zu verleihen und rammte die Kuchengabel in den Schokoladenkuchen.

Plötzlich sah sie seine Hand ihre umfassen. Sie starrte darauf, wollte sie empört wegziehen, doch es fühlte sich irgendwie richtig an. Der Impuls verlosch augenblicklich. Irritiert sah sie hoch. Sein Blick war freundlich, von ehrlichem Interesse. Vielleicht konnte sie es ihm erzählen. Sie entspannte sich etwas. »Ich war fünf. Meine Mutter hat sich mit Freunden am Feringasee zum Baden getroffen. Die hatten alle ihre Hunde dabei und meine Mutter mich. Gebadet wurde kaum. Sie saßen am Feuer, haben gesoffen und geraucht. Ab und an ist mal einer ins Wasser gehüpft. Jemand hatte eine Luftmatratze dabei und hat sie mir gegeben. Damit bin ich rausgepaddelt. Das hat Spaß gemacht. Bis ich an dem gelben Stöpsel gezogen habe. Ich weiß auch nicht, warum. Neugier oder so. Jedenfalls hab ich das Ding nicht wieder reingekriegt. Die Luft ging ratzfatz raus. Da habe ich halt Schwimmen gelernt. War in dem Moment irgendwie sinnvoll.«

Der Griff seiner Hand wurde fester, und noch immer war das ein angenehmes Gefühl. Wie schön es wäre, jemanden zu haben, der zuhörte, da war und ihr zeigte, wo es im Leben langging. Mist. Nein. Sie würde sich ganz sicher nicht verlieben. Und schon gar nicht in einen alten Mann. Okay, wirklich alt war er nicht, aber sicher fünfzehn Jahre älter. Sie zog die Hand weg.

»Dir ist niemand zu Hilfe gekommen?«

»Nee, die haben das gar nicht mitgekriegt, und als ich

dann gesagt habe, dass ich jetzt schwimmen kann, hat meine Mutter gar nicht richtig zugehört. Soll ich weitergraben, bis ich auf Gold stoße? Da ist nur Scheiße. Echt. 'tschuldigung. Du hast halt einfach mehr Glück gehabt.« Sie fegte einen Baguettekrümel beiseite. »Andererseits: Es ist nicht alles Gold, was glänzt. Wenn du zu graben anfangen würdest ... was käme da zutage?«

Jobst stützte das Kinn in die Hand. Eine schöne Hand mit kräftigen Fingern, gepflegt, schmucklos. »Sicher gibt es die eine oder andere unangenehme Erinnerung. Aber sie wiegen das andere nicht auf. Dir hingegen könnte es helfen, wenn du etwas finden würdest, das dir zeigt, dass deine Mutter dich geliebt hat, und das dich mit ihr versöhnt.«

Die Idee war gar nicht blöd. Vielleicht gab es ja etwas. Trotzdem spürte Vicki Widerstand. Sie wollte sich nicht mit dieser dämlichen Tussi beschäftigen. Wirklich nicht. Irgendwie war es einfacher, auf ihre Mutter wütend zu sein.

»Hast du Excel schon gestartet?« Claras Frage riss Vicki aus ihren Überlegungen.

»Ja. Klar.«

»Gut, dann zeige ich dir, wie man damit Tabellen anlegt.«

Clara wies sie in das Programm ein, zeigte ihr die Funktionen, legte Zeilen und Spalten an und ließ dann Vicki weitermachen. War gar nicht so schwer. Mit etwas Unterstützung hatte sie nach einer Stunde die Kostenaufstellung fertig. Vicki bedankte sich bei Clara und wappnete sich für ihre nächste Frage. »Kann ich heute Nachmittag früher gehen? So um vier. Ich will den Antrag persönlich abgeben. Dann wird er sicher schneller bearbeitet.«

Clara musterte sie, sagte aber nicht, was sie dachte.

Vicki wusste es trotzdem. *Das kann man auch mit der Post oder als E-Mail oder Fax schicken. Warum will sie das persönlich machen? Hat sie sich in diesen Wernegg verguckt?*

Nein, hatte sie nicht. Jedenfalls nicht richtig, vielleicht ein klein wenig. Er war nett. Mehr nicht. Verlieben würde sie sich in den jedenfalls nicht. Zu alt und außerdem … Nein. Verdammt. Nicht alle, die sie liebte, würden ins Gras beißen. Das war einfach nur eine dämliche Angst. Und außerdem hatte sie sich gar nicht in ihn verliebt. Hatte nur ein paar Schmetterlinge im Bauch. »Also, kann ich früher los?«

Clara seufzte. »Du bist erwachsen und solltest wissen, was du tust. Also gut. Überstundenausgleich.«

***

Johannes Schack betrachtete die Ausdrucke, die Dühnfort ihm gereicht hatte. Einer zeigte die Seitenansicht eines Jaguar XK Coupés, der andere die eines BMW-3er-Coupés. Beide in Silber.

»Da sind schon Ähnlichkeiten vorhanden. Keine Frage. Die Fensterform ist beinahe identisch. Silhouette, Höhe und Proportionen … tja, was soll ich sagen?« Er legte die Blätter vor sich auf den Tisch. »Andererseits hat der Jaguar eine weichere Form, eine längere Schnauze, wirkt irgendwie eleganter. Doch«, er sah auf, »das Fahrzeug, das ich gesehen habe, war ein Jaguar. Ziemlich sicher.«

»Ziemlich oder ganz sicher?«, fragte Dühnfort.

Schack zog die Schultern hoch, sah noch einmal auf die Bilder, seufzte und schloss die Augen, vermutlich, um sich das Bild vom vorvergangenen Samstag ins Gedächtnis zu rufen. Kurz darauf öffnete er sie wieder. »Nein, absolut sicher bin ich mir nicht. Wenn ich es beschwören müsste, könnte ich das nicht. Ich kann nicht ausschließen, dass es sich auch um ein BMW Coupé gehandelt haben könnte.« Er stand auf. »Es tut mir leid.«

»Muss es nicht«, sagte Dühnfort und begleitete Schack bis zum Treppenhaus.

Als er zurück ins Büro ging, traf er mit Gina zusammen, die gerade aus ihrem kam. »Buthlers Liste ist da und die Antwort der Schriftsachverständigen. Sie ist ganz Buthlers Ansicht. Den Text auf der Hotelkarte hat mit an Sicherheit grenzender Wahrscheinlichkeit eine Frau geschrieben. Wir gehen aber mit derselben Wahrscheinlichkeit von einem Mann als Täter aus. Wie machen wir weiter?«

»Wir brauchen Schriftproben von allen Frauen, die auf der Liste stehen. Wir müssen wissen, wer das notiert hat. Ich fordere die Gästeliste des Atlantic an. Mit der beginnen wir. Wenn uns die nicht weiterbringt, arbeiten wir den Rest ab. Hat Buchholz sich schon gemeldet?«

Gina zog die Stirn kraus. »Die Farbe war nicht so einfach zu bekommen. Ein Kurier hat sie vor einer Viertelstunde gebracht. Die Jungs aus der KTU sind schon am Werkeln. Und was sagt Schack?«

»Er meint, es könnte auch ein BMW-Coupé gewesen sein. Ich rufe jetzt Leyenfels an ...«

»Der beantragt nie und nimmer deswegen einen Durchsuchungsbeschluss. Mit an Sicherheit grenzender Wahrscheinlichkeit nicht. Den Atem kannst du dir sparen. *Es könnte ein BMW gewesen sein.*« Gina verzog den Mund. »Mehr haben wir nicht. Warte die Analyse ab, dann haben wir etwas Handfestes. Oder auch nicht.«

Gina hatte ja recht. Er musste sich in Geduld üben.

Dühnfort braute sich einen Espresso und rief dann endlich Susanne Henke an, um ihr mitzuteilen, dass sie seit Samstag wussten, wo Lichtenberg sich aufhielt. Anschließend wählte er die Nummer des Hotels Atlantic in Hamburg. Eine Frau mit spröder Stimme meldete sich. Dühnfort erklärte, wer er war und welches Anliegen er hatte.

»Diese Karten liegen bei uns in den Zimmern und der Lobby aus. Die Gäste verwenden sie gerne für Notizen und um Nachrichten zu hinterlassen«, erklärte sie.

»Ich faxe Ihnen eine Namensliste. Wenn Sie die bitte mit Ihrer Gästeliste abgleichen würden. Uns interessiert, welche der dort aufgeführten Personen Ende Mai bei Ihnen gewohnt haben.«

»Das mache ich gerne. Die Karte muss allerdings nicht von einem Hausgast beschrieben worden sein. Wie gesagt, sie liegen in der Lobby aus. Die wird auch von Besuchern unserer Gäste oder als Meetingpoint genutzt.«

Merde, dachte Dühnfort.

»Sie rufen aus München an, haben Sie gesagt?« Ihre Stimme hatte mit einem mal etwas Zögerliches.

»Ja, weshalb fragen Sie?«

»Vor ein paar Tagen hat sich eine junge Frau bei mir gemeldet, ebenfalls aus München, eine Mitarbeiterin eines Reisebüros. Sie wollte eine ähnliche Information wie Sie. Natürlich habe ich sie ihr nicht gegeben.«

Dühnfort war überrascht. »Doch nicht Viktoria Senger?«

»Tut mir leid, an den Namen kann ich mich nicht erinnern.«

Der Anruf konnte nur von Vicki Senger gekommen sein. Wie, in drei Teufels Namen, kam sie dazu, Privatermittlerin zu spielen?

***

Vicki rief bei der Stiftung an, denn ohne Vorankündigung wollte sie bei Jobst nicht reinplatzen, und erfuhr, dass er bereits nach Hause gefahren war.

Da Jobst ihr gestern seine Adresse und Telefonnummer gegeben hatte, rief sie ihn an und fragte, ob sie ihm den Antrag heute noch bringen könnte. »Gerne«, sagte er. »Wann kommst du?«

Die nächste S-Bahn fuhr in knapp zwanzig Minuten, und dann musste sie noch die U-Bahn nehmen. »So in einer Stunde ungefähr.«

»Prima. Ich freue mich.«

Eine Viertelstunde später steckte Vicki den Antrag in den Rucksack und verabschiedete sich von Clara. »Danke noch mal für die Hilfe.«

»Hier. Nimm einen Schirm, sonst wirst du patschnass.« Clara zog einen Taschenschirm aus der Schublade mit Werbepräsenten und reichte ihn Vicki, die ihn dankend annahm.

Die S-Bahn war ausnahmsweise pünktlich und wenig besetzt. Vicki ließ sich einer älteren Frau gegenüber auf einen Fensterplatz plumpsen. Wie immer wurde sie kritisch beäugt. Klar, die Jeans war so brüchig wie die Lederjacke, an der nun der Blick der Frau haften blieb. Plötzlich veränderte sich ihr Gesichtsausdruck, wurde weicher. Die feinen Falten, die das Gesicht überzogen wie kartografische Linien, wurden glatter, das helle Blau der Augen glänzender, ein rosiger Hauch erschien auf den Wangen und ein nach innen gerichtetes Lächeln, wie das eines verträumten jungen Mädchens. Wow, dachte Vicki. Was ist jetzt los?

Der Blick der Frau löste sich von der Lederjacke. »Entschuldigen Sie, dass ich Sie so anstarre. Aber diese Jacke … eine amerikanische Fliegerjacke, nicht?«

Vicki nickte. »Das Teil ist steinalt.«

»So wie ich.« Die Frau lächelte vergnügt. »Wissen Sie, nach dem Krieg, als die Amerikaner hier stationiert waren, da habe ich mich in einen verliebt. In den Joe aus Boise in Idaho. Er war bei der U.S. Air Force und trug genau so eine Jacke wie Sie. War ein fescher Bursche. Aber leider verheiratet, wie sich nach zwei Jahren herausstellte.« Die Frau seufzte. »Trotzdem waren es zwei schöne Jahre.«

Das Handy in Vickis Rucksack gab Laut. Sie kramte es heraus und sah auf das Display. Die Nummer kannte sie nicht. »Ja?«

»Dühnfort.« Die Stimme des Kommissars klang irgendwie unterkühlt. »Sie haben an meine Kollegin einige Aufnahmen gemailt, die Sie zwei Tage vor dem Leichenfund in der Brauerei gemacht haben. Sie dachten, wir könnten sie vielleicht gebrauchen. Das haben Sie jedenfalls dazugeschrieben.«

Uuups. Das klang nach Ärger. »Ja. Und?«

»Sie *dachten* nicht. Sie wussten, dass die Aufnahmen ermittlungsrelevant sind. Sie haben Beweismittel zurückgehalten, und nun betätigen Sie sich auch noch auf eigene Faust als Ermittlerin. Dieser Fall spielt aber nicht im Fernsehen, sondern im richtigen Leben. Lassen Sie die Finger davon. Der Mann ist gefährlich. Das brauche ich Ihnen nicht zu sagen. Sie haben ja gesehen, wozu er fähig ist.« Der Ärger verschwand mit den letzten Worten aus Dühnforts Stimme und machte Sorge Platz.

Wie war er nur darauf gekommen, dass sie mit Buthler telefoniert hatte? Klar. Natürlich hatte der Kommissar mit dem geredet, und der hatte ihm davon erzählt. Also wusste Buthler, dass sie nicht Viktoria Mohn war, sondern Vicki Senger. Shit!

»Ich habe das sowieso gleich wieder aufgegeben«, sagte sie kleinlaut.

»Sie haben also nur mit dem Hotel Atlantic telefoniert und mit Serge Buthler nicht?«

Einen Moment zögerte Vicki. Lügen wäre die einfachere Lösung. Kurzfristig jedenfalls. Buthler wusste also doch nicht, wer sie wirklich war. Weshalb fühlte sie sich so schlagartig erleichtert? »Nee, den habe ich auch angerufen.«

»Ich glaube es nicht. Was haben Sie sich dabei gedacht?«

Vicki erzählte Dühnfort, dass sie sich unter einem Vorwand bei Buthler gemeldet und natürlich nicht ihren richtigen Namen angegeben habe und dass das Ganze sowieso eine Nullaktion gewesen sei. »Denken Sie vielleicht, der war das?«

Die S-Bahn fuhr in die nächste Station ein. Die alte Frau stand auf, winkte Vicki zu und stieg aus.

Natürlich beantwortete er die Frage nicht.

»Sie halten sich ab sofort aus der Sache raus. Haben Sie nur die Handschrift auf der Karte entziffert, oder haben Sie noch mehr herausgefunden?«

»Nein, nichts.«

»Woher wussten Sie eigentlich, dass die Hotelkarte am Montag nicht mehr in der Brauerei lag? Verfügen Sie über ein fotografisches Gedächtnis, oder haben Sie uns nicht alle Aufnahmen gegeben?«

Das nun auch noch. Mist. »Zweiteres«, gab Vicki kleinlaut zu und erklärte, weshalb sie aus Trotz die Speicherkarte nicht rausgerückt hatte.

Er fragte noch, weshalb sie die Aufnahme nicht sofort – nachdem sie diese bearbeitet und deren Bedeutung entdeckt hatte – an die Polizei weitergegeben habe. Daraufhin wiederholte sie die Argumente, die sich schon Kai gegenüber als fadenscheinig erwiesen hatten und durch ihre Wiederholung nicht überzeugender wurden – sie habe gedacht, das habe vermutlich nichts zu bedeuten. Diese Karte war also wichtig und Serge Buthler irgendwie in den Mordfall verwickelt.

»Falls es noch etwas gibt, das ich wissen sollte, dann sagen Sie es jetzt, und Sie kommen mit einem blauen Auge davon.« Dühnfort klang eher besorgt als drohend.

»Das war es schon«, erwiderte Vicki und registrierte erst jetzt die neugierigen Blicke ihrer Mitreisenden. Sie hielt ihnen stand und erwiderte jeden einzelnen, bis die Köpfe sich abwandten.

***

Kurz nach fünf bog Vicki, von der U-Bahn-Station kommend, in die Canalettostraße ein. Noble Gegend. Schicke Häuser. Teure Autos in den Einfahrten und am Straßenrand. Große Gärten mit gepflegten Rasenflächen und beschnittenen Büschen und Hecken. Vicki suchte nach Jobsts Hausnummer, entdeckte sie auf der anderen Straßenseite und wechselte hinüber. Dabei zwängte sie sich zwischen zwei Autos hindurch und blieb mit einem Träger des Rucksacks am Außenspiegel eines kleinen schwarzen Wagens hängen, der zwischen einem fetten Mercedes und einem riesigen Audi geparkt war. Er sah aus wie der arme Verwandte, gehörte sicher einer Putzfrau. Sie fädelte den Träger aus und ging über die Zufahrt, auf der Jobsts Jaguar stand, zur Haustür.

Das Haus, ein Kasten aus Beton und Glas, gefiel Vicki nicht besonders. Der Vorgarten jedoch war schön. Nicht so geleckt und in Form gebracht wie die der Nachbarn, sondern ein wenig verwildert. Vicki klingelte. Kurz darauf öffnete Jobst die Tür.

Sie stellte den Schirm unter das Vordach und erwiderte sein Lächeln. »Hallo. Da bin ich.«

»Schön. Komm rein.«

Vicki trat in einen Flur mit hellem Steinboden und Einbauschränken aus dunklem Holz. Eigentlich konnte man das nicht mehr Flur nennen; Vickis Wohnung war kleiner.

Vor dem Spiegel stand ein ganz in Schwarz gekleideter Mann, der in einen Trenchcoat schlüpfte. Als Vicki eintrat, wandte er sich von seinem Spiegelbild ab.

»Serge, darf ich vorstellen? Vicki Senger.«

Das auch noch! Mist! Mist! Mist! Vicki verzog keine Miene, ließ sich den Schreck nicht anmerken, der für eine Sekunde wie ein elektrischer Schlag durch sie schoss.

»Sie engagiert sich für ein Kinderheim«, fuhr Jobst fort. »Vicki, Serge Buthler, Galerist aus Hamburg. Ich kaufe gelegentlich Bilder bei ihm.«

Buthler kam auf sie zu. Das Lächeln war freundlich, die blauen Augen jedoch kühl. Ein gepflegter Dreitagebart spross auf den Wangen. Während er Vicki die Hand reichte, musterte er sie mit einem raschen Blick vom Scheitel über die Fliegerjacke und die am Knie eingerissene Jeans bis hin zu Claras Sneakers. »Vicki? Wie Viktoria?«

»Nee. Wie Vicki Leandros. Meine Mutter war ein Fan.«

Buthler lachte. »Da teilen wir ein Schicksal. Meine ist ein Fan von Serge Gainsbourg.«

Einer Gewohnheit folgend fuhr Vicki sich durch die Haare. In der feuchten Luft hatten sie sich bestimmt wie Drahtwolle gekringelt. Ganz ungeniert taxierte Buthler sie weiterhin.

»Sie haben sehr schönes Haar. Wenn Sie den Kopf so in den Nacken legen, dann erinnert mich das an ein Gemälde von Franz von Stuck. Salomé. Kennen Sie es?«

»Ich habe keine Ahnung von Kunst.« Was für ein Freak, dachte sie.

»Sehen Sie es sich bei Gelegenheit an. Sie finden es im Lenbachhaus.« Er schien noch etwas sagen zu wollen, griff dann aber nach einem Aktenkoffer, der vor dem Spiegel stand.

Jobst brachte ihn zur Tür. »Soll ich dir ein Taxi rufen?«

»Danke, nicht nötig. Ich habe mir einen Wagen geliehen.« Buthler reichte Jobst die Hand und verabschiedete sich dann von Vicki, wobei er ihr in die Augen sah. Fragend, forschend. Vicki hielt diesem Blick stand. Als Jobst kurz darauf die Tür hinter Buthler schloss, atmete sie auf. Uff, gutgegangen. Vermutet hatte er zwar etwas, aber wie sollte er schon rauskriegen, dass sie diejenige war, die sich als Viktoria Mohn ausgegeben hatte? Dühnfort hielt sicher dicht. Doch plötzlich fiel ihr ein, dass es ganz einfach war. Er musste nur im Reisebüro auftauchen, den Namen kannte er ja. Einmal gegoogelt und er hatte die Adresse. Scheiße!

»Darf ich dir heute die Jacke abnehmen?«

Sie zog sie aus und reichte sie Jobst, der sie in einem Einbauschrank verstaute. Dann folgte sie ihm ins Wohnzimmer.

Es war ähnlich eingerichtet wie sein Büro in der Maximilianstraße. Hell, freundlich, teure moderne Möbel und an den Wänden einige alte Gemälde, die denen in seinem Büro ähnelten. Sie setzten sich an einen Tisch in der Nähe der Terrassentür. Der Regen hatte noch immer nicht nachgelassen. Die Blütendolden der Büsche und

Stauden im Garten hingen schwer herab, die Oberfläche eines Teiches wogte unter dem Anprall der Tropfen, als tobten dicht unter ihr Ungeheuer.

Vicki zog den Antrag aus ihrem Rucksack und ging ihn mit Jobst durch. Er hatte noch einige Fragen, bat um zwei Ergänzungen, die er handschriftlich einfügte, und legte die zusammengehefteten Bogen dann beiseite. »Die Stiftung ist keine Behörde. Das genügt so. Im Laufe der Woche wird sich Lennart Weinrich, ein Mitarbeiter von mir, mit der Heimleitung in Verbindung setzen und die Details durchgehen. Du kannst die Reitstunden schon buchen.«

»Wahnsinn. Bis vor ein paar Tagen bin ich noch mit der Sammelbüchse rum und habe gedacht, ich bekomme das Geld für die Kids nie zusammen.«

Sie sah Peter vor sich, wie er sich bei ihrem bisher einzigen Besuch auf dem Reiterhof zunächst an ihre Beine geklammert, sich dann aber zögernd von ihr gelöst und sich Cabido, einem karamellfarbenen Pony, genähert hatte. Sie sah seine Hand vorsichtig das Fell berühren, dann streicheln und sich schließlich an den Körper des Pferdes lehnen, mit einem Seufzer, als sei ein klein wenig von der großen Last, die er trug, von ihm abgefallen.

»Danke.« Selten hatte sie dieses Wort so tief empfunden. Warum tat er das? Warum hatte er die Stiftung zu seinem Lebensinhalt gemacht? »Gestern hast du gesagt, dass du fortführst, was deine Mutter begonnen hat. Aber die Stiftung hast du doch erst nach ihrem Tod gegründet. Oder?«

Jobst faltete die Blätter zusammen und zog sie zwischen den Fingern hindurch, bis der Falz glatt war. »Sie hat sich für hilfsbedürftige Kinder in Afrika engagiert. Über zwanzig Jahre lang. Die meiste Zeit des Jahres hat sie sich dort aufgehalten und dabei übersehen, dass auch unsere Gesellschaft sich in eine Richtung entwickelt, in der hungernde, misshandelte, verwahrloste und vernachlässigte Kinder keine Seltenheit mehr sind. Es war an der Zeit, an sie zu denken. Deshalb habe ich die Stiftung gegründet.«

»Und was ist mit dem afrikanischen Projekt? Machst du das auch noch?«

»Das führt die engste Mitarbeiterin und Freundin meiner Mutter fort. Ich habe es an sie übergeben. So kann ich mich ganz der Stiftung widmen.«

Komisch, dachte sie, das Lebenswerk seiner Mutter einfach so wegzugeben, fragte jedoch nicht weiter nach. Das ging sie nichts an. Zögernd stand sie auf und griff nach ihrem Rucksack.

»Du willst schon gehen?«

Eigentlich wollte sie das nicht.

»Sollten wir nicht erst noch darauf anstoßen?« Er deutete auf den Antrag.

Okay, dachte Vicki. Das ist nur höflich. Guter Benimm, wie Clara sagen würde. »Gut.«

»Aber nicht mit Leitungswasser, oder?« Jobst schmunzelte. »Im Kühlschrank müsste eine Flasche Prosecco liegen, oder magst du lieber Champagner?«

»Wenn schon, dann Champagner«, platzte sie heraus.

Aus dem Schmunzeln wurde ein Lachen. »Dauert allerdings ein paar Minuten.« Jobst ging zum Telefon, wählte eine Nummer und bestellte eine eisgekühlte Flasche. »Vielleicht sollten wir eine Kleinigkeit dazu essen?« Diese Frage galt Vicki.

Etwas zu essen war sicher nicht verkehrt. Sonst wäre sie gleich beschwipst. »Gute Idee.«

»Italienisch? Gemischte Vorspeisen und vielleicht ein wenig Pasta?«

»Prima.« Weshalb gingen ihr jetzt die Worte aus?

Während Jobst die Bestellung aufgab, blickte sie aus dem Panoramafenster in den Garten, beobachtete den Regen und die Wolken, die der Wind über den Himmel schob. Plötzlich riss die Wolkendecke auf, ein Fleck Saphirblau erschien. Sonnenstrahlen drangen durch die kurzzeitig entstandene Öffnung, fielen auf die Oberfläche des Teichs, auf der noch immer Regentropfen sprangen, tanzten und nun funkelten wie Diamanten, während der Garten dahinter in tiefem Blaugrün versank. Ein Bild wie aus einer Märchenwelt. Vicki stürzte zum Rucksack, zog die Kamera heraus und schaltete sie ein. Dann schob sie die Tür zum Garten auf, lief auf die Terrasse und warf sich bäuchlings auf den Holzbelag. Es blieben nur Sekunden, bis die Wolkendecke sich wieder schloss, aber es gelang ihr, eine Aufnahme zu machen.

Natürlich war das T-Shirt nicht mehr sauber, als sie aufstand. Egal. Es hatte eh so eine undefinierbare Farbe, da fiel das nicht weiter auf, und das Bild war es wert gewesen. Sie betrachtete es auf dem Display, als Jobst hinter sie trat und ihr über die Schulter sah. »Du bist ja eine Romantikerin. Und du wirst ganz nass.«

Sie gingen hinein. Durch die offene Tür zog der Duft nach feuchten Blättern und nassem Gras herein. »Ist das dein Hobby?« Jobst deutete auf die Kamera.

Sie erzählte ihm, wie sie dazu gekommen war, und auch vom Urban Exploring, von der Faszination aufgelassener Industriebrachen, baufälliger Häuser, einsturzgefährdeter Fabriken, bis es klingelte. Jobst entschuldigte sich und ging zur Tür. Vicki hörte, wie er jemanden in die Küche führte. Einige Augenblicke später kehrte er ins

Wohnzimmer zurück, gefolgt von einem Kellner, der sie grüßte und einen beschlagenen Champagnerkühler samt Flasche auf den Tisch stellte. Der Mann deckte auch noch den Tisch, füllte die Gläser, servierte die Vorspeisen und erklärte, die Gnocchi stünden auf der Warmhalteplatte in der Küche. Dann verabschiedete er sich. Jobst brachte ihn zur Tür.

Vicki hatte diesen Auftritt ungläubig verfolgt. Diese Nummer war ja echt too much. Sie war tiefer in die weichen Sofakissen gesunken, aus denen sie nun wieder auftauchte, als Jobst zurückkehrte, nach den Gläsern griff und ihr eines reichte. »Auf die Reittherapie für deine Schützlinge und darauf, dass sie die erwünschte Wirkung hat.«

Zum Telefon greifen und sich bedienen lassen. Wie das auf Leute wirkte, die solchen Luxus nicht kannten, war ihm offensichtlich nicht klar. Obwohl im Gegensatz zu ihr vermutlich die meisten beeindruckt wären. Ziemlich verdrehte Hirnwindungen heute, dachte Vicki und stieß mit ihm an. Der Champagner war eiskalt, perlte auf den Lippen und im Mund. Vor über zwei Jahren hatte sie zum ersten und bis heute auch zum einzigen Mal Champagner getrunken. Der Geschmack weckte Erinnerungen. Doch sie wollte sich nicht erinnern!

Ihr Blick blieb an einem der Gemälde hängen, und sie trat näher, um es zu betrachten. Ein welkender Strauß in einer Vase, daneben eine Perlenkette auf dunklem Holz, die beinahe über die Tischkante zu Boden glitt; goldene Ringe und Armbänder verschwanden in einem Schatten; eine verlöschte Kerze, deren Docht noch glimmte; ein Rauchfaden, der im Luftzug verwehte, ein geleertes Glas. Wieder so ein Bild, das ihr beinahe die Tränen in die Augen trieb. Vielleicht war sie wirklich eine Romantikerin.

»Wow. Schon wieder so ein schöntrauriges Bild.« Sie konnte den Blick nicht abwenden, dachte wieder an die Parallelwelten und was es noch alles zu entdecken gab.

Jobst trat neben sie. »Es ist zurzeit mein Lieblingsbild. Ich habe es erst vor drei Wochen bei einer Auktion ersteigert. Bei Serge übrigens.«

»In Hamburg?«

»Natürlich in Hamburg. Das war ein spannender Abend. René, ein Freund von mir …«

»Der, dessen Frau fremdgeht?«, unterbrach ihn Vicki.

»Stimmt. Ich habe dir ja von ihm erzählt.«

»Hast du eigentlich das Tennismatch gewonnen?«

»Haushoch. René war wirklich nicht gut drauf. Dass Verena ihn betrügt, macht ihn fast wahnsinnig. Und dann ist ihm letzte Nacht auch noch sein Auto gestohlen worden. Heute Morgen habe ich ihn deswegen zur Polizei begleitet, nachdem ich ihn überredet hatte, den Diebstahl anzuzeigen.«

Vicki wunderte sich. »Hat er so viel Kohle, dass ihm das egal ist?«

Die Augen von Jobst wurden eine Nuance dunkler. »Das hat andere Gründe. Er steckt ein wenig in Schwierigkeiten und denkt, dass der Diebstahl alles noch verschlimmert. Wie gesagt, es ist etwas kompliziert.« Sein Blick ging zurück zur Leinwand.

Vickis folgte ihm. »René wollte das Bild auch, und du hast es ihm vor der Nase weggeschnappt?«, fragte sie.

»Das war eine regelrechte Schlacht.«

»Aber du hattest die stärkeren Waffen, sprich das dickere Bankkonto?«

Damit entlockte sie Jobst ein Schmunzeln. »Eigentlich habe ich zu viel dafür bezahlt. Aber ich wollte es unbedingt haben.«

»Und dein Freund ist jetzt sauer?«

»Nicht wirklich. Ich habe ihm uneingeschränktes Besuchsrecht eingeräumt.«

»Hat er auch geerbt? Einfach mal so nach Hamburg jetten, alte Bilder kaufen, in tollen Hotels wohnen ... wo wohnt man denn da?«

Eine Spur von Verwunderung erschien auf Jobsts Gesicht. Vicki schämte sich sofort. Sie hatte Dühnfort versprochen, die Finger davon zu lassen, und das würde sie auch tun.

»René ist Arzt. Schönheitschirurg, um genau zu sein.« Jobst sah zum Tisch. »Sag mal, hast du nicht langsam Hunger?«

Doch, jetzt, wo er fragte, merkte Vicki, wie hungrig sie war. Eine Breze und ein Sandwich. Mehr hatte sie heute noch nicht gegessen. Sie setzten sich. Jobst schenkte Champagner nach und reichte ihr die Platte mit den Antipasti.

Zunächst unterhielten sie sich weiter über das Gemälde. Er erklärte ihr seine Bedeutung: Es war eine Mahnung, sich der eigenen Vergänglichkeit bewusst zu sein.

Und auch der der anderen, dachte Vicki. Sein Vater war gestorben, als er sechs gewesen war. Und seine Mutter war ebenfalls zu jung zum Sterben gewesen. Vielleicht sammelte er deshalb diese Bilder. Von seiner Mutter konnte er allerdings nicht allzu viel gehabt haben. Sie war in Afrika gewesen und er im Internat. Schon mit zehn Jahren. Also kann seine Kindheit sicher nicht so toll gewesen sein. Oder? Vielleicht sollte er darüber mal ein wenig nachdenken. Sie dagegen hatte gestern noch gegrübelt, um eine schöne Erinnerung an ihre Mutter zu finden. Danke. Hatte nichts gebracht. Außer einem Alptraum, der die Erinnerungen an die Berghütte aus den tiefsten Eingeweiden ihrer Erinnerungen gewühlt und nach oben gespült hatte, ausgekotzt sozusagen.

Sie konnte es nicht lassen und fragte Jobst, ob er denn inzwischen ein wenig an der Goldpolitur seiner Kindheitserinnerungen gekratzt habe. Nachdem ihr das Schürfen nur einen Alptraum beschert hatte, sei das eine faire Frage.

»Doch. Das habe ich, und ich kann mich erinnern, dass meine Mutter mich eines Abends allein zu Hause gelassen hat und dass ich das schrecklich fand. Ich habe einen ziemlichen Aufstand deswegen gemacht. Doch sie hat mir erklärt, ich sei kein kleiner Junge mehr, sondern der Mann im Haus. Dann ist sie gegangen, und ich habe mich weinend ins Bett verkrochen. Das muss kurz nach dem Tod meines Vaters gewesen sein.«

»Aber da warst du doch erst sechs. Ein kleiner Junge. Von wegen *der Mann im Haus*.«

Verwundert sah er sie an.

Vicki zuckte die Schultern. »Das steht schließlich im Lebenslauf auf deiner Website. Die habe ich mir natürlich angesehen, bevor ich dich um das Geld für die Kids gebeten habe.« Sie leerte das Champagnerglas. Gut, war seine Mutter also doch keine Heilige gewesen. Wobei alleine zu Hause zu sein ja nicht wirklich schlimm war. Sie war oft alleine in der Wohnung gewesen. Man musste nur spielen oder sich Geschichten ausdenken. Schöne Geschichten. Dann ging das.

»Du hast vorher von einem Alptraum gesprochen. Ist das meine Schuld? Hoffentlich nicht. Ich hätte mir gewünscht, dass du dich an etwas Schönes erinnerst.«

Vicki stellte das leere Glas ab. Der Traum war nicht das eigentlich Schlimme. Den konnte sie abschütteln, vergessen, der war nicht echt. Aber die Erinnerungen, die waren echt, und im Grunde war sie froh gewesen, das alles vergessen zu haben.

»Ist nicht so schlimm«, sagte sie und versuchte zu lächeln, während gleichzeitig eine Flut von Bildern durch ihren Kopf zu ziehen begann. Sie wollte das nicht. Ihre Hand machte eine unkontrollierte Bewegung, als wollte sie die Bilder verjagen, und stieß gegen das Glas.

Jobst fing es gerade noch auf. »Ist es doch.« Forschend sah er sie an, stellte das Glas zurück auf den Tisch und wartete, ob dieser Blick sie zum Reden brachte.

Na gut! Mal sehen, wie viel Wahrheit seine Idealvorstellung von Kindheit vertrug. Unverwandt sah sie ihm in die Augen. »Ich war dabei, als meine Mutter starb. Das heißt, als sie gestorben ist, da habe ich geschlafen. Ich habe sie am nächsten Morgen gefunden. Ich war sechs. So wie du, als dein Vater starb.« Ihre Stimme klang kühl und trocken, als habe sie sich von ihr gelöst. »Sie lag auf dem Holzboden. In ihrer Kotze. Zuerst habe ich gedacht, sie schläft, und wollte sie wecken. Aber sie war ganz steif. Da habe ich irgendwie gewusst, dass sie tot ist. Das Schlimme war nicht, dass wir in einer einsamen Berghütte saßen, und auch nicht, dass wir nichts zu essen oder zu trinken hatten … Auf solche Dinge hat sie nie geachtet … Es gab einen Bach … und in der Hütte habe ich Knäckebrot und eine Dose mit Rosinen gefunden …« Sie hielt ihn mit ihrem Blick gefangen. »Das Schlimme war auch nicht, dass ich den Weg ins Tal nicht kannte und mir erst nach Tagen die Idee kam, ich müsste nur bergab gehen, um unter Menschen zu kommen … ich war ja nie zuvor in den Bergen gewesen …«

Was gab ihm das Recht, solche Fragen zu stellen? Woher nahm er den Glauben an das Schöne? Sie hatte Blumen gepflückt und sie ihrer Mutter ins Haar gesteckt.

Nachts hatte sie neben ihr gesessen und gehofft, dass sie nur schliefe, wie Schneewittchen, und irgendwann aufwachte.

»Das Schlimme war auch nicht, dass meine Mutter sich in diesen Tagen veränderte ... wie das halt so ist ... es war Sommer ... ein heißer Sommer ... sie blähte sich auf ... stank ... verfärbte sich.« Nein, ich lass dich nicht los. Du wolltest es wissen, und jetzt hörst du dir das an. Du, von deiner Mutter Ewiggeliebter. »Zuerst waren da nur ein paar wenige Fliegen ... ich habe sie weggescheucht ... habe die Kotze aufgewischt, weil ich dachte, daher käme der Gestank ... aber es waren bald schon schwarze Schwärme ... überall waren sie ... dieses Surren ... auch das war nicht das Schlimmste ...«

Sein Blick löste sich von ihrem! Ha! Hielt er es nicht mehr aus! Er griff nach ihrer Hand.

Sie riss sie weg. »Verdammt, du hast es wieder gemacht! Gleichst dich an mir ab! Und jetzt hörst du mir zu«, fauchte sie ihn an. »Das Schlimmste war ...«

Vicki konnte nicht. Es war so lächerlich im Vergleich zu all dem anderen und trotzdem unaussprechlich. Warum? Weil die Worte es endgültig machen würden, wie ein Zeichen, für jeden sichtbar. Die Wut stürzte in sich zusammen, wurde zu einem Blatt, das ein Sturm mit sich gerissen hatte und das nun, nachdem dieser sich ausgetobt hatte, ins Trudeln geriet, langsam zu Boden sank und liegen blieb. »Egal.« Vicki wollte nur noch weg, schob den Stuhl zurück, stand auf, holte den Rucksack vom Sofa.

Als sie dabei war, das Zimmer zu verlassen, stellte sich Jobst ihr in den Weg. »Ich weiß, was das Schlimmste war.«

Überrascht sah sie ihn an.

»Aber man muss es nicht sagen. Das ist nicht wichtig. Man muss es zeigen, den anderen fühlen lassen, und das hat sie sicher getan. Irgendwo gibt es etwas, an das du dich halten kannst. Und selbst wenn nicht …« Er nahm sie in die Arme, hielt sie wie der Vater, den sie nie gehabt hatte. »Dann lag das nicht an dir, sondern an ihr. Du bist das bemerkenswerteste und mit Sicherheit liebenswerteste Mädchen, das je in Bergstiefeln und Fliegerjacke in mein Büro gekommen ist.« Langsam näherte sich sein Mund ihrem, und sie ließ es zu, dass Jobst sie küsste. Verdammt!

***

Am späten Nachmittag erhielt Dühnfort das Analyseergebnis aus der KTU. Beide Farbproben waren identisch. Bereits zwei Stunden später bot Lichtenbergs Anwesen nicht länger den Anblick ländlicher Idylle.

Streifenwagen, Zivilfahrzeuge und die vier Busse, mit denen die Kollegen der Schutzpolizei, die bei der Durchsuchung halfen, gekommen waren, standen im Hof. Ein Dutzend Polizisten durchkämmte Wohnhaus, Atelier und Keller, ein weiteres Garagen, Scheune, Stadel und mehrere Schuppen, die sich auf dem etwa dreitausend Quadratmeter großen Gelände befanden. Alle suchten mit angespannter Konzentration nach Jana Wittich. Es war eine präzise, routinierte Tätigkeit, begleitet von der unausgesprochenen Sorge, die Frau nicht lebend zu finden.

Mit Einbruch der Dunkelheit ließ der Regen nach, und die Wolkendecke lichtete sich. Sterne erschienen am stetig dunkler werdenden Nachthimmel.

Lichtenberg fand das *Spektakel* amüsant. Lediglich die Durchsuchung des Ateliers versetzte ihn in Sorge um drei unvollendete Gemälde. Die Farbe war noch feucht, die Bilder daher leicht zu beschädigen. Er umkreiste sie wie ein Muttertier seine Jungen, während Dühnfort und Gina den Raum durchforsteten.

Als sie damit fertig waren und Gina ankündigte, sie werde sich jetzt mit den Kollegen den Keller vornehmen, ließ Lichtenberg sich erleichtert aufs abgewetzte Sofa fallen. »Meine Herren! Welch ein Wirbel!« Als könne er die Verletzung seiner Privatsphäre trotz seiner spöttischen Haltung nicht fassen, schüttelte er den Kopf. »Und welch eine Verschwendung von Ressourcen. Menschlicher und pekuniärer Art. Ich brauche jetzt einen Drink.« Er stützte die Hände auf die muskulösen Oberschenkel und schnellte in die Höhe. Aus dem Schrank in der Ecke zog er ein Glas, schenkte sich eine bernsteinfarbene Flüssigkeit ein und nahm wieder auf der Couch Platz.

Mit dem Rücken vor einer Staffelei stehend, beobachtete Dühnfort Lichtenberg, der das Glas in einem Zug leerte und hart auf dem überfüllten Couchtisch absetzte. »So idiotisch ich diese Aktion auch finde, es interessiert mich doch, wie es dazu gekommen ist. Ist mein Alibi nicht bestätigt worden?«

Dühnfort setzte sich in einen der Sessel. »Der Journalist, mit dem Sie sich Freitagabend getroffen haben, hatte einen Unfall. Er ist noch nicht in der Lage, eine Aussage zu machen.« Dühnfort griff nach einer der Farbtuben, die auf dem Tisch lagen. Elfenbeinschwarz. »Am Handgelenk von Nadine Pfaller haben wir Spuren von Künstlerölfarbe gefunden. Kadmiumgelb. Und zwar nicht irgendeines, sondern das Gelb, das Sie verwenden.«

Lichtenberg beugte sich vor. »Das soll ein Beweis sein? Die Farben dieses Herstellers können Sie in jedem besser sortierten Bastelgeschäft kaufen. Tausende frustrierter

Hausfrauen malen damit an ihren Volkshochschulkursbildchen.« Lachend ließ er seinen mächtigen Oberkörper zurück ins Polster fallen.

Dühnfort drehte die Tube zwischen den Fingern. »Wir hatten Schwierigkeiten, sie in einem *Bastelgeschäft* aufzutreiben. Diese Serie des Herstellers wird nur über den Fachhandel vertrieben.«

»Na und? Bin ich etwa der einzige Kunde?«

»Außerdem spielt ein silberfarbenes Coupé eine entscheidende Rolle in den Ermittlungen. Wir werden Ihr Fahrzeug kriminaltechnisch untersuchen lassen.«

Wie schon am Sonntag breitete Lichtenberg die Arme aus und legte sie über die Rückenlehne. »Von mir aus. Ich fahre solange Taxi und schicke Ihnen die Quittungen zur Begleichung.«

Ein Stapel von drei Bildbänden über Carnes Werdegang lag auf dem Tisch. Der Künstler hatte für Nachschub gesorgt, nachdem er ihnen am Samstag ein Buch geschenkt hatte. Eitelkeit, Stolz auf das Erreichte oder beides, fragte Dühnfort sich. »Ich habe es mir inzwischen angesehen«, sagte Dühnfort und wies auf den Folianten. »Ihr Leben bietet Stoff für einen Roman oder Film.«

»Es gibt schlimmere Schicksale. Auch wenn meines sicherlich dramatisch und spektakulär ist.«

»Eines ist mir nicht klar geworden. Nach dem Tod Ihres Vaters hat Ihre Mutter Selbstmord begangen. Sie muss sich doch befreit gefühlt haben, diesen Despoten los zu sein. Weshalb also der Suizid?«

»Ja, das ist das große Rätsel. Liebe und Abhängigkeit vom Peiniger? Eine Masochistin, der ihr Gegenpart abhandengekommen ist?«

Der Tonfall war ironisch, doch Dühnfort hörte den metallischen Anklang unterschwelliger Aggressivität.

»Ich weiß es nicht, und ganz ehrlich: Ich will es nicht wissen«, fuhr Lichtenberg fort.

»Weshalb?«

Mit einem Sprung kam Lichtenberg auf die Beine. »Weil sie mir am Arsch vorbeigeht, schon immer am Arsch vorbeigegangen ist und weil ich meine Zeit nicht damit verschwende, mich mit dieser Duckmäuserin, diesem Stück Dreck zu befassen, das sich von mir Mutter nennen ließ!«

Aber hallo, würde Gina jetzt sagen. Das fuhr Dühnfort durch den Kopf, während er aufstand, um mit diesem Hünen auf Augenhöhe zu sein. Wenigstens annähernd. »Es war also nicht nur die Beziehung zu Ihrem Vater problematisch …«

»Problematisch? Sie sind gut! Mein Vater war ein Tyrann, ein Sadist, und meine Mutter hatte sich ihm unterworfen. Seelenmörder waren sie. Alle beide!«

Jetzt verstand Dühnfort. Hass war ein ebenso starkes Gefühl wie Liebe, wenn nicht stärker. Lichtenberg hatte dem Wicht, der er selbst gewesen war, seine Schwäche nicht verziehen, hatte sich in seinem Selbsthass neu erschaffen müssen, um zu überleben. Doch nicht nur Bruno war schwach gewesen, sondern auch seine Mutter, die ihn hätte schützen sollen. »Haben Sie Fotografien Ihrer Eltern?«, fragte Dühnfort.

Als hätte er eine unverständliche Sprache gesprochen, starrte Lichtenberg ihn einen Moment lang an. Dann breitete sich ein Grinsen auf seinem Gesicht aus, das die Mundwinkel nach oben zerrte und den Augen einen diabolischen Glanz verlieh. »Welche Ähnlichkeit haben Svenja und …«, Lichtenberg zog die Stirne kraus, »… Nadine, so hieß sie doch, mit meiner Mutter?« Feixend musterte er Dühnfort. »Lässt dieser durchgeknallte Künstler seinen unterdrückten Hass an unschuldigen Frauen aus, weil seine Mutter ihm leider zuvorgekommen ist und er sie nicht mehr abschlachten kann?« Lichtenberg ließ sich wieder auf das Sofa fallen und begann schallend zu lachen. »Das ist ja zum Brüllen komisch, wie im Vorabendkrimi«, stieß er hervor, während sein Körper von Lachsalven durchgeschüttelt wurde und er sich Tränen der Heiterkeit aus den Augenwinkeln wischte.

***

Kurz vor elf Uhr nachts stand Dühnfort im Hof und beobachtete, wie Lichtenbergs Auto verladen wurde. Die Durchsuchung stand vor dem Abschluss und würde, so wie es aussah, ergebnislos verlaufen. Er fühlte sich müde und zerschlagen, war hungrig und durstig und vor allem frustriert. Alle Bemühungen führten ins Nichts. Er blickte zum Himmel. Eine sternenklare Sommernacht, der ein schöner Morgen folgen würde.

Manfred Enderle, dem die Schutzpolizisten unterstanden, kam auf Dühnfort zu. »Wir sind mit den Gebäuden fertig. Das Gelände werden wir uns morgen bei Tageslicht nochmals vornehmen. Für heute packen wir zusammen.«

»Zwei deiner Männer brauche ich noch. Wir werden Lichtenberg vorläufig festnehmen. Sie sollen ihn ins Präsidium bringen.«

»Kein Problem.« Enderle ging zu seinen Leuten.

Die Kollegen stiegen in die Busse. Türen wurden zugeschlagen, Motoren gestartet, Scheinwerfer flammten auf. Zwei Minuten später lag der Hof in tiefer Dämmerung, umfangen vom Schatten des angrenzenden Waldes und dem Rauschen der Bäume im Nachtwind. Nur das

Abblendlicht des verbliebenen Streifenwagens erhellte die Nacht.

Gina kam aus einer der Scheunen zu ihm herüber. »Und?«, fragte sie. »Was machen wir nun?«

»Wir nehmen Lichtenberg mit. Sein Alibi ist nicht bestätigt, und die Spurenlage im BMW muss noch abgewartet werden.«

»Du denkst, er hat Jana irgendwo anders versteckt?«

»Vielleicht ist er im Präsidium gesprächsbereiter.« Dühnfort legte die Hand in den verspannten Nacken und drehte den Kopf. Ein Wirbel knackte.

Ein frecher Funke glomm in Ginas Augen. »Darf ich ihm die frohe Botschaft verkünden?«

Dühnfort nickte und folgte ihr ins Atelier, in dem Lichtenberg unter Alois' Bewachung ausharrte.

Während Gina Lichtenberg vorläufig festnahm und über seine Rechte belehrte, trat Dühnfort vor eines der Schlachthausbilder. Blutrot war die vorherrschende Farbe. Ein kleiner Junge, blutbespritzt und nackt, stand in der Ecke eines gekachelten Raums, die Hände vors Gesicht geschlagen. Drei Schweine hingen an Ketten kopfüber von einem Metallgestell. Blut tropfte auf den Boden, auf Gedärme und Innereien, die dort lagen, sich zu winden schienen wie Getier. Wie konnten Eltern ihrem Kind Derartiges antun?

Lichtenberg nahm seine Verhaftung sichtlich amüsiert auf, meinte, sie sei für einen kreativen Menschen eine bereichernde Erfahrung, die sicher irgendwann künstlerische Bearbeitung erfahren würde.

Er wirkte so selbstsicher, als hätte er nichts zu verbergen. Vielleicht war er aber auch nur ein guter Schauspieler.

Kurz nach drei Uhr schloss Dühnfort die Tür zu seiner

Wohnung auf. Sie war dunkel und still. Mit einem Glas Wein setzte er sich auf den Balkon, betrachtete den sternenklaren Himmel, atmete die laue Luft, nahm Stimmen wahr, die schwach vom Friedhof zu ihm heraufdrangen. Sicher ein paar Penner, die, wie er, noch nicht schlafen konnten.

Zweieinhalb Stunden Befragung hatte Lichtenberg durchgestanden, ohne ein einziges Mal unsicher zu werden, ohne sich in irgendeinem Punkt zu widersprechen. Schließlich hatte er erklärt, er würde jetzt kein Wort mehr sagen, da er müde sei und der Erfahrung entgegenfiebere, in einer Zelle zu übernachten.

Wo war Jana? War sie bereits tot? Dühnfort wollte diese Vorstellung nicht zulassen. Was, wenn sie der falschen Spur folgten? Wieder stellte sich das Gefühl ein, etwas übersehen, vergessen zu haben. Irgendetwas hatte er nachprüfen wollen. Nur was? Er grübelte, aber es fiel ihm nicht ein. Das wurde langsam zu einer fixen Idee. Er stand auf und ging zu Bett.

Ein Hauch von Apfelduft stieg aus seiner Erinnerung auf. Ein Anflug von Glück, ein leichter Schmerz, das Bild eines Glases, das einen Sprung bekam.

Dienstag, 15. Juni

Die Sonne schien. Das Straßenpflaster dampfte, und der Himmel strahlte wie frisch gewaschen, als Dühnfort kurz vor sieben die Stufen zum Präsidium hinaufging.

Nachdem er die Jacke aufgehängt, den Rechner gestartet und die Espressomaschine angeschaltet hatte, sah er in die Ablage. Noch nichts von der KTU. Die Untersuchung von Lichtenbergs BMW würde sicher noch bis Mittag dauern. Das Anwesen des Malers wurde bereits weiter durchkämmt. Die Namenslisten lagen vor, und Moritz Russo koordinierte das Einholen von Handschriftenproben, während Alois weiter dem Hinweis nachging, der Lichtenberg in Verbindung mit den Prostituierten an der Schäftlarnstraße brachte.

Dühnfort lief über den Flur zum Büro von Alois und Gina und stieß in der Tür beinahe mit ihr zusammen. Sie wedelte mit einem Blatt Papier in der Hand. »Der Tag fängt gar nicht so schlecht an. Das hat mir ein netter Kollege von Diebstahl in die Hand gedrückt. Fuhrmanns Jaguar wurde geklaut. Das glaube ich ja niemals. Wetten, den hat er verschwinden lassen?«

Da auch Dühnfort nicht an Zufälle glaubte, stoppte er um zwanzig vor acht seinen Wagen in Bogenhausen vor dem Haus René Fuhrmanns. Es war eine toskanagelbe Villa mit Walmdach, Sprossenfenstern und angebauter Doppelgarage, auf deren Vorplatz ein Mercedes und ein BMW Cabrio standen. Die Haustür wurde von zwei Steinlöwen bewacht. Dühnfort klingelte.

Einen Moment später öffnete eine auffällig magere

Frau. Der Kopf mit den großen Augen wirkte auf dem ausgehungerten Körper übergroß. Kinderproportionen, dachte Dühnfort. Schwarze Haare fielen ihr verstrubbelt ins ungeschminkte Gesicht. Sie trug einen Schlafanzug mit kurzer Hose und Trägertop, unter dem die Schlüsselbeine hervorstanden, und darüber einen offenen Morgenmantel aus cremefarbener Seide.

Fragend musterte sie ihn.

»Frau Fuhrmann? Dühnfort. Kripo München.«

Sie gähnte und hielt sich dabei die Hand vor den Mund, bevor sie fragte: »Geht es um Renés Wagen?«

»Kann ich Ihren Mann sprechen?«

Zögernd trat sie zur Seite und ließ ihn ein. »Haben Sie das Auto gefunden?«

Er folgte ihr durch den Hausflur in eine modern ausgestattete Küche. »Bis jetzt nicht.«

Granit, Edelstahl und Edelholzfronten. Eine Kaffeemaschine röchelte neben dem Ceranfeld, auf dem ein Topf mit Milch jeden Augenblick überzukochen drohte. Mit einem energischen Griff zog Dühnfort ihn beiseite.

Die Frau fuhr zusammen und dankte ihm dann lächelnd, als sie erkannte, was die Ursache dieser hektischen Bewegung gewesen war. »René zieht sich gerade an und wird gleich kommen. Wollen Sie solange eine Tasse Kaffee?«

»Gerne.« Dühnfort sah sich um, während sie zwei Schalen aus dem Schrank nahm und halbvoll goss. »Café au Lait?«

Er nickte.

»Vermutlich ist der Jaguar längst in Polen oder der Ukraine. Den werden wir wohl nicht wiedersehen.«

»Haben Sie den Diebstahl Sonntagnacht mitbekommen?«

Schwungvoll schenkte sie heiße Milch in die Schalen. »Zucker?«

Nochmals nickte Dühnfort.

»Ich war verreist und bin erst seit gestern Abend wieder daheim.«

»Ein solches Fahrzeug unbemerkt zu stehlen ist nicht einfach. Noch dazu in einer so ruhigen Wohngegend.« Dühnfort hatte den Bericht gelesen, den Gina ihm in die Hand gedrückt hatte. Fuhrmanns Jaguar war in der Nacht zum Montag vom Garagenvorplatz verschwunden. Fahrzeuge dieser Preisklasse ließen sich nicht einfach aufbrechen oder kurzschließen. Sie verfügten über Alarmanlagen und Wegfahrsperren und konnten nur mit elektronischen Zündschlüsseln gestartet werden. Beliebte Methoden waren daher der Diebstahl mittels Abschleppwagen oder Lkw, auf den die Autos verladen wurden, oder ein Ablenkungsmanöver, um den Fahrer für einen Augenblick aus dem Auto zu locken. Ein Abschleppwagen oder Lkw wäre nachts von den Anwohnern bemerkt worden. Es blieben also zwei Möglichkeiten: Jemand hatte einen der Fahrzeugschlüssel entwendet, die waren jedoch laut Fuhrmanns Aussage vollzählig vorhanden, oder das Auto war von Profis geknackt worden. Alles, was man dafür benötigte, waren das Know-how, ein Laptop, ein spezielles Lesegerät und eine Minute in der Nähe des Fahrzeugschlüssels, um den verschlüsselten Zugangscode für das Fahrzeug aufzuzeichnen, wenn der RFID-Chip in der Nähe von Magnetfeldern zu funken begann.

»Wer sagt denn, dass es einfach war?« Verena Fuhrmann stellte die Schale mit Kaffee vor Dühnfort ab. »Wenn Sie den Wagen noch nicht haben, was treibt Sie dann in aller Herrgottsfrühe zu uns?«

»Der Zufall. Ich glaube nicht daran.«

Sie schüttelte den Kopf. »Müsste ich das jetzt verstehen?«

»Ihr Mann hat Ihnen nichts davon erzählt?« Dühnfort griff nach dem Kaffee und trank einen Schluck, während ein ratloser Ausdruck auf ihrem Gesicht erschien.

»Wovon reden Sie?«

»Es gibt neunundzwanzig silberne Jaguar XK Coupé in München. Einer davon spielt in einem Ermittlungsverfahren eine Rolle, wir wissen nur noch nicht, welcher. Und nun verschwindet einer. Zufall?« Dühnfort zog die Schultern hoch und ließ sie wieder sinken.

»Was für ein Ermittlungsverfahren denn?«

Auf dem Flur erklangen Schritte, Fuhrmann kam in die Küche. Frisch rasiert, einen Duft nach teurem Rasierwasser verbreitend. Er trug Anzughose, weißes Hemd und Krawatte. Trotz allem wirkte er angestrengt, war sein Gesicht fahl, die Augen von Schatten umgeben. »Herr Dühnfort.« Es klang wie ein Seufzer. »Warum überrascht mich Ihr Besuch nicht?«

»Was ist eigentlich los?« Verena Fuhrmanns Blick suchte den ihres Mannes. Der wich jedoch aus und wandte sich ab. »Ich erkläre es dir später, Schatz. Lassen Sie uns ins Wohnzimmer gehen.«

Dühnfort folgte Fuhrmann in einen exotisch ausgestatteten Raum. Dunkelbraunes Parkett, Teppiche mit Zebramuster. Zwei elfenbeinfarbene Sofas, ein afrikanisch anmutender Couchtisch, bunte Seidenkissen. An den Wänden hingen Gemälde, an den Fenstern bauschten sich Vorhänge.

Fuhrmann blieb mitten im Zimmer stehen, ohne einen Platz anzubieten. »Ihr Besuch war ja zu erwarten. Also, bringen wir es hinter uns: Nein, ich habe den Wagen nicht beseitigt. Er ist mir tatsächlich gestohlen worden.«

Dühnfort betrachtete eines der Gemälde, das einen Blumenstrauß in einer Kristallvase zeigte. »Ihre Frau war übers Wochenende verreist?«

»Was hat das mit dem Diebstahl zu tun?«

Die Rosen auf dem Bild welkten, einige Blätter waren auf den Tisch gefallen. Ein Symbol für die Vergänglichkeit der Liebe? »Wann ist sie denn gefahren?«

»Worauf wollen Sie hinaus?«

Dühnfort wandte sich zu Fuhrmann um. »Mich interessiert, wie Sie den Freitagabend verbracht haben.«

»Ich verstehe zwar nicht, weshalb. Aber gut. Am Freitag war ich alleine zu Hause und habe mich sinnlos betrunken. Das würden Sie vielleicht auch, wenn Ihre Frau mit ihrem Liebhaber übers Wochenende verreist ist. Das mag vielleicht nicht sehr souverän sein, aber sicher nachvollziehbar.«

»Allerdings«, erwiderte Dühnfort. Männerritual. »Wie schlimm war es?«

Fuhrmann fuhr sich durch das dichte Haar. »Ziemlich schlimm. Bis zum Filmriss. Ich habe den ganzen Samstag gebraucht, um meinen Kater auszukurieren.«

»Und in der Nacht zum Montag ist Ihr Auto vom Garagenvorplatz gestohlen worden. Weshalb hatten Sie es nicht in die Garage gestellt?«

Ein Schulterzucken folgte. »Bequemlichkeit. Ich schwöre, das ist ein dämlicher Zufall. Mir ist schon klar, dass mich das in Ihren Augen verdächtig macht. Jobst hatte recht. Zuerst wollte ich den Diebstahl nicht anzeigen, aus Angst, dass genau das passieren würde, was nun passiert. Aber Jobst hat mir davon abgeraten.«

»Das war in der Tat ein guter Rat Ihres Freundes.« Dühnfort überlegte, wie er weitermachen sollte. »Die Affäre Ihrer Frau macht Ihnen sehr zu schaffen.«

»Natürlich. Haben Sie sonst noch Fragen?«

Das Handy in Dühnforts Tasche begann zu vibrieren. Das Display zeigte Ginas Nummer. Er wandte sich von Fuhrmann ab und meldete sich.

»Hi, Tino.« Er erkannte schon am Klang ihrer Stimme, dass etwas geschehen war. »Ich denke, Jana ist wieder da. Ein Spaziergänger hat eine Leiche gefunden, eingerollt in schwarze Folie.«

Etwas in ihm gab nach, stürzte zu Boden, zerschellte. Für eine Sekunde fühlte er sich kraftlos, ausgelaugt und leer. »Wo?«

»In einem Wäldchen südlich des Speichersees.«

Während Gina ihm eine Wegbeschreibung gab, wanderte Dühnforts Blick über das Gemälde. Eine Heuschrecke verbarg sich im Schatten der Vase, ein Nachtfalter saß auf einer verblühenden Rose, und ganz oben am linken Bildrand flog ein Schmetterling über eine Lilie.

***

An der Ausfahrt Aschheim verließ Dühnfort die A99 und folgte der Landstraße bis zu einem Steg östlich der Autobahn, der über einen Wassergraben führte. Es war der Abfanggraben, der einige Kilometer weiter östlich in den Vorfluter des Speichersees mündete. Nördlich des Grabens erstreckten sich Wiesen und Felder, südlich davon ein Waldgebiet, in das Dühnfort einbog. Nach hundert Metern entdeckte er einen Streifenwagen, an dem der Kollege Rinke aus Vaterstetten lehnte. So wie es aussah, war Dühnfort der Erste.

Er begrüßte Rinke und fragte, wer die Leiche gefunden hatte.

»Scotty. Der Labrador eines Joggers aus Aschheim. Jörg Funke heißt der Mann.«

»Wo ist er jetzt?«

»Zu Hause. Er hatte kein Handy dabei.«

Der Lärm der nahen Autobahn drang durch das Gehölz. Hinter dem Streifenwagen war der Wald licht, ein Autobahnparkplatz war zu erkennen. Links des Wegs befand sich ein aufgeforstetes Waldstück, auf das Rinke nun wies. »Dort hinten beim Baumstumpf liegt sie.«

Dühnfort folgte einem Trampelpfad etwa zwanzig Meter in den Wald hinein. Vor Jahren musste es hier einen Windbruch gegeben haben. Die Fläche von einigen hundert Quadratmetern war wieder aufgeforstet worden, die Bäume aber noch klein.

Die Rolle aus schwarzer Folie und ein blauer Müllsack lagen neben dem Stumpf eines entwurzelten Baums. Die Mülltüte war geöffnet, eine Strähne dunkler Haare bewegte sich sacht im Wind, der den Geruch von nassem Moos, regensatter Erde und Abgasen in sich trug. Erst als Dühnfort näher trat, nahm er den Verwesungsgeruch wahr.

***

Eine knappe halbe Stunde später begannen die Mitarbeiter der Spurensicherung mit ihrer Arbeit. Dühnfort bat Buchholz, auf einen toten Schmetterling in der Nähe der Leiche zu achten. Kurz darauf kamen die Kollegen der Schutzpolizei an, die das Gelände weiträumig absuchen sollten. Alois besprach sich mit deren Leiter, Walter Bichler, während schließlich Gina mit Dr. Ursula Weidenbach eintraf, die sie weiter vorne an der Abzweigung in Empfang genommen hatte.

»Ein Déjà-vu«, meinte die Rechtsmedizinerin, als sie Folie und Müllsack erblickte, schob die Brille auf dem Nasenrücken ein Stück nach oben und bückte sich dann, um die schwarze Plane zurückzuschlagen. Der Anblick war der gleiche wie vor acht Tagen. Nicht gänzlich unerwartet, aber deswegen nicht weniger entsetzlich. Der Verwesungszustand war jedoch weiter fortgeschritten. Die Leiche war aufgedunsen, der Körper gebläht, der Geruch unerträglich. Über dem linken Bein spannten sich ein rosafarbener Strumpf und ein Strumpfband.

»Wir sollten damit endlich an die Öffentlichkeit«, sagte Gina halblaut.

Dühnfort bezweifelte, dass die Preisgabe dieser Information zu brauchbaren Hinweisen führen würde. Es war ein Strumpf wie Hunderte andere auch. Trotzdem nickte er. »Aber wir erwähnen nicht, womit er gefärbt wurde.«

»Okay. Ich kümmere mich darum.«

Ursula Weidenbach nahm die Leiche genauer in Augenschein. »Da scheint jemand so richtig Gefallen an dieser Art zu töten gefunden zu haben. Schwache Leichenflecke auf dem Rücken. Wir werden wieder kaum Blut finden. Damit dürfen Sie mich ausnahmsweise mal festnageln.« Sie holte aus dem Alukoffer ein Stück Folie und legte es in das noch regenfeuchte Gras. Dann hob sie mit sicherem Griff den Kopf der Toten aus dem Müllbeutel und legte ihn auf der vorbereiteten Fläche ab. Janas Augen waren geschlossen. Ein verwirrend friedlicher Ausdruck lag auf dem weißen Gesicht. Es war ungeschminkt, was Dühnfort irritierte. Er ging in die Hocke und warf einen Blick auf die Fingernägel. Sie waren manikürt, aber nicht lackiert. Seltsam. Am Daumennagel der rechten Hand entdeckte er einen Rest dunkelroten Nagellack. Währenddessen zog die Rechtsmedizinerin mit einer Pinzette etwas aus einer Haarsträhne hervor und betrachtete es. »Sieht aus wie ein Strassstein, der aus einem Schmuckstück herausgebrochen ist. Sehen Sie, ein Stück der Fassung ist noch dran.«

Dühnfort betrachtete den blitzenden Stein. Etwas rührte sich in ihm, stieg an die Oberfläche. *Dunkler Haare Massen … darin Geschmeide prangen.* »Merde!« Da war er wieder, dieser Satz, dem er doch hatte nachgehen wollen, jetzt allerdings um einige Worte ergänzt. Woher kannte er diese Zeilen?

»Was ist Merde?«, fragte Gina.

»Hat jemand einen Laptop? Kommt man hier ins Netz?«

»Ich habe meinen im Auto liegen.«

Dühnfort folgte Gina zu ihrem Golf, wo sie den Laptop hervorholte, ihn aufs Dach legte und sich einloggte. »Was brauchst du?«

»Ich mache schon.«

Sie trat zur Seite. Er startete den Browser und gab *»Dunkler Haare Massen«* in die Suchmaske ein.

»Was?« Gina sah ihm über die Schulter.

Die erscheinende Liste zeigte nur wenige Treffer an, doch nun wusste Dühnfort wieder, woher er diese Worte kannte. Von Agnes. Besser gesagt aus dem Gedichtband, den er sich ihretwegen letztes Jahr gekauft hatte. Baudelaire. *Die Blumen des Bösen.* Er klickte auf einen Link. Eine Website öffnete sich, und das Gedicht erschien, blutrot auf Schwarz geschrieben.

***

Eine Märtyrerin. Zeichnung eines unbekannten Meisters.

Dühnfort überflog die Zeilen, bis er gefunden hatte, wonach er suchte:

Gleich den Gesichten, die, aus Schatten fahl entlassen,
Unsere Blicke fangen,
Ruht still das Haupt, mit dunkler Haare Massen,
Darin Geschmeide prangen,

Merde. Verflucht noch mal! Warum war er diesen Worten nicht nachgegangen?

»Ich glaube es ja nicht.« Gina starrte auf den Monitor.

In einem Raum, der lau ist wie ein Treibhaus
Und unheilschwanger überall,
Wo letzte Seufzer haucht ein Blumenstrauß
In einem Sarge aus Kristall,

Ergießt ein Leichnam ohne Kopf in stetem Fließen
Auf Kissen seine Wogen
Von frischem, rotem Blut, das gierig wie von Wiesen
Vom Laken aufgesogen.

Ihre Stimme wurde während des Lesens leiser, nahm einen unwirklichen Klang an. »Dafür braucht er das Blut. Für die Laken … gierig wie von Wiesen aufgesogen … Er lässt dieses Gedicht Wirklichkeit werden.«

»Zeichnung eines unbekannten Meisters. Er malt es«, sagte Dühnfort. »Er ist der Meister.« *Wo letzte Seufzer haucht ein Blumenstrauß in einem Sarge aus Kristall*. Das Bild, das er vor einer Stunde bei Fuhrmann gesehen hatte, ließe sich so beschreiben.

»Also doch unser Freund Bruno«, meinte Gina.

Dühnfort nahm das Handy aus der Tasche, rief Alois an, der noch mit Walter Bichler sprach, und bat ihn zu kommen.

Dühnfort erklärte ihm, worum es ging, und zeigte ihm das Gedicht. »Ich denke, das ist ein Durchbruch. Du fährst zu Lichtenbergs Anwesen. Wenn er unser Mann sein sollte, wird der Baudelaire-Gedichtband *Die Blumen des Bösen* in seinem Regal stehen, vermutlich ziemlich zerfleddert vom häufigen Lesen.«

»Wenn er unser Mann sein sollte? Du glaubst nicht daran?« Alois wandte den Blick vom Monitor. »Er setzt das Bild, das Baudelaire mit Worten gemalt hat, um. Er malt das in Öl. Lichtenberg ist der Einzige, der das könnte.«

Dühnfort wusste es nicht. Es war eine Frage von Selbstbild und Selbstverständnis, und außerdem war da noch etwas anderes, eine Ahnung, die langsam in ihm aufstieg.

***

Wieder hatte Vicki schlecht geschlafen, hatte von ihrer Mutter geträumt und allem möglichen anderen Mist. Im Morgengrauen war sie dann aufgestanden und hatte Tee gekocht, den sie auf dem Miamistuhl sitzend im Garten trank.

Jobst mit seinem kindischen Glauben an Mutterliebe. Als ob die angeboren wäre, dachte Vicki. Meine Mutter hat mich jedenfalls nicht geliebt. Sie hat es nicht nur nie gesagt, sie hat es auch nicht gezeigt. Ich war ihr so scheißegal wie nur was. Für sie war ich Ballast. Das Ergebnis eines geplatzten Kondoms oder einer ausgekotzten Antibabypille, was wahrscheinlicher war.

Als der Becher leer war, ging Vicki hinein. Irgendwo musste die Schachtel mit den Fotos sein. Sie fand sie im Regal und stellte sie auf den Schreibtisch. Eigentlich hatte sie keine Lust hineinzuschauen. Der Deckel sollte auf der Vergangenheit bleiben. Und wenn Jobst noch einmal damit anfing, dann würde sie ihm sagen, das Thema sei ab sofort tabu. Entschlossen stellte sie den Karton zurück.

Sie war sauer auf ihn, weil er es irgendwie ständig schaffte, diesen ganzen alten Scheiß aufzuwühlen. Dennoch hatte sie sich, ohne es zu wollen, in ihn verliebt. Er könnte mein Vater sein, dachte sie. Vielleicht fühlte sie sich ja genau deshalb zu ihm hingezogen. Vaterersatz. Vicki lachte, nahm den Deckel vom Terrarium und holte Epiktet heraus. »Warum habe ich mich bloß von ihm küssen lassen? Hast du eine Ahnung?« Verschlafen schob die Schildkröte den Kopf aus dem Panzer und ruderte mit den Beinen. Vicki setzte sie auf den Dielenboden.

Und dann hatte sie den Kuss auch noch erwidert. Ein undefinierbares Ziehen setzte sich in ihren Bauch. Wohin würde das führen? Ungewissheit lag vor ihr wie eine glatte Fläche, ein spiegelnder See.

Vicki wusch sich, schlüpfte in die Klamotten, fütterte Epiktet und setzte ihn zurück in sein Terrarium.

Der Regen hatte über Nacht aufgehört, und der Himmel war klar. Heute konnte sie wieder mit dem Rad fahren.

Am Pfanzeltplatz sah sie auf die Kirchturmuhr. Es war erst halb acht. Sie würde zu früh zur Arbeit kommen. Richtig zu früh. Egal. Während sie durch Neuperlach radelte, musste sie wieder an diese Berghütte denken. An die Tage, die sie dort oben verbracht hatte, bis ihr endlich die Idee gekommen war, dass sie den Weg nur bergab gehen musste und, selbst wenn sie irgendwo falsch abbog, im Tal ankommen würde. Aber weshalb waren sie überhaupt dort hinaufgegangen?

Vicki bremste vor einer roten Ampel und starrte auf das Licht. Sie wusste es nicht. Diese Frage hatte sie sich nie gestellt. Weshalb hatte Hermi sie auf diesen Berg geschleppt? Wer konnte das wissen?

Niemand.

Oder vielleicht doch. Vielleicht Omas Freundin Renate. Sie hatte im selben Haus gewohnt, eine Etage höher. Ob sie noch dort lebte?

Die Ampel wurde grün. Vicki fuhr weiter. Eigentlich wollte sie nicht in der Vergangenheit wühlen, aber gleichzeitig wusste sie, dass sie es trotzdem tun würde.

Kurz nach acht erreichte sie das Reisebüro. Sie kaufte in der Bäckerei am Platz noch schnell eine Breze, sperrte die Tür zum Reisebüro auf und schloss hinter sich wieder ab. Geöffnet wurde um halb neun. In der kleinen Küche warf sie die Kaffeemaschine an. Clara würde überrascht sein, wenn ihr Morgenkaffee bereits fertig war.

Vicki setzte sich an ihren Platz und startete den Computer. Gestern hatte sie alles weggearbeitet, und in der Ablage neben dem PC lagen keine neuen Jobs. Zeit, ein wenig zu surfen. Auf der Website der Telefonauskunft suchte Vicki nach Renate Glinka, Omas Freundin, und wurde sofort fündig. Nach wie vor wohnte sie im selben Haus in Untergiesing, wie damals vor zehn Jahren, als Oma gestorben und Vicki in eine Pflegefamilie gekommen war.

Kaffeeduft zog durchs Büro. Sie stand auf, füllte einen Becher und zog die Breze aus der Papiertüte. Während sie frühstückte, sah sie aus dem Fenster, beobachtete die Leute, die über den Platz gingen, und dachte an gestern.

Das Geknutsche war haarscharf davor gewesen, außer Kontrolle zu geraten. Wer weiß, wo es geendet hätte, wenn sie nicht gegangen wäre. *Gegangen* war allerdings nicht so ganz treffend. Wie eine doofe Tussi aus einem Rosamunde-Pilcher-Film hatte sie ihre Sachen zusammengerafft und war auf und davon. Bei der Erinnerung daran wurde ihr ganz heiß vor Scham. Souverän war anders.

Der Ficus brauchte Wasser. Vicki stand auf und goss ihn. Ein Typ in schwarzen Klamotten ging über den Platz. Im ersten Moment schrak Vicki zusammen und dachte, es sei Buthler.

Wie er sie gestern mit den Augen ausgezogen hatte. Und dann dieser Vergleich mit Salomé. So ein Schmarrn. Dachte er etwa, er könne sie mit so einem dämlichen Kompliment beeindrucken? Falls es überhaupt eins gewesen war?

Vicki setzte sich wieder an den Computer, googelte Franz von Stuck + Salomé und klickte auf das erste Ergebnis. Das Bild einer halbnackten Tänzerin erschien, deren blanker Oberkörper sich wie heller Marmor vom dunklen Hintergrund abhob. Ein Arm war in die Taille gestützt, der andere erhoben wie bei einer indischen Tempeltänzerin. Den Kopf hatte sie in den Nacken geworfen, die Augen geschlossen, die Lippen leicht geöffnet. Mit der Dunkelheit des Hintergrunds verschwamm eine zweite, kaum wahrnehmbare Figur, eine Art Sklavin, die ein Tablett trug. Darauf lag etwas, das Vicki zunächst nicht erkannte. Erst bei genauerer Betrachtung sah sie, dass es der Kopf eines Mannes war. Sie zuckte zurück.

***

Gegen elf hatte Ursula Weidenbach getan, was vor Ort möglich war, und fragte Dühnfort, ob etwas dagegensprach, die Leiche von Jana Wittich nun in die Rechtsmedizin bringen zu lassen. Er hatte nichts einzuwenden, und Gina forderte den Leichenwagen an.

Weidenbachs erster Einschätzung nach war der Exitus vor etwa drei Tagen eingetreten, also noch bevor Daniela Heppner ihre Freundin am Sonntag als vermisst gemeldet hatte. »Bis heute Abend weiß ich mehr. Ich melde mich, sobald ich etwas habe.« Die Medizinerin reichte Dühnfort die Hand, griff nach ihrem Koffer und lief den mit Unkraut bewachsenen Pfad entlang zu ihrem Auto.

»Und nun?«, fragte Gina. »Wie machen wir weiter?«

Sie gingen zu seinem Wagen. »Ich würde am liebsten Beatrice Mével das Gedicht zeigen.«

»Unserer Psychologin? Weshalb denn? Dass Lichtenberg nicht ganz sauber tickt, wissen wir doch. Wir sollten den jetzt festnageln. Seine arme misshandelte Psyche können sich die Fachleute später angucken. Wenn der als schuldunfähig eingestuft wird, dann quittiere ich den Dienst, dann schmeiß ich den Krempel hin. Verarschen lasse ich mich nämlich nicht.« Ihre dunklen Augen funkelten.

»He, Gina.« Er strich ihr über den Arm, spürte die feinen Härchen unter seinen Fingern, die Wärme ihrer Haut und zog seine Hand zurück. »Lass das nicht so nah an dich ran, und außerdem meinte ich das nicht.«

»Was dann?«

»Wenn er nach diesem Gedicht mordet … ich weiß nicht, wie ich das sagen soll … Wenn das so ist, dann codiert er damit etwas … verschlüsselt es, versteckt es. Verstehst du, was ich meine?«

»Du meinst, er geht nicht offen mit seinen Gefühlen um, seinem Streben nach Macht und Kontrolle, seiner Wut, seinem Hass oder was auch immer ihn dazu treibt, Frauen derart abzuschlachten. Du meinst, vielleicht ist ihm selbst nicht klar, warum er das tut?«

»Ja. So ungefähr meine ich das.« Sie verstand ihn besser als er sich selbst. Der Blick aus ihren dunklen Augen war auf ihn gerichtet. Helle Sprenkel, wie Honig in Schokolade. »Das passt dann aber nicht auf Lichtenberg. Der malt sich den ganzen Scheiß, den er erlebt hat, ja sehr offen von der Seele.«

»Eben.«

»Du meinst, wir haben den Falschen vorläufig festgenommen, und in drei Tagen ist wieder Freitag.«

Er nickte. Weshalb war er jenen Worten nicht früher nachgegangen?

»Mal abwarten, was die Jungs hier finden. Irgendwelche Spuren muss es diesmal doch geben.« Sie verschränkte die Arme, als ob ihr kalt wäre. »Wie bist du überhaupt auf dieses *dunkler Haare Massen* gekommen? Ich meine, das war schon ziemlich genial, wie du das Gedicht auf den Bildschirm gezaubert hast. Der große Houdini.«

»Ich hätte es früher tun sollen. Es ist mir seit Tagen durch den Kopf gegangen. *Die Blumen des Bösen* steht bei mir zu Hause im Regal.«

»Du liest Gedichte?«

»Agnes hat ein Faible dafür. Deshalb.« Es gab ihm einen kleinen Stich, als er daran dachte, weshalb er sich den schmalen Band gekauft hatte. *Dich hätt' ich geliebt, und du hast es geahnt.*

Ginas Augen wurden dunkler. Immer noch Agnes?, hatte sie gefragt. »Weißt du, was komisch ist?«

»Der Schmetterling fehlt«, sagte Dühnfort.

»Die unterschiedlichen Auffindesituationen«, entgegnete sie. »In Düsseldorf schleppt er die Leiche tief in den Wald hinein, verbirgt sie unter Zweigen und Ästen. Erst Monate später wird sie entdeckt. Nummer zwei versteckt er nicht, sondern legt sie ganz offen ab. Aber in einem

Gebäude, das sicher nicht täglich betreten wird. Es hätte noch Tage oder Wochen dauern können, bis jemand über Nadine gestolpert wäre. Und Jana lässt er zwanzig Meter neben einem Weg liegen, der von Spaziergängern, Joggern und Radfahrern genutzt wird. Wenn das Wetter schön gewesen wäre, hätte man sie wahrscheinlich früher entdeckt. Ich glaube, er wollte, dass wir sie schnell finden. Das ist doch komisch. Vielleicht will er, dass wir ihn erwischen.«

Dann gäbe es Spuren. »Hoffentlich.«

Sie wusste, was er dachte, wie er tickte. Und er hätte ihr gerne gezeigt, wie sehr ihn all das berührte. Aber sie hatte die Arme vor der Brust verschränkt, stand mit beiden Beinen fest auf dem Boden, wie ein Bollwerk. Während ihn das noch irritierte, begann sein Handy zu klingeln.

Bichler meldete sich. »Zweihundert Meter weiter östlich gibt es ein Kieswerk, dessen ausgebaggerte Gruben voll Wasser gelaufen sind. Dort hat jemand ein Auto versenkt. Es wird gerade geborgen. Willst du dir das ansehen?«

Gemeinsam mit Gina ging Dühnfort den Weg entlang des Abfanggrabens bis zum Kieswerk. Zwei Streifenwagen, ein Zivilfahrzeug und etliche Polizisten in Uniform standen am Rande eines Baggerlochs neben einem Abschleppfahrzeug. Dühnfort begrüßte Bichler und blickte dann auf die Wasseroberfläche, unter der das Heck eines grauen Fahrzeugs emporschimmerte. Ein Taucher in schwarzem Neoprenanzug erschien aus der Tiefe, schob die Brille nach oben, stapfte ans Ufer und hob dann den Daumen. Während er die Sauerstoffflaschen vom Rücken und die Flossen von den Füßen zog, begann sich das Seil neben ihm zu spannen. Das eine Ende verschwand im

Wasser, das andere führte zu einer Winde am Abschleppwagen, die nun gestartet wurde.

Das Seil gab einen Klagelaut von sich, straffte sich und zog den Wagen aus der Tiefe, während Dieselabgase die Luft mit stinkenden schwarzen Schwaden verpesteten. Ein heller Schimmer erschien, Wellen bildeten sich. Dann tauchte das Heck des Fahrzeugs auf. Es war silberfarben. Auf der Chromleiste des Kofferraumdeckels war der Schriftzug JAGUAR eingeprägt.

***

Als Vicki ihr Rad in Untergiesing an einen Baum kettete, klingelte ihr Handy. Im Display erkannte sie die Nummer des Reisebüros. Clara meldete sich. »Dieser Serge Buthler hat gerade angerufen und wollte dich sprechen.«

»Du hast ihm doch hoffentlich nicht meine Handynummer gegeben!«

»Natürlich nicht. Er soll dich selbst darum bitten, habe ich ihm gesagt.«

Vicki fiel ein Stein vom Herzen. Aber etwas war noch. Claras Stimme hatte einen merkwürdigen Unterton. »Sonst noch was?«

Ein Seufzer klang durchs Telefon. »Er hat mich in ein Gespräch verwickelt und dabei ziemlich geschickt versucht herauszubekommen, ob du tatsächlich Mohn heißt.«

Mist! »Und was hast du gesagt?«

»Dass du meine Tochter bist und dass er dich in Ruhe lassen soll.«

Verdammte Lügerei. Ich sollte mir das endlich abgewöhnen, dachte Vicki. Langfristig betrachtet gab's damit nur Ärger. Clara wartete auf eine Erklärung. »Der Typ ist die reinste Klette. Ich lass den weiter ins Leere laufen, dann wird er schon aufgeben.«

»Du hast ihn wirklich im Internet kennengelernt?«

»Ja.« Das stimmte zwar irgendwie, war aber trotzdem schon wieder geschwindelt.

»Ich muss mir keine Sorgen machen?«

»Nein. Ist alles im grünen Bereich, Mami«, sagte Vicki grinsend und versicherte Clara nochmals, dass es keinen Grund gab, sich Gedanken zu machen. Obwohl sie sich da mittlerweile nicht mehr so ganz sicher war.

Sie steckte das Handy in die Hosentasche, zog den Schlüssel aus dem Kettenschloss und betrat das Haus, das sie vor über zehn Jahren verlassen hatte. Nachkriegsbau. Zehn Parteien. Angegrauter Rauputz. Holzjalousien, von denen die Farbe blätterte, verbeulte Briefkästen im Hausflur. Dämmerlicht. Der Geruch nach frisch gewaschener Wäsche und ungelüfteten Betten, nach Kellermief und Pommes. Die Tür zum Hof stand offen. Teppichstange und Mülltonnen. Die Stufen knarrten noch immer. Vicki stieg in die zweite Etage und klingelte bei Renate Glinka, Omas Freundin.

Während der Mittagspause hatte Vicki sie angerufen und gefragt ob, Renate sich noch an sie erinnern könnte. »Natürlich, Mädchen. Wie geht es dir denn?«

Vicki hatte ein bisschen erzählt, und Renate hatte gesagt, sie solle sie doch mal besuchen kommen. Daraufhin hatte Vicki vorgeschlagen, das gleich heute zu tun, und damit Renate ein Lachen entlockt. »Du bist noch derselbe Wirbelwind wie damals.«

Der Duft nach frischgebackenem Kuchen zog in den Flur, als Renate öffnete. Sie sah fast noch genauso aus wie damals. Ein schmales Gesicht mit flinken Augen und vom Wandern gebräuntem Teint, in dem die Lachfalten einen helleren Ton hatten. Nur die damals graumelierten Haare waren nun ganz weiß. »Vicki, Mädchen! Gut siehst du aus!«

Die Wohnung war eng. Zwei Zimmer, Küche, Bad. Renate ging voran ins Wohnzimmer. Das sah nun ganz und gar nicht mehr aus wie früher. Die schweren Eichenmöbel und die dunkle Couchgarnitur waren verschwunden und hatten hellen Ikea-Möbeln Platz gemacht. Das kleine Zimmer wirkte dadurch größer und freundlicher.

»Als Wilhelm ausgezogen ist, hat er den ganzen Plunder mitgenommen«, erklärte Renate, die Vickis Blick bemerkt hatte.

»Ihr habt euch getrennt?« Renate und Wilhelm hatten für Vicki zusammengehört wie Topf und Deckel.

»Spätlifecrisis. Der Witz ist nur, dass seine Neue ein Jahr älter ist als ich. Dafür ist sie häuslicher, puschelt ständig um ihn herum, kocht und backt … ach lassen wir das.« Der grimmige Zug, der sich um Renates Munde gezeigt hatte, verwandelte sich in ein Lächeln. »Zur Feier des Tages habe ich einen Marmorkuchen gebacken. Ist zwar schon ein bisschen spät dafür, aber magst du ein Stück?«

Renate hatte den Esstisch in der kleinen Küche gedeckt. Auch sie war neu und passte viel besser zu Renate als Eichenmöbel und gestickte Kissen.

Während Vicki ein Stück Kuchen aß, erzählte sie in groben Zügen, wie es ihr in den vergangenen Jahren ergangen war. Sie erzählte von der Pflegefamilie, dem Heim, in dem sie bis zu ihrem achtzehnten Geburtstag gelebt hatte, davon, dass sie das Gymnasium geschmissen hatte, leider, und dann einige Zeit durch Europa gezogen war und nun eine Ausbildung zur Reiseverkehrskauffrau machte. »An die Zeit davor, bei Oma, kann ich mich noch gut erinnern. Aber an meine Mutter kaum noch.«

»Du warst ja erst sechs, als Hermi starb. Ach, das war so schrecklich. Wie hat sie ihr Leben nur so wegwerfen können?« Renate zog die Strickjacke enger um sich, als sei ihr mit einem Mal kalt. »Sie war so hübsch und so begabt. In der Schule gehörte sie zu den Besten, und dann auf einmal, aus heiterem Himmel schließt sie sich diesen Punks an … In der Pubertät machen die Kinder ja häufig Probleme, aber Hermi hat es übertrieben.« Renates Schultern stiegen hoch und fielen mit dem Seufzer wieder herab.

»Meine Mutter war eine gute Schülerin?« Oma hatte immer gesagt, sie habe reihenweise Fünfen geschrieben und sei ein stinkfaules Luder gewesen, das nichts als Jungs und Klamotten im Kopf gehabt habe.

»Das war sie, und dann hat sie die Schule verlasen. Ohne Abschluss. Mit sechzehn. Ich habe deiner Oma versucht das auszureden. Aber sie hat ja nie auf jemanden gehört.«

»Oma? Oma hat meine Mutter nicht weiter zur Schule gehen lassen?« Vicki war sich nicht sicher, ob sie das richtig verstanden hatte. Ihr hatte Oma ständig in den Ohren gelegen, wie wichtig ein guter Schulabschluss und eine Ausbildung seien, hatte ihr richtig im Nacken gesessen und mit ihr gebüffelt, damit sie in der vierten Klasse den Übertritt aufs Gymnasium schaffe.

Renate erzählte, dass Traudl, Vickis Oma, Hermi von der Schule genommen hatte, als die Schwangerschaft nicht mehr zu vertuschen gewesen war. Renate hatte es nicht verstanden. Es waren nicht die prüden fünfziger Jahre, sondern die Achtziger. Eine Teenagerschwangerschaft war zwar nicht das, was man sich als Mutter für sein Kind wünschte, aber es war auch keine Schande. »Du weißt ja, wie deine Oma war«, fuhr Renate fort. »Konservativ bis in die Knochen und stur wie ein Maulesel. Als Hermi sich geweigert hat, eine Ab…« Renate sah erschrocken hoch. »Entschuldige. Es tut mir leid. Das hätte ich jetzt nicht …«

»Oma wollte, dass ich abgetrieben werde?« Plötzlich fragte Vicki sich, ob es wirklich eine ihrer schlaueren Ideen gewesen war, hierherzukommen und in der Vergangenheit herumzustochern. Vermutlich nicht. Oma hatte sie also auch nicht gewollt! Toll!

Fahrig begann Renate die Kuchenkrümel auf ihrem Teller zu einem Häufchen zusammenzufegen. »So hat Traudl das nicht betrachtet. Zu Beginn ist das nur ein Zellhaufen, hat sie gesagt, die Option eines Menschen … Sie hatte Angst vor der Schande und die Sorge, dass Hermi sich ihre Zukunft verbauen würde.«

»Geht's noch? Oma hat sie von der Schule genommen. Sie hat ihr die Zukunft vermasselt.« Vicki wusste selbst nicht, weshalb sie sich plötzlich auf die Seite ihrer Mutter stellte.

»Ganz so einfach war das nicht. Wie hätte Hermine denn mit einem Baby die Schule weiter besuchen und das Abitur machen sollen?«

»Na, mit Omas Hilfe. Später hat sie sich ja auch um mich gekümmert.«

Renate lächelte. »Als du dann geboren warst, war Traudl ja auch vom ersten Tag an in dich vernarrt. So vernarrt, dass sie bereit gewesen wäre, sich ganz um dich zu kümmern. Sie wollte sogar das Sorgerecht und ist deswegen vor Gericht gezogen.«

Vicki wurde das langsam zu viel an Information. Erst hatte Oma gewollt, dass ihr Enkelkind abgetrieben wurde, und dann, als es da war, wollte sie es ganz für sich haben? »Aber meine Mutter hat mich nicht hergegeben.« Etwas in Vicki zerriss wie eine zu straff gespannte Instrumentensaite, erzeugte einen Missklang.

Renate bestätigte das. Hermi hatte sich deswegen vollends mit ihrer Mutter überworfen und war mit Vicki in eine vom Jugendamt finanzierte Wohngemeinschaft gezogen. Später, als sie volljährig geworden war, war sie dann in eine Wohnung gewechselt, die vom Sozialamt bezahlt wurde. Sie hatte versucht zu jobben und ihr Baby zu versorgen und war an diesem Spagat gescheitert. Nach und nach hatten ihre Freunde aus der Punkerszene dann die Wohnung mit Beschlag belegt, und die Zustände waren immer unhaltbarer geworden. »Traudl hat den Kontakt zu Hermi abgebrochen, als sie ausgezogen ist. Erst an deinem fünften Geburtstag hat sie sich ein Herz gefasst und sie besucht. Als sie zurückkam, war sie geschockt. Hermi nahm inzwischen Tabletten und …«

Was war das jetzt schon wieder? Noch eine Lüge? »Sie hat mit dem Zeug erst nach meiner Geburt angefangen? Oma hat immer gesagt, Hermi hat bereits in der Schule Tabletten eingeworfen und gekifft.«

»In der Schule? Nein. Sie hat erst zu Tabletten und Alkohol gegriffen, als ihr die Probleme über den Kopf gewachsen sind. Da musst du schon drei oder vier gewesen sein.«

Vicki hatte das Gefühl, der Boden unter ihren Füßen gäbe nach. Oma hatte sie angelogen. Nach Strich und Faden. Oder log Renate? Aber Renate war Omas Freundin. Sie hatte keinen Grund, sie schlechtzumachen. Vicki stand auf.

»Ich muss mal auf die Toilette.« Während sie im Badezimmer kaltes Wasser über ihre Handgelenke laufen ließ, dachte sie über das eben Gehörte nach. Wenn Hermi erst so spät angefangen hatte, Tabletten zu nehmen und wer weiß was sonst noch und sich dafür prostituiert … Halt! Stopp! Wer wusste denn, ob das überhaupt stimmte, dass sie sich dafür verkauft hatte. Oma hatte das behauptet. Vielleicht stimmte das ja gar nicht. Ziemlich sicher sogar! Wenn Hermi mit sechzehn gar nicht auf Drogen gewesen war, dann hatte sie auch keine Kohle dafür gebraucht, und dann hatte sie sich auch nicht dafür verkaufen müssen … dann konnte kein Freier sie geschwängert haben … dann …

Vicki stürmte aus dem Bad zurück in die Küche. Renate stand am Spülbecken und füllte den Wasserkocher. »Weißt du, wer der Freund meiner Mutter war, wer mein Vater sein könnte?«

Renate fuhr herum. »Hast du mich erschreckt.« Sie stellte den Kocher ab. »Hat Traudl dir das nie gesagt?«

»Nein. Hat sie nicht. Sie hat gesagt, Hermi hätte … Ach Scheiße. Egal. Sie hat es mir nicht gesagt. Aber du weißt es?« Vickis Herz klopfte plötzlich wie wild.

***

Dühnfort suchte Fuhrmann in seiner Praxis auf und holte ihn aus einem Beratungsgespräch, worüber der Arzt ziemlich ungehalten war. »Was gibt es denn so Dringendes, dass Sie nicht zehn Minuten warten können?«

»Ihr Auto ist wiederaufgetaucht.«

Erleichtert gab Fuhrmann seine angriffslustige Haltung auf. »Toll. Damit habe ich ehrlich gesagt nicht gerechnet. Ist es beschädigt?«

»Nun ja. Es ist ziemlich nass. Wir haben es aus einem Baggerloch gezogen.«

»Aha.« Fuhrmanns Erstaunen klang echt.

»Ganz in der Nähe eines Leichenfundorts.«

Verblüffung erschien für eine Sekunde auf Fuhrmanns Gesicht und dann Erkenntnis. »Sie denken, ich … Nee. Das hängen Sie mir nicht an.«

Entweder ist er ein guter Schauspieler, oder er war es nicht, dachte Dühnfort. »Niemand hängt Ihnen etwas an. Es gibt jedoch Gesprächsbedarf. Wenn Sie so nett wären, mich zu begleiten.«

Noch fehlte das Bindeglied. Fuhrmanns Auto war in der Nähe von Janas Leiche gefunden worden. Das alleine reichte nicht. Sie mussten im Fahrzeug Spuren von ihr finden, erst dann konnte der Haftbefehl beantragt werden. Bis dahin wollte Dühnfort sich mit Fuhrmann unterhalten, während Gina die beiden Alibizeugen nochmals befragte. Sie war schon unterwegs zu Wernegg und Klees.

»Und wenn ich nicht *so nett bin,* was dann?«, fragte Fuhrmann.

»Dann werde ich Sie vorläufig festnehmen. Das muss ja nicht sein.«

Fuhrmann wirkte wie vor den Kopf geschlagen. »Also gut. Ich habe mir nichts vorzuwerfen. Es ist sicher ein Zufall, dass mein Wagen in der Nähe einer Leiche gefunden wurde … Dumme Jungs klauen ein Auto, machen eine Spritztour und versenken es dann. Das kommt doch vor.«

Diese Idee verfolgte Fuhrmann auch noch, als er Dühnfort in dessen Büro gegenübersaß.

»Ihr Auto wurde nicht von dummen Jungs geklaut. Es wurde nicht aufgebrochen. Der Dieb hatte entweder einen der Schlüssel, oder er hat den Code Ihres Schlüssels ausgespäht. Wer sich so viel Mühe macht, tut das nicht wegen einer Spritztour und schon gar nicht um das Auto anschließend zu beseitigen. Der will Geld sehen.«

»Die Schlüssel sind aber beide da.«

Dühnfort fragte, wo diese aufbewahrt wurden. Einer lag immer in einer Schale im Flur des Wohnhauses, den zweiten trug Fuhrmann bei sich. In der Praxis legte er ihn allerdings meistens in eine Schreibtischschublade. Es gab also zwei Möglichkeiten, an einen zu gelangen. Wobei der Verlust des Schlüssels aus dem Wohnhaus vermutlich für längere Zeit unbemerkt bliebe.

Dühnfort fragte, wer von Freitag bis Sonntag im Haus gewesen war.

Während Fuhrmann überlegte, war es still. Es dauerte eine Weile, bis er mit seiner Aufzählung begann. »Meine Frau. Lucas Schwinn, ihr Liebhaber. Er hat sie am Vormittag zu Hause abgeholt, als ich in der Praxis war. Unsere Putzfrau und dann der Kurier, der mir am Samstag Sushi gebracht hat. Der war einen Augenblick allein im Flur, als ich mein Portemonnaie holte. Dann war noch Serge bei mir, er hat ein interessantes Bild zu verkaufen, und am Sonntag, nach dem Tennismatch, haben Jobst und ich zusammen einen Whiskey getrunken. Aber meine Frau hat das niemals getan, und Lucas ist ein Weichei, Dozent für Philosophie. Er evakuiert Spinnen und Fliegen aus seiner Wohnung. Der, ein Mörder? Nie und nimmer. Der Kurierfahrer ... vielleicht hat den jemand beauftragt ... aber weshalb? Ich habe niemandem etwas getan, und Serge und Jobst sind Freunde. Ich kann mir einfach nicht vorstellen, dass einer der beiden Frauen umbringt. Niemals.«

Dühnfort notierte den Namen des Sushi-Lieferdienstes und den der Putzfrau. »Gut. Wenn Sie ausschließen, dass eine dieser Personen den Wagenschlüssel genommen hat, dann bleibt die IT-Variante oder Sie selbst ...«

»Herrgott! Warum hätte ich das tun sollen? Sagen Sie

mir das mal. Welchen Grund hätte ich, eine wildfremde Frau zu köpfen?« Fuhrmann fuhr sich mit der Linken durch die Haare, neigte dabei den Kopf ein wenig und weitete die Augen. Plötzlich sah er aus wie ein kleiner Junge, der seine Eltern belog.

»Zwei. Inzwischen haben wir es mit zwei Morden zu tun. Und in beiden Fällen erscheinen Sie in unseren Ermittlungen.«

Fuhrmann sank im Stuhl zurück, in seinem Gesicht stand Angst geschrieben. »Ich war es nicht. Das müssen Sie mir glauben. Ich liebe, bewundere und verschönere Frauen. Ich vergrößere ihre Brüste, glätte Falten, sauge Fett ab. Ich bringe sie doch nicht um.«

Es klopfte kurz an der Tür. Gina sah herein und gab ihm ein Zeichen. Dühnfort stand auf und ging zu ihr auf den Flur.

»Die Galeristin ist sich plötzlich nicht mehr so sicher, wann Fuhrmann und Wernegg gegangen sind. Gestern hat sie festgestellt, dass ihre Armbanduhr nicht richtig geht. Das ist so eine mechanische. Ziemlich teuer und noch fast neu, deshalb verlangt sie vom Juwelier jetzt einen Garantieumtausch. Also, langer Rede kurzer Sinn: Das gute und edle Stück geht vor, und Frau Klees kann nicht ausschließen, dass das bereits am Samstag, dem 5. Juni, schon so war. Sie trägt die Uhr nämlich nicht täglich.«

»Aber erst Eide schwören wollen.« Dühnfort war verärgert. Es gab nichts Unzuverlässigeres als Zeugen. »Und Wernegg?«

»Er bleibt bei seiner Aussage. Aber die beiden sind Freunde, und Fuhrmann hat ihn wegen des Alibis angerufen. Darauf wird der Haftrichter also nicht allzu viel geben, und wir sollten das auch nicht.«

Schritte erklangen auf dem Flur. Buchholz näherte sich. Seine massige Gestalt schwankte bei jedem Schritt. Als er Dühnfort und Gina entdeckte, hob er die Hand. »So. Wir haben ihn. Im Kofferraum haben wir Haare von Nadine und Jana gefunden.« Ein zufriedenes Lächeln glitt über Buchholz' Gesicht. »Und außerdem lag da noch der Schmetterling, den du vermisst hast. Ein Distelfalter.«

***

Dühnfort nahm Fuhrmann fest, brachte ihn in einen Vernehmungsraum, schaltete das Tonband ein und belehrte ihn über seine Rechte.

»Ich brauche keinen Anwalt. Ich war es nicht.«

»Wir haben Haare der beiden ermordeten Frauen in Ihrem Auto gefunden, die …«

»Was? Das ist unmöglich!« Fuhrmanns Gesichtszüge entgleisten ins Fassungslose. »Unmöglich«, wiederholte er. »Das kann nicht sein … Keine von diesen beiden Frauen hat je in meinem Auto gesessen … jemand muss die Haare dort hingetan haben …«

Er saß Dühnfort am Vernehmungstisch gegenüber. Sein Sakko hatte er über die Stuhllehne gehängt, die Ärmel aufgekrempelt, wie zum Kampf bereit.

»Das hatten wir schon. Wie können Sie einerseits behaupten, jemand wolle Ihnen die Morde unterschieben, und andererseits keine Ahnung haben, wer das sein könnte?«

Mit einer ratlosen Geste strich Fuhrmann sich mit der Hand über Augen und Kinn. »Ich weiß es nicht. Wirklich. Ich habe keine Feinde.«

»Den Liebhaber Ihrer Frau würden Sie nicht als Gegner bezeichnen?«

Fuhrmann ließ den Arm auf den Tisch sinken. »Wollen Sie daraus ein Motiv konstruieren? Aus Frust über Verenas Seitensprung schlachte ich Frauen ab? Das ist lächerlich.«

»Die Affäre Ihrer Frau wird Sie doch nicht kaltlassen.«

»Nein. Natürlich nicht. Ich liebe Verena und dachte immer, wir wären ein besonderes Paar, eines, das es tatsächlich schafft zusammenzubleiben. Ein Irrtum. Das kommt vor. Wir haben darüber geredet, wie zivilisierte Menschen das tun.«

»Gut. Lassen wir das mal so stehen. In Ihrem Beruf haben Sie sich nie Feinde gemacht?«

»Nein.«

»Wer also könnte Ihnen zwei Morde unterschieben wollen?«

»Ich weiß es nicht. Wirklich.«

»Sagt Ihnen der Name Bruno Lichtenberg etwas?«

»Nein«, antwortete Fuhrmann nach einem Moment des Überlegens. »Sollte er?«

»Er ist Maler. Sein Künstlername ist Carne.«

Fuhrmann schüttelte den Kopf. »Ich habe beide Namen nie gehört.«

»Serge Buthler kennt ihn aber.«

»Ja? Mag sein. Er ist schließlich Galerist, und wenn dieser Lichtenberg Maler ist … Ich verstehe den Zusammenhang nicht.«

Dühnfort reichte Fuhrmann den Computerausdruck von Vickis Aufnahme der Hotelkarte des Atlantic. »Sagt Ihnen das etwas?«

Mit leicht zusammengekniffenen Augen betrachtete Fuhrmann die Fotografie. »Buthler. 19.00 Uhr. Das könnte sich auf die Auktion im Mai beziehen, die begann um diese Zeit. Es könnte aber genauso gut ein x-beliebiger Termin gemeint sein.«

»Kennen Sie die Handschrift?«

»Nein.«

»Sie waren bei der Auktion Ende Mai.«

»Natürlich. Serge hat sich auf das Gebiet spezialisiert, das ich sammle. Stillleben des 17. Jahrhunderts.«

»Genau wie Ihr Freund Wernegg. Wie kommt es, dass Sie beide diese Gemälde sammeln?«

Der Themenwechsel entspannte Fuhrmann ein wenig, der verhärtete Zug um den Mund verschwand. »Wir haben uns schon während der Internatszeit dafür interessiert. Vor allem für Vanitasmotive. Unser Kunstlehrer hat uns das Thema nahegebracht, und auch die Symbolik, die in diesen Bildern steckt. Ein faszinierendes Thema, das uns beide nicht losgelassen hat. Als ich Jobst vor vier oder fünf Jahren hier in München wieder begegnet bin, stand er in einer Galerie vor einem Vanitasmotiv.«

Hier hakte Dühnfort ein. »Ich dachte, Sie wären seit Ihrer Schulzeit mit Wernegg befreundet.«

»Schon. Aber nach dem Abitur haben sich unsere Wege getrennt. Zum Studieren bin ich nach Heidelberg gegangen. Da haben wir irgendwie den Kontakt verloren.«

»Die Symbolik der Natur in der Malerei fasziniert Sie also.« Dühnfort dachte an das Buch auf seinem Schreibtisch, an den Trauermantel und den Distelfalter. »In Ihrem Wohnzimmer hängt ein Gemälde, das einen Blumenstrauß in einer Kristallvase zeigt, einige Rosen welken bereits. Ein Symbol für die Vergänglichkeit der Liebe?«

Fuhrmann lächelte. »Interessante Interpretation. In der Mythologie ist die Rose die heilige Blume der Venus und Attribut der drei Grazien. Im Altertum galt sie als Zeichen von Trauer und Tod, im Christentum ist sie wegen ihrer Dornen Symbol für Schmerz und Qual der Märtyrer. Es kommt auf den Kontext an.«

»Oder auch Märtyrerinnen«, meinte Dühnfort. »Kennen Sie das Gedicht von Charles Baudelaire? *Eine Märtyrerin.*«

Einige feine Falten vertieften sich auf Fuhrmanns Stirn. »Baudelaire habe ich zwar in der Pubertät gelesen, wie wohl die meisten, aber an das Gedicht kann ich mich nicht erinnern.«

»In einem Raum, der lau ist wie ein Treibhaus und unheilschwanger überall, wo letzte Seufzer haucht ein Blumenstrauß in einem Sarge aus Kristall …«, begann Dühnfort und beobachtete Fuhrmann, dessen Stirn sich wieder glättete.

»Doch. Das kommt mir bekannt vor.«

Dühnfort fixierte sein Gegenüber. *»Ergießt ein Leichnam ohne Kopf in stetem Fließen auf Kissen seine Wogen von frischem rotem Blut, das gierig wie von Wiesen vom Laken aufgesogen.«*

Fuhrmann hielt dem Blick stand. »Ich kenne das Gedicht. Es stammt aus *Les Fleurs du Mal.* Anscheinend sind Sie der Ansicht, der Mörder hat es sich als Vorlage genommen. Sie werden Gründe dafür haben. Aber ich bin nicht derjenige, den Sie suchen. Sie vertun Ihre Zeit.«

Dühnfort fragte sich, weshalb er Fuhrmann das glaubte. »Gehen Sie gelegentlich zu Prostituierten?«

Die Frage traf Fuhrmann völlig unerwartet. Er fuhr kaum merklich zusammen, blieb aber ruhig. »Sehe ich so aus, als ob ich das nötig hätte?«

»Da Ihre Frau einen anderen Mann vorzieht, nehme ich an, dass Ihr Sexualleben momentan etwas unausgeglichen ist. Der Gedanke ist naheliegend. Gehen Sie zu Prostituierten?«

»Nein«, entgegnete Fuhrmann noch immer ruhig. »Ich

bin Ihnen mehr als entgegengekommen, sehe aber ein, dass es ziemlich naiv von mir ist, ohne Rechtsbeistand auskommen zu wollen. Sie haben offensichtlich vor, sich zu verrennen, daher würde ich jetzt gerne mit meinem Anwalt sprechen.«

Nachdem Fuhrmann telefoniert hatte und in eine der Haftzellen gebracht worden war, beantragte Dühnfort Haftbefehl und Durchsuchungsbeschlüsse bei Leyenfels. Dann kehrte er in sein Büro zurück, um sich endlich den überfälligen Espresso zu machen. Er fühlte sich müde, bleiern, verlangsamt, und gleichzeitig spürte er eine Energie dicht unter der Oberfläche pulsieren. Wie ein Junkie auf Entzug, dachte er, während er den Siebeinsatz mit Kaffeepulver füllte. Allein der Duft war schon belebend.

Endlich gab es Fakten. Dühnfort fühlte sich jedoch nicht wohl mit diesem Ermittlungsstand. Weshalb glaubte er Fuhrmann? Vermutlich war er einfach nur überreizt. Morgen, nach den Durchsuchungen von Wohnhaus und Praxis, würde er den Fall in anderem Licht sehen. Die Spuren dieser beiden Morde waren nicht zu beseitigen. Jedenfalls nicht so, dass Buchholz sie dank modernster Technik nicht doch finden würde.

Sein Handy vibrierte. Leyenfels meldete sich. Lichtenbergs Anwalt saß bei ihm und forderte die Aufhebung der vorläufigen Festnahme seines Mandanten. Gab es neue Erkenntnisse? Dühnfort musste das verneinen. Weder im BMW noch auf dem Anwesen Lichtenbergs hatte die KTU Spuren gefunden. Widerwillig stimmte er der Entlassung zu.

Der Espresso war durchgelaufen. Eine perfekte Crema krönte ihn. Dühnfort rührte zwei Löffel braunen Zucker hinein und leerte die Tasse langsam und bedächtig.

Kurz darauf kam Gina in sein Büro. Sie sah müde und angespannt aus. »Ich habe noch etwas gefunden. Fuhrmann kennt die alte Brauerei. Er hat das Gelände letztes Jahr im Oktober besichtigt.« Sie reichte ihm einen Bogen Papier. Es war die Kopie eines Handelsregisterauszugs der Firma CRE Clinic-Real Estate. Geschäftsführer war ein Dr. Lutz Marberg, dessen Name auch auf Alois' Liste der Interessenten für das Areal erschien. »Ich hab mal gecheckt, wer an der Firma beteiligt ist. Es gibt vier Gesellschafter, und einer davon ist René Fuhrmann.« Gina setzte sich auf die Kante des Schreibtischs. »Mit Lutz Marberg habe ich gerade telefoniert. Bei der Besichtigung war Fuhrmann dabei.«

Das war es, was Dühnfort an Gina schätzte. Sie ließ nicht locker, forschte nach, grub sich in einen Fall hinein. »Prima Arbeit, Gina. Trotzdem ... ich traue ihm das nicht zu ...« Müde fuhr er sich über das Kinn.

»Weshalb das denn?« Zum hundertsten Mal an diesem Tag strich Gina sich die dunkle Haarsträhne wieder hinters Ohr, die ihr immer wieder ins Gesicht fiel.

»Fuhrmann hätte den Wagen gründlich gereinigt und sicher nicht in unmittelbarer Nähe von Janas Leiche in einem nicht sehr tiefen Baggerloch versenkt. Noch besser wäre es aus Tätersicht gewesen, den Wagen zu verbrennen. Ich halte den Mörder von Svenja, Nadine und Jana für cleverer.«

»Du glaubst Fuhrmann?« Ginas Stimme rutschte eine Etage höher.

»Mir geht das auf einmal zu glatt. Zuerst haben wir nichts und dann gleich eine solche Fülle von Beweisen.«

»Das ist doch häufig der Fall.«

»Warten wir ab, was die Durchsuchungen ergeben.«

»Vielleicht finden wir rosa Strümpfe und *prangende*

Geschmeide in seinem Haus. Würde dich das dann überzeugen?« Da war es wieder, Ginas freches Grinsen.

»Die Presseinfo ist raus?«

»Klar. Morgen werden die Zeitungen vom perversen Monster mit den rosa Strümpfen schreiben.« Sie seufzte, sah mit einem Mal ernst und besorgt aus. »Machen wir für heute Feierabend? Ich brauch mal wieder eine Runde Schlaf.«

Plötzlich verspürte er den Wunsch, sie zu fragen, ob sie mit zu ihm kommen wolle. Sie könnten gemeinsam kochen, sich unterhalten und dabei eine Flasche Merlot trinken. Er wollte nicht auf ewig allein in seiner Wohnung sein, dieser Wohnung mit der Aussicht auf den Friedhof und seine zerbröselnden Grabsteine und Marmorengel, einem Blick in eine Zukunft, die jedem gewiss war. Auch ihm.

Gina musterte ihn, als spüre sie, dass er noch etwas sagen wollte. Noch vor ein paar Tagen hätte er sie einfach bitten können, den Abend gemeinsam zu verbringen. Doch ihre Worte vom Freitagabend schoben sich langsam, aber stetig wie ein Keil zwischen sie, verdrängten die Freundschaft, die sie bisher verbunden hatte, schafften Platz für etwas Neues, von dem er nicht wusste, was es sein würde.

***

Renate legte die Hände in den Schoß. »Ich verstehe Traudl nicht. Weshalb hat sie dir das verheimlicht?«

Vickis Herz klopfte noch immer zu schnell, und gleichzeitig stieg eine heiße Welle in ihr auf. Wut. Wut auf Oma, die sie angelogen hatte, die ihre eigene Tochter im Stich gelassen und Lügen über sie verbreitet hatte. Die ihrem eigenen Kind das Kind hatte wegnehmen wollen. »Keine

Ahnung. Vielleicht wollte sie nicht, dass ich meinen Vater finde und dann vielleicht zu dem will.« Sie spürte, wie sich ihre Kehle zuschnürte. »Wer ist er? Weiß er, dass es mich gibt?«

»Vermutlich nicht. Die Beziehung zwischen ihm und Hermi hat nicht gehalten. Er hat wegen eines anderen Mädchens mit ihr Schluss gemacht, bevor Hermi merkte, dass sie schwanger war. Ihr Stolz hat sie daran gehindert, es Alex zu sagen. Und deiner Oma war das ganz recht so. Je weniger davon wussten, umso besser.«

»Alex heißt er also.« Schöner Name, dachte Vicki. Alex. Sicher Alexander. Sie hatte einen Vater, war nicht das Ergebnis eines bezahlten Ficks und eines geplatzten Kondoms. »Hat er auch einen Nachnamen? Wie hat Hermi ihn kennengelernt? War er an derselben Schule?«

Ein Lächeln erschien auf Renates Gesicht. »Tausend Fragen. Sein Name ist Alexander Sauer. Er war eine Klasse über Hermi und flog von der Schule, kurz nachdem die beiden sich verliebt hatten. Nicht, weil er Punker war. Ein sehr farbenprächtiger übrigens, sondern wegen der Anzahl der Verweise, die er bekommen hatte. Er war nicht gerade der nette Junge, den eine Mutter sich als Freund ihrer Tochter wünscht. Aber Hermi fand ihn toll. *Cool*, hat sie immer gesagt. *Alex ist voll cool.* Er hatte sich eine Sicherheitsnadel durchs Ohrläppchen gebohrt, trug eine Rasierklinge um den Hals und zerrissene Hosen. Seine Haare waren bunt gefärbt, wie das Gefieder eines Gockels, und mit Haarspray und Gel zu einem Kamm gestylt. Hermi, die bis dato nie etwas Verwegeneres als gestreifte Jeans getragen hatte, schnitt sich damals Löcher in ihre Hosen, färbte sich die Haare grün und durchbohrte sich einen Nasenflügel mit einer Sicherheitsnadel. Sie sah zum Fürchten aus. Traudl war verzweifelt.« Renate stützte das

Kinn in die Hand und schüttelte den Kopf. »Obwohl ihr dieser Rebellenlook eigentlich ganz gut gestanden hat«, fügte sie versonnen hinzu. »Ich habe Traudl geraten, Hermi sich austoben zu lassen. So etwas vergeht meist von alleine. Wenn sie nicht so dagegen gewesen wäre … wer weiß, vielleicht wäre alles anders gekommen. Aber so hat sie Hermi erst recht angestachelt, diesen Punkerlook auf die Spitze zu treiben und sich an Alex zu klammern. Bis ihm das dann zu eng geworden ist und er sich eine neue Freundin gesucht hat.«

»Hat er echt nie erfahren, dass Hermi schwanger war?«

»Soweit ich weiß, nicht. Ich habe allerdings nicht mehr viel davon mitbekommen. Hermi ist ausgezogen, und Traudl hat mit ihr gebrochen, kurz nachdem das Gericht das Sorgerechtsersuchen abgelehnt hat. Beinahe fünf Jahre lang hat Traudl nicht mit Hermi gesprochen, und kaum über sie.« Renate strich sich mit einer Hand über den Oberarm. »Weshalb hat sie dir das alles nie erzählt?« Ein ratloses Schulterzucken folgte. »Vielleicht wollte sie ja damit warten, bis du groß genug bist.«

Sicher nicht, dachte Vicki. Sie hat ja über Hermi geredet, aber lauter Mist, verdammten Mist, wenn Renate die Wahrheit erzählt hatte. Sie hatte ihre eigene Tochter schlechtgemacht, um nicht als Versagerin dazustehen. *Dieses schreckliche Kind. Da war ich machtlos. Irgendwann muss man als Mutter auch loslassen können.* Und dann hatte sie beweisen wollen, dass sie die bessere Mutter ist, und Vicki zu sich holen wollen. »Du hast vorher gesagt, Oma hat noch einmal versucht, das Sorgerecht für mich zu bekommen. Das hat sie aber wieder nicht geschafft, wenn …«

Renates Stirn zog sich zu Falten zusammen. »Doch.

Beim zweiten Mal hat sich das Jugendamt auf Traudls Seite gestellt, und das Gericht hat dem Ersuchen stattgegeben. Hermi war alkohol- und tablettenabhängig. Sie hat dich verwahrlosen lassen, und in der Wohnung sah es aus … Na, das muss ich dir ja nicht beschreiben. Daran wirst du dich sicher noch erinnern. Sie war nicht in der Lage, dich ordentlich zu versorgen, und deine Einschulung stand bevor. Es war höchste Zeit, die Weichen in eine andere Richtung zu stellen, dir eine Zukunft zu geben.«

»Ich wäre also sowieso zu Oma gekommen, auch wenn Hermi auf dieser Berghütte …« Ein Klumpen saß in Vickis Hals und ließ sich nicht runterschlucken. »Wieso ist sie überhaupt mit mir zu dieser Hütte aufgestiegen? Was wollte sie da?«

Renates flinke Augen bekamen einen traurigen Glanz. »Hermi wollte dich nicht hergeben und ist mit dir … geflohen. Ja, so kann man das sagen. Geflohen. Sie hat einen Rucksack voll Sachen gepackt und ist mit dir abgehauen, ein paar Stunden bevor Jugendamt und Polizei dich aus der Wohnung geholt hätten.«

Eine schwache Erinnerung an jene Nacht stieg in Vicki auf. Es war dunkel gewesen, als Hermi sie geweckt und gesagt hatte, sie würden zu einem Abenteuer aufbrechen. Am Hauptbahnhof stiegen sie in einen Zug und kamen bei Sonnenaufgang in den Bergen an. Vicki hatte sie nie zuvor gesehen. Hermi sagte, es seien schlafende Riesen. Irgendwo stiegen sie dann aus, und Hermi fragte in einem Laden nach der Hütte.

»Und den Rest kennst du ja. Hermi kannte unsere Hütte, wir waren ein paarmal mit ihr dort gewesen, als sie vierzehn oder fünfzehn war. Dorthin ist sie mit dir geflüchtet. Sie hat es immer nur gut gemeint mit dir, wollte dein Bestes, auch wenn sie dabei völlig versagt hat. Sie hat dich geliebt.«

***

Epiktet zog den Kopf in den Panzer, um zu schlafen. Sollte ich auch versuchen, dachte Vicki. Doch sie wusste, dass es ihr nicht gelingen würde. Tausend Gedanken wirbelten durch ihren Kopf. Warum hatte Oma das getan? Sie hatte doch gewusst, wie sehr sie ihre Mutter liebte. Trotz allem. Alle Kinder liebten ihre Mütter. Verdammt! Das war nun mal so. Und dann hatte Oma sich geholt, was sie gewollt hatte. Vicki. Und hatte so die Chance ergriffen, es besser zu machen als Hermi. War ja auch gutgegangen. Jedenfalls so lange, bis Oma gestorben war. Danach hatte Vicki genau das getan, was ihre Mutter getan hatte, hatte die Schule geschmissen und … halt. Oma hatte Hermi von der Schule genommen. Oma hatte … Es war müßig, sich den Kopf zu zerbrechen. Nichts war mehr zu ändern, und doch hatte sich alles geändert. *Sie hat dich geliebt.* Das hatte Renate gesagt. Deswegen waren sie zu dieser Hütte aufgestiegen, auf der Flucht vor Oma, der Polizei und dem Jugendamt. Wenn Oma nicht … Mist! Das mit dem goldenen Schuss konnte ja auch nicht stimmen. Hermi war alkohol- und tablettenabhängig, hatte Renate gesagt. Von Heroin war nicht die Rede gewesen. Oma hatte immer vom goldenen Schuss gesprochen. Aber auf der Hütte hatte nichts herumgelegen, was nach Fixerbesteck ausgesehen hatte. Oder? Vicki versuchte sich an die Tage dort oben zu erinnern. Sie hatte alles nach etwas Essbarem durchsucht. Nein. Da war keine Spritze gewesen und auch kein angerußter Löffel oder so. Verdammt! Oma! Warum hast du das getan?

Wenn sie zu Hermi gehalten und ihr geholfen hätte, wäre das alles nicht passiert.

Vicki schloss den Glasdeckel des Terrariums. Irgendetwas in ihr hatte sich verändert, verschoben, war an einen neuen Platz gerutscht und saß in ihr wie ein warmer Kern, der Kraft und Ruhe aussandte. *Sie hat dich geliebt.*

Wenn nicht Jobsts ständige Provokationen die Erinnerungen an die Berghütte in ihr nach oben gespült hätten, wäre sie nie zu Renate gegangen, um sie nach der Hütte zu fragen. Wer weiß, wann und ob sie jemals die Wahrheit erfahren hätte. Danke, dachte sie. Danke, Jobst.

Am liebsten wäre sie sofort zu ihm geradelt, um ihm zu erzählen, was sie heute alles erfahren hatte. Doch sie wollte dieses wohlige Gefühl in sich nicht vertreiben und setzte sich in den Korbsessel am Fenster. Über Jobst und wie es mit ihnen weitergehen sollte, würde sie morgen nachdenken.

Die Sonne war schon untergegangen, ein silberner Schimmer lag über der anbrechenden Nacht. Vicki beobachtete, wie es dunkler wurde und der Mond aufging. Langsam schwand die Wut auf Oma, ebenso wie der lange gehegte Groll auf ihre Mutter. Übrig blieben Ruhe und die neue, unbekannte Kraft in ihr. Bevor sie zu Bett ging, warf Vicki noch einen Blick ins Terrarium. Epiktet schlief.

***

Und diese Einsamkeit, die alles übersteigt …

Er stand mit zusammengekniffenen Augen vor der Staffelei, während er diese Worte lautlos formte.

Ein paar Tage noch und das Bild würde vollendet sein. Die Gestalt kam ihm so vertraut vor, als wäre er unzählige Male von ihrer Hand berührt worden, als hätte er ihren Körper an seinem gespürt. Haut an Haut. Bei diesem Gedanken fühlte er Hilflosigkeit in sich aufsteigen, und seine Hand begann kaum merklich zu zittern, wie das Laub der Bäume, das ein Beben ankündigte.

Wer war diese Frau, die er da malte? Was versuchte er damit zu bannen? Er war sich selbst ein Rätsel, hasste und verabscheute den anderen in sich, der doch kein Fremder, sondern ein Teil von ihm war. Er war zwei und doch eines. Ein Monster und ein Mensch. Er widerte sich an und hoffte, dass das nun ein Ende haben würde. Wenn das Bild endlich fertig wäre. Dieses Bild.

Dieses Gedicht.

Seit er es als Siebzehnjähriger gelesen hatte, hatte es ihn in Bann geschlagen wie kein anderes, obwohl er sie alle gelesen, ja verschlungen hatte.

Jahrelang hatte die Vorstellung allein ihn besänftigt, das Sichausmalen dessen, was er tun könnte. Bis dann diese Bilder mit aller Kraft in die Wirklichkeit zu drängen begannen, bis der Andere in ihm die Oberhand gewann und in die Tat umsetzte, was er sich bis dahin immer nur vorgestellt hatte.

Charles Baudelaire. Sein Bruder im Geiste, sein Seelenverwandter. Ein Vertriebener. Ein Ausgestoßener. Ein aus dem Paradies Verjagter. Einer, der von der verbotenen …

Die Hand zitterte nun so, dass sie den Pinsel nicht mehr halten konnte. Er fiel zu Boden, kullerte ein Stück weit und hinterließ eine rote Spur wie sengendes Magma.

Die Gedanken und Träume der letzten Tage … die Erinnerungen … die Bilder … woher kamen sie? Welchen dunklen Verliesen entstiegen sie? Nach all den Jahren des Vergessens! Weshalb jetzt?

Wie gelähmt stand er vor der Leinwand und starrte auf diese schmalen Finger. Zartgliedrig, weiß, wie kalter Stein. Und doch schienen sie zu leben, sich zu bewegen, ihn zu berühren.

Ein Keuchen entstieg seiner Brust.

Er spürte die Schläge wieder, sah diese Hand, die ihn sonst gestreichelt und berührt hatte, wo er nicht hatte berührt werden wollen, sah ihre Augen mit dem sonst so zärtlichen Blick, sah ihren Mund, der sonst angenehme Worte formte und nun brüllte, sah die Lippen, so rot wie Blut, und erkannte, wer sie war.

Jede Pore seiner Haut zog sich zusammen, als wäre er in Eiswasser gestürzt. Für einen Moment nahm ihm der Schmerz den Atem. Er rang nach Luft, ließ sich in den abgewetzten Sessel fallen, versuchte den Zustand des Vergessens wieder zu erreichen, wie einen Rettungsring, den die Strömung immer weiter von ihm wegtrieb. Währenddessen schoben sich die Erinnerungen unaufhaltsam in sein Bewusstsein. Ihrem Anbranden hatte er nichts mehr entgegenzusetzen. Die Nacht wurde dunkler, die Sterne am Himmel klarer und heller.

Welch eine Charade hatte er mit sich getrieben! Ein grausames Versteckspiel. Er wollte schreien, doch der Schrei blieb in ihm stecken, dehnte sich, weitete sich, füllte seinen Brustkorb wie glühendes Gestein tief unter der Erde eine Kammer, bis er sich endlich löste, ausbrach, sein Brüllen jede Faser seines Körpers erbeben ließ und durch das Atelier hallte, wie eine alles vernichtende Urgewalt.

Mittwoch, 16. Juni

Dühnfort stand in Fuhrmanns Wohnzimmer, schlug den Band mit Baudelaires Gedichten zu und stellte ihn zurück ins Regal. Das Buch war über zwanzig Jahre alt, aber selten zur Hand genommen worden, der Rücken noch steif, die Seiten sperrig.

Wir werden hier nichts finden, dachte er. Und wenn, dann sind diese Beweise vielleicht fingiert. Weshalb glaubte er Fuhrmann?

Gina trat zu ihm. »Sieh dir das mal an. Das lag im Müll.« In der Hand hielt sie eine Supermarkttüte, deren Inhalt sie nun auf den Couchtisch kippte. Zum Vorschein kamen Stoffstücke in allerlei Farben. Es dauerte einen Moment, bis Dühnfort erkannte, dass es sich um zerschnittene Wäschestücke handelte: Höschen, Hemdchen, Tangas, BHs, Bustiers, halterlose Strümpfe.

Er bat Verena Fuhrmann, die mit dem Rücken zum Raum am Fenster stand, an den Tisch zu kommen. Der Anblick der Wäschestücke schien sie nicht zu überraschen. »Sind das Ihre Dessous?«

»Es waren meine Dessous.«

»Hat Ihr Mann das getan?«

»Er hat seinen verletzten Stolz an meiner Wäsche ausgetobt. Immerhin besser, als wenn er das mit mir gemacht hätte.«

»Sehen Sie sich das bitte genau an. Befindet sich etwas darunter, das nicht Ihnen gehört?«

Ungläubig sah sie ihn an. »Sie haben eine kranke Phantasie.«

»Berufskrankheit«, warf Gina ein und breitete die Stofffetzen aus.

Nochmals bat Dühnfort Verena Fuhrmann darum nachzusehen, was sie widerstrebend tat. Als sie fertig war, schüttelte sie den Kopf. »Das waren alles meine Sachen.« Sie wandte sich vom Tisch ab, ging zurück zum Fenster und starrte wieder in den Garten.

Das Gefühl, wertvolle Zeit zu verlieren, verstärkte sich und ließ Dühnfort unruhig werden. »Übernimmst du das hier?«, fragte er Gina.

»Klar. Und was machst du?«

»Mal sehen, ob ich Beatrice Mével erwische.« Gestern hatte er ihr das Gedicht gemailt. Nun wollte er mit ihr reden. Je eher, desto lieber.

Gina senkte die Stimme. »Du denkst tatsächlich, dass Fuhrmann das Unschuldslamm ist, das er uns vorspielt? Ich glaub's ja nicht. Seit wann sind dir Beweise egal?«

»Das Gedicht ist nicht ohne Bedeutung.«

»Wir sollten Fuhrmann festnageln und die Ermittlung gerichtsfest machen. Beweissicherung, Vernehmung, Geständnis, das ist jetzt angesagt. Und was willst du? Eine Gedichtanalyse.« Ginas Stimme klang vorwurfsvoll.

Dühnfort verstand ihren Ärger. Einerseits. Andererseits wollte er jetzt und hier keine Diskussion über Bauchgefühle führen. »Halte mich auf dem Laufenden.« Es klang kurz angebunden.

***

Vom Auto aus rief er Beatrice Mével an. In einer Dreiviertelstunde hatte sie einen Gerichtstermin. Daher verabredete er sich mit ihr im alten Botanischen Garten, der dem Justizpalast gegenüberlag.

Zwanzig Minuten später parkte er in der Elisenstraße

und betrat die Grünanlage. Der Verkehrslärm wurde leiser, die Fontäne des Neptunbrunnens plätscherte, zwei Spatzen saßen auf der Marmoreinfassung und zerrten an einem Stückchen Brot. Dühnfort sah sich um und entdeckte Beatrice Mével, die über einen der gekiesten Wege auf ihn zukam.

Sie stammte aus der Bretagne, hatte vor dreißig Jahren in München studiert und dabei den Mann fürs Leben gefunden. Inzwischen war sie Anfang fünfzig; eine kleine stämmige Person mit roten Haaren und grünen Augen, deren Farbe sie durch das Tragen passender Kleidungsstücke betonte. Heute war es ein moosgrüner Seidenschal. Sie reichte ihm die Hand und wies auf die Bank am Rand der Rasenfläche. »Setzen wir uns?«

Dühnfort begrüßte sie und nahm neben ihr Platz. »Es geht um das Gedicht. Hatten Sie Zeit, es sich anzusehen?«

Sie nickte und entnahm ihrer Aktentasche einen Ausdruck, den sie mit Randbemerkungen versehen hatte.

Einer der Spatzen kam herübergeflogen und setzte sich vor Dühnfort auf den Kiesweg. Erwartungsvoll legte er den Kopf schief und blickte nach oben. Ich muss dich enttäuschen, dachte Dühnfort. »Niemand mordet nach einem Gedicht«, sagte er an Beatrice Mével gewandt. »Es kann nur äußere Form für etwas anderes sein. Wie sehen Sie das?«

»Ähnlich.« Sie stellte die Aktentasche auf den Boden. »Ich bin Psychologin, nicht Literaturwissenschaftlerin. Meine Bewertung dieses Gedichts erfolgt also ausschließlich aus meiner beruflichen Sicht.« Das Papier in ihrer Hand bewegte sich im Wind. Sie strich es glatt. »Am auffälligsten erscheint mir, dass Baudelaire weder die Identität der Frau, die so grausam ermordet wurde, preisgibt noch das Motiv. Er deutet nur an und stellt Fragen. Es ist nicht der Täter, der das Bild beschreibt, sondern ein unbeteiligter Betrachter, der allerdings manchmal in die Perspektive des Täters wechselt. Die erste Frage, die sich aufdrängt: Beschreibt er tatsächlich ein Bild, steht er also tatsächlich vor einem Blatt Papier oder einer Leinwand? Oder beschreibt er die Szenerie, die sich dem Meister, der die Zeichnung erst noch anfertigen wird, darbietet? Wer ist der Meister? Der Mörder? Oder ein Dokumentar? Es ist wie eine dieser russischen Puppen. Die Puppe in der Puppe.« Beatrice Mével zog die Stirn kraus. »Der Körper der Frau – nur ihr Körper, nicht die Frau – wird als jung und unselig schön beschrieben. Baudelaire entmenschlicht das Opfer, reduziert es auf den Rumpf, der *seine unheilvollen Reize acht- und sorglos* präsentiert. *Unheilvolle Reize, lockende Formen,* die *schwüle Bilder* und einen *düsteren Liebestraum wecken.* Diese Formulierung deutet für mich auf eine Schuldverschiebung hin, weg vom Täter, der keine Verantwortung tragen will, zum Opfer. Der Klassiker bei Vergewaltigungen und sexuell motivierten Tötungen: Sie hat es selbst so gewollt; sie hat es nicht anders verdient. Doch warum trägt sie die Schuld? Auch darauf finden sich Hinweise im Gedicht. Er schreibt von schuldbeladenem Glück, wirft die Frage auf, ob sie sich dem Überdruss verworfner Wünsche hingab. War sie untreu? Oder hat sie ihn zurückgewiesen? Verbirgt sich dahinter das Motiv? Eifersucht und Rache, getarnt als fürsorgliche Entrückung, erscheinen mir am wahrscheinlichsten. Baudelaire wirft die Frage nach einem rachsüchtigen Mann auf, *des nimmersatte Triebe, sie lebend nicht gestillt* und der auf ihren *toten Leib das Übermaß der Liebe gehäuft und angefüllt.*« Beatrice Mével suchte Dühnforts Blick. »Sie sind sicher, dass die

Taten nicht sexuell motiviert sind? Einen nekrophilen Täter schließen Sie aus?«

»Es gibt keine Hinweise darauf.« Die Puppe in der Puppe, dachte Dühnfort. »Was meinen Sie mit fürsorglicher Entrückung?«

»Gelegentlich wechselt Baudelaire die Perspektive und schreibt aus der Sicht des Täters. Beispielsweise im vorletzten Vers. Er fragt nicht, sondern konstatiert: *Ruh aus, der Welt entrückt, fern ihrem Spott und Grolle und strengem Richterstab, in Frieden ruhe aus, du fremd Geheimnisvolle im wunderlichen Grab.* Hier weiß er etwas, das er als Betrachter nicht wissen kann, nur als Beteiligter, nämlich einen möglichen Grund für die Tötung: Spott und Groll. Vermutlich Spott und Groll, denen ein gehörnter Gatte, betrogener Liebhaber oder zurückgewiesener Verehrer ausgesetzt war, der sich nun zum Richter aufgeschwungen und das Urteil auch vollstreckt hat. Ein Mord aus Eifersucht und gekränkter Eitelkeit, getarnt als fürsorgliche Entrückung in eine andere Welt, in der die Frau nun in Frieden ausruhen kann.«

»Weshalb beschreibt er sie als *fremd Geheimnisvolle*?«, fragte Dühnfort. »Ist sie ihm wirklich fremd? Stirbt sie stellvertretend für eine andere?«

»Möglich. Ich würde Ihnen allerdings raten, nicht allzu sehr in diesem Gedicht nach der Motivation zu forschen. Vielleicht hat es für den Täter nicht die tiefe Bedeutung, die Sie vermuten. Er hat es irgendwann einmal gelesen und seine Tötungsphantasie daraus abgeleitet, die er nun umsetzt. Das ganz banale Böse.«

Dühnfort glaubte das nicht. Seit mindestens sechs Jahren spukte es im Kopf des Täters herum, schrie nach Verwirklichung. Es war mehr als nur oberflächliche Blaupause. Diese Worte hatten den Dämon in ihm jahrelang in Schach gehalten. Vermutlich konnte er es im Schlaf aufsagen, kreisten seine Gedanken immer wieder um diese Verse, um die Vorstellung, dieses Bild Gestalt annehmen, wirklich Bild werden zu lassen.

Dühnfort erinnerte die Psychologin an den Farbrest an Nadines Handgelenk. »Wir gehen davon aus, dass er es tatsächlich malt. Sind dafür Talent und eine entsprechende Ausbildung erforderlich, oder ist das eine Frage der Selbsteinschätzung? Würde ihm auch ein Gemälde in der Qualität genügen, wie die meisten von uns es zustande brächten?«

»Akademischer Maler oder Hobbykünstler?« Die Psychologin wickelte den Bogen Papier zu einer Rolle und drehte diese zwischen den Fingern. »Schwer zu sagen. Er ist Perfektionist, plant sehr genau, führt akribisch aus ... das Gemälde stellt eine Erweiterung des Gedichts dar. Dafür müsste es ähnliche Qualitäten haben. Ich denke, Sonntagsmalerfähigkeiten werden dem Täter nicht die ersehnte Befriedigung liefern.«

***

Voller Unruhe wartete Vicki die Mittagspause ab. Als endlich auch Clara gegangen war, startete sie den Internetbrowser und durchsuchte die Homepages der Münchner Zeitungen.

Seit sie am Morgen auf dem Weg zum Reisebüro die Headlines gelesen hatte, war sie ganz hibbelig. Eine weitere Frau war ermordet worden. Wenn sie das Bild früher an Gina Angelucci gemailt hätte ... vielleicht wäre das dann nicht passiert. Ihr war beinahe schlecht, als sie SZ-online öffnete.

Sie fand sofort, wonach sie suchte. Der Hund eines Joggers hatte die Leiche einer Prostituierten in der Nähe des

Speichersees entdeckt. Die Frau war enthauptet worden, genauso wie die in der Brauerei. Bei beiden Leichen hatte man einen halterlosen rosa Strumpf gefunden und bei der zweiten auch Teile eines Schmuckstücks im Haar. Die Polizei bat um Mithilfe der Bevölkerung. Ein Foto zeigte zwei Strümpfe und zwei Strumpfbänder, darunter befand sich eine Liste mit den verschwundenen Kleidungsstücken der Frauen. Wer Angaben zu diesen Gegenständen machen konnte, sollte sich bei der Polizei melden. Eine Nummer war angegeben.

Wäre das vielleicht nicht passiert, wenn sie alle Fotos sofort der Polizei übergeben hätte? Vicki stützte den Kopf in die Hände und starrte auf den Bildschirm. Dühnfort hatte nichts weiter von sich hören lassen. Vielleicht war das Foto ja doch unwichtig. Gedankenverloren starrte sie auf die Website.

Bekannter Schönheitschirurg verhaftet. Sie klickte diesen Artikel an und überflog ihn eilig. So wie es aussah, hatte die Polizei den Mörder gefasst. René F. war gestern festgenommen worden; zurzeit wurde sein Haus durchsucht. René F.? René, so hieß doch der Freund von Jobst, der Schönheitschirurg war. René und wie noch? Fuhrmann. Hatte Jobsts Freund etwa die beiden Frauen umgebracht? Wusste er schon davon? Eine Welle von Mitgefühl erfasste Vicki. Der beste Freund vielleicht ein Mörder, ein Mensch, dem Jobst vertraut hatte, um den er sich echt gesorgt und den er getröstet hatte …

An Jobst wollte sie jetzt eigentlich gar nicht denken. Sie hatte einfach keinen Plan, wie man sich nicht verliebte. Aber die Schmetterlinge schwirrten noch immer in ihrem Bauch. Wenn sie die Augen schloss, sah sie das Grübchen an seinem Kinn, schmeckte seinen Kuss, der wie ein Versprechen gewesen war.

Vicki stand auf, ging in die kleine Küche und holte einen Becher mit Pfirsichkefir aus dem Kühlschrank. Ihr Mittagessen. Vielleicht hatte der zwischen all den Schmetterlingen noch Platz.

Wenn Jobst nicht ständig nachgefragt hätte, hätte sie all die Dinge über ihre Vergangenheit nie erfahren. Und auch seinen Rat, nach schönen Erinnerungen Ausschau zu halten, hatte sie inzwischen beherzigt. Gestern Nacht, kurz vor dem Einschlafen, war ihr das Bilderbuch wieder eingefallen, das Hermi selbst gezeichnet hatte.

Sie hatte sich oft Quatschgeschichten ausgedacht, in denen ein kleiner Tiger und sein Freund, ein kleiner Bär, Unfug trieben. Sie rührten auf dem Küchenboden Eierpampe an und schlidderten darin herum, schmierten der Lehrerin Honig auf den Stuhl, klauten die Äpfel vom Baum des Nachbarn und banden stattdessen Birnen daran. Die Geschichte mit dem Apfel-Birnbaum hatte Hermi aufgeschrieben und illustriert. Eines Abends beim Schlafengehen hatte Vicki das Heft unter der Bettdecke gefunden. Wo es wohl abgeblieben war?

Nachdem sie den letzten Rest Kefir aus dem Becher gekratzt hatte, warf sie ihn in den Mülleimer und ging zurück an ihren PC.

Keine Ahnung, wo das Bilderbuch hingekommen war. Aber das war auch nicht wichtig, die Erinnerung genügte. Hermi hatte sich bemüht, eine liebevolle Mutter zu sein, und war das irgendwie auch gewesen. Einerseits. Andererseits hatte es auch die Hermi gegeben, die ihre Tochter nachts alleine in der Wohnung ließ, die keine Wäsche wusch, nicht kochte, einkaufte oder putzte, die sie manchmal hungern und immer mehr verwahrlosen ließ.

Vicki wusste nicht, weshalb sie all die Jahre dieses einseitige Bild ihrer Mutter gepflegt und die schönen Erinnerungen ausgeblendet hatte. Irgendwie war es so einfacher gewesen, auf Hermi wütend zu sein. Doch nun hatte sich alles geändert. Dank Jobst.

Zeit, ihm die große Neuigkeit zu erzählen. Vicki griff zum Telefon und wählte seine Nummer. Sein Handy war ausgeschaltet. Also rief sie bei Katja Schön an und erfuhr, dass Jobst in einem Meeting war, das sicher noch Stunden dauern würde. »Ich kann ihm ein Memo schreiben, dass er Sie zurückrufen soll.«

Vicki wollte ihm keine SMS schicken. Was sie zu berichten hatte, benötigte mehr als die paar Zeichen, die in eine Kurznachricht passten. Daher nahm sie Katja Schöns Angebot an.

Ihr Blick fiel wieder auf den Monitor. René Fuhrmann. Sie klickte die Seite weg, rief stattdessen die von *stalkerati.de* auf und gab den Namen Alexander Sauer ein.

***

»Nix. Nothing. Niente.« Gina lehnte in der offenen Tür zu Dühnforts Büro. Alois saß auf der Kante des Besprechungstischs. »Trotzdem. Er war es. Wir müssen nur noch herausfinden, wo er sein Schlachthaus hat. Und deshalb werde ich jetzt Leyenfels aufsuchen. Fuhrmann hat nämlich ein Bootshaus am Ammersee.« Gina hob einen Schlüssel hoch und ließ ihn am Zeigefinger baumeln. »Und das sollten wir uns schnellstmöglich ansehen.«

Es gab also keine Spuren in Fuhrmanns Haus und auch nicht in der Praxis, was Dühnfort nicht wirklich überraschte. Er bat Alois festzustellen, ob Buthler noch in München war. »Lass dir den Namen seines Hausarztes geben. Ich will wissen, ob er an dem Wochenende, als Nadine ermordet wurde, wirklich mit einer Sommergrippe im Bett lag. Und prüfe auch, ob er für den fraglichen

Zeitraum einen Flug nach München gebucht hat, und wo er wohnt, wenn er sich hier aufhält. Hat er ein Haus gemietet oder eine Wohnung, oder wohnt er im Hotel?«

»Was ist mit der ärztlichen Schweigepflicht und außerdem, wie kommst du jetzt auf Buthler?« Alois verschränkte die Arme vor der Brust. »Bei Fuhrmann sind wir auf dem richtigen Weg. Das ist nur noch eine Frage der Zeit.«

Dühnfort berichtete von seinem Gespräch mit Beatrice Mével. »Wir sind uns einig, dass der Täter Baudelaires Gedicht malt. Oder nicht? Fuhrmann kann nicht malen. Lichtenberg ist akademisch ausgebildeter Künstler, und Buthler hat einige Semester Malerei studiert. Mit Lichtenberg sind wir durch ...« Dühnfort dachte wieder an die Puppe in der Puppe. »Und wie du so treffend gesagt hast«, er wandte sich an Gina, »er malt sich den ganzen Scheiß, den er erlebt hat, völlig offen von der Seele. Er codiert nichts. Der Täter dagegen schon. Außerdem suchen wir nicht nur die Tatorte, sondern auch ein Atelier und eine Kulisse, in der er die Vorlage für das Bild in Szene setzt.« Dühnfort sah ein Gemälde in altmeisterlicher Manier vor sich, und dafür brauchte man Zeit, die der natürliche Verwesungsprozess nicht ließ. »Vermutlich fotografiert er das Arrangement und malt dann nach der Fotografie. Habt ihr bei Fuhrmann etwas in der Art entdeckt? Eine Kristallvase, Flakons, altmodische Stoffe, rosa Strümpfe? Er ist es nicht. Wir rennen in die falsche Richtung.«

Gina schnaubte durch die Nase. »Und was ist mit den Fakten? Die schätzt du doch normalerweise so sehr. Möglichkeit, Mittel und Motiv. Fuhrmanns Alibi ist nicht viel wert. Er hatte also sowohl die Möglichkeit als auch die Mittel. Er ist Chirurg. Und ein Motiv hat er auch. Was er mit der Wäsche seiner Frau angestellt hat, hast du ja gesehen. Das ist ziemlich verquer. Von mir aus auch codiert, wenn du unbedingt auf dieser Vokabel bestehst. Außerdem haben wir eine eindeutige Spurenlage. Zählt die etwa nicht? Er war es. Hundertpro. Wir nehmen jetzt das Bootshaus auseinander, und dann haben wir ihn.«

Dühnforts Telefon auf dem Schreibtisch klingelte. Er wandte sich ab und nahm das Gespräch an. Es war der Pförtner, der den Besuch einer Zeugin ankündigte. Sie war bereits auf dem Weg nach oben.

Gina war mittlerweile mit Alois auf den Flur getreten. Die Tür stand offen, und Dühnfort hörte, wie sie sich mit gedämpften Stimmen unterhielten.

»Gedichtinterpretationen habe ich schon in der Schule gehasst.« Alois zog eine Grimasse. »Fakten sind nun mal Fakten. Ich verstehe nicht, weshalb Tino da nicht richtig reinbeißt.«

Gina zuckte mit den Schultern und drehte den Schlüssel in den Händen. »Ich trab' jetzt zum Staatsanwalt, egal ob unser Boss grünes Licht gibt oder nicht.«

Dühnfort trat zu den beiden. Ihr Gespräch verstummte. In Ginas Blick lag Unverständnis. Unverständnis darüber, dass er seinen Gefühlen mehr vertraute als der Spurenlage.

»Natürlich nehmen wir uns das Bootshaus vor. Aber ich glaube nicht, dass wir dort etwas finden.«

Gina stopfte die Hände in die Taschen ihrer Cargohose, als müsste sie sich zurückhalten. »Wir werden ja sehen!«

Irgendwo schlug eine Tür, von weiter vorne erklangen Schritte. Ginas Blick ging über seine Schulter und wurde kühl. Dühnfort sah sich um.

Agnes kam mit sicherem Schritt den Gang entlang und studierte die Namensschilder neben den Türen. In der Hand hielt sie ein orangefarbenes Buch. Baudelaires Gedichtband *Les Fleurs du Mal*.

Gina trat zur Seite. »Du bekommst Besuch. Ich besorge inzwischen den Durchsuchungsbeschluss.«

Dühnfort sah ihr nach, fühlte, was sie nun fühlte, und wäre ihr am liebsten nachgeeilt. Sah die Schultern, die seltsam steif wirkten, und ihren plötzlich schwer wirkenden Gang. Alois folgte ihr.

»Hallo, Tino.«

Wehalb fiel ihm plötzlich das Blau von Agnes' Augen auf? Es war so blau, wie es immer gewesen war. Die grünen Sprenkel darin so grün wie eh und je, und auch seine Gefühle ihr gegenüber waren dieselben wie damals. Er tat einen Schritt auf sie zu und fühlte ein leichtes Prickeln durch seinen Körper gehen. Im selben Moment ärgerte er sich darüber.

»Hallo, Agnes.« Für einen Augenblick beherrschte ihn der Wunsch, sie einfach abzufertigen, wegzuschicken, ihr zu sagen, dass sie alleine die Vorlage für die Morde entdeckt hatten.

Er bat sie in sein Büro, bot ihr Platz an und setzte sich hinter seinen Schreibtisch.

Ihr Blick wanderte durchs Zimmer, blieb an der Espressomaschine hängen – es war dasselbe Modell, das sie besaß – und kehrte dann zu ihm zurück. Sie legte das Buch auf den Tisch. »Heute Morgen habe ich in der Zeitung von diesen Mordfällen gelesen und von den rosafarbenen Strümpfen, die bei den Opfern gefunden wurden. Ich bin mir nicht sicher. Aber es würde passen. Baudelaire beschreibt in einem seiner Gedichte die enthauptete Leiche einer Frau. Sie trägt einen rosa Strumpf. Es könnte doch sein, dass der Mörder durch dieses Gedicht inspiriert wurde.«

Die Gefühle, die sie bei ihm auslöste, verwirrten und verärgerten Dühnfort im selben Maß. Dieser leicht unsichere Ton, der sich so häufig bei ihr einschlich, und diese kaum wahrnehmbare Fahrigkeit waren nur Facetten einer viel komplexeren Persönlichkeit. Verliebt hatte er sich in die starke Frau, die sich nach dem Tod ihrer Tochter und ihres Mannes aufgerappelt und begonnen hatte, ihr Leben neu zu sortieren. Sie ließ sich nicht beirren und nicht unterkriegen, ohne sich dabei der eigenen Stärke bewusst zu sein.

»Deine Idee ist nicht unsinnig. Wir gehen davon aus, dass dieses Gedicht die Vorlage für die Morde ist.«

»Oh. Da war jemand schneller als ich.«

Sie griff nach dem Band, als wolle sie gehen.

»Wir haben es selbst herausgefunden. Schließlich hast du mir letzten Herbst einige Zeilen aus dem Gedicht gemailt – *An eine, die vorüberging.*«

Sie schob den Stuhl zurück und stand auf. »Mich hat damals überrascht, dass du das herausgefunden und den Band gekauft hast.«

Er erhob sich ebenfalls. »Ich bin schließlich Polizist. Diese Ermittlung war nicht allzu schwer.«

»Deine Antwort war nicht ohne: *Laß dies wüste Spiel zu Ende gehn.* Sie hat weh getan. Ich habe nie Spielchen gespielt. Aber das weißt du ja.«

Er schämte sich noch heute für diese unbedachte und spontane Antwort. Zwei Gläser Wein waren keine Entschuldigung dafür.

»Schade, dass es so zu Ende gegangen ist.«

Der Schreibtisch stand zwischen ihnen. Er umrundete ihn und reichte ihr die Hand. »Ja. Das ist wohl so.«

»Du hast noch immer kalte Hände.« Ein Lächeln huschte über ihr Gesicht. »Mach's gut, Tino.«

»Du auch.« *Deine Hände sind so aufregend kühl.* Das hatte sie beinahe jedes Mal gesagt, wenn er sie unter ihre Bluse hatte gleiten lassen.

Warum war sie gekommen? Ein Anruf oder eine Mail hätten genügt. Sie war schon bei der Tür. »Ach, Agnes. Eine Frage. Weißt du, weshalb Baudelaire derartig düstere Gedichte geschrieben hat? Kennst du dich in seiner Biographie aus?« Lyrik war ihre große Leidenschaft.

»Ich habe sie vor Jahren gelesen. Soweit ich weiß, hatte er eine unglückliche Kindheit. Wenn es dir weiterhilft, könnte ich das nachlesen.«

»Ja. Das würde es. Hast du denn Zeit?«

Sie nickte. »Ich rufe dich an.«

***

Stalkerati half ihr nicht weiter. Vicki gab es auf, sich durch die umfangreiche Trefferliste zu klicken. Das musste irgendwie anders gehen.

Das Telefonbuch. Sie rief die Website einer Telefonauskunft auf, gab den Namen ihres Vaters ein und einen Umkreis von fünfzig Kilometern um München. Einen Augenblick dachte sie, dass er vielleicht längst nicht mehr hier lebte oder tot war oder den Namen seiner Frau angenommen hatte. Das gab es schließlich. Aber ihr Vater war Punker! Keiner, der heiratete, und wenn, dann legte er garantiert nicht seinen Namen ab.

Vicki drückte auf die Return-Taste. Eine kurze Liste erschien. Zwei Einträge in München, drei im Landkreis. Sie druckte alle Treffer aus, faltete den Papierbogen zusammen und schob ihn in den Rucksack. Das musste bis heute Abend warten.

Clara wirkte angestrengt und genervt. Sie beriet seit einer Stunde einen Kunden, der eine Pauschalreise buchte, aber tausend Extras wollte und nun gottlob am Ende angekommen war, denn er zückte die Kreditkarte. Henriette war noch immer krankgeschrieben. Der verknackste Knöchel hatte sich als Bänderanriss entpuppt. Steffen tütete gerade das monatliche Kundenmailing ein.

Vicki war durstig. Sie ging in die Küche und nahm ein Glas aus dem Schrank. Es dauerte ein Weilchen, bis das Wasser kalt aus dem Hahn lief und sie das Glas füllen konnte.

Das Bimmeln der Eingangstür ließ sie aufblicken. Der Pauschaltourist hatte gezahlt und ging. An der Schwelle stieß er beinahe mit einem Mann zusammen, der Vicki bekannt vorkam. Verdammter Mist aber auch! Sie duckte sich, huschte zur Toilettentür, zog sie langsam auf und schob sich lautlos hinein. Scheiße! Scheiße! Scheiße! Was hatte Serge Buthler hier verloren?

Mit klopfendem Herzen lehnte sie sich an die geflieste Wand und wartete, bis sich ihr Puls beruhigt hatte, dann legte sie das Ohr an die Tür und drehte leise den Riegel herum.

Buthler fragte, ob er Viktoria sprechen könne.

»Lassen Sie mich raten: Sie sind Serge Buthler, oder irre ich mich?«

Vicki verstand nicht, was er antwortete. Sie hörte nur Clara, deren Stimme erst spröde wurde und dann einen scharfen Ton annahm. »Meine Tochter ist nicht hier, und es geht Sie auch nichts an, wo sie ist. Wenn Sie nicht aufhören, ihr nachzustellen, werde ich Sie anzeigen. Stalking nennt man das, was Sie hier veranstalten.«

Klare, unmissverständliche Ansage, dachte Vicki.

»Oh, eine Mutterglucke«, erwiderte Buthler. »Ich denke, Viktoria ist alt genug, um selbst zu entscheiden, wen sie trifft.«

»Sie möchte Sie aber nicht treffen, das sollten Sie langsam verstanden haben. Und jetzt gehen Sie bitte.«

Buthler verabschiedete sich übertrieben höflich. Die Messingglocken an der Tür bimmelten, Vicki wartete noch einen Moment ab und wagte sich dann aus der Toilette. In der Küche stand Clara. Ihre blauen Augen funkelten, eine Sorgenfalte erschien an der Nasenwurzel.

»So macht man das«, sagte sie. »Keine Ausflüchte und Lügengeschichten, kein Ins-Leere-laufen-Lassen. Eine klare Stellungnahme, dass du keinen Kontakt zu ihm wünschst, sonst kapiert er das nie!«

»Okay. Du hast ja recht. Danke.«

Clara griff nach dem Glas Wasser, das noch neben dem Spülbecken stand, und trank einen Schluck. Die Haut an ihrer Nasenwurzel glättete sich, die Schultern sanken herab. »Gut. Falls er sich traut, nochmals Kontakt zu dir aufzunehmen …«

»Dann mache ich eine klare Ansage. Keine Sorge.«

Clara stellte das Glas ab. »Ein Thema haben wir noch auf der Agenda. Wo ist dein Berichtsheft?«

Uuups. Das hatte sie ganz vergessen. Mist. Schon der zweite Eintrag, der fehlte. »Irgendwie ist die Zeit so schnell vergangen.« Ihre Stimme klang dünn. Die Röte stieg ihr heiß ins Gesicht.

Steffen griff sich die Kartons mit dem Mailing und verdrückte sich damit in die Abstellkammer hinter dem Verkaufsraum.

Die Falte erschien wieder zwischen Claras Augenbrauen. Ihr Brustkorb hob und senkte sich. »Und ich werde jetzt irgendwie langsam ziemlich sauer.« Ihre Stimme klang gefährlich ruhig. »Wenn du dich nicht für deine Ausbildung interessierst, dann kannst du es auch bleibenlassen. Es gibt genügend Interessenten für diese

Lehrstelle. Von meinen Lehrlingen ist bisher keiner durch die Zwischenprüfung gerasselt, und du wirst nicht der erste sein. Morgen früh ist das Heft vollständig, und am Wochenende kommst du zu mir. Dann wird gelernt. Ich werde dich abfragen, und wenn dir das nicht passt … Da ist die Tür!« Der ausgestreckte Arm wies zum Ausgang.

Erschocken starrte Vicki Clara an. Die meinte das ernst. Scheiße! Wenn Clara sie wirklich rausschmiss … was dann? Dann konnte sie es vergessen, so scheißbürgerlich zu werden, dann würde sie sich mit mies bezahlten Jobs über Wasser halten müssen, würde vielleicht nicht mal mehr die Miete bezahlen können. »Ich hole das nach. Bis morgen, beide Einträge. Versprochen. Und am Wochenende komme ich zum Lernen. Das ist ein tolles Angebot von dir … ich meine, das ist deine Freizeit …« Mist, weshalb standen ihr plötzlich die Tränen in den Augen? Vicki wischte sie weg, schluckte und versuchte ihre Fassung wiederzufinden.

Clara nahm Vicki in die Arme. »Ich meine es doch nur gut mit dir. Bist du sicher, dass du die Hilfe meiner Freundin nicht doch in Anspruch nehmen willst?«

Welche Freundin denn? Doch nicht diese Psychotante. Beinahe hätte Vicki gelacht. Aber der Schreck saß ihr noch in allen Gliedern.

***

Sie ließen die Busse am Ufer stehen. Dühnfort warf einen Blick auf den schmalen Steg, der etwa dreißig Meter durch einen Schilfgürtel zu dem kleinen Bootshaus führte, und entschied, dass zunächst nur Gina, Buchholz und er das Häuschen in Augenschein nehmen würden. Sie zogen die Schutzanzüge an und gingen über die silbrig glänzenden Planken. Die Sonne brannte ihm in den

Nacken, vereinzelte Wölkchen zogen friedlich über den Himmel. Der Wind trug Kindergeschrei und Badelärm bis zu diesem abgelegenen Flecken. Dühnfort dachte an sein Segelboot, die Sissi, die nur wenige Kilometer entfernt am Starnberger See am Steg lag. Für einen Augenblick beschlich ihn das Gefühl, dass er nie wieder dort sitzen und das Knattern der Segel im Wind hören würde, nie wieder das Gefühl von Freiheit und Schwerelosigkeit empfinden würde, das sich einstellte, sobald der See offen vor ihm lag, die Wasserfläche sich weitete, er alleine mit sich und seinen Gedanken war.

»Das wird eine Schlepperei, bis wir das ganze Equipment dort haben«, murrte Buchholz, der bereits zwei Alukoffer mit Ausrüstung trug. Er wies mit dem Kinn zum Holzhaus. Es war klein und spitzgieblig und benötigte dringend eine Schutzlasur. Der Steg mündete in eine Plattform, die das Bootshaus wie ein U umgab. Gina sperrte das Vorhängeschloss an der Tür auf, die sich knarrend und mit quietschenden Angeln öffnete. Im Schilf raschelte es. Ein Blesshuhn erschien, schwamm bis zur Plattform vor dem Eingang und legte den Kopf schief, als überlegte es, ob von diesen seltsamen Männern in ihrer weißen Vermummung Gefahr ausging.

Dühnfort lief zum Ende des Stegs. Es war mit einem Eisentor gesichert, an dem ebenfalls ein Vorhängeschloss hing.

Ein weißer Schaufelraddampfer glitt in Richtung Herrsching über den See. Am gegenüberliegenden Ufer erstreckten sich auf sanften Hügeln Wiesen, Felder und dunkle Wälder; ragten Maibaum und Zwiebelturm aus einer Ansammlung weißer Häuser und roter Ziegeldächer. Am Horizont verschwammen schneegekrönte Alpengipfel in blauem Dunst.

Dühnfort beugte sich über das Tor und sah ins Wasser. Es war nur knietief. Zur Seeseite war das Bootshaus im unteren Bereich offen, lediglich das Giebeldreieck war mit verwittertem Holz verschalt. Eine Jolle lag vertäut und mit einer Persenning geschützt am Steg im Inneren.

Dort erschienen nun Gina und Buchholz. Dühnfort ging zurück und betrat ebenfalls das Gebäude. Der Raum lag im Halbdunkel. Ein muffiger Geruch hing in der Luft, Wasser schlug dumpf an das Boot. Eine Plattform von etwa vier Meter Breite reichte von der Tür bis zum Wasser. An der Wand neben der Eingangstür lagen Eimer und Taue, eine alte Boje und Gummistiefel. Zwei Südwester hingen an einem Haken. Daneben führte eine Leiter zu einer Klappe im Zwischenboden.

Während Gina und Buchholz den Raum und die Jolle in Augenschein nahmen, kletterte Dühnfort die Leiter hinauf, stemmte die Luke auf und erreichte ein winziges Zimmer mit schrägen Wänden. Ein Fenster zur Seeseite ließ ein wenig Licht herein, darunter stand ein Bett, das mit einer geblümten Tagesdecke abgedeckt war. Dühnfort schlug sie zurück. Frische weiße Wäsche. Ein Schrank und eine Kommode mit Handtüchern, Hosen und Sweatshirts. Auf dem Boden ein bunter Flickenteppich. Alles sah sauber und ordentlich aus. Eine Tür Richtung Landseite führte in eine spartanisch ausgestattete Küche, die ebenfalls penibel aufgeräumt war. Ein kleiner Kiefernholztisch und zwei Holzstühle, eine Anrichte mit Geschirr für zwei Personen, eine Kochplatte, eine Kaffeemaschine. In den Schubladen billiges Besteck, ein kleines Gemüsemesser, mehr nicht.

Dühnfort setzte sich. Jana und Nadine waren sicher nicht hier gewesen. Zu wenig Raum, um das Gedicht in

Szene zu setzen, keine passenden Requisiten und viel zu wenig Licht, um die Inszenierung zu fotografieren und dann zu malen. Keine Farbtube, keine Leinwand, kein Pinsel. Rein gar nichts. Dühnfort kletterte die Leiter wieder hinunter. Unten untersuchte Buchholz gerade mit einer mobilen Tatortleuchte einen der Plastikeimer. Es war ein blauer Putzeimer mit Metallhenkel. »Sieh dir das mal an.«

Dühnfort bemerkte nur eine kleine Wasserlache. Buchholz deutete jedoch auf die Außenseite. »Das meine ich.« Er wies auf einige kleine dunkle Spritzer. »Fischblut ist das vermutlich nicht. Es gibt hier nämlich kein Angelzeug, oder hast du da oben dergleichen entdeckt?«

Dühnfort verneinte.

Buchholz füllte den Wasserrest in ein Laborglas ab und beschriftete das Etikett.

»Es kann noch nicht lange her sein, dass der Eimer benutzt wurde, sonst wäre das Wasser längst verdunstet«, überlegte Dühnfort.

Buchholz deutete auf einen zweiten blauen Eimer, der neben der Leiter stand. »Die beiden steckten ineinander. Diese Pfütze hier war also luftdicht abgeschlossen.« Zwei Putzeimer für ein derart winziges Häuschen? »Wo ist eigentlich Gina?«

»Sie sieht sich draußen um.«

Dühnfort ging hinaus. Die Sonne blendete ihn. Am Ende der Plattform entdeckte er Gina. Sie lag bäuchlings auf den Planken und angelte etwas aus dem Wasser, das sich unter dem Steg verfangen hatte. Als sie es erwischt hatte, stand sie auf und hielt das Fundstück hoch. Es sah aus wie ein Streifen Stoff. Wasser lief daraus hervor und tropfte auf das Holz. Gina zog ihn mit beiden Händen auseinander. Es war ein halterloser weißer Strumpf, dessen verstärkter Rand rosa schimmerte. Ein zufriedenes Lächeln glitt über ihr Gesicht.

***

Vier Stunden später betrat Dühnfort mit Gina einen der Vernehmungsräume. Fuhrmann würde jeden Augenblick gebracht werden.

Inzwischen lagen Ergebnisse vor. Die Blutspritzer am Putzeimer ließen sich Nadine und Jana zuordnen. Im Putzwasserrest gab es Blutspuren von Jana. Der Strumpf war von derselben Art wie die beiden, die man bei den Leichen gefunden hatte. Die Spurenlage verdichtete sich. Allerdings war das Bootshaus nicht der Tatort.

Selbst mit der gründlichsten Reinigung gelang es nicht, Blut vollständig zu entfernen. Buchholz und seine Leute hatten jeden Winkel des Häuschens mit einer Mischung aus Luminol und Wasserstoffperoxid eingesprüht. Diese machte auch kleinste Reste von Blut sichtbar, wenn sie anschließend mit einer speziellen Leuchte angestrahlt wurden. Nichts. Nadine und Jana waren an einem anderen Ort ermordet worden. An einem Ort, der Dühnforts fester Überzeugung nach mit einem Bett, einem Nachtkästchen und Flakons ausgestattet war sowie mit einer Kristallvase, in der ein Blumenstrauß welkte.

»Leitest du die Befragung?« Gina sah knapp an ihm vorbei.

Normalerweise tat er das. Weshalb also diese Frage? Glaubte sie, er würde da *nicht richtig reinbeißen,* weil er Zweifel hatte? »Möchtest du das übernehmen?«

»Ehrlich gesagt: Ja.«

Dühnfort lehnte sich im Stuhl zurück und betrachtete den Spiegel an der gegenüberliegenden Wand. Wieder stellte sich das Gefühl ein, kostbare Zeit zu verlieren, einer falschen Fährte zu folgen. »Gut. Ich schicke dir Alois.« Er stand auf und fing Ginas verblüfften Blick auf. Offenbar hatte sie damit nicht gerechnet und verließ den Raum.

Er stieg eine Etage höher und traf Alois im Büro an. Der beendete gerade ein Telefonat und sah auf, als Dühnfort eintrat. »Buthler erreiche ich auf dem Handy nicht. Es geht immer nur die Mailbox ran. Einen Flug nach München hat er im fraglichen Zeitraum nicht gebucht. Jedenfalls ist er auf keiner Passagierliste. Aber es gibt ja noch Autos und die gute alte Deutsche Bundesbahn.

»Wie geht es mit den Handschriftenproben voran?«

»Von den Frauen, die bei Buthlers Auktion waren und auch im Atlantic wohnten, hat keine diese Karte geschrieben. Wir sind jetzt dabei, Vergleichsproben von den restlichen Auktionsbesucherinnen einholen zu lassen. Das sind etwa fünfzig, die über die ganze Republik verteilt leben. Das wird noch dauern.« Alois stand auf und streckte sich.

»Gina braucht bei Fuhrmanns Vernehmung Verstärkung. Das übernimmst du.« Dühnfort hatte keine Lust auf eine Rechtfertigung und hielt Alois' fragendem Blick stand. »Sie wartet bereits auf dich.«

»Okay. Ich bin schon unterwegs.« Alois griff nach seinem Sakko und verließ das Büro.

Nachdenken konnte Dühnfort am besten, wenn er allein war. Deshalb verließ er das Präsidium, trat auf die Ettstraße und überlegte, wo er ungestört wäre. Zwei ruhige Orte fielen ihm ein: der Dom und die Leseinsel einer nahe gelegenen Buchhandlung, die allerdings bald schließen würde.

Er betrat den Dom gemeinsam mit einer Gruppe Touristen.

Stille Kühle umfing ihn, ein schwacher Duft nach Weihrauch hing in der Luft und der von Kerzen. Leise Stimmen und Schritte, gedämpftes Licht, ab und an ein Husten und das kurze Aufflackern eines Blitzlichts, wenn jemand trotz Verbots fotografierte.

Dühnfort suchte sich einen Platz in einer der Bänke des Seitenschiffs und blickte auf die Statue eines Heiligen, von dem er nicht wusste, wer er war.

Angenommen, Fuhrmann war unschuldig, wer hatte dann sein Auto gestohlen, es mit Beweisen präpariert und so entsorgt, dass es gefunden werden musste? Fuhrmann glaubte keine Feinde zu haben und traute niemandem Derartiges zu. Serge Buthler, René Fuhrmann, Jobst Wernegg – diese drei verband eine Leidenschaft für alte Gemälde. Wieder erschien in Dühnforts Vorstellung ein Bild in altmeisterlicher Manier, in dessen Zentrum sich der marmorweiße Torso einer Frau auf blutgetränkten Laken befand. Während das übrige Zimmer in Dämmerlicht versank, war der Körper hell ausgeleuchtet, strahlte überirdisch in einem dramatischen Hell-dunkel-Kontrast.

Buthler war der Einzige, von dem sie wussten, dass er malen konnte. Wie sah es dagegen mit Fuhrmann und Wernegg aus?

Jobst Wernegg. Hatten sie sich intensiv genug mit ihm befasst? Wernegg hielt zu Fuhrmann und stützte weiter dessen Alibi, wodurch er selbst eines besaß. Andererseits hatte er Fuhrmann geraten, den Diebstahl des Jaguars anzuzeigen, als dieser das nicht wollte. Sie waren Freunde und nicht Feinde. Oder?

Wernegg war am Abend des Mordes an Jana nachgewiesenerweise nicht mit seinem Jaguar unterwegs gewesen. Dafür gab es Zeugen. Welches Motiv könnte er haben, Frauen zu töten? Er, der sein Vermögen dafür einsetzte, Familien, und somit auch Frauen, zu helfen. Und außerdem hatte er zum Zeitpunkt des Mordes an Svenja in Australien gelebt.

Plötzlich hatte Dühnfort das Gefühl, sich mit Wernegg zu wenig befasst zu haben. Doch das stimmte nicht, Alois hatte ihn unter die Lupe genommen. Buthler war der eigentliche weiße Fleck der Ermittlung.

Ab jetzt mussten sie in beide Richtungen laufen. Sie mussten versuchen die Beweislage gegen Fuhrmann zu erhärten, den oder die Tatorte finden und gleichzeitig herauskriegen, ob Fuhrmann nur als Sündenbock herhalten sollte und womöglich Buthler dahintersteckte. Dühnfort zog das Handy aus der Jackentasche und schickte Gina eine SMS.

Kaum hatte er das Handy weggesteckt, begann es in seiner Tasche zu vibrieren. Er holte es wieder hervor und erkannte im Display Agnes' Nummer.

»Hallo, Tino. Ich habe in Baudelaires Biographie nachgelesen. Interessiert sie dich noch?«

Diesen seltsam spröden Klang ihrer Stimme hatte er vom ersten Moment an sinnlich gefunden. »So schnell.« Er dämpfte seine Stimme, um die Stille nicht zu stören, erhob sich und schritt durch das Kirchenschiff Richtung Ausgang.

»Ich bin gar nicht erst nach Hause gefahren, sondern habe mir das Buch besorgt und mich damit in ein Café gesetzt. Es ist ein dünner Band. Ich bin fast durch, und das, was dich interessieren dürfte, steht im ersten Teil.«

»Nämlich?«

Er hörte ein leises Lachen durchs Telefon. »Noch immer so ungeduldig?«

Er passierte das Eingangsportal und trat aus der Kühle

des Doms in den lauen Sommerabend. »In meinem Alter ist die Wahrscheinlichkeit, dass sich grundlegende Charaktereigenschaften ändern, eher gering. Ich begehe also noch immer dieselben Fehler.«

»Schade.« Es klang ein wenig enttäuscht, und doch schwang ein Lächeln mit, das er beinahe vor sich sehen konnte.

»Weshalb?«

»Ich hatte gehofft, mit meinem aufpolierten Wissen höchstpersönlich vor dir glänzen zu können. Wollen wir uns nicht auf ein Glas Wein treffen?«

Sie hatte ihm einen Gefallen getan. Da konnte er ihr diese Bitte schlecht abschlagen. »Gut. Wo bist du?«

»Im Café Glockenspiel. Auf der Dachterrasse.«

Drei Minuten zu Fuß. »Dann bis gleich.« Er legte auf und machte sich auf den Weg. Irritiert stellte er fest, dass er sich auf das Treffen mit Agnes freute. Und ärgerte sich zugleich darüber. Was wollte sie von ihm? *Alles hat seine Zeit.* Er war sich unsicher, ob jetzt der richtige Zeitpunkt war, sie wieder in sein Leben zu lassen.

Auf der Dachterrasse waren alle Tische belegt. Zwei Frauen blickten sich suchend nach einem freien Platz um. Weiter hinten an der Brüstung entdeckte Dühnfort Agnes, die gerade einem Mann im perfekt sitzenden Businessanzug erklärte, dass der Schein trog und der Platz an ihrem Tisch nicht frei sei. »So charmant wird man nicht alle Tage abgewiesen«, erwiderte er, wandte sich ab und ging an Dühnfort vorbei.

Agnes lächelte, als sie ihn entdeckte. »Grüß dich, Tino.«

»Hallo, Agnes.« Er setzte sich.

Der Kellner trat an den Tisch. Agnes bestellte für sich ein weiteres Mineralwasser und blickte Dühnfort dann fragend an. »Wie wäre es mit einem schönen kalten Soave?«

Das war der Wein des vergangenen Sommers gewesen. Ihres Sommers. »Warum nicht?« Der Band mit Baudelaires Biographie lag vor ihr auf dem Tisch. Er griff danach. »Eine unglückliche Kindheit, hast du gesagt. Wie unglücklich?«

Ihr Blick schien zu sagen: Keine Zeit für die Frage, wie es mir geht? Du bist also noch immer enttäuscht oder gar wütend auf mich. »Er wurde aus dem Paradies vertrieben. So hat er es empfunden«, sagte sie stattdessen und lehnte sich in ihrem Stuhl zurück, als suche sie plötzlich Distanz.

Ja, ich bin noch immer enttäuscht. Auch nach acht Monaten noch. Wütend bin ich eigentlich nur auf mich selbst, dachte Dühnfort. »Von wem?«

»Von seinem Stiefvater. Charles Baudelaires Vater starb, als der Junge noch sehr klein war. Zunächst war es ein Schock, doch es folgte die Zeit, die er später als die Zeit im Paradies bezeichnete. Ein Jahr, in dem die Aufmerksamkeit seiner wunderschönen Mutter ganz ihm galt, eine Zeit, in der er sie für sich alleine hatte und die ihn wohl für das Leben prägte. Alle Frauen verglich er mit ihr, und keine konnte ihr das Wasser reichen. Eine dauerhafte Beziehung gab es in seinem Leben nie. Die Sehnsucht danach schon.« Ihr Blick traf seinen.

Er konnte ihm nicht ausweichen. Deshalb hatte sie nicht angerufen und keine Mail geschickt, war persönlich in seinem Büro erschienen. »Was geschah nach dieser Zeit im Paradies?«

Ihre Schultern strafften sich kaum merklich. Ihr Blick löste sich von seinem. Kurz betrachtete sie ihre Hände, strich über die Tischkante. »Seine Mutter verheiratete sich wieder. Charles wurde vom Thron gestoßen, hatte plötzlich einen Rivalen. Aus dem netten Jungen wurde ein Problemkind, das rebellierte, bis sein Stiefvater ihn in ein Internat steckte.«

Das klingt wie Teile des Lebenslaufs von Jobst Wernegg, dachte Dühnfort.

»An dem Tag, als seine Mutter sich wieder verheiratete, hat der Junge den Schlüssel zum Schlafzimmer versteckt. Das finde ich sehr bemerkenswert. Charles war sieben oder acht Jahre alt, und offensichtlich war ihm die Bedeutung eines ehelichen Schlafzimmers schon klar. Beim Lesen dieser Biographie hatte ich an einigen Stellen die Vermutung, dass in dieser Liebe zur Mutter eine erotische Komponente mitschwang, dass er sich auch körperlich von dieser wunderschönen Frau angezogen fühlte. Aber vielleicht habe ich da zu viel Phantasie, oder die Wortwahl des Autors ist nicht ganz glücklich.«

»Wie ist Baudelaire mit der Trennung von seiner Mutter umgegangen? Hat er sie ihr angelastet oder dem Stiefvater?«

»Das geht aus der Biographie nicht hervor. Ich denke auch nicht, dass er sich die Schuldfrage gestellt hat. Er hat darunter gelitten, die Trennung war prägend für sein Leben und sein Werk.«

»Das Gedicht über die Märtyrerin … meint er damit seine Mutter, hat er so einen verborgenen Hass verarbeitet?«

Agnes zog die Schultern ein wenig hoch. »Es gibt ein Gemälde von Delacroix mit einer ähnlichen Darstellung. Einige Wissenschaftler gehen davon aus, dass Baudelaire dieses Bild beschreibt.«

Dühnfort dachte an die Puppe in der Puppe, dachte an den Mann, der die wahren Motive seiner Taten vor sich verbarg, der seine Wut, seinen Hass, seinen Schmerz, seine Ohnmacht, oder was auch immer ihn zu diesen Taten trieb, in einem Bild versteckte, in dem sich ein Gedicht verbarg.

Er dachte an die Ähnlichkeit in Baudelaires und Wereggs Lebensläufen. Aber Wernegg konnte nicht ihr Mann sein. Schließlich hatte er vor sechs Jahren gar nicht in Deutschland gelebt.

»Entschuldige.« Er schob den Stuhl zurück.

»Du musst schon los?«

»Die Arbeit ... Danke für deine Hilfe.« Unter das noch volle Glas schob er einen Geldschein.

Agnes beobachtete ihn, das Kinn in die Hand gestützt, und sah ihm nach, als er ging.

* * *

Als Dühnfort ins Präsidium zurückkam, traten Gina und Alois gerade aus dem Vernehmungsraum und gingen Richtung Treppenhaus. Sie wirkte müde und frustriert. Er trug sein Leinensakko in der Hand und sah verärgert aus. »Und?«, fragte Dühnfort.

»Er war es natürlich nicht. Jemand legt falsche Spuren, um ihn zu belasten, er hat aber keinen Peil, wer ihm das antun könnte, denn alle lieben ihn.« Gina begann in einer Tasche ihrer Cargohose zu graben.

»Sein Anwalt ist da.« Mit dem Kinn wies Alois hinter sich, zum Vernehmungsraum. »Und der hatte natürlich nichts Besseres zu tun, als Fuhrmann zu raten, von seinem Aussageverweigerungsrecht Gebrauch zu machen.«

Aus den Tiefen einer Tasche zog Gina einen Müsliriegel. »Mir ist schlecht vor Hunger, und ich bin saumüde. Ich gehe jetzt nach Hause. Fuhrmann läuft uns nicht weg, die Klinik nehmen wir uns morgen vor.«

Hoppla, dachte Dühnfort. Noch leitete er die Ermittlung. »Du hast einen Durchsuchungsbeschluss für die Klinik beantragt, in der Fuhrmann seine Belegbetten hat?« Weshalb sprach sie das nicht mit ihm ab?

»Das ist ein riesiges altes Gebäude, mit einem Labyrinth an Kellern.« Die Folie verschwand in einer Tasche, während Gina in den Riegel biss.

»Wir hoffen, dort den Tatort zu finden.« Alois schlüpfte in das Sakko.

»Das entbehrt jeder Logik. Fuhrmann lässt Nadine in der Innenstadt in sein Auto steigen, fährt mit ihr hinaus an den Ammersee, um bitte schön was mit ihr zu machen? Wie kommen die Blutspuren ins Bootshaus? Das ist die Frage. Es ist nicht der Tatort. Und dann fährt er mit ihr zurück in die Innenstadt, um sie im Keller einer Klinik zu ermorden?«

Gina schluckte den Bissen des Müsliriegels runter. »Er gabelt sie auf, ein Flirt entspinnt sich. Er erzählt vom Bootshaus. Ein romantischer Abend am See – davon träumen Frauen. Und dann läuft alles aus dem Ruder. Was stört dich an dem Szenario?«

»Dass es nicht zu einer geplanten Tat passt.«

»Du glaubst ihm tatsächlich?« Ginas Arme fielen herab, als wären sie zu schwer geworden, ihr Mund stand einen Augenblick offen. Dann schloss sie ihn, und die Lippen wurden zu einem schmalen Strich.

»Wir werden in beide Richtungen ermitteln. Und außerdem sollten wir Buthler nicht vergessen. Wie weit bist du mit ihm?«, fragte Dühnfort Alois.

»Eins nach dem anderen. Ich war bis jetzt in der Vernehmung.«

Aus Ginas Augen verschwand die Müdigkeit, ein zorniges Funkeln erschien. »Fuhrmann ist Schönheitschirurg. Der macht aus einem hässlichen Entlein den schönen Schwan und aus einer Vorstadtpflanze das nächste Topmodel. So jemand ist ein Narziss und lässt sich nicht von seiner holden Gattin am Nasenring durch die Arena führen. Der begnügt sich nicht damit, ihre Wäsche zu zerfetzen … und außerdem lässt du jede Menge Beweise außer Acht. Wir sollten all unsere Kräfte darauf verwenden, den endlich zu überführen.«

»Wir werden nicht einseitig ermitteln.« Es hörte sich kälter an als beabsichtigt.

Die Tür des Vernehmungsraums öffnete sich. Fuhrmann trat in Begleitung seines Anwalts und zweier Schutzpolizisten auf den Flur.

Gina atmete hörbar durch. »Okay, Boss. Ganz wie du meinst. Aber ich verschwende meine Zeit nicht damit, einem ominösen Unbekannten hinterherzujagen. Ich bleibe an ihm dran.« Ihr Blick wanderte über den Korridor Richtung Fuhrmann, dann wandte sie sich abrupt um und ging.

Alois zuckte mit den Schultern und folgte Gina.

Derart pampig hatte Dühnfort sie noch nie erlebt. In ihrem Verhalten der letzten Tage schwang ein neuer Ton mit. Am liebsten wäre er ihr gefolgt. Doch was sollte er sagen? Ich fühle mich ja auch zu dir hingezogen, will aber unsere Freundschaft nicht aufs Spiel setzen und auch nicht unsere Zusammenarbeit? Was würde sie erwidern? Vermutlich würde sie grinsen und sagen: Warum kannst du das Grübeln nicht lassen, kannst nicht einmal spontan sein? Du stehst dir wieder mal selbst im Weg.

Im Vergleich zu deinen Gefühlen für mich sind meine nur lauwarmer Kaffee, dachte er. Und nach acht Monaten ohne jeden Sex bin ich mir nicht sicher, wie viel davon den Hormonen geschuldet ist.

Die Gruppe um Fuhrmann näherte sich. Dühnfort gab das Grübeln auf und folgte einem Impuls. Er bat Fuhrmann um ein Gespräch. Kein Verhör, keine Befragung, einfach nur eine Unterhaltung unter vier Augen in seinem Büro. Den Widerspruch des Anwalts, sein Mandant solle sich jeder Aussage enthalten, beherzigte Fuhrmann nicht und folgte Dühnfort.

Die Luft im Büro war abgestanden. Während er das Fenster öffnete und in die Löwengrube hinunterblickte, fragte Dühnfort sich, ob er die Karten offen auf den Tisch legen sollte. Er entschied sich dafür.

Er wandte sich um. »Ich glaube Ihnen. Jemand hat Spuren gelegt, die Sie belasten sollen.«

Die Entspannung, die sich in Fuhrmanns Gesicht abzeichnete, war unübersehbar. Ein erleichtertes Aufatmen folgte, während er sich setzte und sich mit beiden Händen über das Gesicht fuhr. »Gott sei Dank! Ich dachte schon, ich sei in einen Roman von Kafka geraten.«

Dühnfort fragte Fuhrmann, ob es wirklich niemanden gebe, dem er ein derart übles Spiel zutraue.

Natürlich hatte er nicht nur Freunde, selbstverständlich gab es Unstimmigkeiten, Meinungsverschiedenheiten und gelegentlich sogar Streit, aber all das hatte sich bisher in einem zivilisierten Rahmen abgespielt.

»Ihr Alibi für den Zeitpunkt der ersten Tat wird von Ihrem Freund Jobst Wernegg …«

»Das ist kein Gefälligkeitsalibi …«

»Ich frage mich, weshalb Sie sich so genau erinnern, wann Sie die Galerie verlassen haben. Sie hatten keinen Folgetermin. Zu Hause hat niemand auf Sie gewartet. Es war Samstagabend, Freizeit. Da sieht man nicht ständig auf die Uhr.«

Fuhrmann massierte sich mit der linken Hand die Nasenwurzel. »So sicher war ich mir nicht. Deshalb habe ich ja Jobst angerufen. Er ist nach der Finissage ins Büro, weil er noch arbeiten musste und eine Mail beantworten wollte. Und erst anhand der Mail konnten wir rekonstruieren, wann wir bei Wiebke losgegangen sind.«

So also war das Alibi zustande gekommen. Dühnfort griff nach seinem Handy, entschuldigte sich für einen Augenblick bei Fuhrmann und trat auf den Flur. Meo war nicht mehr im Haus. Dühnfort wählte die Handynummer. Nach dem ersten Klingeln meldete Meo sich mit gedämpfter Stimme. Im Hintergrund waren Stimmen zu hören, dann Musik und Schüsse. »Störe ich dich beim Fernsehen?«

»Nein«, flüsterte Meo. »Ich bin im Kino. Brennt's?«

»Ja.«

»Ich rufe dich in einer Minute zurück.« Meo legte auf. Dühnfort wartete, bis das Handy in seiner Hand zu vibrieren begann, und fragte Meo, ob es möglich sei, eine E-Mail von einem Rechner zu verschicken, diese aber in einem anderen Computer als gesendet zu speichern.

»Klar.« Meos Stimme hallte nun nach, als stünde er in einem leeren Konzertsaal. »Das funktioniert über Webmail. Hängt vom Mailserver ab, wie der konfiguriert ist. Die meisten sind so eingerichtet, dass alle verschickten Mails an einer zentralen Stelle gespeichert werden, egal von welchem Rechner sie verschickt werden. Macht ja auch Sinn für alle, die Laptop und PC benutzen. Das war's?«

»Ja.« Dühnfort kehrte in sein Büro zurück. Vielleicht war Wernegg um 20.37 Uhr gar nicht in der Maximiliansstraße gewesen, sondern hatte die Mail von seinem Laptop aus verschickt. Doch von wo? Von seinem Jaguar aus? Er war aber nachweislich mit dem Volvo unterwegs gewesen. Dafür gab es einen Zeugen und außerdem einen Strafzettel.

Der Stuhl quietschte auf dem grauen Linoleumboden, als Dühnfort sich wieder hinter den Schreibtisch setzte, um Fuhrmann nach seiner Freundschaft zu Wernegg zu befragen. Deren Wurzeln lagen in der gemeinsamen Internatszeit.

Er erfuhr, dass Fuhrmann Wernegg zunächst nicht gemocht habe, da er ein Außenseiter gewesen sei, einer von denen, die ständig einstecken mussten. »Wie Jungs in diesem Alter so sind. Ziemlich gnadenlos«, sagte Fuhrmann. »Dann hat meine Mutter ihn während der Osterferien zu uns eingeladen, weil seine Eltern in Afrika unterwegs waren. Er hätte sonst alleine im Internat bleiben müssen. Die Aussicht, mein Zimmer zwei Wochen mit Jobst teilen zu müssen, fand ich nicht gerade umwerfend. Doch dann haben wir uns angefreundet, und in den folgenden Jahren hat er häufig die Ferien bei uns verbracht.«

»Wie stand Jobst dazu? War er unglücklich, dass er seine Mutter so selten sah?«

Fuhrmann schüttelte den Kopf und erklärte, Jobst habe dafür Verständnis gehabt. Es komme nicht auf die Quantität, sondern auf die Qualität der gemeinsam verbrachten Zeit an, habe er gesagt. Im Übrigen lastete er die Situation seinem Stiefvater an, der darauf bestanden hatte, den Jungen in ein Internat zu stecken.

»Ihre Freundschaft ist also über die Jahre gewachsen.«

»Das kann man so sagen. Mir hat seine Unabhängigkeit imponiert. Jobst legte keinen Wert darauf, was andere von ihm dachten, er war ein Freigeist mit vielfältigen Interessen. Man könnte auch sagen, er wurde schneller erwachsen als wir anderen. Das hat mich beeindruckt, und er wurde zum Vorbild für mich. Er las Diderot, Balzac, Camus, die ganze französische Literatur, als wir anderen noch mit dem *Herrn der Ringe* beschäftigt waren.«

»Baudelaire auch?«

»Ich denke schon.«

»Hatte er ein besonderes Interesse an dessen Gedichten?«

Fuhrmann zog die Brauen hoch. »Nicht dass ich wüsste. Jobst ist mein bester Freund. Für ihn lege ich die Hand ins Feuer.«

Mit einer Hand massierte Dühnfort sich die verspannte Nackenmuskulatur. »Wenn Sie ihn ausschließen, wer kann sich dann derart an Ihnen rächen wollen? Mit wem hatten Sie, sagen wir im letzten Jahr, ernsthafte Probleme?«

Fuhrmanns Schultern verspannten sich. »Das habe ich doch schon mehrfach gesagt. Eigentlich nur mit meiner Frau. Aber das ist absolut unmöglich, weder sie noch ihr Liebhaber würden mir Derartiges antun.«

»Eigentlich. Mit wem also noch? Es muss jemanden geben. Denken Sie nach.«

Mit dem Zeigefinger strich Fuhrmann sich über die Nasenwurzel. »Es gab im letzten Jahr mit Serge Buthler eine Auseinandersetzung. Ich hatte ein Stillleben bei ihm gekauft, einen Adrian van Utrecht, dessen Echtheit sich später als zweifelhaft erwies. Er wollte es zunächst nicht zurücknehmen.«

»Wie endete der Streit?«

»Er hat einer Rückabwicklung des Kaufs zugestimmt, nachdem das Bild von einem weiteren Experten geprüft worden war, der nachwies, dass die Farbschichten noch gar nicht richtig durchtrocknet waren. Jobst meinte im Spaß, vielleicht habe Serge es selbst gemalt. Als Kunstfälscher könnte ich ihn mir gerade noch vorstellen – er hat einige Semester Malerei studiert –, aber nicht als Frauenmörder. Wirklich nicht.«

»Malen Sie?«

Fuhrmann zuckte zusammen. »Malen? Ich? Nein.«

»Und Wernegg?«

»Er hat sein Abi mit Leistungskurs Kunst gemacht und eine Zeitlang an den Malkursen teilgenommen, die im Internat angeboten wurden.«

»Wie gut beherrscht er das Metier?«

Ein unwilliger Zug erschien um Fuhrmanns Mund. »Keine Ahnung. Ich glaube, er hat ganz ordentlich gemalt, aber für ein Bild im Stile Adrian van Utrechts braucht es sicher mehr. Weshalb wollen Sie das wissen?«

Dühnforts Offenheit hatte Grenzen. Er fragte, ob Fuhrmann wisse, wo Wernegg sein Auslandsjahr in Australien verbracht habe, auf welche Universität oder Schule er gegangen sei. Fuhrmann wusste es nicht genau, erinnerte sich aber, Jobst habe mal von Canberra gesprochen.

Kurz vor elf Uhr nachts ließ Dühnfort Fuhrmann zurück in die Untersuchungshaft bringen und wählte dann Werneggs Nummer. Sie war besetzt.

***

Die Gedanken schwirrten durch seinen Schädel wie ein Schwarm wildgewordener Hornissen. Alles hatte so dicht unter der Oberfläche gelegen, war nur durch eine hauchdünne Membrane von ihm getrennt gewesen. Immer da und doch unendlich weit entfernt. Und dann hatte eine einzige Erinnerung, aus dem Nichts kommend, diese schützende Schicht zerfetzt und weggerissen. Alles, was sein Leben ausmachte, entpuppte sich als Lüge. Und der Lügner war er selbst.

Diese Erinnerung! Warum jetzt? So spät. Viel zu spät.

Den Pinsel hatte er schon lange sinken lassen, und doch stand er noch immer vor der Leinwand, vor dem unfertigen Bild, das nun nie vollendet werden würde.

Es war wie ein Raum, in dem sich ein weiterer Raum verbarg, in dem eine Kammer steckte und in dieser ein Verlies. Ein aufwendiger Versuch, die Wahrheit vor sich zu verbergen. Nicht nur hatte er all das vergessen, es war ihm auch noch gelungen, diesen ganzen Dreck in Schönheit zu verwandeln. Wie war das möglich?

Die Antwort war im Grunde einfach. Er ließ sich in den Sessel fallen, stürzte einen Grappa hinunter, versuchte den Schmerz in sich zu töten. Die Unruhe hatte ihn verlassen, und auch der Hass und die Wut waren gewichen. An ihre Stelle war der Schmerz getreten, der dahinter gelauert hatte. Er war nicht länger namenlos, sondern brannte jetzt in ihm. Nicht wütend, lodernd, sengend wie ein Höllenfeuer, sondern wie kochendes Blut, das durch seine Adern floss.

Er konnte ihn nicht ertragen.

Es hatte ein Ende, und es musste ein Ende haben.

Der andere in ihm war tot, hatte den Blick freigegeben auf einen Vergessenen, einen Verlorenen.

Er verließ das Atelier und ging ins Wohnzimmer. Der Fernsehapparat, den er irgendwann eingeschaltet hatte, um den Schwarm Hornissen in seinem Kopf zu vertreiben, lief noch immer. Ein Nachrichtensprecher berichtete über die aktuelle Entwicklung in den Münchner Mordfällen und von der Festnahme René Fuhrmanns.

Noch gestern hätte er sich darüber gefreut. Heute war ihm diese billige Rache gleichgültig. Trotzdem blieb er stehen und starrte auf den Bildschirm. Es folgten Aufnahmen vom Wäldchen am Speichersee und anschließend eine kurze Filmsequenz, die bei der alten Brauerei aufgenommen worden war. Er sah Dühnfort und seitlich hinter ihm einen Kollegen, der auf eine junge Frau mit dunklem Wuschelkopf einredete.

Ihm wurde kalt. *Sie* hatte die Leiche gefunden. Sie! Er drehte den Ton lauter, hörte noch, dass sie dort fotografiert hatte, und schaltete das Gerät aus. Die Stille dröhnte in seinen Ohren.

***

Schon fast elf Uhr. Vickis Rücken tat weh, der Stuhl war zu hoch oder der Tisch zu niedrig. Je nachdem, wie man das sah. Ihre Finger waren verkrampft, aber immerhin hatte sie den ersten Eintrag im Berichtsheft endlich fertig. Der von vorletzter Woche. Den von letzter Woche musste sie noch schreiben. Trotzdem legte sie den Kuli beiseite und schlug das Heft zu. Zeit für eine Pause.

Hinter der spiegelnden Fensterscheibe lag schwarze Nacht. Epiktet war unter dem Schreibtisch eingeschlafen, den Kopf in den Panzer gezogen. Vicki hob ihn behutsam auf, setzte ihn ins Terrarium und ging dann in die Kochnische, um sich einen Becher Instantkaffee zu machen.

Sie hatte nicht geahnt, dass Clara derart sauer werden konnte. Gut, sie hatte ihr versprochen, den fehlenden Eintrag bis Mittwoch nachzuholen. Noch war ja Mittwoch, dachte Vicki und musste unwillkürlich grinsen. Ob sie die Seiten einscannen und Clara als Mailanhang schicken sollte? Dann wäre der Bericht noch pünktlich da und Claras Ausbruch umsonst gewesen. Aber das war Wortklauberei, außerdem war sie Clara dankbar für den Mordsschrecken, den sie ihr verpasst hatte, und für das

Prüfungsvorbereitungsangebot. Aber vor allem dafür, dass sie Buthler so klipp und klar die Meinung gesagt hatte.

Hoffentlich bin ich den nun los, dachte Vicki und trank einen Schluck Kaffee. Das Handy auf dem Schreibtisch gab den Signalton von sich, der den Eingang einer SMS anzeigte. Mit dem Becher in der Hand ging sie hinüber und sah nach, wer ihr um diese Zeit eine Nachricht schickte.

Sie war von Jobst. *Tut mir leid, dass ich nicht zurückgerufen habe. Das Meeting hat ewig gedauert. Darf ich dich noch anrufen? Oder schläfst du schon?*

Sie wählte seine Nummer. Seit dem Kuss vorgestern Abend hatten sie nicht miteinander gesprochen. Wie er wohl dazu stand? Nach zweimal Klingeln nahm er ab. Seine Stimme klang ein wenig unsicher, als wäre auch er sich nicht im Klaren darüber, wie es weitergehen oder ob es überhaupt weitergehen solle. Oder bildete sie sich das in ihrer Unsicherheit nur ein? Zunächst unterhielten sie sich über ein unverfängliches Thema. Jobst erzählte von der Konferenz, die er mit einigen Stadtratsmitgliedern gehabt hatte. Die Stiftung plante ein Familienzentrum, und die Stadt sollte dafür ein Haus zur Verfügung stellen.

Klar, dass die sich bitten ließen, dachte Vicki.

Er fragte, wie es ihr ginge, und bevor Vicki mit der Neuigkeit herausplatzen konnte, dass sie dabei war, ihren Vater aufzustöbern, und wie es dazu gekommen war, fragte er, ob sie sich noch treffen könnten. Irgendwo eine Kleinigkeit essen oder ein Glas trinken und reden?

»Geht heute leider nicht. Ich muss mein Berichtsheft bis morgen updaten, sonst macht Clara mich einen Kopf kürzer, Wie schaut es mit morgen aus?«

»Da bin ich leider nicht da. Morgen früh muss ich für

zwei Tage nach Berlin. Schade.« Jobst klang noch immer befangen. Einen Moment war es am anderen Ende still. »Und sonst geht es dir auch gut? Du bist vorgestern so überstürzt davon …«

Wollte er sich nun für den Kuss entschuldigen? Tat es ihm leid? Oder wollte er wissen, wie sie dazu stand? Sie war ja einfach abgehauen, wie so eine Zicke in einem Schmachtfetzen. »Ich musste dringend meine Schildkröte Gassi führen.« Vicki verkniff sich ein Lachen.

»Hm, verstehe«, sagte er. »So ein riesiger stinkender Schildkrötenhaufen in der Wohnung wäre wirklich unappetitlich.«

Bei seinen Worten sah Vicki so ein Hugh-Grant-Grinsen vor sich, obwohl sie den Schauspieler eigentlich nicht mochte.

»Es war übrigens Mozart, was wir am Sonntag im Auto gehört haben. Das Klavierkonzert Nummer 23, gespielt von Alfred Brendel und der Academy of St. Martin in the Fields unter der Leitung von Sir Neville Mariner.«

»He, du hast echt beim Sender angerufen?«

»Ich habe sogar die CD besorgt. Eigentlich wollte ich sie dir heute Abend geben.«

Wow, war das nicht der Wahnsinn! Er machte sich so viel Mühe. Ihretwegen!

»Wenn du willst, schicke ich sie dir. Gibst du mir deine Adresse?«

Stimmt, die hatte er ja gar nicht, nur ihre Handynummer. »Ich kann auch die zwei Tage warten.«

»Aber so hast du sie schneller und könntest vielleicht, wenn du das Konzert hörst, ein wenig …«

Weshalb sprach er nun nicht weiter? »Ein wenig von dir träumen, meinst du?« Uuups. Weshalb hatte sie das nun gesagt? Na, irgendwer musste ja den Anfang machen.

Sein weiches Lachen klang leise durchs Telefon. »Würdest du das denn?«

»Keine Ahnung. Muss ich ausprobieren. Also her mit dem Konzert.«

***

Kurz nach elf Uhr versuchte Dühnfort noch einmal, Wernegg zu erreichen, und hatte Glück. Einerseits, denn Wernegg meldete sich, wies aber das Ansuchen eines Besuchs um diese Zeit zurück. Er wirkte müde und erklärte, dass er morgen beruflich für zwei Tage nach Berlin müsse, ob die Fragen denn nicht Zeit bis Freitagabend hätten.

Also stellte Dühnfort ihm nur die seiner Meinung nach wichtigste Frage, die nach seinem Australienaufenthalt. Falls Wernegg sich darüber wunderte, ließ er sich das nicht anmerken und erteilte die gewünschte Auskunft. Vor sechs Jahren hatte er in Canberra als Gaststudent bei einem Ehepaar Mackay in der Vasey Cres gewohnt und die University of Canberra besucht.

Dühnfort verabschiedete sich. Beinahe halb zwölf. Seit achtzehn Stunden war er auf den Beinen. Er war müde und hungrig. Bevor er den PC ausschaltete, schrieb er noch schnell eine Mail an Moritz Russo mit dem Auftrag, Werneggs Australien-Angaben zu überprüfen, da Alois noch mit Buthlers Daten beschäftigt war.

Zu Alfredos in der Maximilianstraße war es nicht weit. Dühnfort machte sich auf den Weg. Die Wärme des Tages hatte sich zwischen den Häusern gefangen, die Nachtluft war lau, auf den Stufen der Löwengrube saßen vereinzelte Gruppen und Pärchen. Im Park am Marienhof spielte jemand Gitarre, einen alten Cohen-Song, und unter den Arkaden gegenüber der Oper saßen an damastgedeckten Tischen Besserverdienende bei Lachscarpaccio und Prosecco. Dühnfort wechselte die Straßenseite und erreichte kurz danach das Alfredos. Zwei Buchsbäume in Kübeln flankierten den Eingang. Daneben stand, wie gerufen, der Koch. Die karierte Hose zerknautscht, die doppelreihige weiße Jacke hingegen tadellos sauber, als sei er eben erst hineingeschlüpft. Er zog an einer Zigarette, die Glut glimmte auf.

Dühnfort trat näher und zeigte seinen Dienstausweis vor.

Das Gespräch dauerte nicht lange. Der Volvo hatte an jenem Abend direkt vor dem Lokal gestanden. Wernegg war Stammgast und parkte häufig hier. Etwa gegen neun Uhr hatte der Koch das Knöllchen entdeckt, die Parkzeit war abgelaufen. Kurz vor Mitternacht hatte er Wernegg dann aus seinem Büro kommen sehen. »Es ist ja gleich dort drüben.« Der Mann wies auf die andere Straßenseite. »Wir haben uns noch kurz unterhalten. Dann ist er gefahren.«

»Wie hat er auf Sie gewirkt?«

»Wie er auf mich gewirkt hat?«

»War er nervös oder gereizt? War er anders als sonst, war irgendetwas auffällig?«

Der Koch sog an der Zigarette, warf dann die Kippe auf den Boden und trat die Glut aus. »Auf mich hat er den Eindruck eines Mannes gemacht, der einen langen und anstrengenden Arbeitstag hinter sich hat«, sagte er schließlich und musterte Dühnfort. »So wie Sie.«

»Gut«, erwiderte Dühnfort. Sein Magen knurrte. »Hat Ihre Küche noch auf?«

Der Koch schüttelte bedauernd den Kopf und wies auf die Uhr an seinem Handgelenk. Gleich Mitternacht.

In Gedanken durchforstete Dühnfort seinen Kühlschrank. Ein wenig verlockendes Bild entstand.

Also kaufte er sich auf dem Heimweg Sushi zum Mitnehmen und setzte sich damit zu Hause auf den Balkon. Von weiter unten drangen leise Gesprächsfetzen herauf. Windlichter leuchteten in Gläsern. Neue Mieter. Dühnfort entkorkte eine Flasche gekühlten Soave, schob die damit verbundene Erinnerung an Agnes beiseite und schenkte ein Glas voll.

Wernegg, Buthler. Ein ungutes Gefühl, wie ein feuchtes Stück Seife. Nichts, das einen Durchsuchungsbeschluss bei Wernegg rechtfertigen würde, geschweige denn bei Buthler. Er brauchte endlich etwas Handfestes.

Kühl rann der Wein seine Kehle hinab, legte sich in seinen Magen wie ein weiches Kissen und ließ ihn langsam entspannen. Er streckte sich, legte die Füße auf das Gitter aus Schmiedeeisen, beobachtete das Flackern des Grablichts unten auf dem Friedhof, dessen tanzende Schatten dem bröselnden Marmorengel auf dem Musikergrab ein unheilvolles Lächeln ins Gesicht zauberten.

Wo konnte er ansetzen, um dieses glitschige Seifenstück zu fassen zu bekommen? In Gedanken ging er die Fälle durch, aß Sushi und leerte nach und nach die Flasche Wein. Dabei hörte er von unten leise das helle Lachen einer Frau und das dunklere eines Mannes. Bald darauf verstummten die Stimmen und gaben einem leisen Stöhnen Raum, das endete, als die Balkontür geschlossen wurde.

In die laue Nachtluft mischte sich die kondensierende Feuchtigkeit des Tages. Es wurde kühl auf dem Balkon, und Dühnfort ging hinein. Auf dem Weg ins Bett kam ihm die Idee.

Donnerstag, 17. Juni

Dühnfort saß vor seinem Computer, als Gina hereinkam und mit dem Durchsuchungsbeschluss für die Klinik wedelte. »Auf in die Katakomben.«

»Ich komme nicht mit. Übernimm du das.«

»Wie, du kommst nicht mit? Bist du jetzt beleidigt, weil ich den Beschluss beantragt habe, ohne das mit dir abzusprechen?«

Herrgott, weshalb suchte sie neuerdings ständig Streit? Sie glaubte doch nicht etwa, er wäre derart eitel und selbstgefällig. »Ich gehe der Sache mit dem Fiat nach. Nimmst du Alois mit?«

Gina nickte.

Etwas sperrte sich in ihm. »Mir wäre lieber, er bliebe an Buthler dran.«

Ihre Haltung wurde abwehrend. Mit beiden Beinen stand sie wie verankert auf dem Linoleumboden, den Blick fest auf Dühnfort gerichtet. »War das jetzt eine Anweisung, oder ist es meine Entscheidung?«

»Wenn du es so sehen willst, dann war es eine Anweisung.« So konnte das nicht weitergehen. Er musste mit ihr reden. In aller Ruhe, vielleicht heute Abend. »Sollen wir …« Doch die Tür schlug bereits hinter ihr zu.

Er legte den Kopf in den Nacken, starrte auf die feinen Risse im Deckenputz, atmete durch und wandte sich dann wieder der Internetseite von Fiat zu.

Die Suche nach Händlern in München und Umgebung ergab sechzehn Treffer. Die gleiche Suche für Hamburg führte zu fünfzehn Treffern. Er druckte die Listen aus, besuchte die Webseiten der Händler und prüfte, welche Marken sie außer Fiat noch verkauften. Dann braute er sich den dritten Espresso des noch jungen Tages, stellte ein Glas Wasser neben die Tasse und begann zu telefonieren. Als er zum neunten Mal seine Frage stellte, ob einem guten Kunden vielleicht eine verlängerte Probefahrt gewährt würde, beispielsweise übers Wochenende, erhielt er eine positive Antwort. »Das machen wir hin und wieder«, bestätigte die Mitarbeiterin des Autohauses.

»Können Sie nachsehen, ob ein schwarzer Fiat Punto am vergangenen Wochenende für eine solche Probefahrt ausgeliehen wurde?«

Er musste einen Augenblick warten. Im Hintergrund hörte er das Klappern einer Computertastatur. Sein Kopf fühlte sich noch immer wattig an. Eine ganze Flasche Wein. Gesund war das mit Sicherheit nicht. Er füllte das Glas ein weiteres Mal mit Leitungswasser und leerte es in einem Zug.

Die Frau meldete sich wieder. »Tatsächlich. Einer unserer Vorführwagen war von Freitagabend bis Dienstagmorgen bei einem Kunden.« Sie erklärte noch, der Wagen hätte eigentlich Montag früh zurückgegeben werden sollen, was aber aus ihr unbekannten Gründen nicht geklappt habe.

Dühnfort fragte nach dem Kennzeichen und wo sich der Wagen jetzt befand.

Wie sich herausstellte, machte einer der Verkäufer gerade eine Probefahrt mit einem Kunden, würde aber in etwa einer halben Stunde zurück sein.

»Gut«, sagte Dühnfort und erklärte seiner Gesprächspartnerin, dass er den Wagen beschlagnahmen lassen würde. Er bat sie, das Auto wie ein Zerberus zu bewachen, damit es nicht gewaschen oder der Innenraum gereinigt wurde. Man musste der KTU die Arbeit nicht unnötig schwer machen.

* * *

Vicki legte ihrer Chefin das vollständige Berichtsheft gleich in der Früh vor. Gemeinsam gingen sie die Einträge durch, und Clara hatte nichts zu meckern. »Du schreibst wirklich gute Berichte, wenn du dich endlich dazu aufraffst. Sie sind inhaltlich vollständig und auf den Punkt. Also weiter so.«

Anschließend musste Clara zu einer Veranstaltung des Unternehmerinnenclubs, dem sie angehörte, und überließ Vicki das Reisebüro für den Rest des Tages allein, wenn man mal von Steffen absah. »Du kannst das, und falls es doch Probleme gibt, schickst du mir eine SMS.«

Im Laufe des Vormittags schrieb Vicki zwei Angebote, beriet drei Kunden, erledigte einen Teil der Korrespondenz, die Clara ihr aufgetragen hatte, und schickte Steffen damit zur Post, da das Fach in der Schublade für die Briefmarken leer war.

Zeit, eine Pause zu machen und endlich die Telefonate zu führen, die sie seit gestern führen wollte. Aus ihrem Rucksack zog Vicki den Zettel mit den Telefonnummern und, in einem Anfall von Korrektheit, auch ihr Handy. Keine Privatgespräche auf Firmenkosten. So stand es im Lehrvertrag. Sie unterzog die Liste einer kritischen Prüfung. Punker ziehen nicht aufs Land. Vicki wählte die erste der Stadtnummern.

Es tutete im Hörer. Ihr Herz klopfte plötzlich wie wild. Was sollte sie sagen? Hi, Papa? Es würde ihn umwehen, falls er nicht sofort wieder auflegte. Nach dem fünften

Klingeln meldete sich ein Anrufbeantworter. Die Stimme klang wie die eines alten Mannes. Ihr Vater konnte jedoch höchstens vierzig sein. Nicht gerade jung, aber auch nicht wirklich alt. Vicki legte auf und wählte die andere Nummer.

Der Hörer wurde abgenommen. »Sauer.« Es war die Stimme einer Frau. Vicki schluckte. Hatte ihr Vater geheiratet? Sollte sie erklären, wer sie war, was sie wollte? Die Frau konnte ebenso wenig von Vickis Existenz wissen wie Alex. Mist. Es wäre besser gewesen, sich vorher zu überlegen, was sie sagen wollte.

»Hallo. Wer ist da?«

Und wenn sie Alex nun in Schwierigkeiten brachte? Da tauchte so plötzlich aus dem Nichts eine Tochter auf ... Vicki wusste nicht, was sie sagen sollte. Ihre Kehle fühlte sich kratzig an, der Mund trocken.

»Hallo. Wer ist da?« Die Frau klang, als würde sie gleich in Tränen ausbrechen. Verdammter Mist! Vicki schämte sich. Wie kam sie dazu, einfach eine wildfremde Frau anzurufen? Das Handy schien an ihrer Hand festzufrieren. Im Hintergrund rief ein Kind.

»Lassen Sie mich doch bitte in Frieden.« Die Stimme war brüchig, spröde, um Halt bemüht.

Vicki legte auf, steckte ihr Handy ein und fühlte sich schäbig. Das war ja wohl eine Nullaktion gewesen. Besser, sie hätte es über *stayfriends* versucht. Schließlich wusste sie, welches Gymnasium ihr Vater besucht hatte, und wenn er sich dort in der Ehemaligen-Liste eingetragen hatte, dann würde sie ihn finden. Aber nicht heute. Der Schreck saß ihr noch in den Gliedern. Diese verängstigte Frau.

Was würde Epiktet wohl zu ihrer Aktion sagen? Erst das Hirn einschalten, nachdenken und dann handeln.

Na ja, vermutlich würde er das anders ausdrücken. Auf jeden Fall sollte ich mir das langsam mal angewöhnen, dachte Vicki. Erst nachdenken, dann loslegen.

***

Dühnfort suchte Leyenfels auf und beantragte den Beschlagnahmebeschluss für den Fiat Punto. Der Staatsanwalt war von Fuhrmanns Schuld ebenso überzeugt wie Gina und Alois und weigerte sich. Falls die Durchsuchung der Klinik zu nichts führte, würde er den Wagen beschlagnahmen lassen. Erst dann. Vorher nicht. »Das kostet alles Steuergelder.«

»Bereiten Sie den Wisch schon mal vor«, sagte Dühnfort. »Wir werden ihn brauchen.«

Verärgert kehrte er in sein Büro zurück und lief dabei Moritz Russo über den Weg, der sich gerade am Kaffeeautomaten einen Plastikbecher mit graubrauner Plörre geholt hatte. Auf Dühnforts Frage, ob er Werneggs Australienaufenthalt verifiziert habe, erklärte er, dass es siebeneinhalb Stunden Zeitunterschied gebe. In Down Under war bereits Feierabend, an der Universität nur die Anrufbeantworter erreichbar. Mackays gab es etliche in Canberra, aber keine in der Vasey Cres. »Sicher kannst du sie über die Führerscheinstelle ausfindig machen, bleib aber trotzdem an der Universität dran.« Dühnfort rechnete kurz nach. Vor Mitternacht würde das nichts werden.

Merde, dachte er und suchte Alois in dessen Büro auf.

»Ich wollte gerade zu dir.« Alois erhob sich und griff nach dem Sakko. »Gina hat angerufen und Verstärkung angefordert. Der Klinikkeller ist das reinste Labyrinth. Brauchst du mich?«

Weshalb schickte sie nun Alois vor, nachdem er klipp

und klar gesagt hatte, er wolle ihn hier haben? »Wie weit bist du mit Buthler?«

»Der ist bestenfalls ein Stalker. Du verrennst dich, Tino.«

»Wie kommst du auf Stalker?«

»Steht alles in einer Mail, die ich dir gerade geschickt habe.« Alois wies auf seinen PC. »Ich fahre jetzt in die Klinik.« Abwartend sah er Dühnfort an. Als dieser nicht reagierte, schlüpfte er in das Sakko und ging.

Gut, dachte Dühnfort. Dann muss das eben anders gehen. Er kehrte in sein Büro zurück und öffnete das Fenster. Feuchte, schwüle Luft drang herein. Der Himmel hatte sich bezogen, die Schönwetterphase war vorbei. Morgen war Freitag.

In seinem Mailaccount fand er die Mitteilung von Alois.

Nachdem der Galerist auf Alois' Nachrichten in seiner Mailbox nicht reagiert hatte, hatte der Buthlers Sekretärin angerufen und von dieser erfahren, dass ihre Vorgängerin das Handtuch geworfen hatte. Buthler hatte angefangen ihr nachzusteigen und sie regelrecht zu verfolgen. Anschließend hatte Alois mit den Kollegen in Hamburg gesprochen, die sich mit Stalking befassten. Buthler war ihnen bekannt. Für die Frau war das Problem mit dem Jobwechsel nicht gelöst. Buthler belästigte sie weiter mit Mails, Briefen, Anrufen und Besuchen, bis sie vor Gericht ein Annäherungsverbot erwirkte, an das er sich allerdings nicht hielt. Vor einigen Wochen war er über den Balkon in ihre Wohnung eingestiegen.

Laut Einschätzung eines Polizeipsychologen sei er der Typ, der auch übergriffig werden könnte, schrieb Alois am Ende seiner Mail.

***

Sein Wagen stand unter einer Linde, deren Äste über den Hachinger Bach reichten. Seit geraumer Zeit beobachtete er durch die abgedunkelten Scheiben das Haus. Alles war ruhig. Der Ofenbauer hatte vor zehn Minuten seinen Lieferwagen mit Schamottesteinen und Werkzeug beladen und war weggefahren. So bald würde er nicht wiederkommen. Die Zahnarztpraxis war über Mittag geschlossen, ebenso das Küchenstudio. Lediglich der Architekt saß hinter dem Fenster vor seinem PC und blickte ab und an in den Hof.

Im Rückspiegel sah er eine Frau mit Kinderwagen und einen älteren Herren mit Einkaufstasche und Gehhilfe langsam näher kommen. Als beide den Wagen passiert hatten und um die Ecke verschwanden, verließ er sein Fahrzeug. Noch einmal vergewisserte er sich, dass ihn niemand sah, dann griff er über den niedrigen Staketenzaun, schob die Zweige des Flieders auseinander und stieg hinüber. Hinter ihm schlossen sich die Äste und schützten ihn vor neugierigen Blicken. Auch für die Nachbarn war er unsichtbar, wie er feststellte. Ein Dickicht von Sträuchern umgab den winzigen Garten.

Ein türkisfarben gestrichener Stuhl stand neben der Terrassentür auf dem Rasen. Er musste also nicht durchs Fenster rein, sondern konnte durch die Tür gehen. Vorausgesetzt, es stimmte, was er im Internet nachgelesen hatte. Er zog den Schraubenzieher aus der Jackentasche, steckte ihn zwischen Türblatt und Türstock, drückte ihn mit aller Kraft nach unten und schob so die Tür nach oben, bis die Zapfen ächzten. Gleichzeitig lehnte er sich mit dem ganzen Körpergewicht gegen die Scheibe. Mit einem leisen Ploppen öffnete sich der Zugang zur Wohnung.

Das Zimmer, in das er trat, sah ärmlich aus. Angeschrammte Möbel, die vermutlich vom Sperrmüll oder Flohmarkt stammten, ein Regal voller Bücher und Krimskrams, ein Schreibtisch mit PC. Unter dem Fenster stand ein Terrarium.

Das Bett war nicht gemacht, das Laken zerwühlt, die Decke hing bis auf den Boden. Dieses Bett. Vielleicht hätte er irgendwann ... Doch dieses Irgendwann war zur Illusion geworden.

Sie hatte ihn nicht zufällig gefunden.

Deshalb war er hier.

Er wollte Gewissheit.

Zimmer und Küche zu durchsuchen dauerte nicht lange. Er fand nichts. Hatte er sich getäuscht? Tat er ihr unrecht? Dieser Gedanke erzeugte eine angenehme Ruhe, die sich zu der pharmazeutisch erzeugten von Valium gesellen wollte.

Seit vorgestern gelang es ihm nicht mehr, sich ganz und gar auf das zu konzentrieren, was er tat. Tue, was du tust. Es glückte ihm nicht länger. Seit diese eine Erinnerung die dünne Trennschicht überwunden hatte und in sein Bewusstsein zurückgekehrt war, gelang dies auch anderen. Sie überfluteten ihn geradezu.

Wieder sah er die Hand, die ihn schlug, wieder erinnerte er sich an sein Erstaunen, seine Fassungslosigkeit, seine Scham. Mit ein paar unschuldigen Sätzen hatte er etwas offenbart, von dem er bis dahin gar nicht gewusst hatte, dass es ein Geheimnis war.

Seine verdammte ewige Suche nach dem Schönen!

Er lachte bitter auf.

Schönheit war nur die eine Seite eines Januskopfes. Ohne das Hässliche konnte sie nicht bestehen. Mit aller Kraft hatte er sich ein Leben lang an diese schöne Seite geklammert, hatte versucht zu verhindern, dass der Kopf ihm sein anderes Gesicht zuwandte. Und nun war genau das geschehen. Janus, der Gott des Anfangs und des Endes.

Er ließ sich auf ihr Bett sinken, rollte sich auf die Seite, schob seinen Kopf in ihr Kissen, roch den Duft ihrer Haare, ihrer Haut. Ein wenig süß und doch herb, ein Hauch von Erde und Wind. Eine zarte Hoffnung keimte in ihm. Vielleicht würde alles gut werden … nein, nichts konnte je wieder gut sein. Der andere in ihm, der doch er selbst war, hatte Dinge getan … Eine eisige Hand griff nach seinem Herz. Nicht daran denken. Nur nicht daran denken.

Eine Weile blieb er noch liegen, strich mit der Hand über das Kopfkissen, auf dem ihre Wange gelegen hatte, ihr Haar. Dann fiel sein Blick auf den Computer. Dort hatte er noch nicht nachgesehen. Sicher war der Rechner mit einem Passwort geschützt, würde seine Geheimnisse für sich behalten.

Dennoch stand er auf, ging hinüber an den kleinen Tisch, setzte sich und startete den PC. Mit leisem Surren ging er an, der Monitor wurde hell, aber die erwartete Eingabemaske für ein Passwort erschien nicht.

Als Erstes öffnete er das Mailprogramm und las sich eine Weile durch ihre elektronische Post. Bis er einen Brief an einen gewissen Kai entdeckte. War das ihr Freund?

Nach einem Doppelklick erschien die Nachricht auf dem Monitor. Das angehängte Foto zeigte die Karte aus dem Atlantic, die er in der Brauerei verloren und erst wieder entdeckt hatte, als er Nadine … als er die Leiche … als er … nicht er: Der andere in ihm hatte das getan. Der andere.

Er atmete durch und fuhr sich mit der Hand über die Augen. *Sie* hatte das fotografiert! Und dann von ihrem

Freund das schlechte Foto verbessern lassen, und dann ... dann hatte sie den Namen im Internet recherchiert ... und zum Telefon gegriffen ... hatte eine Lügengeschichte ...

Die Wahrheit drang in sein Bewusstsein wie ein Pfeil in sein Ziel, traf ihn unvermittelt. Vicki Senger war Viktoria Mohn. *Vicki, wie Vicki Leandros.*

Eine Lügnerin!

Er war auf der Suche nach Gewissheit hier eingebrochen. Auf der Suche nach einer Gewissheit, von der er gehofft hatte, es gäbe sie nicht.

Sie spielte mit ihm. Doch er würde nicht länger mitspielen, sich nicht mehr wie eine Schachfigur hin und her schieben lassen.

Janus, der Gott des Anfangs und des Endes. Bis zum Morgengrauen hatte er darüber nachgedacht und war vorbereitet.

Wie betäubt schob er den Stuhl zurück und erhob sich. Seine Botschaft wollte er würdig präsentieren. Er sah sich um und entschied sich für das Bett. Nachdem er die Kissen aufgeschüttelt, das Laken straffgezogen, die Decke gefaltet und glattgestrichen hatte, zog er das Kuvert aus der Brusttasche und holte die Blume hervor, die er eigens für diesen Zweck im Botanischen Garten gepflückt hatte. Er legte sie auf das Kissen.

Das Bild gefiel ihm nicht. Auf dem buntgemusterten Bezug kam die Blüte nicht zur Geltung.

In einer Kommode entdeckte er weiße Bettwäsche, die nach Mottenkugeln roch. Ein handgeschriebenes Preisschildchen war mit einer Stecknadel darauf befestigt. Fünf Euro. Sicher hatte sie das auf dem Flohmarkt gekauft.

Zehn Minuten später strahlte das Bett in frischer Unschuld, der Geruch nach Naphthalin lag in der Luft und die welkende Blüte auf dem Kopfkissen, knapp unterhalb eines Lochstickereisaums. Weißes Leinen, schwarze Anemone. Ein dramatisch schönes Bild.

Er rückte sich den Korbstuhl ans Fenster und sah in den Garten. Die Stunden vergingen, während der Regen in feinen Fäden an der Scheibe herablief.

Wohin sollte er gehen? Er fror, ihm war kalt, obwohl das Thermometer an Fensterrahmen zweiundzwanzig Grad anzeigte.

Die Schildkröte schob ihren runzligen Kopf aus dem Panzer, zwinkerte mit den Augen, als sei es zu hell im Zimmer, und bewegte sich dann langsam zum Wassernapf.

Eine Zukunft gab es für ihn nicht mehr. Nur noch Vergangenheit. Er hatte ihr nichts mehr entgegenzusetzen, ihre Bilder bemächtigten sich seiner.

Diese tastende Hand, die ihn berührte, wo er nicht berührt werden wollte, diese schlagende Hand. Haut an Haut, der Duft nach Bergamotte, Sandelholz und Ambra … Schmerz drückte seine Brust zusammen, floss wie ein kalter Strom durch seine Adern, pochte hinter den Schläfen, wie ein Tier, das in Freiheit drängte.

Verzweifelt beschwor er die magischen Erinnerungen herauf: sah die Schaukel schwingen, den Drachen fliegen, Kerzen auf dem Kuchen flackern, buntes Geschenkpapier, sah Seifenblasen steigen und sah, wie sie mit ihm Kastanienigel bastelte, Eichelmännchen, Rindenschiffchen. Ihre Hand … seidige Haut … nackte Brüste, die ihn beinahe erstickten …

Keuchend fuhr er auf.

Wieder war er in der Eiswüste angekommen.

Eine Blutspur markierte seinen Weg.

Nicht seinen. Den des anderen.

Er ließ den Kopf auf die Knie sinken, während ein verschwommener Gedanke durch das Dickicht der Erinnerungen schoss. Er eilte ihm nach, bekam ihn zu fassen. Vielleicht waren diese Erinnerungen, die ihn seit zwei Tagen bedrängten, gar nicht wahr! Vielleicht waren es Trugbilder, die ihm etwas zeigten, das nie geschehen war. So etwas gab es doch. Die Kraft der Suggestion oder Hypnose. Implantierte Erinnerungen.

Erleichtert wollte er aufatmen. Doch er wusste, dass es nicht so war.

Der Schmerz war unerträglich. Er hatte sie geliebt, er liebte sie noch immer. Und sie? Sie, diese wunderbare Frau, hatte ihn verraten, misshandelt, missbraucht. Doch das durfte nie jemand erfahren. Ihr Name durfte nicht beschmutzt werden, und seine Schande niemals offenbar … seine Taten …

Janus, der Gott des Anfangs und des Endes.

Ein Schlüssel wurde ins Schloss der Wohnungstür gesteckt und knirschend umgedreht.

***

Wie roch es denn hier? Vicki schnupperte. Wie in alten Kleiderschränken, dachte sie, warf den Rucksack in die Ecke und ging ins Zimmer.

Zweierlei nahm sie beinahe zur gleichen Zeit wahr. Die Terrassentür stand offen, es regnete auf den Dielenboden, und das Bett war nicht nur gemacht, sondern auch frisch bezogen. Eilig schloss sie die Tür zum Garten. Okay, die hatte sie schon öfter offen gelassen. Aber mit Sicherheit würde sie sich daran erinnern, wenn sie die Bettwäsche gewechselt hätte. An Alzheimer litt sie schließlich nicht. Mit einem Blick ins Terrarium vergewisserte sie sich, dass es Epiktet gutging, und sah sich weiter um.

Auf den ersten Blick fehlte nichts. Was hätte man bei ihr schon klauen können? Höchstens den PC, und der stand völlig unberührt an seinem Platz.

Ein Einbrecher, der nichts fand, würde vielleicht aus Ärger alles verwüsten, aber sicher nicht das Bett frisch beziehen. Ganz schön schräg.

Etwas lag auf dem Kissen. Vicki trat näher, um es zu betrachten, während ihr Herz gleichzeitig schneller zu klopfen begann, sein Schlag in den Arterien nachvibrierte und die Haare an ihren Armen sich aufrichteten. Es war eine Blume. Sah aus wie eine Anemone, aber in Schwarz.

Vicki versuchte die Angst herunterzuwürgen, die in ihr aufstieg. Es gelang ihr nicht. Sie griff nach dem Rucksack und dem Schlüsselbund und verließ die Wohnung. Eine Sekunde später kehrte sie zurück, nahm Epiktet aus dem Terrarium und ließ die Tür krachend hinter sich ins Schloss fallen.

***

Vor einer Stunde hatte Dühnfort telefonisch einen Zwischenbericht von Gina und Alois eingefordert und anschließend von Leyenfels den Beschlagnahmebeschluss. Nach über sechs Stunden hatten sie nicht das Schwarze unter dem Fingernagel vorzuweisen. Die Mitarbeiter der KTU waren bereits unterwegs, um den Wagen sicherzustellen.

Dühnfort rief Katja Schön an, um die Flugdaten und den Aufenthaltsort von Wernegg in Berlin in Erfahrung zu bringen. »Herr Wernegg ist mit der Bahn gefahren und wohnt wie immer im Adlon. Er müsste vor zwei Stunden angekommen sein und hat gerade einen Termin. Am besten erreichen Sie ihn über sein Handy.«

Dühnfort dankte ihr für die Auskunft und wollte Werneggs Nummer wählen, als das Handy zu vibrieren begann. Vicki Senger meldete sich aufgeregt. Jemand war in ihre Wohnung eingebrochen, hatte das Bett frisch bezogen und eine Blume aufs Kopfkissen gelegt. »Das kann nur dieser Serge Buthler gewesen sein«, sagte sie atemlos. »Der klebt an mir wie Kaugummi, obwohl ich ihn ständig abblitzen lasse. Aber das geht jetzt echt zu weit …«

»Was haben Sie mit Serge Buthler zu tun?«

»Na, den habe ich doch angerufen. Das wissen Sie doch. Ich hab's Ihnen gebeichtet, schon vergessen?«

»Richtig. Aber Sie haben nicht erwähnt, dass Sie noch in Kontakt zu ihm stehen.«

»Tue ich auch nicht. Jedenfalls wenn es nach mir geht. Der ruft ständig an. Und er ist in München, jedenfalls war er das gestern noch. Ist einfach im Reisebüro aufgetaucht … Das kann nur er gewesen sein, der bei mir eingebrochen ist. Was soll ich jetzt machen?«

Dühnfort gefiel das nicht. »Sie haben wirklich nur einmal mit ihm telefoniert, und er belästigt sie seither?«

»Na ja, es war schon mehr als einmal.«

Sie erzählte ihm, Buthler habe ihr eine Liste mit Büchern gemailt und dann im Reisebüro angerufen, um ihr einen Mentor für die Facharbeit zu empfehlen. Dass sie die ja nur erfunden hatte, wusste er natürlich nicht. »Die Nummer hat er aus den Eingeweiden seiner Telefonanlage gegraben. Echt gruslig, der Typ. Das ist ein Stalker. Und ein Einbrecher. Sie müssen den verhaften.«

Ein Mentor für eine Facharbeit über Stilllebenmalerei. In München. »Was für einen Mentor? Doch nicht Jobst Wernegg?«

»Sie kennen den?«

Immer wenn Dühnforts Ärger kurz vor dem Siedepunkt stand, wurde er ganz ruhig. Es war die Ruhe vor dem Sturm. »Ich hatte Sie gebeten, sich nicht weiter einzumischen. Gibt es noch etwas, das ich wissen sollte?«

»Nein. Eigentlich nicht.«

»Was bedeutet *eigentlich*?«

»Nichts. Wirklich.« Ihre Stimme war eine Tonlage höher geklettert, klang verängstigt und verunsichert.

»Haben Sie Kontakt zu Wernegg aufgenommen?«

»Nicht direkt. Also nicht als Mentor ...«

»Was übersetzt wohl *ja* bedeutet. Sie haben ihn angerufen.«

»Ja. Habe ich. Wegen einer Spende für ein Kinderheim. Was soll ich denn jetzt machen? Ich kann doch nicht in meine Wohnung. Vielleicht kommt Buthler zurück.«

»Sie kommen zu mir ins Präsidium. Sofort. Sie gehen nicht über Los, ziehen nicht viertausend Euro ein ...«

»Ich kaufe auch nicht die Schlossallee und gehe nicht ins Gefängnis.« Nun klang sie etwas vergnügter. »Okay. Dauert aber doch ein bisschen, die eine S-Bahn erwische ich nicht mehr, die fährt in zwei Minuten. Ich nehme die nächste.«

Dühnforts Blick fiel auf das Buch, das seit Samstag auf seinem Schreibtisch lag. Die Natur und ihre Symbole.

»Hallo, Frau Senger? Sind Sie noch dran?«

»Ja. Klar.«

»Die Blume auf dem Kopfkissen, wissen Sie, was für eine das ist?«

»Hm. Wenn sie weiß wäre, könnte es eine Anemone sein. Sie ist aber schwarz.«

Nachdem er sich von Vicki Senger verabschiedet hatte, griff er nach dem Buch, blätterte und fand, wonach er gesucht hatte: Eine schwarze Anemone war ein Symbol für Tod.

Es klopfte an der Tür. Sandra Gottwald guckte herein. »Die Kollegen aus Hamburg haben die Handschrift auf der Hotelvisitenkarte zuordnen können.«

***

Durch die getönten Scheiben seines Wagens beobachtete er, wie sie unter dem Vordach stehend telefonierte, danach an der Tür des Architekten läutete, die Schildkröte in dessen Obhut gab und wieder auf die Straße trat.

Er sah ihr nach, wie sie den Gehweg entlangging, der parallel zum Hachinger Bach verlief, sich ab und an umschaute, ob ihr jemand folgte, und dann in die Straße abbog, an der ein Hinweisschild zum S-Bahnhof stand. Als sie aus seinem Blickfeld verschwunden war, startete er den Wagen und folgte ihr mit gebührendem Abstand.

Nichts an ihrer Haltung verriet Angst oder gar Unsicherheit. Woher nahm sie nur die Unerschütterlichkeit, mit der sie durch ihr Leben ging? In Gummistiefeln und Blümchenrock, die Jacke eng um ihren Körper gezogen, ohne Schirm. Sie nahm ihr Leben in Angriff, als könnte ihr nie etwas Böses widerfahren, als wäre sie unabhängig von Liebe, Zuneigung, Anerkennung.

Vielleicht war sie das.

Ihre Selbstgewissheit ärgerte ihn ebenso wie ihre Verlogenheit. Er parkte das Auto auf einem der Park-and-Ride-Plätze und beobachtete, wie sie die Stufen der Unterführung hinunterging, die zum Bahnsteig führte.

Wenig später erschien sie dort, stellte sich zu einigen Leuten im Wartehäuschen und löste eine Karte am Automaten.

Der Regen fiel fein und unaufhörlich, schob einen Schleier zwischen sie und ihn. Eine S-Bahn aus München fuhr ein, stoppte, die Türen öffneten und schlossen sich, der Zug fuhr wieder an. Vicki stand noch dort. Sie wartete auf einen Zug in die Stadt.

Langsam stieg ein Plan in ihm auf. Gehörtes und sein Bedürfnis nach Rache verbanden sich, außerdem ... Anfang und Ende.

Er atmete durch und stieg aus.

Am Rande des Parkplatzes entdeckte er zwei Stängel Klatschmohn, die in einer Fuge zwischen den Pflastersteinen wuchsen. Zwei. Mehr nicht. Wie passend.

***

Dühnfort bat Sandra zu warten. Er war beunruhigt, rief Vicki Senger an und fragte, wo sie nun sei.

»Am S-Bahnhof in Perlach.«

»Ich komme und hole Sie ab.«

»Weshalb das denn?«

Sollte er ihr seine Sorge mitteilen, ihr die Bedeutung der schwarzen Anemone erklären? »Weil ich ein ungeduldiger Mensch bin. Sind Sie allein, oder warten noch andere mit Ihnen?«

Während sie ihm bestätigte, dass sie nicht allein dort stand, war Dühnfort schon auf dem Weg zu seinem Auto. »Wann kommt die S-Bahn?« Sandra Gottwald ging neben ihm her.

»Wenn sie pünktlich ist, was ja selten vorkommt, dann in einer Viertelstunde.«

»Ist Ihnen jemand gefolgt?«

»Nein. Ganz sicher nicht. Ich habe aufgepasst.«

»Gut. Bleiben Sie auf dem Bahnsteig und in der Nähe anderer. Ich bin gleich da.«

»Wieso denn? Sie machen mir langsam Angst.«

»Ich erkläre es Ihnen später. Kann ich mich darauf verlassen?« Eine Weile war es still. »Kann ich mich darauf verlassen?«, wiederholte er seine Frage.

»Ja.« Ihre Stimme klang wie unter Wasser.

»Bis gleich.« Er legte auf. Sandra, die mit ihm Schritt hielt, wedelte mit dem Memo in ihrer Hand.

»Entschuldige.« Dühnfort wandte sich ihr zu, ging aber flotten Schritts weiter.

»Gunda Rautenberg heißt die Frau. Sie ist Journalistin und hatte am 28. Mai einen Interviewtermin in der Lobby des Atlantic. Ihr Gesprächspartner hat sie zur Auktion eingeladen. Da sie ihn ebenso interessant fand wie die Versteigerung, hat sie sich die Daten auf einem der ausliegenden Kärtchen notiert, das dann aber in der Lobby vergessen. Vermutlich hat er es eingesteckt. Und nun rate mal, wie der Mann heißt, dessen Name und Handynummer für uns unsichtbar auf der Rückseite der Karte stehen?«

»Da muss ich nicht raten«, sagte Dühnfort und rieb seine Nasenwurzel zwischen Daumen und Zeigefinger. »Ich weiß nur noch nicht, weshalb er das tut.«

***

Vicki steckte das Handy ein. Was genau hatte Dühnfort ihr eigentlich sagen wollen? Dass sie in Gefahr war? Wenn er beabsichtigt hatte, ihr Angst zu machen, dann war ihm das gelungen.

Kritisch musterte sie die Leute, die nach und nach ins Wartehäuschen drängten. Niemand, den sie kannte, keiner, der sie beobachtete. Ein knutschendes Pärchen, ein paar graue Businesstypen, eine Mutter mit Kinderwagen, ein älterer Mann mit viel zu großen Ohren, dem die Brille schief auf der Nase saß. Eine junge Frau, deren Speck zwischen Hüfte und Shirt aus den zu engen Klamotten quoll.

Jetzt kam noch ein Dicker den Bahnsteig entlanggewatschelt. Ein echter Koloss. Der Stoff seiner Jeans rieb bei jedem Schritt an der Innenseite der Oberschenkel und gab dabei ein schabendes Geräusch von sich. Dieser Berg von Mensch schob sich direkt neben Vicki unter das Dach des Häuschens und beanspruchte den letzten Rest an Platz.

Wenn jemals ein Deo versagt hatte, dann seines. Die Frau mit den zu knappen Klamotten verdrehte die Augen. Vicki gab ihrem Fluchtimpuls nach und trat vor das Häuschen. Lieber nass als erdrückt.

Am Beginn der langgezogenen Kurve zwischen den Stationen Neuperlach Süd und Perlach tauchten die Lichter der S-Bahn auf. Sie war pünktlich. Ein wahrhaft seltenes Ereignis. Der feine Regen setzte sich in Vickis ohnehin feuchte Haare, lief an den Schienbeinen entlang bis in die Gummistiefel. Na, das würde dann super müffeln. Gummimiefel, dachte Vicki.

Der Treppenaufgang zum Bahnsteig war überdacht. Dort stand jemand, der nun das schützende Vordach verließ und den Bahnsteig entlang geradewegs auf sie zuging. Groß, schlank, eine vom Regen verwische Silhouette, die ihr vertraut vorkam. Ein orangeroter Klecks leuchtete aus dem Grau hervor. Ihr Herz schlug ein ganz klein wenig schneller, und die Schmetterlinge im Bauch erwachten, begannen zu flattern, je näher er kam. Jobst. Das Grübchen an seinem Kinn schien tiefer, das Grün seiner Augen dunkler, das Lächeln wie weggewischt.

Das Rattern der S-Bahn wurde lauter. Hinter ihr traten die Leute aus dem Wartehäuschen.

In jeder Hand hielt er eine Mohnblume, deren Blütenblätter regenschwer auseinanderfielen. Sie wollte fragen, was er hier mache, doch etwas schnürte ihr die Kehle zu. Der Lärm der einfahrenden S-Bahn, das einsetzende Quietschen der Bremsen, der nahende Luftstrom.

Sein Blick hielt ihren fest. Er stand so nah vor ihr, dass sie die Regentropfen in seinen Haaren sah, den Geruch nach feuchter Kleidung wahrnahm, ja die Wärme seines Körpers zu spüren meinte. »Eine für dich und eine für mich«, sagte er und reichte ihr eine der Blumen. Verdutzt betrachtete sie die Blüte in ihrer Hand und folgte dem Fallen eines Blütenblattes, das sich gelöst hatte und leuchtend auf dem nassen Pflaster liegen blieb.

Sie blickte auf, fing seinen Blick noch für einen Augenblick ein, als er sich wegdrehte. Dann sah sie Jobst kippen, stürzen, fallen, vernahm das kreischende Quietschen der Bremsen, einen dumpfen Aufprall, hörte die Frau neben sich schreien, spürte Regen über ihre Lippen laufen, aus ihren Haaren tropfen, über ihren Hals rinnen. Alle, die sie liebte … Alle, die sie liebte …

* * *

Die Nacht stand wie eine schwarze Mauer vor dem Fenster. In der Scheibe sah Dühnfort sein gespiegeltes Büro. Gina, die am Türstock lehnte, Alois, der seine Krawatte abgelegt und den obersten Hemdknopf geöffnet hatte. Nein, er fühlte keinerlei Triumph oder gar Stolz. Wenn er eine Minute früher den Bahnsteig erreicht hätte … Wernegg hätte das weder sich noch Vicki Senger antun können.

Ihre Chefin hatte sie gerade abgeholt. »Du bleibst heute Nacht nicht allein, du kommst mit zu mir«, hatte Clara Mohn gesagt. »Und morgen rufe ich meine Freundin an, diese Psychotante. Ich weiß, dass du sie so nennst. Aber du wirst sie brauchen. Keine Widerrede.«

Hinter der Fassade von Bestimmtheit hatte er Sorge und Angst gespürt. Der bisher so lebhaften Vicki schienen die Worte ausgegangen zu sein. Einsilbig, apathisch hatte sie die nötigsten Fragen beantwortet und dabei den Stängel des Klatschmohns zwischen den Fingern gedreht. Ein nackter Stiel, ein kahler Fruchtknoten mit einer kronenähnlichen Kapsel, die schwarzer Flaum zierte.

Sie hatte sich in Wernegg verliebt und verstand nicht, weshalb er das getan hatte. Noch dazu vor ihren Augen.

Eine Minute nachdem Wernegg sich vor die einfahrende S-Bahn gestürzt hatte, war Dühnfort die Treppe zum Bahnsteig hochgespurtet. Wie durch ein Wunder hatte Wernegg den Unfall überlebt, wenn auch mit schwersten Verletzungen. Wie durch ein Wunder, das hatte der Arzt gesagt, mit dem Dühnfort kurz gesprochen hatte. Schädel-Hirn-Trauma, Milzriss, zwei amputierte Gliedmaßen, Verletzungen des Beckens und etliche Knochenbrüche. Wernegg war ohne Bewusstsein, und es bestand kaum Aussicht, dass er die Nacht überleben würde. Das Wunder war keines. Es war Qual.

Dühnfort wandte sich vom Fenster ab und massierte sich mit einer Hand die verspannte Nackenmuskulatur. Ein sinnloses Unterfangen.

Der Durchsuchungsbeschluss lag auf seinem Schreibtisch, Werneggs Schlüsselbund daneben. Weshalb zögerte er? Er wollte das nicht sehen, von dem er überzeugt war, es in Werneggs Haus zu finden. Wahrheit. Was war Wahrheit? Und was Gerechtigkeit? Illusion.

Eine heiße Dusche, ein Glas Merlot oder besser eine Flasche, Eric Clapton unplugged, ein Angus-Steak, medium gebraten. Jemand, mit dem er reden konnte. Er atmete durch, griff nach den Schlüsseln. »On y va.«

Alois' Stirn legte sich in Falten. »Reicht Merde nicht mehr? Bekommen wir jetzt Französischunterricht?«

Gina straffte sich und löste sich vom Türrahmen, während sie Alois' einen finsteren Blick zuwarf. »Lasst uns gehen und das hinter uns bringen.« Sie griff sich den Durchsuchungsbeschluss, und Dühnfort hätte beinahe gelacht. Wem wollte sie den präsentieren?

Sie fuhren durch die regnerische Nacht. Die Scheibenwischer quietschten, die Lichter blendeten. Gina auf dem Beifahrersitz schwieg.

Der Schlüssel glitt lautlos ins Schloss. Lichter flammten in Flur und Treppenhaus auf, dann in Wohnzimmer und Küche, bis das ganze Haus leuchtete, als solle es für eine Filmaufnahme in Szene gesetzt werden.

Dühnfort stand im Flur, spürte der Leere des Hauses nach. Es zog ihn nach oben und nicht, wie Gina und Alois, in den Keller. Zögernd ging er die Stufen hinauf, öffnete Türen, die in ein Schlafzimmer führten, in ein Badezimmer und noch ein weiteres, ein Kinderzimmer, das seit einer Ewigkeit unberührt schien. Ein Teddybär auf dem Bett, ein Papierdrachen an der Wand. So einer, wie Dühnfort ihn vor Jahrzehnten mit seinem Vater gebastelt hatte. Was-ist-was-Bücher im Regal, Lego in einer Kiste, Kosmos-Baukästen im Schrank.

Dühnfort folgte der Kraft, die ihn weiterzog, eine Treppe höher in das ausgebaute Dachgeschoss. Eine verschlossene Tür. Er wappnete sich, betrachtete die Schlüssel in seiner Hand, fand instinktiv den richtigen und trat in Dunkelheit.

Er roch es sofort. Terpentin, Malmittel, Ölfarbe. Zögernd tastete er nach dem Lichtschalter und atmete ein weiteres Mal durch. Was sollte er dem entgegensetzen, das ihn nun erwartete? Woher die Kraft nehmen weiterzumachen? Die Suche nach Gerechtigkeit, nach Ausgleich der Waagschalen, das war es, was ihn bisher angetrieben hatte. Nadines Eltern, ihr ehemaliger Freund, der mit ihr hätte alt werden wollen, Janas Freundin, alle hatten ein Recht darauf zu erfahren, was geschehen war, damit sie abschließen konnten, Gewissheit hatten. Doch wie sollte man damit abschließen?

Er ließ den Arm sinken, blieb im Dunkeln stehen. Neben Terpentin roch er noch etwas anderes. Eine faulige Note, mit einer metallischen Komponente.

Tastend fand er den Schalter. Das Licht ging flackernd an.

Es war, wie er es erwartet hatte. Vorstellung wurde Wirklichkeit. Was er bisher vermutet hatte, erwies sich als real, wurde greifbar, materialisierte sich in all seinem Schrecken in einer kunstvollen Kulisse.

Eine geschliffene Kristallvase. Verblühende Pfingstrosen, deren süßer Duft im Raum hing, ihm den Atem nahm. Ein Blütenblatt löste sich, fiel auf eine Kommode aus Nussholz, gesellte sich zu anderen, die in getrockneten Schlieren von dunklem Blut klebten.

Dort auf dem Nachttisch wie Ranunkeln auf dem Teich;
Verschwommen und gedankenleer
Stiehlt ein verdrehter Blick wie Dämmrung bleich
Sich aus den Augen her.

Dühnfort stöhnte und fuhr sich über das Kinn.

Das Bett, mit weißer Wäsche bezogen. Ein Laken, das nicht mehr überall weiß war. Zerdrückte Kissen, der vage Abdruck eines Körpers. Eine Fotografie auf einer Staffelei, auf der ein kopfloser Leichnam zu erkennen war. Das unvollendete Gemälde auf einer zweiten Staffelei, altmeisterlich gemalt, in der Bildmitte ein marmorweißer Torso. Eine rote Spur auf dem Boden, an deren Ende ein eingetrockneter Pinsel. Ein abgewetzter Ledersessel, eine CD-Anlage.

Es gab Momente in Dühnforts Leben, in denen er gerne an einen Gott geglaubt hätte, an einen Sinn hinter all dem, was sein täglich Brot war.

Er hatte recht gehabt. Na und? Er hatte einen Mörder überführt. Es war egal. Es konnte keine Strafe geben, keine Gerechtigkeit und nie und nimmer einen Sinn.

Eine Welle der Kraftlosigkeit wollte ihn vom Boden spülen und mit sich reißen. Doch er stemmte sich mit aller Macht dagegen. Wenn er jetzt nachgab, müsste er aufgeben. Er ließ sich in den Sessel fallen, stand wieder auf, starrte auf das Gemälde und ahnte plötzlich die Wärme eines Körpers hinter sich. Er drehte sich nicht um, bis jemand nach ihm griff. Gina.

»Buchholz ist unterwegs. Ihm und seinen Jungs sind wir nur im Weg. Wir machen jetzt Feierabend.«

***

Der Merlot lag dunkel im Glas. So dunkel wie die Nacht auf seinem Balkon, so dunkel wie der Friedhof unter ihm, so dunkel wie seine Gedanken. Eilig leerte er das Glas zur Hälfte. Nur Ginas Anwesenheit hinderte ihn daran, es ganz zu leeren.

»*Ich* lasse das zu nah an mich ran. Ja?« Ginas Augen konnte er im Halbdunkel mehr ahnen als sehen. Sie saß neben ihm auf der schmalen Bank, ein Glas in der Hand, wie er. Was sollte er dazu sagen? Es gab nichts zu sagen. Morgen würde die Welt wieder anders aussehen. Morgen würde er seine berufliche Distanz wiedergefunden haben. Diese Nacht gehörte den Geistern, die er nicht abschütteln konnte. Einen Rest Empathie musste er sich bewahren. Und einen Rest Mitleid. Ohne sie wäre seine Arbeit unerträglich.

Der Regen setzte wieder ein, ein feines Nieseln. Er leerte das Glas, schenkte sich nach und warf dabei einen Blick auf ihres. Sie hatte nur daran genippt. Musik klang leise aus der Küche. Hatte sie die Anlage eingeschaltet? Nein. Das hatte er getan, als er im Kühlschrank nach etwas Essbarem gesucht hatte. *Eric Clapton unplugged.*

Das Nieseln verstärkte sich. Gina stand auf und ging hinein. Einen Augenblick blieb er noch sitzen, spürte dem Wein nach, der ihn entspannte, sich zwischen ihn und die Bilder schob, dann stand auch er auf und nahm die Flasche und die Gläser mit. In der Küche war es dunkel. Nur die Leuchtdioden der CD-Anlage warfen einen gespenstischen Schein. *What'll you do when you get lonely, no one waiting by your side?* Eric Claptons Stimme füllte die Wohnung. War Gina grußlos gegangen? Dieser Gedanke versetzte ihm einen Stich. Mit einem Schluck trank er das Glas leer und goss den Rest aus der Flasche hinein.

»Wie bist du auf ihn gekommen?« Gina trat vom Flur wieder in die Küche. Er sah ihre Silhouette im Gegenlicht der Flurbeleuchtung.

Er erklärte es ihr. Wernegg hatte seinen Volvo zur Inspektion in sein Autohaus gebracht, das auch Fiat vertrieb. Dabei hatte er den Fiat Punto für eine verlängerte Probefahrt erhalten. Angeblich war der Wagen für seine Mitarbeiterin bestimmt, anstelle einer Gehaltserhöhung, da deren altes Auto ständig streikte. Nur hatte sie den Punto nie gesehen. »Außerdem gibt es in Werneggs Lebenslauf einige Parallelen zu dem Baudelaires.« Seine Zunge war schwer. Eine entspannte Ruhe hatte ihn erfasst. »Deshalb.« Falls sie sich nun fragte, wann und wie er darauf gekommen war, würde sie sich die Antwort selbst geben. Und das tat sie prompt.

»Aha.« Sie kam auf ihn zu, griff nach ihrem Glas, das er noch immer in der Hand hielt, trank es leer und blieb vor ihm stehen, das Noir ihres Blickes seinen suchend.

Und er sah, wie sie dachte: Immer noch Agnes.

You've been running and hiding much too long. You know it's just your foolish pride. Claptons Stimme war spröde, und der Rhythmus des Songs brachte etwas in Dühnfort zum Schwingen. Kaum merklich begann er sich dazu zu bewegen.

Gina nahm ihm das Glas ab und stellte es zusammen mit ihrem auf die Fläche neben dem Herd. Er spürte ihre Hände an seinen Hüften. Sie nahm seinen Rhythmus auf. *Layla, you've got me on my knees. Layla, I'm begging, darling please. Layla, darling won't you ease my worried mind.*

So tanzten sie auf der Stelle. Apfelduft, dunkle Augen wie schwarze Schokolade, seine Arme, die sich von selbst um ihre Taille legten, ihre, die nun hinauf zu seinen Schultern wanderten, dort liegen blieben, ihm eine Wärme sandten, die ihn weich werden ließ. Er schloss die Augen, gab sich ganz der Musik hin, der Wirkung des Weins und der des Körpers in seinen Armen, fühlte Ginas Hände an seinem Gesicht und ließ es geschehen. Nein, er würde jetzt nicht grübeln, würde einmal den Augenblick bestimmen lassen, nicht an morgen denken. *Like a fool, I fell in love with you, turned my whole world upside down.* Ihre Hände glitten über seine unrasierten Wangen, bis zu den Schläfen und den Ohrmuscheln, erkundeten deren Form. Ihr Körper an seinem straffte sich. Weiche Lippen küssten seine geschlossenen Lider. Erst das eine, dann das andere. Seine Haut prickelte, seine Atmung beschleunigte sich. Ihre Lippen suchten seine, vorsichtig, wie eine Frage, und entfernten sich wieder. Was sollte er antworten? Ja, ich will mit dir ins Bett. Jetzt. Sofort. Aber ich kann dir keine Garantie geben, dass das mit uns etwas wird, dass meine Gefühle deinen ebenbürtig sein werden, dass wir unsere Freundschaft nicht zerstören.

Mit dem Daumen strich sie über die Falte an seiner Nasenwurzel. »Du grübelst«, flüsterte sie in sein Ohr. »Ich erwarte keinen Heiratsantrag von dir und keine Liebesschwüre, ich will nur mit dir ins Bett.«

Das stimmt nicht, dachte er. *Ich wäre lieber mit dir gestorben, als ohne dich zu leben.* Wenn das wahr war … Er machte sich das Leben unnötig schwer.

Sie biss in sein Ohrläppchen, die Spitze ihrer Zunge begann sein Ohr zu erforschen.

Etwas in ihm stellte das Denken ein und stieß ihn über eine Klippe. Bereitwillig ließ er sich fallen.

Freitag, 18. Juni

Als er aufwachte, war das Bett neben ihm leer. Ginas Kleidung, die sie gestern achtlos in der Wohnung verstreut hatten, während sie sich mit Eric Claptons Begleitung langsam dem Schlafzimmer genähert hatten, war verschwunden. Wie sie. Keine Nachricht. Die beiden Gläser standen in der Küche, am Boden eingetrocknete Weinreste. Wären sie nicht gewesen, hätte er vielleicht geglaubt, nur geträumt zu haben.

Sie war gegangen.

Irgendwann im Morgengrauen, nachdem er erschöpft eingeschlafen war, hatte sie sich davongeschlichen, wie Agnes! Weshalb hielt es keine eine Nacht mit ihm aus?

Ärger legte sich über das Gefühl der satten Zufriedenheit, der inneren Ruhe, diesen Anflug von Glück, mit dem er aufgewacht war.

Er duschte, braute sich seinen Morgenkaffee, trank ihn auf dem Balkon und fuhr dann nach Nymphenburg zu Werneggs Haus. Während der Fahrt überlegte er, ob er Gina anrufen und ihr sagen sollte, wie schön diese Nacht mit ihr gewesen war. Sie hatte sie doch auch genossen. Weshalb war sie gegangen? Was machte er falsch?

Buchholz und seine Leute waren bereits bei der Arbeit. Er wirkte vergnügt. Endlich gab es Spuren, und zwar in Hülle und Fülle. Dühnfort begann mit dem Wohnzimmer. Er war auf der Suche nach einer Antwort. Weshalb hatte Wernegg das getan? Zwei Stunden später war er jedoch nicht einen Schritt weitergekommen. Kein Tagebuch, keine Aufzeichnungen, keine Korrespondenz oder E-Mails, die einen Hinweis auf das Motiv gaben. Im Arbeitszimmer entdeckte er einen Ordner mit Mietverträgen der Wohnungen, in denen Wernegg gewohnt hatte, bevor er in dieses Haus zurückgekehrt war. Sein Elternhaus.

Dühnfort blätterte den Ordner durch und atmete scharf aus, als er den Vertrag für ein Haus entdeckte, das sich, der Postleitzahl nach zu urteilen, in der Nähe von Düsseldorf befinden musste. Das Dokument war sechseinhalb Jahre alt.

Er rief Susanne Henke an, brachte sie auf den aktuellen Stand und bat sie herauszufinden, wo sich das Haus befand. Dass Wernegg der Mörder von Nadine Pfaller und Jana Wittich war, konnten sie beweisen, im Fall Svenja Lenhard hatten sie bisher nichts.

Gegen Mittag brach Dühnfort die Suche ab und rief im Krankenhaus Harlaching an, in dem Wernegg lag. Sein Zustand hatte sich nicht verändert. Seine Tante sei bei ihm, erklärte die Stationsschwester.

»Sind Sie so nett und bitten Sie sie zu bleiben. Ich würde mich gerne mit ihr unterhalten.« Dühnfort machte sich auf den Weg.

***

Während der Fahrt rief er sich die Informationen aus Alois' Unterlagen ins Gedächtnis: Stefanie Karg war die Schwester von Jobst Werneggs Mutter Susanne. Sie war zwei Jahre älter, unverheiratet und arbeitete als Lehrerin in dem Internat am Ammersee, das Jobst besucht hatte.

Er traf sie vor den Türen der Intensivstation, wo sie auf ihn wartete. Eine sportlich wirkende Anfangssechzigerin mit kastanienbraun gefärbtem Haar, hellem Teint und erstaunlich glatter Haut. »Lassen Sie uns in den Garten gehen«, schlug sie vor. »Ich brauche dringend eine Zigarette, und hier drinnen …« Mit der Packung in der Hand machte sie eine ausladende Bewegung, die den ganzen Gebäudekomplex zu umfassen schien.

Der Himmel war noch immer grau, es hatte jedoch aufgehört zu regnen. Während sie durch die Grünanlage spazierten, rauchte sie zwei Zigaretten, erzählte von Jobst. Wie er als Kind gewesen war und als Heranwachsender, welche Begabungen und Talente er besaß, dass er ein herzensguter Mensch sei und sie sich ihn nie und nimmer als Frauenmörder vorstellen könne. »Er hat bisher nur Gutes getan in seinem Leben.«

Bei den Talenten hakte Dühnfort ein und erfuhr, dass Jobst Wernegg im Internat Kurse für Fotografie und Ölmalerei besucht und für beides Begabung gezeigt hatte. »Er hat sogar zwei Semester Fotografie an der Kunstakademie in Düsseldorf studiert. Leider hat er sich mit seinem Professor zerstritten und dann auf BWL umgesattelt. Er brauchte einen Beruf, mit dem er Geld verdienen konnte. Es war ja nicht absehbar, dass er einmal ein derartiges Vermögen erben würde.« Stefanie Karg warf die Kippe auf den Kiesboden und trat die Glut aus.

Herrgott! Alois. Er gab sich zu schnell zufrieden! Dühnfort fluchte still und schob seine Verärgerung beiseite. Das würde er später klären. »Wann hat Wernegg in Düsseldorf studiert?« Er fragte, obwohl er die Antwort bereits kannte.

Sie nahm die nächste Zigarette aus der Packung und zog die Stirn kraus. »Das war vor etwa sechs Jahren.«

»War er da nicht in Canberra?«

Nachdem sie das Feuerzeug aus der Handtasche gekramt hatte, zündete sie die Zigarette an und schüttelte den Kopf. »Da war er nur ein paar Wochen. Es hat ihm nicht gefallen. Er ist heimgekommen und hat in Düsseldorf das Fotografiestudium wiederaufgenommen, obwohl er bereits ein abgeschlossenes BWL-Studium hatte. Wirtschaft hat ihm eben keinen Spaß gemacht.« Sie berichtete, wie Jobsts Mutter bei einem Verkehrsunfall starb und er ein Vermögen erbte, mit dem er niemals gerechnet hatte. »Karl, Susannes dritter Mann«, erklärte Stefanie Karg, »hatte eine Firma für Elektrotechnik. Fragen Sie mich nicht, was er genau gemacht hat, aber es muss gut gewesen sein. Jedenfalls hat er die Firma an einen koreanischen Konzern verkauft und dafür Millionen bekommen. Bei dem Unfall ist er sofort gestorben, meine Schwester aber erst Stunden nach ihm. So hat sie erst Karl beerbt und danach Jobst sie. Sonst wäre das Vermögen wohl an Karls Geschwister gefallen. Eigene Kinder hatte er nämlich keine.«

Dühnfort fragte nach Frauen in Werneggs Leben und erhielt eine ausweichende Antwort. »Jobst interessiert sich nicht sehr für Frauen … also, ich meine nicht, dass er schwul ist. Um Gottes willen. Er hat schon Freundinnen, aber es hält nie lange.«

Instinktiv spürte Dühnfort, dass der entscheidende Punkt im Gespräch erreicht war, und blieb stehen. »Ihr Neffe hat seine Mutter sehr geliebt. Mit ihrem Vermögen hat er die Stiftung gegründet und sie nach ihr benannt. Sie müssen sich sehr nahegestanden haben.«

Eine kaum wahrnehmbare Veränderung ging mit Stefanie Karg vor sich. Der Blick wurde eine Nuance kühler, die Haltung straffer. »Ja, er hat sie sehr geliebt.«

»Und sie? Weshalb hat sie ihn ins Internat gesteckt, als er noch ein kleiner Junge war?«

Sie sog an ihrer Zigarette, warf sie dann achtlos auf den Boden und trat sie aus. »Sie sind sich sicher, dass

Jobst ein Frauenmörder ist? Sie können das beweisen?«

Dühnfort nickte.

»Wie sicher?«

»Hundertprozentig. Die Spuren sind zahlreich und eindeutig. Jobst hat im Dachgeschoss seines Hauses in Nymphenburg Nadine Pfaller und Jana Wittich erwürgt.« Er hielt ihrem Blick stand.

»Setzen wir uns?« Sie zeigte auf eine Bank, die einige Meter entfernt unter einer Trauerweide stand.

* * *

Verdammt! Verdammt! Verdammt! Weshalb konnte sie nicht aufhören zu heulen? Vicki warf sich auf die Seite, griff sich die Packung mit den Papiertaschentüchern, die Clara neben das Bett in ihrem Gästezimmer gestellt hatte, zog eines heraus und schnäuzte sich. Dann setzte sie sich auf. Das musste jetzt langsam mal aufhören, sonst würde sie austrocknen und zerbröseln, bis sie ganz pulverisiert war. Instant-Vicki. Dann müsste Clara zwecks Wiederbelebung einen Eimer Wasser ins Bett kippen …

Wiederbelebung …

Verdammt! Warum hatte sie hingeguckt, wie sie Jobst …

Das musste jetzt ein Ende haben. Vicki schwang die Beine aus dem Bett und blickte ungläubig auf das Blümchennachthemd, in dem sie steckte. Ihr musste es echt mies gehen, wenn sie so etwas trug. Aber egal, es war alles egal. Dieses Gemisch aus Trauer, Wut und Fassungslosigkeit griff wieder nach ihr und zerrte sie zurück ins Bett. Sie zog die Decke über den Kopf und weinte weiter.

Clara war wie eine Mutter zu ihr. Diese Arschlöcher vom Kriseninterventionsteam, die da gestern am Bahnsteig plötzlich aufgetaucht waren wie Pilze aus dem Waldboden, doofe Sprüche labernd. *Weinen Sie ruhig, lassen Sie Ihre Gefühle raus.*

Weshalb hatte Jobst das getan? Sie kapierte es einfach nicht. Dühnfort hatte von einem Verdacht gesprochen. Jobst konnte doch unmöglich … niemals. Sie würde sich doch nicht in einen Mörder verlieben.

Die Decke wurde vorsichtig angehoben. Claras weißer Schopf erschien, ihre blauen Augen, die besorgt guckten. Es roch nach Essen. »Geht es besser?«

Vicki richtete sich auf, wollte ja sagen, krächzte jedoch ein Nein.

»Du musst etwas essen. Ich habe eine Hühnersuppe gekocht. Soll ich sie am Bett servieren, oder setzt du dich zu mir in die Küche?«

»Wieso bist du nicht im Reisebüro? Doch nicht meinetwegen?« Irgendwie fühlte Vicki sich schuldig.

»Ich habe Henriette überredet einzuspringen. Sie kann ihr Bein hochlegen. Für ein paar Stunden geht das schon. Du bist jetzt wichtiger. Also, kommst du in die Küche?«

Am liebsten hätte Vicki sich die Decke wieder über den Kopf gezogen und weitergeheult. Aber das ging ja nicht, bei all dem, was Clara für sie tat.

Sie schlüpfte in ihre Klamotten und folgte Clara in die Küche. Die Suppe roch eigentlich lecker, dennoch verursachte die Vorstellung, einen Löffel davon zu essen, Vicki Brechreiz.

Das Heulen einzustellen klappte irgendwie nicht. Sosehr Vicki sich auch bemühte, es gelang ihr nur für kurze Momente. Ständig gingen ihr Gedanken durch den Kopf, tauchten Bilder auf. Die Mohnblume. Das war so süß gewesen. Eigentlich. Scheiße. Dühnfort hatte es ihr doch erklärt. Attribut von Hypnos und Morpheus. Eine

Mohnblume bedeutet Schlaf und Tod. *Eine für dich. Eine für mich.* Vicki schluckte. Warum hatte er ihr das angetan? Sie hatte gedacht, er mochte sie, und in Wirklichkeit … Er hatte genau gewusst, wo sie am verwundbarsten war, sie hatte ihm doch von Adrian erzählt, wie konnte er nur …

Die Tränen flossen wie die Gedanken unaufhörlich. Vicki schniefte, griff nach den Taschentüchern und sah zu Clara, die besorgt ihren Löffel an den Tellerrand gelegt hatte. »Soll ich nicht doch meine Freundin anrufen …«

»Später. Vielleicht«, krächzte Vicki. Möglicherweise war das doch keine so blöde Idee, jemanden mal den ganzen Müll ihres Lebens vor die Füße zu kotzen, vielleicht tat das gut.

»… oder meinen Hausarzt. Damit er dir etwas zur Beruhigung gibt?«

»Nee. Lieber nicht.« Vicki versuchte zu lächeln. »Ich will keine Pillen einwerfen wie meine Mutter. Das verstehst du doch.«

Clara zuckte mit den Schultern. Irgendwie wirkte sie übernächtigt, angestrengt und überfordert. Mit einem Mal tat sie Vicki leid, und gleichzeitig überrollte sie eine warme Welle der Zuneigung, die sofort wieder von Tränen weggespült wurde.

Das Handy in Vickis Hosentasche begann zu klingeln. Sie zerrte es heraus. Da sie die Nummer auf dem Display nicht kannte, drückte sie sie weg. Sekunden später begann es wieder zu klingeln. »Mann, das nervt.« Vicki drückte die Nummer wieder weg. Sie konnte jetzt nicht telefonieren. Als es erneut zu läuten begann, griff Clara nach dem Handy und meldete sich. »Clara Mohn.« Eine Weile hörte sie zu.

»Nein. Telefonterror ist ungefähr das … Ich habe Ihre

Frau nicht … warten Sie mal einen Augenblick.« Clara legte die Hand über das Telefon. »Hast du gestern anonym eine Sabine Sauer angerufen?«

Ach du Scheiße. Vicki nickte und schüttelte gleichzeitig den Kopf. »Ich wollte doch ihn anrufen. Den Alexander. Der ist mein Vater.«

»Was ist der?«

»Mein Vater. Vielleicht.«

Clara warf ihr einen ebenso ungläubigen wie fragenden Blick zu und nahm dann die Hand vom Telefon. »Ist Ihr Vorname Alexander?«

Offenbar war er das, denn Clara fragte ihn, ob ihm der Name Senger etwas sage, und fixierte nach einem Augenblick Vicki. »Hieß deine Mutter Hermine?«

Vicki nickte.

»Ja. Das war ihr Name.« Claras Stirn glättete sich. »Gut«, erwiderte sie. »Der Anruf gestern kam von Ihrer Tochter, Vicki. Und ehrlich gesagt könnte die jetzt einen Vater gut gebrauchen.«

***

Eine Weile saßen sie schweigend nebeneinander auf der Bank unter der Trauerweide, und Dühnfort spürte, wie Werneggs Tante sich innerlich entfernte. Er überlegte, ob er seine Frage wiederholen sollte, weshalb Jobst bereits als Grundschüler in das Internat gesteckt worden war, als sie sich ihm zuwandte und zu sprechen begann.

Zwei Jahre nach dem Tod ihres ersten Mannes hatte Susanne wieder geheiratet. Claus-Peter Schwendt war Generalmajor der Luftwaffe. »Auch er war bedeutend älter als Susanne, wie Jesko, ihr erster Mann, und ein ebenso autoritärer Vatertyp. Jobst hat ihn nicht akzeptiert.« Ihr Blick wandte sich ab und ging über die Rasenfläche bis zu den Fenstern des Klinikums, während sie erzählte, wie sehr Jobst gegen den Stiefvater rebellierte, wie die schulischen Leistungen immer mehr nachließen und die Streitereien eskalierten. Damals hatte Stefanie ihrer Schwester den Vorschlag gemacht, Jobst für einige Zeit zu sich ins Internat zu holen. Anfangs fühlte er sich dort nicht wohl, integrierte sich dann aber schnell. Die als Überbrückung gedachte Lösung etablierte sich als Dauerzustand, der auch nicht endete, als Susannes zweiter Mann an Krebs starb und Jobst zunächst wieder nach Hause zurückkehren wollte. Mittlerweile hatte Susanne ihr Hilfsprojekt für Kinder in Afrika gegründet und pendelte zwischen München und Mombasa. Ein richtiges Zuhause gab es nicht. Wer hätte sich um den Dreizehnjährigen kümmern sollen? Also blieb Jobst bis zum Abitur im Internat.

Dühnfort fragte, wie Jobst dazu gestanden habe, dass seine Mutter sich um so viele Kinder kümmerte, nur nicht um ihr eigenes. Das muss ihn doch verletzt und gekränkt haben. Er erhielt eine ähnliche Antwort wie von Fuhrmann. Die Qualität zählte und nicht Quantität. Dühnfort blickte auf den Kies unter seinen Schuhspitzen. Hier kam er nicht weiter, seine Fragen prallten an einer glatten Oberfläche ab. Dieses Feld musste er später noch einmal beackern.

Eines gab es noch, das ihn interessierte. Weshalb hatte Wernegg versucht, ausgerechnet seinem besten Freund René die Morde unterzuschieben?

Stefanie Karg löste den Blick von der Klinik und wandte sich Dühnfort zu, sichtlich überrascht. »Hat er das?«

»Er hat falsche Spuren gelegt, die Fuhrmann ziemlich in Bedrängnis gebracht haben.«

Sie zog die Zigarettenpackung aus der Handtasche und zündete sich die vierte Zigarette an, oder war es schon die fünfte? Während sie diese rauchte, erklärte sie Dühnfort, dass René und Jobst zunächst keine Freunde gewesen waren. Ganz im Gegenteil.

Sie kannten sich seit der sechsten Klasse, als René ins Internat gekommen war. Im Gegensatz zu Jobst, der schon immer seinen eigenen Weg gegangen war und dem die Zugehörigkeit zu einer Gruppe nicht viel bedeutete, war René einer gewesen, der Stiefel leckte. Schnell hatte er sich einen Platz in der führenden Gruppe erdienert, stand Schmiere, wenn heimlich geraucht wurde, ließ sich sein Taschengeld für Alkohol abnehmen und gehörte zu denen, die noch zutraten, wenn der Gegner bereits am Boden lag. In Stefanie Kargs Worten schwang Verachtung für René Fuhrmann mit.

Und dennoch hatte René Jobst wegen seiner Unabhängigkeit bewundert und Kontakt zu ihm gesucht. »Zu Freunden, wenn man das so nennen kann, sind sie erst geworden, als Renés Mutter Jobst ab und zu einlud, die Ferien bei ihnen zu verbringen. Sie war so ein richtiges Familientier und konnte sich nicht vorstellen, dass er während der Ferien im Internat glücklich sei.«

Neid, dachte Dühnfort. Er war neidisch auf Renés Familie. Etwas wurde ihm vorenthalten, das der andere, den er eigentlich nicht mochte, im Überfluss besaß. Er muss es als demütigend und beschämend empfunden haben, dass René ihn, den Armen, großzügig an seinem Reichtum teilhaben ließ, und gleichzeitig gab ihm diese Familie etwas, das ihm fehlte. Er war der Bettler, der den gnädigen Wohltäter verachtete, dessen Gabe aber nicht ausschlagen konnte. Und nun hatte er sich gerächt.

Die Banklehne drückte in den Rücken, und Dühnfort beugte sich vor. Ein wenig Licht war ins Dunkel gekommen. Zu wenig. Er unternahm einen erneuten Versuch, eine Antwort auf die Frage zu finden, weshalb Wernegg zum Frauenmörder geworden war. Stefanie Karg schüttelte den Kopf. »Ich weiß es nicht. Beim besten Willen.«

Er glaubte ihr nicht. Als sie sich vorher vergewissert hatte, ob Jobst wirklich der Täter war, hatte Dühnfort gespürt, dass sie den Grund kannte oder wenigstens ahnte.

Wir werden sehen, dachte er. Morgen ist auch noch ein Tag.

***

Er stand am Klinikparkplatz vor dem Parkautomaten und bezahlte, als ihn der Anruf von Susanne Henke erreichte. Sie hatte das Haus ausfindig gemacht, das Jobst Wernegg vor sechs Jahren gemietet hatte. »Es war kein Haus, sondern eine alte Mühle östlich von Düsseldorf. Im Juli 2004 ist sie abgebrannt.«

Dühnfort atmete durch. »An dem Wochenende, an dem Svenja verschwunden ist?«

»Genau.«

»Aber fünf Monate bevor man ihre Leiche fand.«

»Wernegg ist in unseren Ermittlungen nie aufgetaucht, ergo hat niemand einen Zusammenhang zwischen dem Mühlenbrand und Svenjas Verschwinden hergestellt.«

»Wie sieht es heute auf dem Gelände aus? Ich meine, wurde das Gebäude abgerissen und neu gebaut, oder steht da noch etwas?«

Er hörte ein zufriedenes Schnalzen durchs Telefon. »Im Moment arbeitet dort ein halbes Dutzend weiß vermummter Gestalten. Sie drehen jedes Steinchen der Ruine um, gucken unter jedes Unkrautblättlein. Ich rufe dich an, wenn wir etwas finden sollten. Und wenn nicht, dann auch.«

***

Stefanie Karg blieb auf der Bank sitzen, sah dem Kommissar nach, bis er in der Klinik verschwand, rauchte die Zigarette fertig und stand dann auf. Achtlos warf sie die Kippe auf den Boden, drückte den Rücken durch und kehrte zurück auf die Intensivstation zu Jobst.

Sie blickte aus dem Fenster auf den Hubschrauberlandeplatz. Daneben erstreckte sich eine Wiese, und dahinter Wald. Der schien sich unter den Wolken zu ducken, die eilig von Westen kommend über den Himmel zogen. Sie lehnte den Kopf gegen die Scheibe.

Warum hatte er das getan?

Weshalb fragte sie sich das, wenn die Antwort doch in ihr lag wie ein tonnenschwerer Stein? Hatte sie alles falsch gemacht? Es gut gemeint und doch versagt?

Das Beatmungsgerät verrichtete seine lebenserhaltende Arbeit in einem beruhigenden, einschläfernden Rhythmus, dem sie sich nicht entziehen konnte. Langsam ließ der Druck in ihrem Innersten ein wenig nach. Sie wandte sich um.

Grüne und gelbe Kurven und Ziffern leuchteten, bauten sich auf und ab, blinkten auf Überwachungsgeräten, die das Bett umstanden wie Mauern das Innere einer Festung. Aus verschiedenen Beuteln und Flaschen flossen Flüssigkeiten und schmerzstillende Medikamente in Jobsts Körper.

Sie griff nach seiner Hand, nach der einen, die ihm geblieben war, blickte auf die schlanken Finger, auf den Infusionszugang am Handrücken, der mit Leukoplast festgeklebt war, sah der farblosen Flüssigkeit dabei zu, wie sie durch den Schlauch in die Adern sickerte.

Sie hatte es nur gut gemeint, hatte ihn beschützt. Allerdings nicht nur ihn, sondern durch ihr Schweigen auch Susanne, ihre kleine Schwester.

Wie schwer wog der Anteil an Schuld, den sie trug?

Was hätte sie ihm denn sagen sollen?

Deine Mutter, die du so liebst und vergötterst, ist eine Rabenmutter, nicht besser als eine Prostituierte, die ihr schönes Gesicht, ihre betörende Figur an reiche Männer verkauft, indem sie sich von ihnen Eheringe an den Finger stecken lässt. Du interessierst sie nicht, du bist eine Last für sie und obendrein die atmende Erinnerung an eine bodenlose Entgleisung. Wobei Entgleisung ja wohl verharmlosend war.

Stefanie hielt seine Hand fester und strich mit dem Daumen über die Knöchel. »Das konnte ich dir nicht antun«, murmelte sie.

Natürlich war ihr aufgefallen, wie sehr er seine frühe Kindheit verklärte, an die er doch kaum noch Erinnerungen haben konnte. Er war acht Jahre alt gewesen, als sie ihn mitgenommen und so in Sicherheit gebracht hatte. Vor seiner eigenen Mutter, die Unaussprechliches …

Müde ließ sie seine Hand los, schob den Stuhl zurück, ging wieder zum Fenster und starrte auf das vorüberjagende Grau. Letztlich wusste sie es nicht mit Sicherheit. Sie hatten nie wieder darüber gesprochen. Genau genommen hatten sie nie darüber gesprochen. Susannes Schweigen, ihr Einverständnis, Jobst noch in der gleichen Woche ins Internat zu geben, sagten mehr als alle Worte.

Dieser Tag war zum Bruch im Leben des Jungen geworden. Danach hatte er Susanne kaum noch gesehen. Sie hatte ihn weggegeben und sich nicht weiter um ihn gekümmert. Ob aus Gleichgültigkeit oder Scham oder um sich selbst zu schützen und so ihn … Stefanie wusste es nicht, hatte nie gefragt.

Dieser Tag. Dieser unselige Tag. Jobst, der so unschuldig geplappert hatte, nicht ahnend, welche Ungeheuerlichkeit er offenbarte. Susanne, die erstarrte und dann zuschlug. Ein Schlag. Ein einziger. Jobst verstummte, schrie nicht, weder vor Schmerz noch vor Empörung oder Überraschung. Er schwieg aus Fassungslosigkeit. Erst im Internat hatte Stefanie die Folgen dieses Schlags bemerkt. Jobst hörte auf dem linken Ohr fast nichts mehr und trug seitdem das Hörgerät.

Seufzend wandte sie sich um, ging im Zimmer auf und ab und setzte sich schließlich wieder ans Bett. Der Verband am Kopf leuchtete weiß, die Augen waren geschlossen. Der Gedanke, dass Jobst sterben würde, nahm sich Raum.

Vielleicht war es besser so.

Jobst ein Frauenmörder. Welche Kräfte mussten in ihm gearbeitet haben? Welch ein Hass, diese Grenze zu überschreiten und Frauen zu töten.

Hätte sie doch nur nicht tatenlos zugesehen, wie er sich mehr und mehr in diese Affenliebe zu seiner Mutter hineinsteigerte. Aber was hätte er anderes tun können, als sich seine Welt schön zu machen? Und die wenigen Male, als Susanne zu Besuch gekommen war, ihn mit in den Urlaub oder nach Hause genommen hatte, war er so glücklich gewesen, hatte monatelang davon erzählt, die Erinnerungen gehütet wie einen Schatz. Hätte sie ihm das nehmen sollen? Niemals hätte sie das gekonnt.

Was ist schon dabei?, hatte sie gedacht. Wie alle Kinder braucht er eine liebende Mutter. Und da er sie nicht hat, erschafft er sie sich eben.

Die Erkenntnis, dass seine Mutter ihn misshandelt, missbraucht und dann abgeschoben hatte, musste für Jobst unerträglich gewesen sein. Ein nicht auszuhaltender Schmerz, den er mit schönen Erinnerungen verkleidete und so unsichtbar machte.

Doch irgendwo in ihm wohnte der Hass auf Susanne. In einer verborgenen Kammer, hinter verriegelten Türen. Wäre er doch nur dort geblieben!

Immer hatte er sich für Schönheit interessiert. Für Malerei und Literatur, für Fotografie und Musik. Hatten sie die ohnmächtige Wut in ihm nicht besänftigen können? Offenbar nicht. Vermutlich eher im Gegenteil. Sie waren zum Transportmittel geworden. Baudelaires Gedichte. *Les Fleurs du Mal.* Sie hatte sich nichts dabei gedacht, als er das damals verschlungen hatte. Immer und immer wieder. Das war doch ganz normal in diesem Alter.

Wie hätte sie ahnen können, dass er eines der Gedichte benutzte, um seinen Schmerz, seine Ohnmacht und seinen Hass darin zu verbergen? Wie hätte sie ahnen können, dass er es erschaffen, dass er sich rächen, dass er es den Frauen heimzahlen wollte und doch dabei nur eine meinte: seine Mutter.

Wieder griff sie nach seiner Hand. Was er getan hatte, war schrecklich, grauenhaft, unvorstellbar, aber es war nicht rückgängig zu machen. Erklärungen nützten niemandem. Sie würden nur die Neugier befriedigen und die Sensationslust. Die Presse würde sich darauf stürzen, Boulevardblätter ihre Auflagenzahlen steigern, Fernsehsender ihre Quoten. Sacht drückte sie seine Hand. Ich habe dich immer beschützt, dachte sie, und das werde ich auch über deinen Tod hinaus tun.

***

»Von wem stammt die Information über Werneggs Aufenthalt in Australien?« Dühnfort saß mit Alois in der

Kantine bei einem Espresso, den er am liebsten in die Hydrokultur des Ficus benjamini gekippt hätte. Was du nicht willst, das man dir tut ... Er schob die Tasse an den Tischrand.

»Von seiner Sekretärin.« Alois lehnte sich scheinbar entspannt im Stuhl zurück, verschränkte jedoch die Arme vor der Brust.

Vermutlich stand das so in der offiziellen Vita Wereggs, überlegte Dühnfort. »Und weshalb hast du das nicht verifiziert?«

»*Verifiziert?*« Es klang wie ein Schimpfwort. »Weshalb hätte ich das tun sollen? Er stand nie im Zentrum unserer ...«

»Herrgott, weil man das nun mal so macht. Weil man Informationen überprüft. Das ist unser Job.« Dühnfort zwang sich zur Ruhe. »Er war von Anfang an im Blickfeld. Erst sein Auslandsaufenthalt ...«

»Er war nie wirklich verdächtig. Okay? Wenn wir jedes Fitzel *verifizieren* wollten, dann bräuchten wir zwanzig Mann extra, die ...«

»Er war lange nicht verdächtig, weil er wegen dieses Auslandsaufenthalts nicht in Frage kam, erst ...«

»Bis dann du gekommen bist, der geniale Ermittler, der die Bedeutung dieses Gedichts erkannte. Wir verneigen uns alle in Ehrfurcht.« Der Tonfall war übertrieben zynisch.

Dühnfort schob den Stuhl zurück und stand auf. »Wir reden morgen weiter. Um neun in meinem Büro. In aller Ruhe und sachlich. Kühl dich bis dahin ab!« Ohne ein weiteres Wort verließ Dühnfort die Kantine. Herrgott! Alois!

Auf dem Weg ins Büro erreichte ihn der Anruf von Susanne. Im Treppenhaus stehend, sah er durch das

Fenster auf die hereinbrechende Dunkelheit, die Lichter der Stadt und hörte, was sie zu berichten hatte.

Unter einer halb verbrannten, halb verwitterten Diele hatten die Kriminaltechniker den Anhänger einer Halskette gefunden, die Svenja nachweislich am Tag ihres Verschwindens getragen hatte. »Damit wäre der Fall wohl geklärt«, meinte Susanne. Es sah ganz danach aus, dennoch empfand Dühnfort keine Erleichterung. Er dankte Susanne und verabschiedete sich. Er war erschöpft, müde, deprimiert und auf seltsame Art unruhig. Gina war er den ganzen Tag über nicht begegnet, hatte nur über Mail und Telefon mit ihr kurz Kontakt gehabt. Ihre Stimme hatte freundlich und doch unverbindlich geklungen, wie immer.

Als er nun in den Flur zu seinem Büro einbog, sah er, wie in ihrem das Licht ausging. Gina trat auf den Flur und zog die Tür hinter sich zu. Als sie ihn entdeckte, zögerte sie einen Moment, jedenfalls kam ihm das so vor. Dann lächelte sie. »Zeit, Feierabend zu machen. Bis morgen, Boss.«

Für einen Moment glaubte er, die letzte Nacht geträumt zu haben.

Samstag, 19. Juni

Das Wasser schlug träge gegen den Rumpf. Ein monotoner Rhythmus, der ihn entspannte und einschläfernd wirkte. Dühnfort betrachtete die neuen und nun endlich auf die passende Länge gespleißten Festmacherleinen, legte die Füße auf die Reling und lehnte sich im Stuhl zurück. Die Sonne brannte ihm in den Nacken, gleichzeitig strich ein kühler Wind über den See, trug den Duft nach verdunstendem Wasser in sich und Gesprächsfetzen vom Nachbarboot herüber. Am Grillplatz neben der Segelschule stand Schorsch und blies in die Glut, während hoch über ihm einige Möwen kreisten und vom See her das leise Tuckern eines Außenbordmotors zu hören war.

Morgen wollte Dühnfort in aller Früh die Segel hissen und den Tag auf dem Wasser verbringen. Der heutige Abend gehörte Schorsch, dem Grill, einer Flasche Merlot oder auch zwei und einem Gespräch. In der Kühlbox lagen Bratwürste von Dühnforts bevorzugtem Metzger am Viktualienmarkt und Lammfilet, mariniert in einer Soße aus Olivenöl, Zitronensaft, Honig, Thymian und Knoblauch. Um Brot und Salat, Obazter und Radi kümmerte sich wie immer der Schorsch. Arbeitsteilung. Dühnfort streckte sich und schloss die Augen.

Am Vormittag war er im Büro gewesen, hatte Berichte geschrieben, Alois seine Auffassung von Polizeiarbeit dargelegt und ihm klargemacht, dass er sich diese aneignen musste. Anschließend hatte er sich mit Katja Schön im Büro der Stiftung getroffen.

Werneggs Sekretärin war von den Ereignissen erschüttert und fassungslos. Kein Wunder. Auch sie kannte nur den freundlichen Jobst Wernegg, der sich um seine Mitmenschen sorgte und mit seinem Vermögen Gutes tat. Seine dunkle Seite hatte auch sie nicht geahnt. Von Katja Schön erhielt Dühnfort einen weiteren Puzzlestein zur Lösung der Fälle.

Am Freitag, einen Tag bevor Nadine in den silbernen Jaguar gestiegen war, hatte Katja Schöns alter Polo wieder einmal Probleme gemacht. Er war nicht angesprungen, als sie zum Großmarkt fahren wollte, um Kaffee und andere Dinge für das Büro einzukaufen. Daraufhin hatte Wernegg ihr den Volvo geliehen, mit dem sie dann auch abends nach Hause gefahren war. Wernegg hatte sie gebeten, am Samstagnachmittag in die Stiftung zu kommen. Eine Präsentation für den Amsterdam-Termin am Montag musste fertig gemacht werden. Bei dieser Gelegenheit hatte sie den Wagen vor Alfredos geparkt.

Wernegg musste den Jaguar genommen und in der Galeriestraße geparkt haben und dann, nachdem er die Finissage verlassen hatte, nicht ins Büro, sondern zu seinem Auto gegangen sein. Dabei war ihm Nadine begegnet. Nadine mit dem dunklen Haar und der mageren Figur, Nadine, die so sehr der unselig schönen Frau aus Baudelaires Gedicht glich. Es musste ein spontaner Entschluss, ein Bruchteil einer Sekunde ausschlaggebend gewesen sein. Hatte Wernegg Nadine unter einem Vorwand in sein Haus gelockt, oder war sie ihm, dem gutaussehenden und vermögenden Mann, nach einem kurzen Gespräch bereitwillig gefolgt? Sie würden es nie erfahren. Fakt war, dass Nadine in Werneggs Atelier getötet worden war.

Noch bevor Wernegg das getan hatte, musste er die Mail von seinem Laptop verschickt haben, und später war er in sein Büro zurückgekehrt, um sich ein Alibi zu verschaffen. Vermutlich hatte er das Alfredos zunächst beobachtet und war erst dann zu dem davor geparkten Volvo gegangen, als er sicher sein konnte, vom Koch gesehen zu werden.

Die Sonne näherte sich langsam der Hügelkette am westlichen Ufer. Dühnfort nahm die Füße von der Reling, stand auf und ging in die Kajüte, um sich ein Mineralwasser aus der Kombüse zu holen.

Ob sie je die Details erfuhren, die die Fälle in allen Einzelheiten klären würden? Das war mehr als zweifelhaft. Mittags hatte Dühnfort Wernegg auf der Intensivstation besucht. Er lag noch immer im Koma, und sein Zustand hatte sich weiter verschlechtert. Die Ärzte hatten keine Hoffnung. Seine Tante hatte bei ihm gesessen, hatte seine Hand gehalten und war Dühnforts Fragen ausgewichen.

Von oben rief jemand nach ihm. Dühnfort ging zurück auf Deck. Der Schorsch stand am Steg. Graumelierte Locken, ein wilder Bart um die Wangen, ebenso wuchernd wie die Haare an seinen sehnigen Beinen. Er trug Khakishorts und derbe Stiefel, das karierte Hemd wehte offen im Wind über der nackten Brust. »Die Glut ist perfekt.«

»Ich komme.« Aus der Kajüte holte Dühnfort Fleisch und Wein und gesellte sich zu ihm.

Als die Nacht klar wurde, der Mond am Himmel stand, kühle Feuchtigkeit aus der Wiese aufstieg und der See wie eine schwarze Fläche vor ihnen lag, waren Fleisch und Salat verzehrt, zwei Flaschen Wein geleert und der Grill erloschen. In einer geschmiedeten Schale daneben loderte ein Feuer.

Schweigend saßen sie davor und starrten in die Flammen, bis Dühnfort begann, Schorsch oder der Nacht, vielleicht auch sich selbst von seinem Dilemma zu erzählen.

Konnte man in zwei Frauen verliebt sein, und doch war keine die richtige? Agnes, die er für ihre Stärke und Unabhängigkeit liebte, für ihren trockenen Witz, der ihr selbst nicht bewusst war, ihren spröden Charme. Agnes, die allerdings keine feste Bindung wollte und sich nicht vorstellen konnte, nochmals Mutter zu werden. Agnes, mit der er seinen Traum von Familie nicht verwirklichen könnte.

Dühnfort griff nach dem Glas und begann es zwischen den Fingern zu drehen, als er sah, dass es leer war.

Und dann Gina. Seine Freundin und unverzichtbare Mitarbeiterin. Gina, die wie er Kinder haben wollte. Gina mit ihrer Leichtigkeit und Burschikosität, mit ihrer Lebensfreude und Unkompliziertheit. Gina, die ihm das Leben gerettet hatte und lieber mit ihm gestorben wäre, als ohne ihn zu leben. Dieser Satz war es, der zwischen ihnen stand.

Hätte sie ihn nicht gesagt, würde er sich dann anders verhalten? Er wusste es nicht. Er wusste nur, dass diese Nacht mit ihr … er hatte sie genossen, würde sie gerne wiederholen. Aber sie war gegangen. Wie Agnes.

Zeit, Feierabend zu machen, Boss. »Und nun tut sie so, als sei nichts geschehen.« Dühnfort griff nach einem Stock und stocherte in der Glut.

Schorsch, der die ganze Zeit schweigend zugehört hatte, warf einen Scheit Holz ins Feuer. »Mei, Tino. Du bist a solcher Depp.«

***

Der Tränenstrom war irgendwann am Freitagabend versiegt. Gut so, dachte Vicki. Man konnte schließlich nicht ewig heulen. Es änderte ja nichts. Dennoch fühlte sie sich seit Donnerstagabend wie unter Wasser. Als sei ein ganzer Ozean über ihr zusammengeschlagen. Auch das würde vergehen, und sie wieder auftauchen. Das wusste sie schließlich aus Erfahrung. Irgendwas, das sich Schicksal nannte oder Gott oder wie auch immer, hatte aus unerfindlichen Gründen beschlossen, ihr ständig eins überzubraten. Aber nun war das Maß voll! Sie hatte mehr als genug Schicksalsschläge für ein Leben eingesteckt und würde sich trotzdem nicht unterkriegen lassen. Niemals!

Samstagmorgen stieg sie aus Claras Gästebett, frühstückte mit ihrer noch immer beunruhigten Chefin, die sie umsorgte wie eine Kranke, fuhr dann nach Hause und holte Epiktet aus seinem Asyl bei Benno, dem Architekten. Mittags packte sie ihre Bücher, Schulunterlagen und das Berichtsheft und radelte zurück zu Clara. Schließlich hatte sie gesagt, dass am Wochenende gelernt würde. Die Konzentration aufs Lernen tat gut, lenkte ab, rückte die düsteren Gedanken beiseite.

Erst als sie sich am frühen Abend auf den Weg zu Alex nach Laim machte und in der S-Bahn saß, wollte das Fragenkarussell wieder Fahrt aufnehmen. Weshalb hatte Jobst das getan? War er wirklich ein Mörder? Wie hatte er nur derart Grauenhaftes tun können? Das passte doch gar nicht zu ihm. Andererseits, woher wollte sie das wissen? Eigentlich kannte sie ihn nicht.

Sollte sie ihn im Krankenhaus besuchen? Kaum hatte sie sich diese Frage gestellt, wusste sie, dass sie das nicht tun würde. Sie war keine Samariterin und hielt ganz gewiss nicht dem, der sie auf die eine Backe geschlagen hatte, auch noch die andere hin. Obwohl er das gar nicht könnte. Er liegt im Sterben, hatte Dühnfort gesagt.

Vielleicht sollte sie doch hingehen, ihm verzeihen. Nein, das, was er getan hatte, war unverzeihlich. Sie war so wütend auf ihn und so verletzt. Er hatte genau das getan, von dem er wusste, es würde sie am tiefsten treffen, sie vernichten. Aber da hatte er sich geschnitten. Sie würde sich nicht unterkriegen lassen.

Vielleicht sollte sie doch?

In Giesing stieg sie aus der S-Bahn aus und in die U-Bahn Richtung Klinikum um. Sie würde zu spät kommen, doch das war jetzt egal. Alex lief ihr nicht weg, außerdem war er kein Spießer, der auf Pünktlichkeit wert legte. Er war Punker und würde ihr pünktliches Erscheinen vielleicht total uncool finden.

Zwanzig Minuten später stieß sie die Tür zur Intensivstation auf. Sie erklärte der Stationsschwester, sie sei eine Freundin von Jobst, erntete einen verwunderten Blick, schlüpfte in den vorgeschriebenen grünen Kittel und die Galoschen und betrat das Zimmer, in dem er lag.

Ein Geruch nach Desinfektionsmitteln, Medikamenten und seltsamerweise nach verqualmten Klamotten lag in der Luft.

Vicki setzte sich auf den Stuhl, der seitlich vom Bett stand. Ein Gebirge von medizinischen Geräten blinkte, fiepte und malte Kurven.

Jobsts Augen waren geschlossen und blutunterlaufen. Jodgelbe Schrammen auf der Wange, weißer Verband am Kopf, Kabel und Schläuche, die unter einer dünnen weißen Decke verschwanden.

Eine Hand lag darauf. Die andere … die hatte er verloren. Verloren, dämlicher Ausdruck, dachte Vicki. Was man verliert, konnte man wiederfinden … Sie konnte sich einfach nicht vorstellen, dass er diese Frauen … warum?

Es würde keine Antwort mehr geben.

Deswegen war sie auch nicht hier.

Vorsichtig griff sie nach seiner Hand und hätte sie am liebsten geschüttelt, so wie ihn. Warum musstest du mich derart bestrafen? *Eine für dich, eine für mich*. Und dann schmeißt du dich einfach vor den Zug. Du Arsch! Ich habe dir nichts getan. Das ist so scheißunfair und gemein von dir.

Aber deswegen war sie nicht gekommen.

Sie legte seine Hand zurück auf die Decke, hielt sie weiter in ihrer, betrachtete sein verquollenes Gesicht. Ich weiß nicht, was in deinem Leben alles schiefgelaufen ist, ich weiß nur, dass nichts, aber auch gar nichts das entschuldigen kann, was du diesen Frauen angetan hast. Im Vergleich dazu ist deine gemeine Rache an mir gar nichts. Peanuts.

Ihr Griff um seine Hand verstärkte sich unwillkürlich. »Ich verzeihe dir das. Ich vergebe dir deine Gemeinheit, Boshaftigkeit und Rachsucht. Ich kann sie mir nicht wie Bleigewichte ans Bein hängen. Mach's gut, wohin auch immer du gehst.« Sie sprach leise, lauschte erstaunt ihren eigenen Worten, stand auf und ging.

Als die Stationstür hinter ihr zuschlug, fühlte sie sich erleichtert. Sie trat vor die Kliniktür, wo sie in das Blau des Himmels blickte, den Wind auf ihrer Haut fühlte und die wärmende Sonne. Erleichterung breitete sich in ihr aus, wurde zu einer Insel in einem tosenden Meer. In sich horchend verließ Vicki das Klinikgelände, marschierte zurück zur U-Bahn-Station und fühlte, wie Ärger und Wut in ihr schwanden und einer nie gekannten Ruhe Platz machten.

Mit der U-Bahn kehrte sie zurück nach Giesing, stieg in die S-Bahn um und fuhr nach Laim. Mit einer Verspätung von über einer Stunde klingelte sie am Haus ihres Vaters, der sie zusammen mit seiner Frau und seiner kleinen Tochter zum Abendessen erwartete.

Ganz schön spießig, dachte Vicki, als sie den Klingelknopf betätigte. Reihenmittelhaus, Schnörkelklingel.

Drinnen erklangen Schritte. Vickis Herz klopfte plötzlich wie rasend. Was, wenn er sie nun gar nicht mochte? Aber am Telefon war er so nett gewesen. Die Tür öffnete sich. Ein Mann mit Finanzbeamtenfrisur öffnete. Er trug Jeans und ein dunkelblaues Poloshirt von Hugo Boss. Verwirrt musterte sie ihn. War das Alex?

»Hallo, du bist sicher Vicki.« Sein Händedruck war fest und warm.

Sie nickte.

In seinen Augen erschien ein belustigtes Funkeln, während er lächelnd an sich hinabblickte. »Du hast recht. Im Laufe der Zeit bin ich ziemlich … hm …«, er suchte nach dem passenden Wort, »scheißbürgerlich geworden.«

Epilog

Sein Vater lächelte ihn an, strich ihm über den Kopf, ein Schmetterling landete auf einer Fliederdolde, Federschmuck und Tomahawk lagen im Gras, Pegasus schnaubte, rieb den Kopf an seiner Schulter, Tante Steffi schimpfte, Mutter lachte. Jemand cremte ihn ein, der Duft von Erdbeeren lag in der Luft, Seide raschelte, eine Hand berührte ihn, laute Stimmen, ein Schlag, eine Autofahrt, ein fremdes Zimmer, andere Kinder.

Der Bilderreigen drehte sich immer schneller, wurde zu einem wirbelnden Karussell. Schneegestöber, fallende Herbstblätter, weiße Leinwand, ein orangerotes Buch.

Ein Ton schlich sich ein, eine vertraute Musik, die an Tempo gewann, von einem einsamen Celloton zu einem unheilschwangeren Brausen anschwoll, zu einem dem Abgrund entgegeneilenden Jagen wurde, über dem dennoch ab und an ein hoffnungsvoller Ton schwebte, sich zu behaupten versuchte, obwohl es keine Rettung gab.

Der rasende Bilderwirbel verlor seine Farben, wurde von strahlendem Weiß überlagert, bis alles in Licht erstarb und auch der einsame Ton abriss, der Hoffnung vorgab und Verzweiflung meinte.

ENDE

Danksagung

Schon zum dritten Mal begleitete Siegfried Wenzl, Kriminalhauptkommissar der Münchener Mordkommission, seinen Kollegen Dühnfort bei der Arbeit. Mit Fachkompetenz und Hilfsbereitschaft verhinderte er, dass ich Dühnfort gravierende Fehler begehen ließ.

Und auch diesmal möchte ich meinen Mann und meine Kinder nicht vergessen: Ich danke euch für eure Geduld, für euer Verständnis, eure konstruktive Kritik und entschuldige mich für zahlreiche Stunden, die ihr ohne mich beim Frühstück verbracht habt, und für noch mehr, in denen fremde und obendrein unsichtbare Personen mit am Tisch saßen, sich bei Spaziergängen an unsere Fersen hefteten und sogar mit in Urlaub fuhren.

***

Den Ort Solalinden gibt es tatsächlich, ganz in der Nähe meines Wohnorts. Wer dort allerdings nach einer langsam verfallenden Brauerei sucht, den muss ich enttäuschen. Ich habe mir die Freiheit genommen, sie dort zu errichten.

***

Die in diesem Roman beschriebenen Personen und Ereignisse sind Fiktion. Jegliche Übereinstimmung oder Ähnlichkeit mit lebenden oder toten Personen oder Begebenheiten ist rein zufällig und nicht beabsichtigt.

Freuen Sie sich auf den neuen Kriminalroman von Inge Löhnig!

Inge Löhnig

SCHULD WÄHRT EWIG

Kriminalroman

ISBN 978-3-548-61069-6

Eine einzige Sekunde hat Susannes Leben für immer verändert. Ein Kind ist tot. Für die junge Frau ein Alptraum, der nie endet, eine Suche nach Sühne, die vergebens ist. Dann sterben zwei Menschen. Sie wurden ermordet. Auch in ihrer Vergangenheit gibt es ein dunkles Geheimnis, eine Schuld, die für immer bleibt. Kommissar Dühnfort verfolgt einen Täter, der auf grausame Weise für seine Vorstellung von Gerechtigkeit sorgt. Ein Rächer, der Gleiches mit Gleichem vergilt und keine Gnade kennt.

Freuen Sie sich auf Kommissar Dühnforts neuen Fall, und lesen Sie auf den folgenden Seiten weiter…

Langsam wurde Eugen ungeduldig. Er hatte sich darauf eingestellt, heute zu feiern und wollte es nicht auf morgen verschieben. Sicherheitshalber drehte er mit der ISO-Einstellung die Lichtempfindlichkeit der Kamera höher. So konnte er auch bei wenig Licht gute Aufnahmen machen. Kaum war er damit fertig, rührte sich im Haus gegenüber etwas. Die Lichter im Architekturbüro verlöschten. Einen Augenblick später wurde weiter unten in der Straße der SUV gestartet. Eugen hatte den Fahrer gar nicht zurückkommen sehen. Wenn er Glück hatte, würde der SUV die Abkürzung nehmen. Der Halter war kein Anwohner. Eugen hatte den Wagen noch nie hier gesehen. Die Chancen standen also gut. Wer rücksichtslos parkte, fuhr auch so.

Eugen öffnete das Fenster, griff nach der Kamera und machte sich bereit. Kälte drang ins Zimmer. Jedes Hobby forderte eben Opfer. Die Tür im Haus gegenüber wurde geöffnet. Flade trat heraus. Er hatte sein Handy ans Ohr gepresst und blieb einen Moment telefonierend auf dem Gehweg stehen. Der SUV blinkte und parkte aus. Eugen konzentrierte sich auf das Fahrzeug, fokussierte es im Sucher und folgte ihm. Im Gegensatz zu Flade war der Halter ein Energiesparer. Die Scheinwerfer blieben aus. Dunkel war es ja noch nicht. Bei Zwielicht war Beleuchtung nicht zwingend vorgeschrieben.

Der SUV passierte Eugens Schlafzimmer. Inzwischen überquerte Flade die Straße. Mit der einen Hand noch immer das Handy am Ohr, mit der anderen zog er den Autoschlüssel aus der Manteltasche. Der SUV fuhr auf den Mann zu. So langsam sollte der mal vom Gas gehen, dachte Eugen.

Instinktiv drückte er den Auslöser, da hörte er schon den dumpfen Aufprall. Adrenalin schoss durch Eugens

Körper. Der Zeigefinger blieb auf dem kleinen Knopf. In rascher Folge klickte es. Flade wurde auf die Straße geschleudert und Sekundenbruchteile später überrollt. Bremslichter leuchteten auf. Der SUV stoppte ein paar Meter hinter dem auf dem Asphalt liegenden Körper. Niemand stieg aus. Eugen fotografierte noch immer. Das Fahrzeug fuhr an, als sei nichts geschehen und verschwand durch die Einbahnstraße.

Stimmen wurden laut. Aus der Bäckerei kam eine Frau gelaufen. Ein Radfahrer stoppte. Jemand schrie, man solle einen Notarzt rufen. Eugen schloss das Fenster und zog die Gardinen vor. Nummer 1000 hatte er im Kasten. Seine Hände zitterten.

Aus dem Kühlschrank holte er die Flasche Wein und schob das vorbereitete Essen in die Mikrowelle.

Was genau war eigentlich passiert?

Während sein Essen aufgewärmt wurde, trank Eugen auf den Schreck einen Obstbrand und sah sich dann auf dem Display die Aufnahmen an.

Der Wagen war nicht schnell gefahren. Seiner Schätzung nach etwa vierzig, vielleicht etwas mehr. So brachte man niemanden absichtlich um. Da gab man Gas, wollte sicher sein, dass es auch klappte, und vor allem verschwand man schnellstens und machte am besten vorher die Nummernschilder unkenntlich.

Flade hatte telefoniert, war also abgelenkt gewesen, und außerdem hatte er dunkle Kleidung getragen. Vermutlich hatte der Fahrer des SUV ihn in der Dämmerung übersehen, und Flade hatte das Fahrzeug nicht bemerkt.

Tragisch. Schrecklich. Ein furchtbares Unglück. Eugen trank noch einen Obstler.

***

Das Handy in Dühnforts Manteltasche begann zu vibrieren. Er zog es hervor, während er Gina die Tür zum Stadtcafé aufhielt. Staatsanwalt Christoph Leyenfels meldete sich. »Hallo Tino, tut mir leid, dich zu stören. Wir haben hier einen etwas seltsamen Verkehrsunfall mit einem Toten. Ich würde mich wohler fühlen, wenn ihr das übernehmen würdet.«

Zwanzig Minuten später stoppte Gina an der Polizeiabsperrung. »Sind wir jetzt Leyenfels' Wellnessteam, oder was? *Er würde sich wohler fühlen …*« Sie verdrehte die Augen.

Inzwischen war es dunkel geworden. Rotierende Blaulichter und die Scheinwerfer von etwa einem halben Dutzend Einsatzfahrzeugen erhellten die Szene. Ein Notarztwagen verließ im Schritttempo das abgesperrte Areal. Die Kollegen ließen ihn ebenso passieren wie Gina, nachdem sie sich ausgewiesen hatte. Nach fünfzig Metern parkte sie neben dem Bus des Unfallkommandos. Weiter vorne leuchtete eine Abdeckplane weiß in die Dunkelheit. Darunter lag der Tote. Hinter der Absperrung hatten sich etliche Schaulustige versammelt. Immer wieder flammten Blitzlichter auf. Was machten die Leute mit diesen Bildern? Ins Familienalbum kleben?

»Wir schauen uns das jetzt an, und dann sehen wir weiter, Frau Kollegin.« Dühnfort zwinkerte Gina zu und stieg aus.

»Aber sicher doch, Boss.« Mit einem leisen Plong ließ Gina die Tür zufallen.

In der Luft lag Schneegeruch. Irgendwo kläffte ein Hund. Stimmengewirr drang von der Absperrung herüber. Etliche Fenster der angrenzenden Häuser waren trotz der lausigen Temperaturen geöffnet. Heute blieben die Flachbildschirme dunkel. Heute gab es die Show live vor der Haustür.

Dühnfort schlug den Kragen hoch, steckte die Hände in die Manteltaschen und sah sich nach dem Staatsanwalt um.

Kollegen nahmen die Personalien von Zeugen auf. Ein Leichenwagen des städtischen Bestattungsinstituts fuhr vor. Leyenfels hatte die Obduktion also schon angeordnet. Dühnfort entdeckte ihn auf der anderen Straßenseite. Er stand an einem Stehtisch in einer Bäckerei, hielt eine Kaffeetasse in der Hand und besprach sich mit dem Leiter des Unfallkommandos.

»Ich höre mich mal ein bisschen um.« Gina wandte sich ab und stapfte auf den Bus zu, in dem ein Zeuge seine Aussage zu Protokoll gab.

Dühnfort sah ihr einen Augenblick nach, bevor er die Bäckerei betrat. Wärme umfing ihn. Der würzige Duft nach Bauernbrot stieg ihm in die Nase und ließ ihm das Wasser im Mund zusammenlaufen. Die Glasvitrinen waren allerdings beinahe leer. Zwei Brotlaibe und etwas Gebäck. Hinter dem Tresen stand die Verkäuferin und polierte die Ablagefläche. Kurz vor Feierabend.

Der Staatsanwalt war ein Mann mit über eins neunzig Körpergröße, dem ein leicht gebückter Gang zu eigen war. Schlürfend beugte er sich über seinen Kaffee und leerte die Tasse. »Hallo Tino. Lausiges Wetter heute.« Leyenfels rieb sich die Hände, als hätte er klamme Finger.

Dühnfort begrüßte den Staatsanwalt und dann den Führer des Unfallkommandos. Polizeihauptmeister Volker Schellenberg, ein drahtiger Mittfünfziger mit wachen Augen, reichte Dühnfort die Hand. »Schön, dass Sie da sind. Ich denke, der Fall gehört euch. Das war kein Unfall.«

Dühnfort hatte das an der Kollision beteiligte Fahrzeug nicht entdeckt. Sachbeweise, die Schellenbergs Einschätzung stützten, gab es also nicht. Wenn er statt Unfallflucht einen Mordanschlag vermutete, konnte das nur einen Grund haben.

»Ich hoffe, es gibt mehr als einen Zeugen.« Langsam wurde es Dühnfort zu warm. Er knöpfte den Mantel auf.

»Zwei. Sie haben das Geschehen aus unterschiedlichen Perspektiven beobachtet und ihre Aussagen decken sich.« Der Stehtisch wackelte, als Schellenberg sich aufstützte.

Zeugenaussagen waren eine Sache für sich. Das Gedächtnis war nur allzu gern bereit, fehlende Kausalzusammenhänge selbst herzustellen und dann für bare Münze zu nehmen. »Aufzeichnungen einer Überwachungskamera wären mir ehrlich gesagt lieber«, entgegnete Dühnfort.

»Gibt es aber leider nicht. Ich schätze die Zeugen als zuverlässig ein. Es sind keine sehbehinderten und Hörgeräte tragenden Rentner.« Schellenberg verzog den Mund zu einem Lächeln. »Beide haben beobachtet, wie Jens Flade, so heißt der Tote, sein Büro verließ und auf die Straße trat. Zur selben Zeit parkte achtzig Meter entfernt ein dunkler SUV aus, beschleunigte rasch und fuhr auf Flade zu, der inzwischen die Fahrbahnmitte erreicht hatte. Der Mann wurde überfahren, ohne dass der SUV gebremst hätte. Die Bremslichter leuchteten erstmals etwa zwanzig bis fünfundzwanzig Meter hinter der Unfallstelle auf, als der Fahrer kurz hielt, dann aber weiterfuhr. Selbst wenn der Fahrer Flade in der Dämmerung nicht gesehen haben sollte – bei einer Kollision ist der Tritt auf die Bremse ein Reflex. Es sei denn, man hat nicht vor, das zu tun.«

Das zu späte Aufleuchten von Bremslichtern war also

alles, was für ein Tötungsdelikt sprach. Dühnfort war skeptisch. »Ich würde gerne mit den Zeugen reden. Sind sie noch hier?«

»Ihr übernehmt das also.« Leyenfels legte zwei Münzen auf den Tisch und zog den Reißverschluss seiner Designerdaunenjacke zu. »Halt' mich auf dem Laufenden.« Er nickte Dühnfort zu, dann Schellenberg und verließ die Bäckerei.

»Sie warten in unserem Bus«, beantwortete Schellenberg die noch offene Frage.

Na prima, dachte Dühnfort. Sicher unterhalten sie sich seit einer halben Stunde über nichts anderes als den Unfall. Da gleichen sich die Aussagen ganz von selbst an.

Doch diese Vermutung musste Dühnfort revidieren. Schellenberg hatte dafür gesorgt, dass die Zeugen getrennt untergebracht waren. Oberstleutnant Phillip Büttner saß auf dem Beifahrersitz des Fahrzeugs und las in einem Buch. Die Studentin Marie Sittler wartete im hinteren Teil des Busses, der mit Tisch, Bank und Laptop für die Befragung von Zeugen eingerichtet war. Die junge Frau starrte aus dem Fenster in die Dunkelheit. Handy und MP3-Player lagen auf dem Tisch vor ihr.

Schellenberg stellte sie einander vor. Dühnfort setzte sich und fragte, wie es ihr ginge, ob er ihr ein paar Fragen stellen könne. Er sah ihr den Schrecken an. Der Teint war fahl, die Haltung verspannt. Nun legte sie die Hände ineinander.

»Geht schon.«

»Gut. Können Sie mir bitte möglichst exakt schildern, was sie beobachtet haben?«

»Ja. Klar. Also ich bin von der Bushaltestelle gekommen. Dahinten.« Sie deutete in die Dunkelheit. »Als ich kurz vor der Bäckerei war, habe ich den Mann gesehen. Er ging vom Gehweg auf die Straße und telefonierte. Gleichzeitig hat mich ein Auto überholt, ein dunkler Geländewagen. Er war erst langsam, hat dann aber beschleunigt. Ich habe mir noch gedacht, dass der jetzt doch bremsen muss, da hat es schon gekracht ... obwohl, gekracht ist falsch. Das war ein dumpfes Geräusch, eher leise ... Was mit dem Mann genau geschehen ist ... ob er auf die Motorhaube geschleudert wurde ... oder so ... also das habe ich nicht gesehen ... Es war ja ein Geländewagen, ziemlich hoch. Der fuhr einfach weiter ... und dann ruckelte der so komisch ... als ob er über eine Bodenschwelle fährt ... aber da war ja keine Schwelle.« Tränen traten der jungen Frau in die Augen. »'tschuldigung«, schniefte sie und wischte sich über die Augen. »Dann habe ich den Mann wieder gesehen. Er lag auf der Straße. Also, der Wagen hat nicht gebremst. Der hat ihn einfach überrollt und ist weitergefahren, als ob nichts passiert wäre. Erst ein ganzes Stück weiter hinten, beim gelben Briefkasten, hat er kurz angehalten. Da habe ich die Bremslichter gesehen und in dem Moment ist mir erst klargeworden, dass der Kerl vorher überhaupt nicht gebremst hat. Ich meine, das tut man doch ganz automatisch. Zack, auf die Bremse, ohne nachzudenken. Ich habe aber nur einmal Bremslichter aufleuchten sehen. Hundertpro. Der hat den absichtlich überfahren...«

Inge Löhnig

In weißer Stille

Kriminalroman

Originalausgabe

ISBN 978-3-548-26865-1
www.ullstein-buchverlage.de

Ein stürmischer Oktoberabend: In seinem Wochenendhaus am Starnberger See wird ein pensionierter Kinderarzt tot aufgefunden. An eine Heizung gefesselt, ist er langsam verdurstet – ein qualvoller Tod. War es Rache oder doch nur ein Raubmord? Kommissar Konstantin Dühnfort enthüllt nach und nach den dunklen Charakter des Toten und stößt auf ein Drama, das seine längst erwachsenen Kinder bis heute verfolgt.

Psychologische Spannung, meisterhaft erzählt: Dühnforts neuer Fall

UB526

ullstein

Zoran Drvenkar

Sorry

Thriller

ISBN 978-3-548-28183-4
www.ullstein-buchverlage.de

Die fetten Jahre sind vorbei. Eine gute Geschäftsidee ist gefragt. Frauke, Tamara, Kris und Wolf, vier junge Berliner, stört, dass sich niemand mehr für nichts verantwortlich fühlt. Sie setzen auf die heilsame Kraft eines einfachen »Sorry« und gründen eine »Agentur für Entschuldigungen«. Erstaunt stellen sie fest, dass die Resonanz überwältigend ist. Bis Kris eines Tages am vereinbarten Treffpunkt nicht den Klienten, sondern eine brutal zugerichtete Leiche findet. Und den Auftrag, sich bei ihr zu entschuldigen. Die vier lassen sich auf ein gefährliches Spiel mit dem Mörder ein, das immer perfider und grausamer wird.

»Ein spannendes, mit drastischen Gewaltakten ausstaffiertes Szenario, das die Täter- und Opferrollen in Frage stellt.« *Der Spiegel*

UB551

ullstein

JETZT NEU
Aktuelle Titel
Login/ Registrieren
Über Bücher diskutieren
Jede Woche vorab in einen brandaktuellen Top-Titel reinlesen, ...
... Leseeindruck verfassen, Kritiker werden und eins von 100 Vorab-Exemplaren gratis erhalten.
vorablesen.de